AUTOMNE

Du même auteur

Hiver, Le Serpent à Plumes, 2009.
Été, Le Serpent à Plumes, 2010.

MONS

KALLENTOFT

AUTOMNE

**Traduit du suédois
par Max Stadler et Lucile Clauss**

LE SERPENT À PLUMES

ROMAN NOIR

Collection « Le Serpent à Plumes »
dirigée par Nathalie Fiszman.

Titre original : ***Höstoffer***.

Published by arrangement with Nordin Agency, Sweden.
First published by Natur & Kultur, Sweden.

ISBN 978-2-268-07083-4

PROLOGUE

Östergötland, octobre

CET ENFANT, dans le film, est-ce qu'il a peur ? Celui qui s'éloigne de la caméra en courant, dans un monde privé de ciel.

Est-ce de la peur qu'on ressent lorsqu'on est sur le point de perdre quelque chose d'important dans sa vie ?

Est-ce de la peur que je ressentais lorsque je fuyais le plus vite possible ? Lorsqu'ils me poursuivaient dans la cour de récré et me jetaient leurs insultes au visage ?

J'avais peur de leur fureur, de leurs coups qui pleuvaient sur moi sans que je ne comprenne pourquoi. Étais-je destiné à recevoir ces coups ? Qu'avais-je fait pour provoquer une telle rage ?

Ce dont j'ai toujours eu le plus peur, c'est la solitude. Celle qui se trouve au-delà des coups et de la raillerie. J'ai pourtant été seul presque toute ma vie. C'est comme si j'étais au milieu d'un champ désert, sous la pluie, à attendre que la personne qui me manque vienne à moi.

Le ciel s'est ouvert cet automne-là.

La pluie s'est abattue comme une plaie sur la ville, les champs, les forêts et les gens.

Les caniveaux se sont remplis plus d'une fois. Les bouches d'égout débordaient, déversant des souris noyées et des cafards morts dans les rues de Linköping. Des rats grands comme des chats, au ventre blanc, gonflé et pourri. Une vision d'horreur pour tous les habitants.

Quelle autre créature est capable de sortir ainsi de terre ?

Nous autres, les humains, sommes comme des chiens. Profondément seuls au milieu de la foule. Mais notre peur est plus grande que la leur, car nous savons que la douleur a une histoire, nous savons la reconnaître et l'appréhender.

Les serpents coulent dans mes veines. Ils refusent de taire leur rumeur, et de me laisser en paix.

Les serpents sifflent. Crachent. Je sens leur langue onduler sous ma peau.

Ce que je vais faire ?

Je vais simplement reprendre ce qui me revient.

Je me souviens de mon père.

Mais ce dont je me souviens surtout, c'est de la peur. De ses coups imprévisibles. De ses poings dans mon corps. Mon père avait l'habitude de tenir la caméra d'une main, près de son œil droit, et d'agiter l'autre dans le vide. Il me faisait signe de me mettre ici et là, comme une tentative désespérée d'arranger la réalité selon ses désirs.

Mais il manquera toujours quelque chose.

Qu'il est impossible à recréer.

Aujourd'hui je sais ce qu'est la peur. La sensation que c'est tout ce qu'il y a, que c'est tout ce qu'il y aura. Pour toujours.

Les images sur l'écran dans la salle de séjour. Floues, pâles. Moi, le garçon, silencieux et anguleux, comme si seule la caméra borgne pouvait capter ma nervosité.

Sur ces images, je voyais défiler ma vie. Et je vois la même chose maintenant.

Des pieds glacés qui martèlent l'herbe et le gravier froid, une balle lancée dans les airs, un corps courbé qui trébuche dans un bac à sable.

Voilà comment naît l'amertume. La honte. Un homme qui garde la tête baissée. C'est héréditaire.

Un jour, je suis allé au cœur du mal. J'ai attendu devant sa maison, sous l'arbre.

Que désire l'enfant que je suis sur ces images ?

Je pense que c'est maman qui tient la caméra maintenant. Je suis dans les bras de mon père. Ils sont recouverts d'une laine grise qui sent le tabac. À l'arrière-plan, un sapin de Noël. Je pleure. Mon visage n'a que deux ans et déjà il n'est plus que désespoir. Je suis moi-même réduit à trois sentiments, tout au plus : la tristesse, la panique, et cette peur horrible.

Que pense cet enfant, au visage rouge et joufflu ?

Je reçois un baiser sur le front.

Mon père a une barbe, comme c'est la mode à l'époque, et maman est drôle dans sa robe courte. Je suis à nouveau joyeux. L'espace de quelques secondes.

Tout est possible dans la forêt. Coupé du monde par une pluie tranchante et glaciale, et un vent gris et empoisonné, je peux me réhabiliter, réhabiliter la personne que j'aurais dû être, cette personne dont la vie est une série de clichés beaux et hideux.

Le projecteur siffle et cahote derrière moi. L'ombre de mes épaules et ma tête masquent le bord des images, comme si je voulais en faire partie, être à nouveau l'enfant que j'étais. Et réhabiliter l'homme qu'il aurait pu devenir.

Où est passé l'amour ? L'odeur de tabac. Je te donnais de l'amour, papa. Malgré les coups. Je te donnais de l'amour, parce que je ne connaissais rien d'autre.

Ça doit être lié à la douceur de l'autre, ça doit être ça.

Papa et moi dans un parc. Il détourne son regard lorsque je tombe. Maman braque la caméra sur le visage de mon père : il fait la grimace. Ou alors est-ce son vrai visage ?

Il n'y a pas d'amour sur son visage.

Que du dégoût.

Fin du film.

Tout clignote. Noir, blanc, noir, blanc, coupé, coupé.

Je me rappelle l'enfant sur les images.

Je sais ce dont il aurait pu être capable.

Je sais ce que cette nuit cache en son sein purulent. Je sais qu'il faut que les serpents sortent de mon corps. Je sais qu'il faut que je les anéantisse, pour que leur visage malsain disparaisse.

Je dois me reconquérir, et cela passera par la violence.

PREMIÈRE PARTIE

UN AMOUR HÉSITANT

1

Jeudi 23 octobre

LENTEMENT, lentement, dans la nuit. Elle accélère juste ce qu'il faut pour ne pas partir en tête-à-queue. Les mains tremblantes sur le volant. Il fait sombre derrière les vitres de la voiture, sombre et humide. La tempête est si forte que la pluie tombe à l'horizontale. Le pare-brise pleure des larmes noires, contre lesquelles les essuie-glaces ne peuvent rien.

Malin Fors roule sur un chemin forestier. Les branches s'accrochent à la voiture comme les tentacules noueux de quelque animal préhistorique.

Elle retire une main du volant, ralentit, se frotte les yeux, et se persuade que ces gouttes sur ses joues ne sont que des gouttes de pluie.

Et rien d'autre.

À respirer l'air vicié de la voiture, elle ne se sent pas très bien.

La pluie tambourine sur le toit blanc de la voiture. Le bruit couvre celui du moteur, et semble crier à Malin : « Tu as fait ton choix, tu ne peux plus revenir en arrière. Ce qui est fait est fait, Malin Fors ! »

Elle tremble de tout son corps.

Le visage de Jan danse devant le pare-brise, celui de Tove aussi.

Le visage de l'adolescente est effrayant de pâleur, et ses contours apparaissent dans la sombre nuit d'automne. À chaque fois que Tove essaie de parler, sa voix disparaît dans le fracas de la grêle sur le toit.

Les vêtements mouillés de Malin lui collent au corps.

Elle distingue maintenant les lumières de Linköping qui ondulent et grandissent dans la nuit. Elle accélère alors et pense : « Les dés sont jetés, je ne peux plus rien y faire. » Le visage de Jan est toujours là devant elle. Il n'a pas l'air triste, ni même en colère, seulement fatigué. Cela l'effraie.

Malin, Jan, et Tove, à eux trois, ils forment une famille qu'ils devraient accepter.

Malin et Tove étaient revenues vivre avec Jan dans la maison de Malmslätt, à la fin de l'été. Plus de dix ans après leur séparation, ils avaient décidé de réessayer. Ils s'y sentaient obligés, après cet été meurtrier qui avait presque coûté la vie à Tove, lorsqu'elle avait été kidnappée par une folle.

Ils avaient vécu ensemble dans cette maison autrefois.

Septembre. Malin, assise dans le jardin. Elle y avait regardé Tove et Jan arracher les mauvaises herbes, ratisser les feuilles mortes et en faire un tas près de la vieille voiture. Elle les avait regardés et s'était dit qu'ils pouvaient réussir, avec un peu de volonté, à tout recommencer.

Ils avaient joué le jeu au début. Ils ne travaillaient pas trop, prenaient leurs repas ensemble, s'aimaient, tentaient de communiquer, d'avoir des conversations sensées.

Puis l'automne était arrivé.

Malin et Tove étaient allées voir un psychologue au service pédiatrie de l'hôpital universitaire. Tove avait refusé de lui parler, disant qu'il n'y avait rien à dire. Elle avait ajouté : « Maman, je n'ai pas peur. Je vais bien. Ce n'était pas ta faute. »

Mais Malin savait qu'elle était responsable. Tove s'était retrouvée mêlée à l'affaire, et si ce n'était pas sa faute, c'était la faute de qui alors ? Si elle n'avait pas été commissaire, rien de tout cela ne serait jamais arrivé.

« Les gens font des trucs étranges, maman. »

Malin aurait souvent aimé être aussi rationnelle et pragmatique que sa fille, savoir prendre autant de recul. Tove, apparemment intouchable.

La vieille voiture dans le jardin. Des tubes de dentifrice ouverts. Des mots lancés dans la pièce, qui n'arrivent pas à destination et rebondissent contre le mur, sans réponse. Des tuiles qu'il faut changer. La bagnole qu'il faut prendre pour aller acheter de quoi manger dans des supermarchés à prix discount. La culpabilité et les remords qui s'effaceront avec le temps et les occupations quotidiennes. Le vain espoir de s'améliorer avec les années. L'âme attaquée à coups de scie à métaux, la douleur aiguë, le doux mais cruel mépris de l'amour : tout ça était insidieusement revenu début novembre, et elle en avait à nouveau ressenti le malaise. Le petit garçon était revenu hanter ses rêves, et elle avait décidé d'en parler à Jan. Qui pouvait-il bien être ? Qui était-il ? Jan était couché à ses côtés, et elle savait qu'il était éveillé. Mais rien ne sortait de sa bouche.

L'appartement du centre-ville avait été loué à des étudiants. Elle avait repris l'habitude de rester au commissariat tard le soir. Jan avait envisagé d'être d'astreinte à la caserne pendant son temps libre. Elle le savait, elle comprenait, et elle ne pouvait pas lui en vouloir.

Elle avait commencé à creuser l'affaire Maria Murvall en dehors de ses heures de service. Elle voulait résoudre l'énigme, trouver la réponse à la question qui la travaillait : qu'était-il arrivé à cette jeune femme dans cette chambre d'hôpital, cette femme muette, qui avait été retrouvée en train d'errer dans les bois autour de Hultsjön, après avoir été violée ?

Jan s'était montré très patient avec Malin et son acharnement.

« Comme tu veux Malin. Tu sais ce que tu as à faire.

– Bon sang tu vas pas me faire croire que ça ne te pose pas de problème ?

– OK, peut-être que tu pourrais décrocher du boulot quand tu es avec nous.

– Jan, tu n'as aucune leçon à me donner. »

Et puis ce réveillon de Noël, où il y avait eu un problème avec le jambon, la moutarde qu'il fallait pour l'accompagner, s'il fallait qu'elle soit condiment ou forte. Jan avait pris de la moutarde forte, puisque Malin avait répondu « n'importe », sans même avoir écouté sa question. Ensuite elle s'était énervée, arguant qu'il ne savait même pas que le jambon en croûte s'accompagnait de moutarde condiment, que c'était pourtant simple, que tout le monde savait ça.

Jan s'était emporté.

Lui avait dit de faire attention. De s'efforcer d'être un tant soit peu normale et agréable, sinon elle pouvait prendre ses cliques et ses claques et quitter la maison. Il avait hurlé qu'elle pouvait aller se faire voir, que ça avait été une idée stupide depuis le début, qu'on lui avait proposé une mission au Soudan après le jour de l'an, et qu'il allait accepter pour ne plus avoir à affronter ses humeurs.

« Tu deviens folle, Malin, tu le vois pas ?

– En tout cas moi je ne suis pas conne au point de réussir à gâcher un simple jambon », avait-elle répondu en tendant son verre de tequila vers lui.

Tove était assise quelques mètres plus loin, à la table de la cuisine. Ses yeux grands ouverts avaient posé avec angoisse cette question :

Voilà donc ce qu'est l'amour ?

Par pitié ne me laissez jamais aimer alors.

Malin imagine que le ciel est plus lumineux aux abords de la ville.

Peu de trafic.

Elle se demande si elle a quelque chose de sec à se mettre chez elle, à l'appartement, mais elle sait qu'elle n'a rien. Toutes ses affaires sont à la maison, chez Jan.

Une voiture noire la double, mais impossible de voir la marque dans cette brume. Le chauffeur semble pressé, et roule deux fois plus vite qu'elle.

Il pleut à nouveau, les feuilles orange et jaunes fraîchement tombées luisent et dansent dehors, ondulent et crépitent devant Malin comme des flammes échappées de l'enfer. Un feu qui murmure et attire le mal sur la ville et ses alentours : Venez à moi, ténèbres maléfiques, sortez de vos cavités inondées, montrez-nous à quoi ressemble un monde sans amour.

Les excuses de Jan résonnent encore en elle.

Plus jamais un Noël comme celui-là. Elle se l'était promis.

« Il faut que je parte. »

Ils en avaient encore parlé le jour de Noël. Malin avait une gueule de bois qu'elle n'avait pas encore surmontée ; elle était toujours fâchée, bien qu'elle eût repris son calme, et triste de constater qu'une fois encore, l'histoire se répétait.

« J'en ai besoin. Je ne pourrai plus me regarder dans une glace si je refusais. Ils ont besoin de mon expérience pour installer les toilettes dans le camp de réfugiés. Et si personne ne le fait, ce sont des milliers des gens qui risquent de mourir comme des chiens. T'as déjà vu un enfant mourir du choléra, Malin ? T'en as déjà vu ? »

Elle avait eu envie de le frapper.

Ils avaient fait l'amour pour la dernière fois la nuit avant son départ.

C'était tendu et froid. Elle avait imaginé le corps de Daniel Högfeldt sur elle, le journaliste avec qui elle avait couché quelques fois. Elle avait griffé Jan dans le dos, l'avait mordu à la poitrine. Jan l'avait laissée faire, il semblait apprécier de souffrir de sa violence envers lui.

Cette nuit-là, elle avait eu comme de la viande en elle. De la viande tendue et dressée.

Jan était revenu à la maison un mois plus tard. Malin était très engagée dans l'affaire Maria Murvall et passait ses week-ends à interroger ses collègues de la police de Motala, qui avaient travaillé sur ce dossier.

Tove était passée au second plan. Cela avait fini par arriver.

« Elle n'est jamais à la maison. Tu n'as pas remarqué ? » avait demandé Jan à Malin un soir d'avril où ils s'étaient retrouvés tous les deux. Tove était allée au cinéma au centre-ville.

Malin n'avait rien remarqué. Comment aurait-elle pu remarquer, puisqu'elle-même n'était jamais là ?

Ils avaient évoqué la possibilité de consulter un conseiller conjugal.

Essayer une thérapie familiale. Plusieurs fois, Malin s'était retrouvée le téléphone à la main, à vouloir appeler Viveka Crafoord, la psychothérapeute qui lui avait proposé des séances gratuites.

Mais sa langue était comme paralysée.

Au printemps, Malin avait pu à nouveau les regarder travailler dans le jardin, le père et la fille. Quant à elle, elle n'était à ce moment qu'une coquille vide. Son esprit était tout entier à une affaire de crime d'honneur compliquée.

– Mais comment un père peut-il laisser son fils tuer sa fille, bon sang ? Tu as une idée, Jan ?

– OK, tu arrêtes la tequila pour ce soir, Malin.

– Je déteste que tu me donnes des ordres. Je ne suis pas ton chien.

Linköping en a fini avec la pluie glaciale.

Qu'est-ce que cette ville, en réalité, sinon une machine à rêves ? Les uns à côté des autres, les habitants de la cinquième ville du pays mènent une lutte constante pour pouvoir avancer dans leur vie. Ils se regardent, se jugent, essaient de s'apprécier au-delà de leurs préjugés. Les gens de Linköping ne manquent pas de bonne volonté, pense Malin. Mais lorsque l'existence de la plupart se résume à la peur perpétuelle de perdre son travail et de ne pas réussir à boucler ses fins de mois tandis que d'autres vivent dans l'abondance, la solidarité n'existe plus toujours. Les habitants de la ville vivent les uns à côté des autres. On peut toujours pester contre les programmes d'investissement municipaux depuis une charmante villa, mais on peut être sûr que la réponse fusera du balcon vétuste d'en face.

L'automne, c'est la saison de la décomposition, pense Malin. Le monde entier est pourri, et attend sa fin qui viendra par le froid de l'hiver. La beauté de l'automne, les flammes de ses feuilles ne sont que la promesse que tout va empirer.

Les mains de Malin ne tremblent plus sur le volant.

Il ne reste plus que cette humidité froide contre son corps maigre. Mon corps est fort, pense-t-elle. J'ai négligé beaucoup de choses, mais pas l'entraînement. Je suis forte, tellement forte. Je suis Malin Fors.

Elle passe devant le vieux cimetière.

Le reflet de la cathédrale tombe sur le pare-brise comme un chevalier sur le point de le transpercer.

Que s'est-il passé ce soir-là ?

Quels mots sont sortis ?

Quel mouvement de sourcil, quel ton l'a conduit à recommencer ?

Elle n'en a pas la moindre idée. Elle avait bu, mais pas tant que ça. Plus que de raison pour pouvoir conduire cette voiture maintenant.

Est-ce que je suis ivre ? L'adrénaline a chassé l'ivresse. Je ne suis pas tout à fait sobre en tout cas. Mais il n'y a pas de collègues sur les routes ce soir, si ?

Quelle conne je suis. Fuis donc, sale conne lâche.

Calme-toi, Malin. Cesse de te comporter ainsi. Cesse de boire, une fois pour toutes, bon sang. Est-ce que je l'ai frappé ?

Est-ce que je l'ai frappé dans la cuisine, ou ai-je seulement levé le poing, agacée par cette non-réponse ?

J'ai agité le poing dans le vide. Je m'en souviens maintenant, alors que je gare la voiture devant la porte d'entrée sur la rue Ågatan.

L'horloge de l'église Saint Lars, enveloppée d'une fine brume, indique onze heures moins le quart. Quelques corbeaux s'envolent.

Il n'y a personne dans la rue. Je ne veux pas penser à cette soirée, je ne veux pas penser à cette nuit. De grands amas de feuilles mortes se détachent devant la pierre gris sombre de l'église, sur l'herbe inondée. Dans l'obscurité, elles semblent rouiller, abandonner leurs belles couleurs aux millions de vers qui sortent du terrain détrempé.

Tu as reculé, Jan, tu as reculé comme si tu avais déjà reçu des coups bien pires que celui que je te destinais. Puis j'ai crié que je partais, que je partais et que je ne reviendrais plus jamais.

Tu ne conduiras pas dans ton état, Malin. Tu as essayé de prendre les clefs. Tove était là. Elle s'était endormie devant la télé sur le canapé, et elle venait de se réveiller. Elle criait aussi. Mais voyons maman, tu ne peux pas prendre la voiture dans cet état !

Calme-toi, Malin, calme-toi. Viens par là, laisse-moi prendre soin de toi. Et j'ai frappé encore, mais n'ai rencontré que de l'air, là où j'espérais rencontrer ton corps.

J'ai feint de vouloir te prendre avec moi, Tove, mais tu as secoué la tête lorsque je t'ai demandé si tu voulais me suivre.

Et toi, Jan, tu ne m'en as pas empêché.

Tu as simplement regardé l'horloge de la cuisine.

Alors j'ai couru vers la voiture.

J'ai conduit à travers le plus noir des temps d'automne, jusqu'à me garer ici. J'ouvre maintenant la portière. Des tentacules noirs déchirent le ciel anthracite. Des trous creusés par la peur laissent suinter la lumière des étoiles.

Mes chaussures sur le sol mouillé.

J'ai trente-cinq ans.

Je ne sais plus où j'en suis.

2

Jeudi 23 et vendredi 24 octobre

Les clefs dans la serrure.

Les mains de Malin restent maladroites, même si elles se sont arrêtées de trembler depuis plus d'une heure.

Manqué.

Réussi.

Manqué.

Comme tout le reste.

L'appartement s'est libéré la semaine dernière. Elle a dit à Jan qu'elle l'avait à nouveau loué, à des étudiants en théologie. L'explosion de ce soir était inévitable, latente.

Malin entre dans l'appartement, qui baigne dans les odeurs mélangées d'humidité et de Cif. Malin sent que l'automne s'est infiltré à travers les fenêtres pour se répandre sur les murs, du sol au plafond.

Elle frissonne.

Il faut allumer le chauffage.

Un autre sentiment s'installe.

La solitude. Mais aussi le sentiment de vivre quelque chose de nouveau.

Les meubles sont à leur place.

L'horloge Ikea dans la cuisine est toujours cassée.

Dans le salon, Malin voudrait allumer la lumière, mais impossible de se motiver à appuyer sur l'interrupteur. Elle préfère s'affaler sur le canapé, dans une obscurité relativement bienvenue. Cette obscurité est la sienne.

Tove.

Quinze ans cette année. Toujours mordue de lecture et première de la classe. Tu es trop jeune pour cela, Tove.

Les petits copains ont défilé à la maison au cours de l'année.

Salut, Peter. Salut, Viggo.

Arriverai-je à la laisser partir ? Je ne peux tout de même pas la punir à cause de mon sentiment de culpabilité. Et elle a l'air d'aller bien. Malin peut le voir sur sa fille. L'éclat dans ses yeux. Et puis l'attitude de jeune fille qui fait place à celle d'une femme. Fais attention à toi, Tove, tu ne voudrais pas devenir maman pour les années à venir.

Concentre-toi sur l'école.

N'ai-je d'ailleurs pas un cours dans une école, prochainement, moi ? pense Malin. Rien que l'idée de parler devant des élèves crevés et désintéressés la déprime d'avance. Elle la chasse consciemment de son esprit.

Malin s'allonge et s'enfonce dans le canapé.

Elle sent ses vêtements mouillés qui lui collent à la peau.

La tequila a quitté son corps maintenant.

Jan. Elle aimerait lui dire pardon, mais ne sait même pas par où commencer. Et Tove, comment t'expliquer ? Pourrais-tu seulement comprendre ?

Qu'est-ce que je sais vraiment de ta vie, Tove ? Rien en réalité, si ce n'est que cet appartement, c'est chez toi, et que tu vas venir t'installer ici avec moi, que le contraire serait impossible.

J'ai essayé de m'asseoir près de toi, sur le canapé, sur ton lit, un millier de fois pendant toute cette année. Je te demandais comment tu allais, et les seuls mots que je recevais étaient des « je vais bien », suivis de silencieux « fous-moi la paix, maman ».

Qu'est-ce que j'attends de toi, Tove ?

Ta compréhension ? La promesse que tout va bien ?

Est-il seulement possible que tout aille bien ? Cette femme, qui t'avait clouée au sol, ses mains ensanglantées sur ton cou, prête à te tuer.

Et c'est arrivé par ma faute.

Il peut pleuvoir de mille manières, toutes immondes. Les gouttes de pluie peuvent avoir toutes les couleurs possibles, et ce même la nuit. Elles peuvent prendre le cuivre des feuilles d'automne et se l'attribuer. Elles étincellent sous la lumière des réverbères, et tombent comme autant de cafards volants.

Malin est assise par terre dans le salon.

Elle voit les cafards rouges, orange et jaunes voler dehors, et entend leur mâchoire caqueter. Elle les chasse, armée d'un lance-flammes. Elle peut sentir l'odeur de scarabée cramé.

Dehors, il n'y a plus que la réalité quotidienne.

Les nuages.

Des semaines sous la grisaille. Des records de précipitations ont été enregistrés. Les météorologues parlent de déluge.

Elle avait trouvé la bouteille au fond du placard au-dessus du micro-ondes. Elle savait bien que ces étudiants ultra catho n'y toucheraient pas. Elle l'avait donc laissée là, consciemment ou inconsciemment, en cas de besoin.

Elle boit tout le contenu.

Peu importe si elle a la gueule de bois demain. L'automne est plutôt calme, depuis qu'elle a coincé un père et son fils pour avoir assassiné de manière préméditée cette femme, leur fille, leur sœur. Elle avait un copain suédois. Une raison apparemment suffisante.

Vomir.

Après tout, cela n'est peut-être pas si mal si j'ai la gueule de bois demain. Je vais devoir affronter toute cette merde. Aller chercher mes affaires chez Jan. Est-ce qu'il travaille ? Cela me permettrait de l'éviter, de prendre les affaires de Tove, et de la convaincre de venir s'installer chez moi.

Je suis ivre, pense Malin, et c'est parfait.

3

Maman.

Tu es tellement en colère, pense Tove en tirant la couverture sur sa tête. Elle écoute le bruit de la pluie qui tombe sur le toit, sec et frénétique, comme si quelque dieu impatient tambourinait dessus avec un million de doigts.

Cela sent la terre dans la chambre. Tove regarde les tapis. On dirait des vers aplatis sur le sol. On dirait une série de photographies en noir et blanc, impossibles à interpréter.

Je sais, maman, pense Tove, que tu t'en veux pour ce qui s'est passé l'été dernier, et tu crois que je garde encore plein de choses en moi. Mais je n'ai tout simplement pas envie de parler à un psy. J'en ai parlé sur le chat du site trauma.com. En anglais. Je crois que c'est plus facile pour moi si je vois mes propres mots maladroits décrire sous mes yeux ce qui s'est passé, la peur que j'ai ressentie. Les mots chassent la peur, maman. Les images sont toujours en moi, mais elles ne m'atteignent plus.

Tu ne dois pas rester tournée vers le passé, maman. Tu crois peut-être que je ne t'ai pas vue boire. Que je ne sais pas que tu caches des bouteilles partout dans la maison. Que je ne me rends pas compte que tu sens l'alcool malgré les chewing-gums. Tu crois que je suis stupide ?

Tove et Jan étaient restés assis à la table de la cuisine lorsque Malin était partie en pleine fureur. Jan avait dit :

« J'espère qu'elle ne va pas avoir d'accident. Tu crois que je devrais appeler la police ? Ou aller la chercher ? Tu en penses quoi, Tove ? »

Elle ne savait pas quoi répondre. Elle voulait surtout que sa mère rentre à la maison, et se précipite dans la cuisine, dans la plus grande joie. Mais cela n'arrive que dans les mauvais films.

« Je sais pas, avait-elle répondu. J'en ai aucune idée. »

Elle avait mal au ventre, de l'estomac jusqu'à la naissance de la poitrine. Elle ressentait une pression noire qui ne voulait plus la quitter. Jan avait sorti le pain et le jambon, et lui avait dit que tout allait s'arranger une fois que maman se serait calmée.

« Tu ne peux pas aller la chercher ? »

Jan l'avait regardée et avait secoué la tête pour seule réponse. La douleur avait gagné son cœur, puis sa tête, puis ses yeux, elle était au bord des larmes.

« Tu peux pleurer, avait dit Jan en s'asseyant à côté d'elle et en la prenant dans ses bras. C'est triste. C'est triste parce que personne ne veut de cette situation. »

« Tu peux pleurer, avait-il encore répété. Moi aussi je vais pleurer. »

Comment puis-je t'aider, maman ? Quoi que je dise, j'ai l'impression que tu n'écoutes pas, que tu ne veux pas écouter. Comme si tu étais prise dans les eaux sales d'une crue d'automne. Tu décides de déménager en plein milieu de la nuit, c'est ton droit.

Je te vois : dans la cuisine, le matin, en route pour le boulot, devant la télévision dans le canapé, et encore avec tous tes papiers qui parlent de Maria.

Et j'aimerais te demander comment tu vas, car je vois bien que tu vas mal. Mais j'ai peur que tu te braques. Tu es complètement fermée, maman, et je ne sais pas comment te faire voir le monde extérieur.

Et il y a tant de choses auxquelles je préférerais penser : l'école, mes livres, mes amis, et tout ce qui est bien et que je ne fais qu'entrevoir. Et les garçons.

Tove sort la tête de dessous la couverture.

La douleur au ventre et au cœur est encore présente. On ne peut pas vivre ensemble tous les trois. Il y aurait trop de disputes. Je pense que tu ne reviendras pas, et je ne sais pas encore si j'ai envie de vivre avec toi.

Un corbeau s'est posé sur le rebord de la fenêtre. Il observe Tove. Il donne un coup de bec sur la vitre avant de s'envoler dans la nuit.

La chambre est plongée dans l'obscurité.

« Ça va aller, se dit Tove. Ça va aller. »

Jan est couché dans le lit. Une seule des deux lampes de chevet est allumée. Il lit un papier de l'armée britannique, à propos des toilettes du camp. Il repart alors en Bosnie, au Rwanda, ou au Soudan, là où il a monté ces toilettes. Les souvenirs de ses missions occupent son esprit qui pendant ce temps ne pense pas à ce qui s'est passé ce soir, ni à ce qui s'était passé avant, ni même à ce qui va arriver.

Mais ces images, venues des quatre coins du monde et aujourd'hui en noir et blanc dans sa mémoire, les images de ces pauvres gens dans la plus grande détresse disparaissent inexorablement derrière le visage de Malin, rouge et bouffi, marqué par l'alcool.

Jan a tenté plusieurs fois de provoquer une confrontation, qu'elle a toujours réussi à éviter. Elle hurlait lorsqu'il vidait le contenu d'une de ses bouteilles, disant que ce n'était pas la peine puisqu'il y avait au moins dix autres bouteilles si bien cachées qu'il ne les trouverait jamais.

Il lui avait demandé d'aller voir quelqu'un, un psy, un thérapeute, n'importe qui. Il en avait même parlé à son chef Sven Sjöman. Il lui avait dit qu'elle buvait de plus en plus, même si cela ne se voyait pas au travail. Il l'avait supplié de faire quelque chose, et Sven le lui avait promis. Cette conversation avait eu lieu en août, mais rien encore n'avait été fait.

Cette colère qu'elle ressent contre elle-même. Certainement à cause de ce qui s'est passé avec Tove. Elle refusait de comprendre que ce n'était pas de sa faute, que le mal est partout, et que n'importe qui peut se retrouver sur son chemin.

Comme si elle avait décidé de toucher le fond.

Et ce soir elle a cogné. Ça, elle ne l'avait encore jamais fait.

Creuser un trou profond. *Dig deep.*

Regular check-ups. Bacteria sanitation.

Jan jette le papier de l'autre côté de la pièce. Puis éteint la lampe.

C'était complètement stupide aussi, se dit-il, d'imaginer qu'après un truc pareil on puisse à nouveau former une famille. Comme si du pire pouvait naître le meilleur. Alors que c'est exactement le contraire.

Jan regarde alors l'autre côté du lit. Il étend le bras, mais Malin n'est pas là.

4

Insomnie matinale.

Axel Fågelsjö doit se lever de ce fauteuil en cuir, mais il profite encore de la sensation de ses doigts sur la surface brillante des accoudoirs. Il prend encore le temps de fumer sa cigarette, qu'il tapote au-dessus du cendrier posé sur le revêtement de cuir de la petite tablette. Puis il appuie enfin sur ses jambes le poids son corps vieux de plus de soixante-dix ans, cependant puissant et leste, et tire sur ses abdominaux. Il se sent remarquablement fort, comme s'il devait aller vaincre un ennemi, là, juste dehors, avec une arme choisie dans le placard de sa chambre.

Axel Fågelsjö reste un moment debout dans le salon. Il peut voir Linköping se réveiller par la fenêtre. Il imagine ses habitants dans leur lit, tous ces gens vivant dans des conditions tellement différentes. Tous ceux qui affirment que tous les hommes sont égaux ne savent pas de quoi ils parlent.

La couronne des arbres du jardin botanique vacille sous l'effet du vent. Il ne pleut plus beaucoup. Ce n'est plus le temps qui a fait déborder les égouts et qui a déversé des rats dans les rues, ce qui s'est produit plusieurs fois au cours de l'automne. La bourgeoisie de Linköping s'était alors indignée de voir toutes ces bestioles grouiller sous leurs pieds bien soignés. Des rats à la queue nue et aux dents affûtées, qui seraient toujours là bien après que ces bourgeois soient partis.

Cela faisait longtemps qu'il n'avait pas passé une telle nuit. Il a dû se lever trois fois pour aller aux toilettes. À chaque fois, il a dû rester cinq minutes sur la cuvette avant de pouvoir uriner les quelques gouttes qui l'ont poussé à sortir du lit.

Mais il ne se plaint pas. D'autres ont des problèmes bien pires.

C'est la nuit que Bettina lui manque. À côté de lui, la place est vide. Il ne peut plus sentir sa chaleur, son souffle. Elle a eu la chance de partir avant la catastrophe, avant que Skogså ne lui échappe.

Le château est si beau les matins comme celui-ci.

Il imagine le château et le voit aussi bien que s'il se trouvait devant lui, à l'orée du bois.

Ses murs de pierre beige se dressent dans la brume depuis le XVIIe siècle, et semblent plus vivants que la nature qui les entoure.

C'est le château de Skogså, bâti et modifié selon les caprices excentriques de ses propriétaires.

Le toit de cuivre brille même sous un ciel couvert de nuages bas, tout comme les innombrables vieilles meurtrières aux récentes fenêtres à petits carreaux. Il a toujours eu l'impression que les meurtrières le regardaient, comme des yeux l'observant depuis une époque lointaine.

Depuis le point de vue que lui offre sa mémoire, il n'arrive pas à voir la chapelle. Elle est bien là pourtant. Bettina n'y repose pas. Selon sa volonté, ses cendres ont été dispersées dans la forêt.

Il lui arrive de les entendre.

Les poissons agités dans l'eau noire des douves. Peut-être se font-ils mordre aux branchies par les esprits affamés des soldats russes morts et emmurés là.

Le comte Erik Fågelsjö.

Un comte bien malhonnête pendant la guerre de Trente Ans. Le protégé de Gustave Adolphe II. Le plus violent des guerriers. On dit de lui qu'il a un jour mutilé vingt hommes pendant le grand nettoyage qui a suivi l'attaque de Lützen. Axel Fågelsjö a toujours senti son sang couler dans ses veines.

Durant sa jeunesse, il avait voulu intégrer les troupes des Nations unies. Mais son père avait refusé. C'était un ami de l'Allemagne, un colonel qui avait fait le tour de la Prusse dans les années trente et s'était emballé pour les uniformes noirs, un châtelain qui a longtemps cru, durant la première moitié des années quarante, à la victoire des Allemands.

Et aujourd'hui ?

Après tout ce qui s'est passé.

Le comte Erik Fågelsjö doit se retourner dans sa tombe, dans le caveau familial de la chapelle de Skogså. Peut-être même que son cadavre est en train de hurler de rage.

Mais il y aurait eu quelque chose de possible, s'il n'y avait pas eu ce sale parvenu, ce connard descendu de Stockholm comme un lézard rampant.

Axel Fågelsjö regarde à nouveau dehors. Le parc. Il lui est arrivé, au cours de l'automne, d'entrevoir une silhouette sous l'arbre, une silhouette au regard tourné vers la fenêtre.

Il lui est arrivé d'imaginer que c'était Bettina.

Il lui parle tous les jours, et ce depuis sa mort, il y a trois ans de cela. De temps à autre, il se rend dans la forêt dans laquelle il a dispersé ses cendres, quelle que soit la saison. Aujourd'hui, ce sont des feuilles jaunes et des champignons qu'il piétine. Autour de lui, les arbres semblent flotter, libérés de leurs racines. Ils lui renvoient l'écho de sa voix grave.

Bettina.

Es-tu là ? J'ai toujours pensé que tu partirais la première. Tu me manques, tu sais. Je crois que personne, pas même les enfants, ne sait à quel point je t'aime, à quel point je t'aimais.

Je peux t'entendre répondre. Je peux t'entendre me dire que je dois être fort, que je ne dois pas montrer ce que je ressens. Tu sais comment cela finira si tu craques. Axel, murmure le vent, et le vent est ta voix, ton souffle dans mon cou.

Bettina.

Ma belle Danoise. À la fois lisse et brute. Je t'ai vue pour la première fois lors de mon service en tant que contremaître au domaine Madsborg dans le Jutland. C'était l'été 1958 et je voulais me faire un peu d'expérience dans l'agriculture.

Tu y travaillais en cuisine à ce moment-là. Tu étais une femme tout à fait ordinaire. Nous nous baignions dans le lac. J'ai oublié le nom du lac, mais je me souviens qu'il était sur la propriété. Je t'ai ramenée chez moi après l'été. Et je me souviens que mon père et ma mère avaient bien des doutes au début, mais ils ont fini par céder à ton charme et à la vie que tu apportais au château de Skogså.

Mais comment as-tu pu, Bettina ? Comment as-tu pu te laisser vaincre par le cancer ? Est-ce que tu avais peur que nos revenus ne suffisent pas pour entretenir le château ? Il est vrai que cela demandait des millions, et le budget en souffrait.

Je ne voulais pas le croire. Mais je ressentais cette culpabilité que l'on ressent lorsque l'on a fait ce que l'on déteste le plus.

Les douleurs. Tu as tout appris sur la douleur, et tu disais que l'on ne ressort pas plus sage de telles leçons.

Les peintures accrochées au mur. C'est toi qui les voulais. Ancher, Kirkeby. Et le portrait de mon ancêtre Erik, et tous ces formidables tarés qui m'ont précédé.

Tu n'es pas morte au château, Bettina. Quitter le château a dû être terrible pour toi. Et aujourd'hui encore j'ai honte devant toi, devant ton fantôme. Autant tu étais douce et conciliante, autant tu pouvais te montrer acharnée dans la défense de ce qui t'appartenait.

Ce qui t'inquiétait le plus, c'était ton enfant.

Parmi tes derniers mots, il y eut ceux-ci : « Prends soin de Fredrik. Protège-le. Il a besoin de quelqu'un à ses côtés. »

Je me suis parfois demandé si dans ces moments-là il écoutait à la porte.

On ne sait jamais avec lui. Mieux vaut peut-être ne pas savoir. J'aime mon fils bien sûr, c'est normal. Mais lorsque je le regarde, je vois ses faiblesses, je n'y peux rien. J'ai vraiment essayé de les ignorer, de voir plutôt ses bons côtés, mais j'ai l'impression que ça ne marche pas. Je regarde mon fils, et tout ce que je vois, c'est ce qu'il n'est pas. Et je m'en veux. Il lui arrive parfois de boire de manière totalement incontrôlée.

Alors que l'horloge sonne six heures, Axel Fågelsjö est toujours devant la fenêtre du salon. L'obscurité se déchire soudain, laissant apparaître une silhouette qui traverse le parking. Une silhouette vêtue de noir. Serait-ce le même homme qu'Axel a cru voir tout à l'heure ?

Il tente de chasser cette idée de son esprit.

Je savais que c'était une erreur, se dit-il pour penser à autre chose. Mais j'étais obligé. Il fallait que je laisse Fredrik, mon fils aîné, le futur comte de Fågelsjö, prendre les rênes des affaires, et lui donner accès à notre fortune avant que ton cancer ne te ronge jusqu'à la mort. Il n'a jamais voulu vivre au château, ni même s'occuper de nos terres et de notre forêt, maintenant qu'il est plus rentable de louer le terrain ou de le mettre en jachère pour recevoir une subvention européenne

Il n'a jamais voulu. Il n'a jamais pu. Mais je sais qu'il devrait s'en sortir financièrement.

Il a passé un diplôme d'économie qu'il a eu haut la main.

Mais on a tous de bons et de mauvais côtés, on a tous connu des coups d'éclat et des échecs, non ?

Bien sûr, nous n'avons pas tous autant d'ennemis, ni la force nécessaire à la survie dans ce monde. Papa avait essayé de me faire comprendre les responsabilités qu'impliquaient nos privilèges, et le rôle primordial que nous devons jouer dans la société. En même temps, il appartenait à une autre époque, révolue. Bien sûr je dirigeais les travaux à Skogså, et on me respectait dans les plus hautes sphères mondaines du comté. Mais de là à avoir une position importante, non. J'ai tout de même tenté d'inculquer à Fredrik et à sa sœur Katarina la valeur de nos privilèges, afin qu'ils ne les prennent pas pour acquis. J'espère que ça a marché.

Bettina, dis-moi ce que je dois faire pour rendre Katarina heureuse. Et ne me ressors pas cette vieille histoire. Nos avis diffèrent à ce propos, et tu le sais.

Chut, Bettina.

Chut.

Laisse-moi te poser cette question :

Qu'as-tu fait de la lignée Fågelsjö, Bettina ? En as-tu pollué le sang ?

Il en venait à se poser cette question parfois, lorsqu'il regardait Fredrik, et même Katarina.

Cela fait presque cinq cents ans que nous, les Fågelsjö, vivons de la même manière, à peu de chose près. Et nous avons façonné ce paysage, nous avons façonné cette ville.

Il lui arrive de penser que les habitants de la région imitent le style de vie de sa famille. Les premiers W.-C. de tout l'Östergötland ont été installés à Skogså, et son grand-père a été le premier à porter un costume trois pièces. Ils ont toujours montré la voie, sans parler de leur rôle dans la vie économique et politique, même si tout cela appartient aujourd'hui à l'histoire.

Il n'y a eu aucune invitation à la fête du comté cette année.

Cette fête réunit la plupart des notables du comté, et il s'y trouvait toujours un Fågelsjö parmi les invités. Mais pas cette année.

Axel avait vu une photo de la réception au château de Linköping dans le journal, l'*Östgöta Correspondenten.* Le comte Douglas était présent. L'historien Dick Harrison. Le directeur du secteur aéronautique de Saab. Le directeur de la communication de Volvo. Une secrétaire d'État. Le rédacteur en chef du journal. Le président de la Fédération Suédoise du Sport. Le baron Adelstål.

Mais aucun membre de la famille Fågelsjö.

Axel enfile sa paire de bottes de pluie.

J'arrive, Bettina.

Il met ses gants en cuir. Et du cuir de veau, s'il vous plaît !

Tout devrait tout de même pouvoir s'arranger, pense-t-il. Il entend encore la voix de Bettina disant : « Prends soin de notre fils. »

J'en ai pris soin. Je l'ai protégé.

J'ai fait ce qu'il fallait faire, même si en théorie la banque pouvait en prendre la responsabilité.

Le visage de Bettina s'efface peu à peu de sa mémoire.

Il devrait peut-être lâcher prise, pour son fils. Puis il presse sur le bouton de l'ascenseur. Il est froid. Il descend et sort dans la solitude de l'aube.

5

Le bruit du moteur d'une Range Rover est unique : élégant et puissant. Jerry Petersson aime la manière dont sa voiture réagit lorsqu'il appuie sur l'accélérateur. Peut-être était-ce ainsi que les chevaux réagissaient jadis lorsque les comtes donnaient des coups d'éperon sur les flancs de leur monture suant d'effort.

Aujourd'hui, plus de chevaux.

Et plus de comte.

Mais Jerry se dit qu'il pourrait toujours se procurer un cheval s'il rencontre une femme qui aime les chevaux. Beaucoup de femmes aiment les chevaux. Peut-être un cliché. Mais les clichés sont toujours inspirés de la réalité.

Depuis la voiture, Jerry peut voir les nappes de brouillard se déplacer au-dessus des champs, jusqu'aux bords de la forêt de pins plus loin à l'est. Son chien est assis sur le siège passager. Tout en contrebalançant parfaitement son corps selon les mouvements de suspension de la voiture, il est à l'affût d'un animal qu'il pourrait chasser, poursuivre en aboyant, et piéger. Jerry caresse de la main la fourrure rêche et moite de son chien. Cela sent fort, un chien, mais l'odeur s'accorde bien à la campagne, à sa réalité brute et imposante. Le chien est un beagle mâle nommé Howie, en référence à Howard Hughes, ce fou du Hollywood des années trente dont on dit qu'il est le père de l'industrie aéronautique moderne et qui, selon le mythe, a fini en reclus hémophile dans un hôtel de Las Vegas.

Jerry avait lu sa biographie et avait pensé : si jamais je m'offre un chien, je lui donnerai le nom de quelqu'un d'au moins aussi fou que moi, ou peut-être de quelqu'un que je connais. Les naseaux du chien se ferment et s'ouvrent à nouveau. Ses grandes pupilles noires semblent vouloir dévorer le paysage de Skogså.

C'est le matin que les champs sont les plus beaux, lorsque le jour naissant enveloppe la terre et la pierre d'un tapis luisant. La pluie tombe sur le toit de la voiture et le pare-brise. Jerry s'arrête au bord de la route. Des oiseaux sautillent dans un champ gris ; ils cherchent des vers sous la végétation pourrissante et les flaques chaque jour plus grandes. Les feuilles mortes s'amoncellent. On dirait une toile oubliée. Sous cette couverture, la vie se déroule normalement. Les larves peuvent se changer en chrysalides. Les cafards peuvent se livrer bataille. Les souris peuvent nager dans l'eau ruisselante vers une destination si lointaine qu'elles ne peuvent pas même en imaginer l'existence.

Le chien se met à s'agiter et à japper. Il veut sortir, mais Jerry le calme.

« Chut, tu vas bientôt sortir. »

Le paysage.

Serait-ce le destin ?

Parfois, lorsqu'il conduit à travers champs, Jerry Petersson revoit tous les personnages qui ont traversé sa vie. Ils flottent entre les arbres, les pierres et les maisons.

Il était inévitable qu'il atterrisse ici.

Inévitable.

La neige qui tombe lors de la Saint-Sylvestre est si dense qu'en comparaison la brume d'aujourd'hui apparaît aussi transparente qu'une vitre que l'on vient juste de nettoyer.

Jerry a grandi à quelques kilomètres d'ici seulement.

Dans un appartement que ses parents louaient à Berga.

Il se regarde dans le rétroviseur. Il redémarre la voiture et reprend sa route.

Après deux virages, il arrête la voiture à nouveau. Le chien est de plus en plus nerveux. Jerry lui ouvre la porte et descend à son tour. Le chien court en direction des champs. Il a probablement flairé un chevreuil, un élan, un lièvre ou un renard.

Après avoir pris le temps d'observer le champ, Jerry s'engage sur la terre détrempée. Il y patauge. Il voit le chien courir à droite et à gauche vers l'orée de la forêt, sauter dans un fossé profond, puis en remonter la pente pour disparaître à nouveau dans un tas de feuilles mortes pâles et mates où le jaune, l'ocre et le bronze rivalisent de beauté.

Hormis le chien, Jerry est totalement seul dans le champ. Cependant, il s'y sent bien.

En se passant la main dans ses cheveux blonds, il se dit qu'ils sont bien beaux, domptés au-dessus de son nez franc, de ses yeux au bleu profond, de son front ridé. Ce sont les rides issues d'années d'affaires bien menées. Des rides hautement méritées.

Plus loin, la forêt.

Les pins et les buissons. Pas mal de gibier cette année. Les exploitants de son terrain arrivent tout à l'heure. Ils vont essayer de tuer un jeune élan, ou un ou deux chevreuils.

La famille Fågelsjö. Ils seraient prêts à donner n'importe quoi pour pouvoir chasser à nouveau dans ces forêts.

La pluie tombe sur son bras, son imperméable Prada jaune vif, sa tête et ses bottes en caoutchouc.

Il appelle alors Howie. « Howie ! Allez, reviens à la voiture, maintenant. »

Dur. Impitoyable. Aussi froid qu'une machine. Un requin sans scrupule.

C'est ce que l'on pouvait entendre à son sujet dans le monde des affaires dans lequel il évoluait à Stockholm. Rien que des rumeurs infondées. Juste une réputation. Un sujet de conversation. Un homme qui suscitait souvent l'admiration, dans un monde où pouvoir afficher une réussite telle que l'on n'a plus besoin de haranguer les clients sur les plateaux télé était considéré comme un luxe.

« Jerry Petersson ?

– J'ai entendu dire qu'il était brillant. Un excellent avocat. Il n'est pas devenu super-riche grâce à cette affaire dans le milieu informatique ? Il a pris sa retraite, je crois, non ? Il devait en serrer, des filles. »

Mais aussi :

« Méfie-toi de lui.

– C'est pas celui qui avait trempé dans cette affaire avec Jochen Goldman ? Ils avaient une entreprise tous les deux, non ? »

« Howie ! »

Mais le chien ne semble pas vouloir venir. Jerry sait bien qu'il peut le laisser dans la forêt, car le chien est tout à fait capable de retrouver son chemin jusqu'au château. Il revient toujours, quelques heures après. Mais sans savoir pourquoi, il a envie de voir revenir son chien maintenant.

« Howie ! »

Le chien doit avoir perçu l'angoisse dans la voix de Jerry, puisqu'il accourt maintenant.

Il lui tourne autour en sautillant. Jerry s'agenouille alors, et sent l'étoffe de son pantalon absorber un peu de l'humidité du chien. Il tapote le corps du chien.

« Alors, qu'est-ce que tu veux, mon grand ? Rentrer tout seul, ou y aller en voiture avec moi ? À toi de décider. Tu veux rentrer tout seul, peut-être ? Mais tu sais, on ne sait jamais, je pourrais quitter la route. »

Le chien lui lèche le visage, avant de repartir et se cacher derrière un tas de feuilles. Puis il disparaît dans l'obscurité de la forêt.

Jerry retourne à sa voiture.

Il n'avait pas fermé les portes du château lorsqu'il était parti ce matin. Réveillé tôt, il avait décidé de faire un petit tour de la propriété. Qui allait venir ? Qui allait oser venir ?

Fredrik Fågelsjö. Le vieil Axel.

Katarina.

Elle s'est tenue à l'écart.

La fille de la maison.

Ma maison, désormais.

Un corbeau passe devant la vitre. Il bat des ailes, mais l'une d'elles fait un drôle de mouvement, comme si elle était cassée.

Le château est imposant. Il me faudrait une femme avec qui l'occuper. Je trouverai une femme en temps voulu, se dit-il souvent. Il a toujours pensé, même dans les autres lieux qu'il a pu occuper, tout aussi vieux et plus grands encore, que c'était celui-ci qu'il devait partager avec une femme. Mais ce n'était qu'une pensée avec laquelle il aimait jouer. Lorsqu'il avait besoin d'une femme, c'était facile pour quelqu'un comme lui : il suffisait de sortir dans un bar, ou d'appeler un numéro de son carnet pour que l'amour lui soit livré à domicile. N'importe laquelle. Des femmes pour partager un présent. Des femmes sans attaches, ni passées ni futures. Des femmes créées pour satisfaire les désirs. Il n'y a pas à avoir honte. C'est ainsi, et c'est tout.

Jerry avait entendu dire que Skogså avait été mis en vente.

Soixante-cinq millions de couronnes.

C'était l'agence immobilière Wrede à Stockholm qui gérait l'offre. Aucune annonce, rien que du bouche à oreille qui disait qu'un château et son immense terrain dans les environs de Linköping étaient en vente. Cela pouvait peut-être l'intéresser.

Skogså.

Intéressant ?

Soixante-cinq millions, ça fait mal. Mais pas tant que ça. Et pour ce prix, il a acheté bien plus qu'un château. Soixante-quinze hectares d'une forêt magnifique, et autant de terre cultivable. Ainsi que la petite maison paroissiale abandonnée, qu'il pourrait toujours détruire pour y reconstruire autre chose.

Et aujourd'hui, en cette belle et sombre matinée d'automne, alors que son corps s'imprègne de la brume, de la pluie incessante, du sentiment d'être libre et de celui d'être chez soi, se rend-il compte que son argent n'a jamais été aussi bien investi ? Car à quoi sert l'argent si ce n'est à procurer des sentiments ?

Il avait voulu que Fågelsjö soit présent à la conclusion de l'affaire, sur Karlavägen. Il avait souhaité le rencontrer, non pas pour lui sourire avec mépris, mais pour le cerner, et lui faire comprendre qu'il avait eu tort, et qu'une nouvelle ère s'offrait au château. Mais Axel Fågelsjö ne s'était jamais montré au rendez-vous.

À la place, c'était une avocate adjointe de Linköping qui était venue. Une jeune femme aux cheveux noirs et aux joues rondes. Une bouche pulpeuse. Après la signature du contrat, il l'avait invitée à déjeuner au Prinsen. Puis, à son cabinet, il l'avait plaquée contre la fenêtre, soulevé sa jupe jusqu'au ventre, déchiré ses collants noirs et l'avait baisée, ennuyé, tout en regardant passer les bus, les taxis, et les gens dans la rue Kungsgata, comme une masse informe dont la destination semblait programmée. Il avait l'impression d'entendre le bruit des tondeuses à gazon plus loin dans le parc Kungsträdgård.

On disait que le château était hanté.

Les esprits damnés seraient celui du comte Erik, qui aurait battu son fils à mort pour le punir de sa faiblesse, et ceux de soldats russes emmurés dans les douves.

Jerry n'a jamais vu aucun fantôme. Mais il a déjà entendu des craquements et des sifflements dans les pierres, la nuit, et senti le froid accumulé depuis des siècles dans les recoins du château se libérer soudainement.

Des esprits.

Des fantômes.

Le château et les bâtiments qui l'entourent tombaient en ruine, et il a tout rénové l'année dernière.

Il y a parfois une voiture noire inconnue qui vient sur ses terres. Jerry pense qu'il s'agit d'un Fågelsjö qui revient, poussé par la nostalgie. Laisse-les donc faire, se disait-il. Sauf qu'il ne peut pas être totalement certain qu'il s'agisse d'un Fågelsjö. Cela pourrait être n'importe qui. Mais il n'y a qu'eux qui pourraient venir pourtant. Un portrait de lui était paru dans le journal quand l'annonce avait été faite que le château de Skogså avait trouvé preneur. Au cours de l'entretien, il avait parlé d'un rêve devenu réalité, entre autres mensonges qui passent toujours bien. Mais comment était-ce devenu réalité ?

Le journaliste, un certain Daniel Högfeldt, avait remonté la piste de l'avocate et insinué que Jerry avait forcé les Fågelsjö à quitter le château qui appartenait à leur famille depuis presque cinq cents ans.

Des pleurs.

Cessez de pleurer. Le droit de naissance ne donne pas nécessairement droit de vie.

Aujourd'hui encore, l'article le poursuit, et il regrette de s'être ainsi fait avoir à cause de sa vanité, et de son désir de faire comprendre à toute la région qu'il était de retour. Il s'était persuadé qu'il désirait rétablir un ordre qui n'avait jamais existé.

Les Fågelsjö en ont tant fait subir aux habitants de la région. Combien de fermiers, d'ouvriers journaliers et même d'esclaves n'ont-ils pas tâté du bâton ? Et tous ces gens rabaissés, au nom de la prétendue supériorité de la famille Fågelsjö.

Jerry n'embauche pas, mais il recrute et paie la main-d'œuvre au jour le jour s'il faut que quelque travail soit fait. Il veille à ce que ces gens soient bien traités et bien payés.

Et il y a aussi cette histoire autour des douves qui entourent le château. Elles auraient été creusées au début du XIXe siècle, alors que plus personne n'avait besoin de douves dans cette région depuis bien longtemps. Un des comtes aurait soudainement eu envie d'en avoir, et aurait fait venir des prisonniers russes ayant travaillé sur la construction du canal Göta et les aurait fait creuser jusqu'à l'épuisement. On dit qu'il aurait emmuré les cadavres dans les parois des douves au moment de la pose des pierres, enfermant ainsi leur âme pour l'éternité dans un édifice inutile.

Le château était vide, et cela lui pesait parfois. Pour la première fois, il ressentait le besoin d'avoir quelqu'un à ses côtés, pour se rassurer. Quelqu'un qui prendrait son parti quoi qu'il arrive, qui le préviendrait à l'approche du danger. Et il lui fallait un chien pour chasser aussi.

On dirait qu'il y a quelque chose qui bouge devant lui sur la route. Howie ? Il rentrerait déjà ? Impossible. Absolument impossible.

Un cerf ?

Un chevreuil ?

Non.

Il pleut à verse dehors. Mais dans sa Range Rover, Jerry est isolé dans un monde chaud et confortable.

Le château apparaît dans la brume. Ses trois étages de pierre grise semblent sortir de terre, ses murs inclinés s'élancer vers le ciel. Tout comme les phares verts qui longent les douves et procurent une lumière douce.

Il y a quelqu'un sur le perron ?

Les fermiers avec qui il doit partir à la chasse sont censés arriver plus tard, et jusque-là ils ont toujours été à l'heure.

Il accélère.

Il cherche son chien de la main, mais celle-ci ne trouve pas son pelage chaud sur le siège passager.

Ah oui, bien sûr.

Jerry remonte l'allée du château à toute vitesse afin d'entendre le gravier crisser sous ses pneus. Il y a bien quelqu'un sur les marches.

Une silhouette. Vague à cause du brouillard. À moins que ce ne soit un animal ?

Les fantômes qui hantent le château ?

Les esprits vengeurs des soldats russes ?

Le comte Erik venu le saluer vêtu d'une cape et armé d'une faux ?

Jerry est maintenant à dix mètres de la silhouette.

Qui est-ce ? Une femme ? Toi ?

Serait-ce encore cette personne ? Si c'est le cas, cela devient pénible.

Il arrête la voiture.

Klaxonne.

La silhouette noire s'approche de lui sans un bruit.

6

Grise.

La lumière est grise ce matin, et pourtant son éclat perce les paupières de Malin. Le gris paraît voilé, comme celui d'un couteau qui n'a pas été aiguisé depuis longtemps, retrouvé au fond d'un tiroir après la mort de son propriétaire. Malin lève les yeux, et regarde par la fenêtre du séjour. Le soleil est caché par plusieurs couches d'épais nuages. Malin sent que sa peau et sa chair sont bouffies. Elle aimerait regarder autour d'elle, mais elle est incapable de garder les yeux ouverts, son cerveau épuisé a besoin de repos, et l'obscurité calme sa migraine.

Son corps n'est qu'un tas croulant sur le parquet. Près de sa tête, le radiateur est plus chaud maintenant que la veille, et elle y entend l'eau chaude rugir dans les conduits métalliques.

Une bouteille de tequila vide à côté d'elle ; le bouchon est à moitié vissé. Elle regarde autour d'elle, l'appartement.

Gris.

Tout autour de moi est gris, se dit-elle. Il y a dans ce monde plus de nuances de gris que le cerveau humain ne peut en distinguer, du gris carbone du canapé au blanc sale des murs.

Qui m'observe là par la fenêtre ? À qui est ce visage qui se détache dans le brouillard ? Ce sont les traits de la mauvaise conscience. Les traits du malaise. Comment ai-je pu ? Comment ai-je pu lever la main ? Et frapper ?

Je pue. J'aimerais retourner mon visage comme un gant pour ne pas avoir à me voir dans le miroir.

Impossible de me relever, bon sang.
Il faudrait que je les appelle, Jan et Tove. Mais qu'est-ce que je peux dire après ça ?
Que je les aime ?
Qu'il pleut ?
Que je regrette ?

« Zacharias ! Zacharias ! »
La voix de Gunilla est aussi aiguë qu'une sonnerie de téléphone. Qu'est-ce qu'elle veut encore ?
« Martin a marqué deux buts cette nuit ! » crie-t-elle.
Les autres femmes n'ont pas cette voix.
À l'étage, son époux Zacharias Martinsson, alias Zeke, inspecteur à la police criminelle de Linköping, est couché. Il se lève, et sent à quel point l'humidité ambiante a rendu son corps inhabituellement raide. Il voit, d'après le peu de lumière qui réussit à passer entre les stores, qu'il fait toujours le même temps de chien. Un temps parfait pour rester à la maison et faire les réparations nécessaires.
Martin.
Il a signé un contrat avec la NHL. Après son succès à Moscou, ils avaient donné carte blanche à son agent. Résultat : il y a six mois, il emménageait à Vancouver.
Riche.
Et célèbre.
« Si jamais vous avez besoin d'argent, pour prendre des vacances quelque part, ou acheter une nouvelle maison de vacances, vous n'avez qu'à demander. Vous pourriez aussi venir nous rendre visite ici. Linus a tellement grandi, vous ne voulez pas le voir ? »
Douze mille couronnes.

C'est le prix des billets les moins chers pour Vancouver.

Par personne.

Une dépense conséquente pour un salaire de flic.

Ce petit garçon a huit mois maintenant, mon petit-fils. J'ai envie de le voir. Mais se faire payer le voyage par Martin ?

Jamais.

Tous ces millions que le gamin gagne pour divertir quelques pauvres âmes incultes. Cela le dégoûte parfois. Comme le hockey, ce jeu stupide et pseudo-viril, où les joueurs, les entraîneurs et les fans se voient comme des durs, tu parles. Qu'est-ce qu'ils savent de la vraie violence, du vrai danger, et de ce qu'il faut faire lorsque l'on se retrouve face à lui ? Y a-t-il une seule de ces princesses des glaces aux shorts à coque surdimensionnés qui a ce qu'il faut au cas où ça chaufferait ? Sundin, Forsberg, bande de pédés.

« Zeke, ils montrent les buts sur la 4 ! Dépêche-toi ! »

C'est Gunilla qui est la plus impliquée dans le hockey. C'est elle qui mène la barque. Elle est supporter pour deux lorsque son époux met autant de mauvaise volonté et qu'il ne décroche pas des chansons de la chorale Da Capo.

Zeke enfile un caleçon. Il est un peu serré. Debout dans l'obscurité de la chambre, il se passe la main sur le crâne. Sa barbe de deux jours pique, mais elle est encore suffisamment courte pour qu'il n'ait pas à se raser aujourd'hui.

Des buts.

Mon fils.

Zeke sourit, contre son gré. Il se débrouille bien le petit, face à ces gonzesses. Mais me dépêcher pour ça ?

Jamais.

Elle ne dort plus avec moi. Ce lit est un océan d'illusions perdues.

Karim Akbar, chef de la police, aimerait bien pouvoir poser son bras sur le corps de sa femme, mais elle n'est pas là. Elle lui a préféré un autre. Peut-être est-ce mieux ainsi ? L'année dernière, il n'osait même plus l'approcher par peur de subir les foudres de son mépris.

Elle était toujours fatiguée.

Elle travaillait deux fois plus après le départ de la moitié de ses collègues, partis en Norvège pour gagner plus en travaillant moins.

Il y a quelque chose que je ne vois pas, pensait souvent Karim. Quelque chose, mais quoi ? Il avait tendance à refouler l'interrogation au lieu de s'y confronter et d'essayer d'en comprendre la raison. Il se demandait comment deux personnes pouvaient vivre ainsi ensemble toute leur vie sans jamais se comprendre tout à fait. Il s'imaginait que le sentiment de vide que l'on ressent dans cette situation, sentiment duquel on meurt aussi bien que l'on en vit, devait être semblable à celui que son père avait dû ressentir. Lorsque, ingénieur en son pays, il était venu en Suède pour y trouver un travail, ou en tout cas une place dans la société. Il avait fini pendu à sa cravate en nylon dans un appartement à Nacksta, dans le Sundsvall.

Karim pensait parfois que sa femme voulait partir. Qu'elle souhaitait qu'ils se séparent. Mais pourquoi est-ce qu'elle ne le disait pas dans ce cas ? C'était un homme civilisé après tout, et il savait bien qu'elle ne lui appartenait pas.

Il n'avait cependant jamais réussi à mener cette pensée jusqu'au bout, et à la mettre au pied du mur.

Puis tout à coup, elle était partie. Elle avait pris leur fils de neuf ans avec elle et était allée vivre avec un collègue à Malmö.

Elle avait osé. Mais il savait qu'elle avait peur, et peut-être a-t-elle encore peur aujourd'hui.

Elle n'a pourtant pas à avoir peur.

Jamais je ne ferai comme mes compatriotes, comme ce frère et ce père que nous avons arrêtés il y a quelques mois. Ils me donnent la gerbe.

Le divorce.

C'est juste une meilleure manière de dire solitude et confusion. Il a bien essayé de se réfugier dans le travail, dans son nouveau livre, qui étudie la question de l'intégration sous une perspective nouvelle, mais il n'arrivait pas vraiment à avancer. Il a alors essayé de trouver des activités qu'il pourrait partager avec son fils pour qu'ils passent un bon moment lorsqu'il en avait la garde.

Il était papa un week-end sur trois. Il voulait la garde partagée, mais il a abandonné. Être père célibataire une semaine sur deux n'allait pas coller avec son emploi du temps. C'était aussi géographiquement impossible.

Bajran vivait donc chez elle, et chez l'autre.

Ils étaient à Stockholm le jour de son anniversaire, en septembre. Bajran l'avait suivi chez Götrich où il avait choisi de nouveaux costumes, et il l'avait même laissé choisir des cravates.

Les costumes étaient d'une étoffe belle et douce. Du cachemire. Un luxe qu'il pouvait se permettre, en tant que chef de la police. Du cachemire, et une Mercedes aussi.

Il remonte la couverture sur ses épaules, et écoute le bruit de la pluie sur le rebord de la fenêtre. Il se dit qu'il aimerait bien emménager dans un appartement en centre-ville, pour se rapprocher de tout.

Enfin, cela pourrait être pire. Le visage de Börje Svärd lui apparaît, avec sa moustache vaillante et bouclée aux extrémités. Il est en permission actuellement. Son épouse Anna est atteinte de la sclérose en plaques, qui s'est déclarée au niveau des muscles respiratoires. Placée sous respiration artificielle, elle a besoin d'assistance vingt-quatre heures sur vingt-quatre.

– Elle n'a plus que six mois à vivre, avait dit Börje lorsqu'il avait demandé sa permission pour pouvoir veiller sur elle comme il s'y était engagé.

– Occupe-toi d'elle aussi longtemps qu'il le faut, avait répondu Karim. Tu seras le bienvenu lorsque tu voudras revenir.

Et Malin Fors. Il y a un truc qui cloche chez elle, se dit Karim. Mais qu'est-ce que je peux faire ? Elle picole trop certes, mais Dieu sait qu'on a besoin d'elle dans l'équipe.

Sven Sjöman est commissaire et inspecteur en chef de la police criminelle de Linköping. Son passe-temps comme il le dit, c'est révéler l'essence des arbres, en extraire les secrets enfouis, mais aussi toute la beauté de leur forme à la fois fonctionnelle et esthétique.

Romantique au possible, oui, mais qu'y a-t-il de plus romantique que la gravure sur bois après tout ?

Le tour vibre. Les copeaux de bois volent et recouvrent le motif de son tee-shirt, le logo de la scierie Berg.

L'atelier de Sven se trouve au fond de la cave de sa maison à Valla. La pièce est isolée contre le bruit. Elle sent la sciure de bois fraîche, la laque, le vernis et la sueur.

Le matin est le meilleur moment de la journée dans l'atelier, mais aussi le moment où Sven se sent le plus seul.

Sven n'a jamais aimé la solitude.

Il préfère avoir de la compagnie.

Celle de son épouse par exemple. Même si après toutes ces années, ils ne se parlent pas autant.

Il y a ses collègues, aussi.

Karim.

Et Malin. Comment vas-tu Malin ? Tu as eu une année horrible, se dit Sven en retirant un dernier copeau du tour. Il éteint ensuite l'appareil et profite du silence qui très vite envahit la pièce.

C'était une mauvaise idée de retourner vivre avec Jan. Une très mauvaise idée, je pense, mais jamais je ne pourrai te le dire. C'est ta vie, Fors, et c'est à toi de la gérer. Au boulot je peux encore te donner des ordres et des conseils, même si tu en as beaucoup moins besoin.

Par contre, en ce qui concerne ta vie privée…

Tu sens l'alcool de plus en plus souvent. Tu as l'air pâle, triste et épuisée.

Enfin.

Tant que ça n'empire pas. Jan, ton mari, ou devrais-je dire ex-mari, m'a appelé ; il voulait que je fasse quelque chose. Te parler de ton problème d'alcool, qui bien évidemment se voit. Parfois. Je lui ai fait une promesse. Mais qu'est-ce que je pouvais lui promettre ? De te parler ? Tu te braquerais immédiatement. Te suspendre de tes fonctions ? Il me faudrait un meilleur motif. T'envoyer voir quelqu'un ? Tu refuserais tout simplement d'y aller, têtue comme tu es.

Des policiers alcooliques, ce n'est pas si exceptionnel après tout.

Avec toutes les horreurs qu'ils voient, pas étonnant qu'ils aient besoin de relâcher la pression.

Sven resserre sa ceinture. Il a gagné quatre trous, en perdant douze kilos. Il a une meilleure circulation aujourd'hui. Mais au prix de beaucoup trop de repas insipides.

« Enfile cette combinaison. Tout de suite. Je ne vais pas te le répéter. »

L'inspecteur criminel Johan Jakobsson est debout dans le hall d'entrée de sa petite maison à Linghem. Sa petite fille a cinq ans. Elle chante, elle est dans sa bulle. Les mots de Johan ne sont pas près d'atteindre son monde.

Mais pourquoi faut-il qu'on aille chez les beaux-parents le seul week-end où j'ai un vendredi de libre ? La dernière chose dont ils aient besoin maintenant, c'est de commencer la journée dans la tension, où fusent les piques et les réflexions agacées.

– Tu t'occupes de Hugo ? Et je prends Emma ?

Sa femme hoche la tête et se penche pour prendre la veste bleue d'Hugo.

– Je ne vais pas le dire deux fois.

– Tu ne peux pas te calmer un peu ? lui demande son épouse.

Et c'est reparti.

– Ce n'est pas moi qui ai eu l'idée de partir pour Nassjö aussi tôt.

– Papa fête son anniversaire.

– Oui, justement. Soixante-trois ans. À cet âge-là, ce n'est pas comme s'il avait besoin qu'on soit là.

Le visage de sa femme se crispe. Cette dernière phrase ne vaut pas la peine qu'on y réponde, Johan l'admet. Il tend la main vers sa fille, lui prend le bras, menu mais fort, et l'attire vers lui.

– Mets ta veste.

– Mais elle n'a pas besoin de la porter dans la voiture.

Johan relâche le bras de sa fille.

Et ferme les yeux.

Il aurait aimé être d'astreinte ce week-end. Il aurait pu prétendre devoir rester au commissariat.

Les enfants. Ses paupières sont closes, mais il entend toujours leurs voix, et plus distinctement encore. Il y entend la joie et la confiance en la vie, malgré l'amertume. Ces milliers de baisers et d'embrassades, ces centaines de milliers de compliments, ces millions de sourires et de paroles réconfortantes semblent fonctionner finalement. Les gens n'en sont que plus heureux, et ça ne demande pas grand-chose. Ça en vaut vraiment la peine.

– Johan, dit son épouse. Calme-toi. On pourrait éviter d'en faire un drame. Mais ça ne tient qu'à toi.

Il y a quatre crochets au mur blanc parsemé de taches de saleté. Le crochet du milieu est mal cloué. Il pend, prêt à tomber dangereusement.

La porte du balcon est ouverte. Waldemar Ekenberg tire profondément sur sa cigarette. Il prend l'air depuis le balcon.

Il regarde le ciel. Un plafond dense et gris clair. Le même pour tous.

La première cigarette.

Il n'y a rien de meilleur. Même si sa femme risque de se plaindre de l'odeur lorsqu'il retournera se coucher.

Waldemar n'avait pas hésité lorsque les affectations à Linköping avaient été annoncées. Il y avait apprécié son dernier séjour, lié à cette horrible histoire de meurtre sur une petite fille de dix ans.

Ils ne voulaient pas de lui, il le savait. Mais avec son expérience, ils ne pouvaient pas le refuser, puisque tous les autres candidats sortaient à peine de l'École de police.

Fors. Sjöman. Jakobsson. Akbar. Martinson.

Une très bonne équipe de flics, il faut dire. Un excellent taux d'élucidation. Juste ce qu'il faut de désaccord au sein du groupe.

Fors.

Elle ne va pas très bien, mais il paraît que c'était pire encore juste après ce qui s'est passé avec sa fille, avant qu'elle ne retourne vivre avec son mari.

Mais c'est une enquêtrice redoutable. Il ne faut pas la chercher.

Du coup, c'est assez amusant de la titiller.

Elle a un problème avec l'alcool. Nombreux sont les collègues qu'il a vus céder à la bouteille cette année. Mais ils n'ont jamais su se contrôler. Dès qu'ils commencent à y prendre goût, il n'y a plus rien à faire.

Jakobsson.

Son problème, c'est les enfants.

Ils n'ont jamais pu en avoir, lui et greluche, et c'est peut-être mieux ainsi.

L'hiver dernier, ils sont allés en Thaïlande. Rien que tous les deux. Tranquilles et détendus, contrairement aux parents avec leurs gosses qui logeaient également à l'hôtel.

L'amour d'un enfant. L'amour d'un parent.

On ne peut pas ressentir de manque pour quelque chose dont on n'a jamais fait l'expérience, pense Waldemar en tirant une dernière bouffée sur sa cigarette. Mais peut-être que je me trompe ?

Malin est à la caisse du Seven Eleven de la rue Ågata.

Ses cheveux sont trempés à cause de la pluie, et sa culotte lui rentre dans les fesses. C'est tout ce qu'elle avait trouvé dans l'armoire de la chambre : un jean délavé et une petite culotte rose. Ces fringues avaient au moins dix ans, mais ça irait pour ce matin. H&M n'est pas encore ouvert. Elle irait récupérer deux ou trois trucs à Malmslätt lorsqu'elle aurait un moment. Oui, c'est ce qu'elle allait faire : récupérer ses affaires, et récupérer Tove. Et recommencer à vivre comme avant. Avant qu'ils n'essaient de vivre comme une vraie famille, avant que Malin ne mette la vie de Tove en danger.

Une brosse à dents, du déodorant, du dentifrice, et un café au comptoir. Le caissier met ses achats dans le sac.

« Ah, on dirait que le match ne s'est pas joué à domicile hier soir. »

Quoi ? Il y avait un match hier soir ? Lorsqu'elle comprend enfin ce qu'il a voulu dire, elle n'a qu'une envie, c'est de lui mettre un coup de boule. Mais elle se contente de secouer la tête.

« Ah, pas de match à l'extérieur donc. Mais ça s'est fini tard en tout cas, non ? Moi quand je suis dans votre état le matin, c'est même pas la peine de me tirer du lit.

– Vous voulez bien m'encaisser au lieu de raconter des conneries ? »

Les bras du caissier tombent comme son enthousiasme.

« C'était juste pour faire un peu d'humour. Pardon. »

Malin lui arrache la monnaie des mains et parcourt sous la pluie les cent mètres qui la séparent de chez elle.

Arrivée à l'appartement, elle file sous la douche.

L'eau est plus froide que la pluie. Elle coule sur sa tête, et ruisselle sur son corps.

La douleur et le mal sont glacés, arrachés à sa peau, et évacués par le siphon.

Ne pense pas à ce qui s'est passé, se dit-elle. Tu vas boire un café dans la tasse que tu as trouvée sur l'étagère de la salle de bains, et tu vas faire comme si ces médocs que tu as dénichés dans l'armoire à pharmacie atténuaient vraiment ton mal de tête.

Mon crâne est une véritable caisse de résonance.

Tove va emménager ici cette semaine. Peut-être même dès ce soir.

Je bosse aujourd'hui. Ce foutu mal de crâne. J'aimerais bien qu'il arrive un truc pour que je puisse me focaliser sur autre chose. Mais ça m'étonnerait.

7

Göte Lindman se passe la main sur son crâne rasé. Il se souvient qu'il est déjà venu au château de Skogså.

Il avait huit ans. Il en a aujourd'hui cinquante-deux. Il était avec son père, dans le salon d'Axel Fågelsjö, avec qui celui-ci discutait des conditions de travail pour l'été à venir. Il voulait louer la petite dépendance militaire située à l'extrémité sud-ouest de la propriété.

« Si je vous appelle, vous venez. »

Göte a l'impression d'entendre la voix du comte, sèche et agressive, au moment où, avec Ingmar Johannsson, de quelques années son aîné, il parcourt les couloirs du premier étage, entre les murs de pierre grise, ornés de tableaux étranges disposés tous les cinq mètres environ.

« Il a un chien, dit Göte. Mais il doit être dehors, sinon on l'aurait déjà entendu.

– C'est un beagle. Il aboie très facilement », murmure Ingmar.

Il y a plus de quarante ans, Göte était là, avec son père.

Ses propres affaires avec les Fågelsjö se sont réglées au cabinet d'avocats du centre-ville, et fort heureusement il s'était contenté d'affermer le terrain à ce moment-là, et avait acheté une petite propriété près de Bankekind.

Un avocat l'avait informé de la vente de Skogså. Il pourrait néanmoins continuer à louer le terrain.

Ils avancent, pièce après pièce.

Ils y jettent un œil, font grincer le plancher et crisser la pierre, inspectent chaque mètre carré. Ils étaient venus avec la Saab noire de Lindman, garée dans l'allée du château à côté de la Range Rover de Jerry Petersson. Les portes du château étaient ouvertes, et le voyant de l'alarme était vert. Ils avaient hésité avant de pénétrer dans la propriété, car ils ne voulaient pas agacer le nouvel occupant.

Un jour, Jerry Petersson était venu voir Göte. Il avait garé sa Range Rover le long de l'allée, et en était sorti tout sourires avec sa veste jaune ridicule et sa tête de con. Le vent ébouriffait ses cheveux blonds. Göte savait que cette visite ne présageait rien de bon.

« Vous savez qui je suis, n'est-ce pas ? », lui avait demandé Petersson. Göte avait hoché la tête.

« Vous m'offrez un café ? »

Nouveau hochement de tête.

Assis à la table de la cuisine, autour de deux tasses de café et de petites brioches de Svetlana, Petersson avait affirmé que Göte pouvait continuer à louer cette partie de la propriété, à une condition: qu'il accompagne Petersson régulièrement à la chasse. Il devrait être là, qu'il pleuve, qu'il vente ou qu'il neige, quelles que soient les circonstances.

« Si je vous appelle, vous venez. C'est compris ? »

Ingmar Johansson regarde dans la cuisine du château.

Des casseroles en cuivre sont suspendues en rang à un cordon accroché au plafond. Elles reflètent la sombre lumière matinale. La cuisine est entièrement neuve. Le sol et les murs sont en marbre, l'équipement est en acier clinquant, et le plan de travail comporte une dizaine de plaques de gaz.

Mais la cuisine est déserte.

Pas de Jerry Petersson. Tout comme Lindman, Ingmar ne voit nulle part le propriétaire du terrain.

Jerry Petersson était venu jeudi soir.

« J'ai besoin de toi demain matin à huit heures. On va tuer quelques chevreuils. Il commence à y en avoir un peu trop. »

Trop de chevreuils, il délire. Il n'y en a pas assez plutôt. Mais la voix de Petersson ne tolérait aucune protestation. Et il avait été clair quant à la condition de l'affermage des terres.

« C'était bien huit heures ?

– Précises », répond Göte.

Ils en avaient parlé au téléphone juste après avoir eu chacun la visite de Petersson. Ils s'étaient dit que ça pouvait être pire, qu'il aurait pu vouloir transformer le château et le terrain en une immense exploitation agricole. Petersson n'avait pas répondu lorsque Ingmar lui avait demandé sans détour ce qu'il comptait faire. Il avait seulement dit que l'une des clauses du contrat d'affermage exigeait du locataire qu'il soit disposé à l'aider à la chasse.

« Soyez à l'heure. »

Et maintenant ils sont là.

Mais pas Jerry Petersson.

Les marches de l'escalier sont hautes et dangereusement glissantes avec des bottes mouillées. Ils montent prudemment jusqu'au deuxième étage, et appellent Petersson. Mais les syllabes de son nom rebondissent contre la pierre froide. Au-dessus de leur tête, tout en haut des vingt mètres de la cage d'escalier, un lustre qui doit dater de plusieurs siècles, est orné jusqu'à moitié de bougies éteintes posées sur d'imposants disques superposés. Au mur du hall d'entrée, une toile à dominante bleue représente un homme étalant de la crème solaire sur le dos d'une femme.

Ils atteignent, essoufflés, le deuxième étage.

« Il devrait installer un ascenseur, dit Ingmar.

– Ça doit être cher, répond Göte.

– Bah il peut se le permettre.

– On ne devrait pas plutôt commencer par chercher à la cave ?

– Ah non, on oublie la cave. J'ai pas envie d'y trouver des instruments de torture. Imagine la pièce, avec une vierge de fer et une chaise au milieu.

– Ouah, je savais pas que tu avais une imagination aussi débordante ! »

Ils s'avancent dans la pièce.

« Il loge au deuxième, dit Ingmar.

– Regarde ces tableaux bizarres, chuchote Göte au moment où ils entrent dans une pièce où sont accrochées des photographies montrant des statuettes du Christ baignant dans un liquide jaune.

– C'est de la pisse, tu crois ? demande Ingmar.

– J'en sais rien. »

Dans un coin de la pièce, la sculpture d'un ours en plastique rose et mauve incrusté de pierres précieuses porte des sabres à la place des dents ; elle semble les observer de ses yeux de diamant.

Une peinture représentant un prisonnier cambodgien semble vouloir les chasser hors de la pièce.

L'ameublement pourrait ressembler à celui d'un vaisseau spatial : tout est aligné, noir et blanc, comme sorti d'un des magazines de design que Göte a l'habitude de feuilleter chez le coiffeur.

« Merde, il doit même plus savoir commencer dépenser son argent, dit Ingmar.

– Petersson ! Petersson ! On est là !

– C'est l'heure de la chasse ! Les chevreuils attendent ! »

Ils s'immobilisent. Se sourient. Puis, un silence glacial.

« Il est où, tu crois ? demande Göte en boutonnant sa doudoune jusqu'au col et en s'essuyant le front.

– J'en sais rien. Peut-être dehors ? Pas dans le château en tout cas. Il nous aurait entendus si c'était le cas.

– Mais la voiture était là. Et la porte d'entrée était ouverte.

– Bagnole de bourge !

– Arrête, t'aimerais bien en avoir une, toi aussi. »

Ils trouvent toute une série de chemises en coton de toutes les couleurs imaginables repassées et accrochées à un portant à cintres.

« Qu'est-ce que tu penses de lui ? demande Ingmar.

– De qui, Petersson ?

– Non, le pape. Évidemment, Petersson. »

Ingmar regarde Göte. Les rides qui sillonnent son visage, sur le front, autour des yeux et autour de la bouche, lui donnent un air amer.

Ingmar sait que Göte vivait seul depuis quelques années après que sa femme l'eut quitté il y a quinze ans. Elle avait été à Stockholm, et en était revenue complètement folle, disant qu'elle ne supportait plus de vivre ici. Quelqu'un avait dû lui faire tourner la tête, là-bas à Stockholm.

Mais il avait rencontré quelqu'un d'autre par la suite, une Russe.

« Ce que je pense de lui ? répond Göte en avalant ses mots. Il n'a pas l'air de vouloir nous virer. Après, qu'il veuille qu'on rapplique comme des esclaves dès qu'il nous siffle, évidemment ça m'emmerde. Mais qu'est-ce que je peux dire ? »

Ingmar hoche la tête.

« Tu le connaissais avant, toi ? » lui demande Göte.

Ingmar secoue la tête.

« Apparemment il a grandi à Berga. Je n'ai jamais rien lu concernant ses affaires. Ces choses-là ne m'intéressent pas. »

Ingmar regarde l'ours géant. Ses yeux brillent. Seraient-ils vraiment en diamants ?

« Et ensuite il a eu vite fait de racheter le château.

– Ça a dû être un sacré coup pour le comte.

– C'était mérité, en même temps. »

Ils s'arrêtent dans l'une des pièces.

« T'entends ce que j'entends ? » demande Ingmar.

Göte hoche la tête.

Dehors, un chien aboie.

Il a l'air affolé.

« Une chose est sûre, quelque chose le tracasse, ce chien », dit Göte.

Ils restent un instant à prêter l'oreille avant d'aller voir à l'une des fenêtres de la pièce.

Un nuage bas se décompose peu à peu dans la brume. Il passe devant la fenêtre et laisse de petites gouttes d'humidité sur la vitre.

L'un à côté de l'autre, Göte et Ingmar attendent que le nuage ou la brume se retirent. Ils écoutent le chien aboyer.

Ils ont une vue sur toute la propriété.

La forêt de pins, les champs. Mais la nappe de brouillard empêche de voir quoi que ce soit au niveau des douves.

« C'est beau, dit Ingmar. Est-ce que tu vois le chien ?

– Non.

– Tu m'étonnes que le comte soit tant attaché à ses terres.

– Oui. Il ne se plaît sans doute pas en ville. »

Ingmar ricane puis détourne le regard du paysage. Derrière le château, sur le gravier ratissé de la cour, sont garées la Range Rover, et leur voiture.

La brume se retire désormais des douves. Le chien apparaît. Son corps sombre s'étire à chaque fois qu'il lève le museau au ciel pour aboyer.

« C'est peut-être un chevreuil qui est tombé à l'eau », suppose Göte.

L'eau des douves est noire, et stagnante. La lumière des lampadaires verts plantés autour est faible.

Mais il y a quelque chose qui cloche. Quelque chose d'anormal, dans l'eau. Mais pas un chevreuil, non, se dit Göte.

Le chien baisse la tête, puis aboie à nouveau, par à-coups.

Quelque chose de jaune flotte dans l'eau noire. La vue de Göte s'est affaiblie avec les années, et tout ce qu'il peut voir, c'est une forme ronde, floue, mouvante.

« Eh, Ingmar, c'est quoi le truc qui flotte dans les douves ? Ce truc clair, là ? C'est ce qui fait aboyer le chien, on dirait. »

Ingmar regarde dans l'eau.

Un serpent noir, dompté et enfermé derrière de vieux murs de pierre grise. Serait-ce vrai, ce que l'on dit à propos de ces soldats russes qui y seraient emmurés ? se demande-t-il.

À peut-être cinquante mètres, dans les douves, la chose avance et recule dans un mouvement régulier, elle est jaune, lumineuse, mais sombre sur les bords. Ingmar la reconnaît soudain, et instinctivement, détourne le regard.

Une tête.

C'est un corps, dissimulé dans l'eau et pourtant si évident.

Des cheveux blonds.

Un visage tourné sur le côté.

Une bouche.

Il a l'impression de voir des poissons luminescents sortir de sa bouche, que l'oxygène a dû quitter il y a longtemps.

« Oh mon Dieu.

– Merde.

– Oh mon Dieu », répète Ingmar.

Il ne sait pas exactement ce qu'il ressent, il ne sait pas exactement ce qu'il doit faire sur le moment. Tout ce qu'il sait, c'est que même si le chien s'arrête d'aboyer, il entendra ses aboiements dans ses rêves jusqu'à la fin de ses jours.

8

Je suis quelque chose qui ne bouge plus.

Quelque chose qui s'est arrêté pour toujours. C'est ce qui est autour qui se meut à ma place. Je n'ai plus besoin de respirer pour vivre en ce milieu. C'était exactement comme il y a bien longtemps, au commencement, lorsque je flottais en toi, maman. Il y faisait chaud et sombre, et tout n'était que bonheur, mis à part ces sons aigus et ces coups violents, qui déjà mettaient à mal ma conscience naissante.

Ici il ne fait plus chaud.

Mais il ne fait pas froid non plus.

J'entends le chien. Howie. Je sais que c'est toi, je sais te reconnaître lorsque tu aboies, même si j'ai l'impression que tu es infiniment loin.

Tu as l'air agité, presque apeuré. Mais qu'est-ce qu'un chien sait de la peur ?

Maman, la peur que provoque la douleur, tu l'as apprise à tes dépens. Je te rejoins ; tu me sens me rapprocher, n'est-ce pas ?

L'eau est tellement froide, froide comme ces grêlons qui sont tombés du ciel cet automne.

J'essaie de me retourner, pour que mon visage soit face au ciel, mais je ne sens plus mon corps. J'essaie alors de me rappeler comment je suis arrivé ici. Mais tout ce dont je me souviens, c'est toi, maman, lorsque tu me berçais lentement, exactement comme l'eau des douves aujourd'hui.

Combien de temps vais-je moisir dans ces douves ?

Il n'y a personne ici pour s'occuper de moi. Et ce vide me renvoie mon propre reflet. J'y vois mon visage, mes traits anguleux et marqués, et mes narines si contractées qu'elles terrifieraient n'importe qui.

Vanité.

Suis-je vaniteux ?

Ce temps est-il désormais révolu ?

Maintenant que tout est calme.

Je pourrais flotter ici pendant mille ans, dans cette eau froide, et je serais le seigneur de ces terres, ça serait parfait.

Des chevreuils vont naître.

Des lièvres vont venir au monde.

Des humains vont quitter leurs eaux chaudes et confortables.

Et je vais assister à tout cela.

Je vais rester là, et regarder mon reflet, regarder l'enfant que j'étais.

Et je vais le faire, même si ça me fait peur. Je m'en rends compte maintenant, les yeux de cet enfant me terrifient. La lumière allumée ici lui ouvre le monde, par à-coups, comme les aboiements désespérés d'un chien délaissé.

9

Près de Linköping, été 1969

Le monde naît à travers les yeux de celui qui le regarde. Car une fois qu'on les ferme, on n'en a plus l'image. L'enfant a quatre ans lorsqu'il apprend à reconnaître ses propres yeux, ces deux billes d'un bleu profond, à parfaite distance l'une de l'autre. Jerry s'est très vite rendu compte des possibilités que lui offraient ses yeux. Il pouvait obtenir des assistantes maternelles exactement tout ce qu'il voulait.

La réalité de Jerry ne va jamais au-delà de ce qui le touche directement. Il ne sait rien de ce qui se passe là où la matière orange et le napalm s'abattent sur les forêts, où les gens terrifiés se pressent dans des trous creusés sous les champs, où ils attendent que le gel brûlant s'infiltre dans la terre et les dévore lentement.

Pour lui, le chaud est chaud et le froid est froid. Et la gouttière de cuivre noire, si bien fixée à la paroi de bois rouge, est si chaude qu'elle lui brûle les doigts. Pourtant il n'a aucune sensation de danger. Il s'agit plutôt d'une certaine expérience de la beauté, qui l'apaise autant qu'elle le terrifie : il est terrifié à l'idée que la chaleur qui envahit son corps puisse éveiller en lui la conscience de la fin des choses.

Les voitures passent, et les trains, et les bateaux, sur la Stångån.

Jerry est allongé dans l'herbe du jardin de sa grand-mère. La chlorophylle emplit son corps de son odeur et tache ses genoux de vert. Le soir, à l'heure où les moustiques attaquent, papa installe la piscine gonflable jaune clair. L'eau est chaude et l'air est froid. Après, il court à côté du monstre qui dévore l'herbe et qui dégage une odeur très forte. Et papa le conduit, en sueur. Les lames cherchent à se planter dans les pieds de l'enfant, des gerbes d'herbes jaillissent de sa grande gueule noire. Ce n'est pas un jeu. Papa voit bien l'expression dans ses yeux, mais ne se laisse pas intimider. Il fait bifurquer le monstre, et pourchasse l'enfant à travers le jardin en hurlant : « Je vais te couper les pieds ! Je vais te couper les pieds ! » L'enfant court vers l'orée de la forêt, court le plus vite possible afin de ne plus entendre le vrombissement des lames.

Mais dans la cuisine, domaine de maman et de grand-mère, ses yeux fonctionnent et il comprend qu'il vaut mieux manger les brioches au plus tôt, avant que la moisissure au fond de la corbeille ne donne un mauvais goût à la pâte.

Papa rentre à la ferme après le travail.

Avec des sachets qui font un bruit de papier froissé. Maman s'assied et ne bouge plus. Elle va toujours mieux après le retour de papa, avec des sachets. Grand-mère aussi. Elles sont heureuses. Ou presque.

Le soleil disparaît, et la chaleur du cuivre noir se transforme en une odeur métallique dans un escalier glacial. Des billes scintillantes de toutes les couleurs roulent dans un bac à sable et tombent dans un trou. Il y a quelqu'un sur le chemin, c'est un autre garçon.

Va-t'en ! Tu n'as pas le droit d'être ici. Le coup de poing part, et s'écrase pile sur sa cible, le nez de l'enfant, et l'enfant crie, lui aussi, et l'autre crie encore « un pansement ! » et pas « il m'a frappé », ce qui de toute façon ne lui apporte que dédain.

Dans le monde de Jerry, il y a un chat dans une corbeille près de la balançoire, dans le parc. Il lui a donné de la crème un jour.

Certains sentiments s'évaporent dans le deux-pièces, et certaines questions se posent : « Sais-tu que nous vivons à Berga ? Que papa travaille chez Saab, où il fabrique des avions qui peuvent aller plus vite que le son ? » Il reconnaît les rires. Le froid. Le canapé orange et brun à pois, où ils le couchent tous les soirs. Les bouteilles dans le sachet. Les voix qui s'élèvent. L'atmosphère douce et désagréable à la fois. Et cette photo en noir et blanc qu'ils regardent, qui sont ces gens dessus ? Et maman se lève, et ils dansent. Elle ne le fait que lorsqu'elle a bu, et il aime regarder maman danser. Mais son père se met à le pourchasser, il devient la tondeuse à gazon qui essaie de l'attraper et il le frappe, au bras et au tibia. L'enfant a quatre ans. La porte de l'appartement est déverrouillée. L'enfant fuit. Le monde extérieur est plein de vie, et il attend d'être conquis. Un chat enterré, une balançoire qui se balance vers le ciel, des voitures et des trains qui passent. Ici, personne ne s'endort dans le vomi et la douleur, et personne ne le pourchasse.

Il crie.

Il détruit.

Dessine à la craie sur les murs.

Il prend des allumettes et met le feu au monde. Il regarde son bateau brûler sur le sable. Il est incapable de décrire ce qu'il ressent, et peut-être qu'il n'y a pas de mots pour ça. Ce sentiment fond dans les flammes, tandis que la carcasse se consume sur le sable, dans un espace désert entouré de bois.

L'acharnement de papa. Le corps de l'enfant, qui se cogne contre le radiateur sous la fenêtre du séjour quand papa, ivre, lui tombe dessus. Les paupières de maman, qui clignent de fatigue.

La douleur, qui est toujours nouvelle.

Rien n'est inébranlable.

Pour cette raison, peut-être que rien n'est possible.

Il fait nuit et l'enfant est couché dans son lit. Il est éveillé. En cette soirée d'août, les premières fraîcheurs de l'automne se font ressentir.

Il sait bien qu'il existe un autre monde désormais, mais il n'y pense pas, bien trop occupé à vivre dans sa propre réalité.

Dans l'obscurité, il imagine qu'il assassine son père. Il le tue avec des rayons qui sortent de ses yeux bleus. Pour faire taire à jamais la tondeuse à gazon.

Dont les lames ne lui entailleront plus jamais les talons.

10

L'œil est aussi noir que l'eau. Malin a l'impression que le cadavre lui fait un clin d'œil, alors que la tête suit le mouvement de petites vagues à peine perceptibles.

L'imperméable jaune paraît presque lumineux.

Malin sent les cognements dans sa propre tête.

Le chien aboie dans la voiture, garée à la lisière de la forêt. Le son lui parvient comme un coup de canon tiré au loin.

Il était près du bord des douves lorsqu'ils sont arrivés. Il aboyait comme un fou, mais il n'est pas devenu agressif quand ils l'ont conduit à la voiture. Il a simplement continué à aboyer.

Ça tape, ça cogne dans la tête.

Qu'est-ce que cet œil voit dans l'eau ? Quelle est la dernière chose qu'il ait vue ?

Les mouvements de la tête dans l'eau, avec les petits poissons autour, qui ressemblent à des vers, et la douleur.

Le château de Skogså. Elle est passée devant le portail plusieurs fois en voiture, mais elle n'a jamais eu l'occasion de le voir de plus près. Elle n'a jamais eu aucune raison de s'aventurer à travers la forêt et les champs qui l'entourent. Mais elle en a vu des photos, dans un ouvrage sur les châteaux et les résidences seigneuriales en Suède, chez ses parents. Un manoir en pierre assurément plein d'orgueil, bien que l'ensemble donne une impression de sobriété. Les lignes sont droites, les fioritures quasi inexistantes. Voilà qui dénote un certain respect pour les drames qui se sont déroulés ici au cours des années.

Malin se tient au bord des douves. Les pierres, massives et polies, probablement extraites directement de la montagne, forment une paroi abrupte. L'eau réfléchit la lumière verte diffusée par les phares. Autour du corps, des poissons, des centaines de poissons, à peine plus gros que des têtards.

Malgré sa parka fermée jusqu'au col, la capuche, et les trois couches de vêtements qu'elle porte, Malin est transie de froid. La veste était dans la voiture de Zeke, qui avait fait une remarque en voyant Malin sortir avec son vieux gilet lorsqu'il était venu la chercher. Il lui avait demandé si elle l'avait acheté aux puces, puis, en voyant son pantalon il avait dit : « Ah, la mode Europe de l'Est est de retour ! »

Il ne lui avait pas demandé pourquoi il devait venir la chercher à l'appartement.

Le froid purifie le visage.

Le froid rend plus alerte aussi. Les paupières battent plus vite. Le froid permet à Malin de mieux se concentrer sur le cadavre qui flotte à la surface de l'eau, sur ses cheveux blonds et cet œil qui les fixe.

Zeke est à côté d'elle.

Alerte. Perplexe.

« Comment on va faire pour le repêcher ?

– On va devoir appeler les pompiers pour qu'ils nous envoient des plongeurs. »

La police avait été informée par téléphone de la découverte du corps, à huit heures et quart. Puis le téléphone de Malin avait sonné lorsqu'elle sortait de la douche. La sonnerie même avait l'air de dire que c'était important, comme si le téléphone pouvait adapter le ton de sa sonnerie aux circonstances.

La voix de Zeke avait dit : « On a reçu un appel de deux fermiers qui disent avoir trouvé un cadavre au château de Skogså. »

Elle avait sauté dans ses vêtements, puis ils étaient partis, direction Skogså. Il avait fait une remarque sur sa manière de respirer, lui avait dit qu'elle avait l'air exténuée, et lui avait demandé si elle avait bu. Elle avait alors répondu qu'elle avait juste pris un verre de tequila la veille. Elle avait honte à l'idée qu'il puisse remarquer qu'elle sentait l'alcool.

Ils avaient été les premiers sur place. À leur arrivée, les portes du château s'étaient ouvertes sur deux hommes. Il s'agissait des deux fermiers qui louaient ses terres, Ingmar Johansson et Göte Lindman.

Sur ce, Malin et Zeke avaient pris le contrôle des lieux, et récupéré le chien en veillant à laisser en état le lieu du crime. Ingmar et Göte leur avaient raconté les circonstances de la découverte, l'histoire de la chasse aux chevreuils avec Jerry Petersson, qui n'était pas apparu à l'heure du rendez-vous puis ce qu'ils avaient vu en descendant près des douves.

« Il faudrait que l'on puisse le voir de plus près pour s'en assurer, avait dit Ingmar.

– C'est lui, avait ajouté Göte. C'est son ciré jaune. »

Le cadavre dans l'eau.

Jerry Petersson.

Le grand avocat, l'homme d'affaires parti faire fortune à Stockholm puis revenu pour acheter le château de Skogså. Malin en avait lu le portrait dans le *Correspondenten*.

S'il s'agit bien de lui.

Ça tape dans la tête. Le chien aboie. Au loin, la patrouille arrive. C'est la mobilisation totale dès qu'il y a soupçon de meurtre.

Jerry Petersson.

Et si ce n'est pas lui, qui cela pouvait-il être ? Malin ferme les yeux. Elle a toujours mal au crâne. Elle écoute attentivement les sons qui l'entourent. Elle croit entendre la pluie s'abattre sur un corps, le corps de quelqu'un qui lui chuchote des mots qu'elle ne comprend pas, des mots qui lui permettent pourtant de comprendre le monde, de l'embrasser, de le posséder, mais ils s'évanouissent avant qu'elle n'ait pu en saisir le sens.

Les plongeurs sont arrivés une demi-heure plus tard. Leur camion rouge est garé sur un terrain en pente situé de l'autre côté des douves, loin de la Range Rover de Petersson et de la Saab des fermiers, à côté de la voiture de Zeke, de la Mercedes bleue de Karin Johannison de la police scientifique, et de la Volvo rouge de Sven Sjöman. Les camionnettes de journalistes sont arrivées les unes après les autres. Les reporters, armés de caméras minuscules et d'autres plus grandes, forment maintenant une masse dont les flashs crépitent comme les éclairs d'un nuage noir. Ils interpellent les policiers, qui les ignorent.

Ils pensent déjà aux saloperies qu'ils vont mettre en une, les journalistes. Une histoire sordide qui ferait un malheur, parce qu'elle répondrait à ce besoin qu'ont les gens de se confronter à la mort et à la violence, bien confortablement installés dans leur canapé.

Ni policier ni pompier n'ont pu se garer au bout de l'allée.

Il ne faut effacer aucune trace de pneu, aucune empreinte de pas, aucune trace de lutte éventuelle dans le gravier. Quoi que Karin Johannison, actuellement à l'œuvre, puisse trouver. Malin la regarde travailler. Elle se déplace autour de la Range Rover, prend des photos, secoue la tête, essuie les gouttes de pluie qui tombent sur son front. Elle arrive même à être sexy dans sa parka jaune.

Elle avait fait à Zeke un signe de la tête en arrivant. Il avait resserré son imperméable bleu marine.

Un signe de tête bien insistant, se dit Malin, qui cache certainement quelque chose dont elle ne veut absolument rien savoir. Une vérité que seule une gueule de bois peut rendre évidente, tant elle fait voir les choses sous une autre perspective.

L'évidence jaillit de l'apathie.

Mais au fond qu'est-ce que je sais de leurs affaires ? Peut-être que je me fais tout simplement des idées.

Malin ne reconnaît aucun des pompiers, ni aucun des plongeurs.

Dieu merci. Mais ils savent très certainement qui elle est, elle. Ils savent tout d'elle et de leur collègue Jan.

Il ne faut pas penser aux événements de la veille maintenant.

Plutôt remercier le ciel pour cette affaire qui tombe à pic. Penser à la victime qui flotte dans les douves. Qui est-ce ? Comment est-il arrivé ici ? Malin regarde les plongeurs. Vêtus d'une combinaison noire et d'un masque jaune, ils descendent peu à peu l'épaisse corde accrochée au pont-levis, jusqu'à l'immersion de leur corps.

Karin vient de rejoindre Malin et Zeke.

La pluie tombe en diagonale désormais, en plein dans les yeux. Au loin, à deux cents mètres, aux abords de la forêt, au-delà d'une clôture, le brouillard se meut au ras du sol sous forme d'épaisses nappes.

« Doucement ! crie Karin aux plongeurs qui s'approchent du corps. Le plus doucement possible. » Ils attachent un harnais autour du cadavre et lèvent le pouce en direction du troisième pompier, resté sur le pont à côté du treuil. Puis un vrombissement se fait entendre, et le corps se soulève légèrement, délicatement soutenu par les plongeurs qui agitent l'eau autour de lui.

« La journée commence bien ! » soupire Zeke.

Sven Sjöman, vêtu d'un imperméable vert, est venu se joindre à eux.

« Il s'agit de quoi, vous croyez ?

– Je ne pense pas qu'il ait sauté à l'eau de son plein gré, répond Malin. Ni même qu'il soit tombé par accident. Les adultes normalement constitués ne tombent pas à l'eau comme ça, à moins qu'ils soient ivres ou qu'ils fassent un malaise.

– Si c'est bien Petersson, il devait avoir dans les quarante-cinq ans. On a peu de chance d'avoir une crise cardiaque à cet âge-là.

– Non. On est facilement tenté de croire qu'on l'a aidé, compte tenu de sa situation.

– C'est l'hypothèse la plus probable, je pense. On en saura plus lorsque Karin aura récupéré le corps. »

Malin hoche la tête.

« Si c'est bien Petersson et qu'il a bien été assassiné, alors on nage en plein fantasme de journaliste. »

Le corps est désormais en l'air, suspendu par les pieds, l'eau gouttant du ciré jaune.

« Doucement ! » crie Karin.

L'eau qui coule du corps est rouge. Le ciré est troué à plusieurs endroits. À travers les fentes, Malin peut apercevoir le corps meurtri et couvert d'une dizaine d'entailles. Le sang se mélange à la pluie. Il pleut du sang, se dit Malin. Et toi, tu n'es pas tombé là car tu étais soûl.

Des petits poissons argentés s'échappent de la bouche du cadavre. En tombant, ils gigotent comme des nourrissons abandonnés jusqu'à ce qu'ils regagnent leur espace de sécurité, l'eau.

Des alvins, se dit Malin.

Le cadavre, qui regarde la pluie de son œil noir. L'autre œil est fermé.

Tu as l'air surpris, pense Malin. Mais l'es-tu vraiment ?

Si je suis surpris ?

À peine.

J'ai quitté l'eau.

J'y laisse mes souvenirs de toi, maman. Je suis suspendu dans les airs, maintenant. Et je regarde l'eau, le château, et tous ces inconnus.

Je vois Howie, je l'entends aussi. Il aboie encore plus intensément. Est-ce qu'il voit ces trous dans mon corps ? Je sais qu'il y en a plein, mais je ne ressens aucune douleur. Tout ce que je sens, c'est le vent qui me traverse.

Qui sont-ils, ces gens ?

Qu'est-ce qu'ils veulent de moi ?

Est-ce en rapport avec ces histoires de soldats russes ?

Je sens que je m'élève peu à peu, vers la source d'un bruit assourdissant. Je sens que je tourne sur moi-même, encore et encore, sans pourtant avoir le vertige. Je sens que l'on me dépose sur le pont, mon corps raide et sanglant fermement tenu par des mains inconnues.

Je touche à nouveau le sol dans un grand bruit d'éclaboussure.

Je suis désormais allongé sur le dos.

Du plastique noir sous mon corps. Comment diable le sais-je, alors que je suis sur le dos, et incapable de ressentir ni de voir quoi que ce soit ?

Mais c'est pourtant ça, non ?

Tous ces gens au bord des douves, qui me regardent. Qui sont-ils ?

J'en ai bien une idée, mais je refuse de le croire. Je refuse de croire que ça ait fini par arriver. Je ne peux pas l'accepter. Il est pourtant inutile de résister, non ? Si cela s'est bel et bien produit, alors il y a une tonne de mystères à résoudre.

Je n'entends plus le vrombissement de la tondeuse à gazon.

Le visage d'une femme dans mon champ de vision. Elle est jolie.

Une autre femme.

Elle pourrait être jolie aussi, mais elle a seulement l'air d'avoir besoin de dormir pendant les six mois à venir. Ses yeux sont comme vidés de tout désir de vivre.

Il y en a qui parlent entre eux. Je ne veux surtout pas entendre ce qu'ils disent, je ne suis pas encore prêt.

« C'est Petersson, affirme Karin, accroupie auprès du corps, sur le pont qui enjambe les douves. Je le reconnais d'après les photos que j'ai pu voir dans le *Corren* et des journaux d'économie.

– On peut demander à l'un des exploitants des terres de l'identifier, suggère Malin, debout à côté de Karin. Mais je le reconnais aussi, donc je ne pense même pas qu'on en ait besoin, au fond. »

Johansson et Lindman attendent dans une voiture de police. Ils seront interrogés plus en détail lorsque les policiers auront terminé les recherches sur le terrain.

« Il a un hématome au niveau de la nuque, en plus de toutes ses blessures, dit Karin. Les plaies du torse ont très vraisemblablement été causées par des coups de couteaux. Tout porte à croire que le meurtre a été commis avec une extrême violence, comme dans un accès de fureur. Je ne pense pas qu'il ait pu s'infliger ces blessures lui-même. Mais il m'est difficile d'en dire plus ici. Il faut qu'on transporte le corps en ville, pour que je puisse l'examiner de plus près et voir ce que je peux en tirer. Quant au terrain, il m'est absolument impossible d'y faire des recherches. La pluie a tout effacé. Je pourrais peut-être trouver des traces de sang dans le gravier, mais rien n'est sûr. »

L'ambulance venait d'arriver.

Au volant, Stiglund, un vieux collègue de Jan. Il avait salué Malin et lui avait demandé des nouvelles de Jan. Elle avait répondu qu'il allait bien.

Malin observe le cadavre.

Cet œil, ouvert, bleu, presque irréel, semble vouloir sortir de son orbite. Malin se sent mal. Elle voudrait se mettre debout, mais se contente de lever les yeux vers Zeke.

« Qu'est-ce que t'en dis ?

– Il a été poignardé avec acharnement, assommé, puis jeté à l'eau. Ou l'inverse.

– Bon, à partir de maintenant c'est officiellement une enquête criminelle », déclare Sven.

Putain de furie, pense Malin. J'ai levé la main sur Jan, putain. J'étais dans une telle rage. Et si j'avais eu un couteau dans la main à ce moment-là ? Mais non, n'y pense pas, n'y pense pas ! Réponds, plutôt :

« Il faut fouiller la voiture, le château, et les autres bâtiments, pour voir si l'on y trouve quelque chose. Des traces de bagarre par exemple, ou tout autre indice. Il faut retrouver l'arme du crime aussi. Un couteau de toute évidence, et une pierre aussi, ou quelque chose comme ça.

– D'accord, dit Sven. Il faut mobiliser tous nos effectifs, et organiser une réunion avant de commencer quoi que ce soit. On va interroger ces deux-là, ceux qui ont découvert le corps. Appelle les autres du groupe. Karin, tu peux nous nettoyer une pièce du château pour qu'on puisse l'utiliser ? »

Elle hoche la tête.

Une voiture apparaît à l'orée de la forêt.

Encore une des voitures du *Corren*, reconnaissables à leurs couleurs bleu et blanc.

Et voilà que toutes les choses reprennent leur cours, pense Malin alors que la douleur à l'estomac se fait plus aiguë.

Elle se dirige vers les portes du château. En marchant sur le gravier, elle songe au nombre de personnes qui ont dû le fréquenter au cours des années. Dans la crainte ou dans la fierté, dans la fatigue ou dans la quiétude que seul un propriétaire peut connaître.

Ce sont des fantômes qui n'ont jamais voulu quitter la propriété, des esprits tant attachés au paysage qu'ils en font intégralement partie.

Elle avait fermé l'œil ouvert de Jerry Petersson.

Elle voulait l'aider à trouver le repos, lui éviter d'avoir à observer le monde avec le regard vide et froid de la mort. Nous, les vivants, sommes déjà bien assez nombreux à avoir ce regard sur le monde, s'était-elle dit. Elle l'avait scruté. Son visage fermé, son torse musclé, couvert de plaies sanguinolentes. Qui étais-tu ? s'était-elle demandé. Il faut être quelqu'un de spécial pour mourir ainsi. Comment peut-on en arriver là ? Comment peut-on entrer dans une rage telle que l'on en vienne à vouloir t'arracher la vie à coups de couteau ?

Elle avait fait le tour du château. À l'arrière, elle avait trouvé une petite chapelle avec la porte fermée. Elle l'avait ouverte d'un coup de pied. À l'intérieur, au milieu de la pièce octogonale, une construction de pierre. Le caveau de la famille Fågelsjö de toute évidence. Malin était entourée d'une vingtaine d'icônes, qui l'observaient depuis les murs. L'or qui ornait les figures christiques semblait vouloir contrer l'obscurité de la saison, en disant : « Le beau est possible. »

Deux grands tracteurs-tondeuses rouges étaient garés de l'autre côté du château, silencieux, comme s'ils n'allaient plus jamais être utilisés, ou comme si on leur avait retiré leurs lames.

Malin monte les escaliers du château en inspirant l'air matinal.

Malgré son malaise, elle se sent pleine d'entrain. Elle en a un peu honte.

Elle se dit alors que tout sentiment peut faire honte. Serais-tu mort de honte, Jerry ? De quoi avais-tu honte ? Si jamais tu avais honte de quelque chose, bien sûr. Peut-être est-ce qu'il faut ne pas connaître la honte pour pouvoir posséder et habiter un château ?

Dans le hall d'entrée, le lustre gigantesque brille par l'absence de toute fioriture. Il a l'air d'attendre qu'on l'allume, se dit Malin. Le tableau au mur. Un homme, une femme. Un peu de crème solaire sur ton dos, chérie ? Peut-être. Un peu de violence contenue ? Très certainement.

Ce tableau doit coûter une petite fortune, pense Malin.

Un murmure.

Des questions.

Ne crois pas que je vais y répondre.

Il faut mériter son prix, vous ne croyez pas ?

J'entends le bruit d'un appareil photo.

Mon éternité immortalisée.

Je ne peux pas bouger, pourtant je vois que Malin vient de contempler ma collection d'icônes.

Je peux peut-être m'en amuser un peu, après tout. Jouer avec la justice, comme je l'ai tant fait par le passé.

Mais comment faire ? Mon corps est percé de toutes parts. Ça ne va pas. Ça ne va pas du tout.

À l'aide.

À l'aide !

Malin Fors.

Je ne connais pas cette peur-là, elle m'est toute nouvelle.

Tu peux peut-être me sortir de là, Malin Fors ?

Toi seule peux apaiser la peur que j'essaie désespérément de fuir. Tout comme la tienne. N'est-ce pas, Malin ?

11

Une grande photographie est accrochée sur le mur du couloir qui mène à la bibliothèque. Dessus, des silhouettes sur une balancelle. Comme s'il n'y restait plus que l'ombre de gens partis depuis longtemps.

Malin ne sait pas qui est l'auteur du cliché, mais ça sent le travail d'artiste. Il doit valoir cher.

Le plafond de la pièce est extrêmement haut, dans les dix mètres.

Karin Johannison l'a fouillée de fond en comble, avec l'aide de deux collègues qui venaient d'arriver, sans y trouver quoi que ce soit d'intéressant. Ils en ont donc fait leur salle de réunion.

Les murs sont habillés de panneaux de bois et d'étagères faites sur mesure. Si celles-ci sont aujourd'hui vides, elles ont certainement un jour été remplies de livres magnifiquement reliés. Quels auteurs ? Rousseau ? Difficile à croire. Shakespeare ? C'est évident. Sven Sjöman s'est installé au milieu de la pièce, dans un fauteuil blanc aux formes courbes. La fatigue se lit sur son visage émacié. En le regardant, Malin se dit qu'elle doit avoir l'air plus fatiguée encore.

De l'autre côté de la fine table de métal, Zeke est assis sur une chaise contemporaine. Il a retiré son imperméable. Sur son crâne lisse, quelques gouttes de pluie perlent encore. Même Waldemar Ekenberg est présent, assis sur un canapé. Waldemar sent la cigarette. Ses yeux se sont assombris dans la faible lueur de la bibliothèque, et ses jambes longues et minces semblent disparaître sous le tissu de son pantalon de gabardine brune.

« Assieds-toi, Malin, dit Sven en lui indiquant de la main la place à côté de Waldemar. Et enlève ce manteau trempé. »

Enlève ton manteau ? Qu'est-ce qu'il croit, que j'ai cinq ans ?

« Bien sûr que j'allais enlever mon manteau, tu permets ? » lui répond Malin.

Sven a l'air surpris.

« Malin, ce n'est pas ce que je voulais dire. »

Elle retire son manteau et s'assied nerveusement sur le canapé. L'odeur de Waldemar n'arrange pas sa nausée.

Sven prend la parole.

« Jerry Petersson. Sauvagement assassiné. On ne peut pour l'instant faire que des suppositions, avant que Karin ne nous donne la cause exacte du décès dans son rapport. Ceci sera la première réunion improvisée de l'équipe chargée de cette affaire. »

L'ensemble du groupe reste silencieux.

Ils ont le sérieux et la concentration des débuts d'enquête criminelle. Ils ont ce sentiment d'urgence, ce sentiment de devoir très vite obtenir des résultats, car ils savent que dans le travail d'investigation, chaque jour passé réduit les chances d'élucidation.

Sven poursuit :

« J'ai demandé aux collègues du commissariat de faire une recherche express. Jerry Petersson est né en 1965, et d'après ce qu'on a pu trouver jusque-là, il n'a qu'un seul parent : son père, qui vit à la clinique d'Åleryd. On y a envoyé un prêtre et une assistante sociale pour lui poser quelques questions. On devrait pouvoir l'entendre très prochainement. »

Göte Lindman et Ingmar Johansson venaient d'identifier le corps de Jerry Petersson sur le pont. Ils avaient été étonnamment calmes, et n'avaient pas hésité une seule seconde.

« Quelqu'un a-t-il un point de départ à suggérer ? »

Le ton employé par Sven est intéressé, et même franchement interrogateur, mais Malin sait qu'il va très vite reprendre la parole.

« Bien. Qu'est-ce qu'on sait de Jerry Petersson ?

– C'était un avocat originaire du coin, répond Zeke. Il a étudié à Lund, mais a exercé à Stockholm. Il y a gagné pas mal d'argent, et est revenu ici lorsqu'il a pu racheter le château de Skogså aux Fågelsjö. Le *Correspondenten* disait qu'ils étaient ruinés et étaient obligés de vendre. Le journaliste insinuait aussi que Jerry Petersson s'était fait du fric sur pas mal d'affaires douteuses.

– J'ai déjà lu ça aussi, ajoute Malin, se souvenant que l'auteur de l'article était Daniel Högfeldt. Il devait avoir un sacré budget pour pouvoir s'offrir ce château. Et vous imaginez l'amertume des Fågelsjö lorsqu'ils ont dû vendre la propriété ? Elle était dans la famille depuis, quoi, cinq cents ans ? »

Malin pense aux Fågelsjö. Une famille de nobles parmi les plus connues dans la région. Ce genre de famille dont tout le monde sait tout, sans vraiment savoir comment.

« On va interroger les Fågelsjö sur les circonstances de la vente, reprend Sven. Et voir lequel d'entre eux en a été le plus affecté.

– La famille n'est plus composée que du père et de ses deux enfants. Un fils et une fille, je crois, dit Zeke.

– Comment tu le sais ? lui demande Malin.

– C'était dans le *Corren* aussi. Il y avait une sorte de portrait du vieux, ça avait été publié pour son soixante-dixième anniversaire.

– Tu as le nom des enfants ?

– Non, je n'en ai pas la moindre idée.

– Bon, ça va pas être difficile à trouver, dit Waldemar.

– Il faut se répartir les interrogatoires, dit Sven. Faites-les le plus tôt possible. Moi, je vais veiller à ce que l'on interroge tout le voisinage, et à ce que l'on contacte les médias pour qu'ils diffusent un appel à témoin, à toute personne qui aurait remarqué quelque chose d'inhabituel dans le coin au cours des dernières vingt-quatre heures.

– Et s'il était effectivement très riche, ajoute Malin, ça pourrait tout aussi bien être un cambriolage qui a mal tourné. Quelqu'un qui aurait entendu parler de la fortune du nouvel occupant du château et qui aurait décidé de passer à l'attaque.

– C'est possible, répond Sven. Les portes du château étaient ouvertes. Mais d'après ce que l'on a pu voir, il n'y a rien qui manque ici. Et Karin a retrouvé le portefeuille de Petersson dans la poche de son ciré. Et les coups de couteau qu'il a reçus dénotent une rage que l'on voit très rarement dans des cas de cambriolage.

– Oui, je ne pense pas non plus qu'il s'agisse d'un cambriolage ou d'un vol avec effraction. C'est autre chose, dit Malin.

– Et dans ses relations professionnelles ? demande Zeke. S'il était aussi peu honnête qu'on le dit, il doit y avoir une bonne centaine de personnes furieuses contre lui au point de lui vouloir du mal.

– C'est notre piste principale à l'heure actuelle, dit Sven. On va fouiller le château pour voir si l'on y trouve des documents ou des contrats qui pourraient nous mettre sur la voie. Des documents sur les affaires louches dans lesquelles il a trempé, sur ses collègues, sur sa boîte. Est-ce qu'il avait des affaires en cours qui pourraient avoir mal tourné ? Il faut faire une véritable recherche à ce sujet. Il doit bien y avoir des traces écrites. Waldemar, tu t'en occuperas avec Jakobsson. Commencez par inspecter tout le château une fois que l'équipe technique aura fait son boulot. Il faut aussi que l'on voie s'il a laissé un testament. Qui en sont les héritiers ? C'est une question pour le moins intéressante.

– Jakobsson est disponible, dit Waldemar.

– Appelle-le, lui répond Sven. Et vous deux, Malin et Zeke, vous allez interroger les deux gars qui l'ont trouvé. »

L'agriculteur, assis à l'autre bout de la table de la cuisine du château, boit bruyamment son café et se passe la main dans les cheveux à intervalles réguliers. Il explique que son premier sentiment avait été l'inquiétude lorsqu'il avait appris le rachat du château, mais que tout s'était arrangé à partir du moment où il avait parlé avec Petersson.

« Il n'avait pas l'intention de changer quoi que ce soit concernant l'affermage du terrain.

– Rien du tout, vraiment ? demande Zeke.

– Non, rien. Enfin…

– Enfin ?

– Enfin, il exigeait qu'on l'aide à la chasse si nécessaire.

– Et ça ne vous dérangeait pas ?

– Ben non, en quoi ça m'aurait dérangé ? J'ai moi-même tout autant intérêt à limiter la prolifération des bêtes sur les terres que je loue.

– À quelle fréquence deviez-vous le faire ? demande Malin.

– Dès qu'il appelait.
– Oui, mais combien de fois ?
– Il ne l'a jamais dit. Quand il nous a appelés hier, c'était la toute première fois.
– Avez-vous remarqué quelque chose d'inhabituel lorsque vous êtes arrivés ici ? lui demande Malin, même si elle lui avait déjà posé la question au moment où ils sont arrivés au château – elle cherche à révéler la vérité en lui faisant répéter les mêmes choses.
– Non. Je suis venu avec Lindman. La Range Rover était garée à l'arrière du château. Je pensais que Petersson était à l'intérieur, et qu'il allait sortir. Et comme il ne sortait pas, on est allés le chercher à l'intérieur.
– Vous n'avez vu aucune voiture ?
– Aucune.
– Est-ce que les portes du château étaient ouvertes ?
– Vous avez déjà posé la question. Oui. Sinon, on n'aurait pas pu entrer. On ne peut pas forcer si facilement ce genre de porte.
– Et vous n'êtes pas venu par ici hier ? demande Zeke. Ou cette nuit ?
– Ben non, pourquoi est-ce que je serais venu ? »
Le visage d'Ingmar se fronce, et ses lèvres se pincent d'un air méfiant.
« Vous pouvez demander à ma femme si vous ne me croyez pas. Elle est à la maison. On a regardé la télé toute la soirée, puis on est allés se coucher. Elle m'a préparé le petit déjeuner ce matin.
– Savez-vous quoi que ce soit sur Jerry Petersson qui pourrait nous être utile ? demande Malin.
– Non, rien du tout.

– Rien concernant ses affaires ?
– Absolument rien.
– Est-ce qu'il vivait seul ici ?
– Je crois, oui. Il n'avait pas d'employé. Il se contentait de louer les services de quelqu'un en cas de besoin, semble-t-il. »

Ingmar fait une tête qui signifie : assez de questions. J'ai dit tout ce que j'avais à dire.

« Vous pouvez y aller, dit Malin, fatiguée. Mais je vous prie de rester à notre disposition.

– Vous avez mon numéro », répond Ingmar en se levant de sa chaise.

Göte Lindman est un homme solitaire, se dit Malin en regardant son visage qui se détache sur le carrelage blanc.

Un agriculteur solitaire, qui a certainement toujours été mieux seul avec sa moissonneuse-batteuse et ses animaux, si jamais il en a. La femme dont il a parlé, Svetlana, donne plus l'impression d'être un meuble que l'être vivant qui partage sa vie.

Göte leur a raconté exactement la même chose qu'Ingmar. L'appel qu'il avait reçu, et cette clause que Petersson avait amenée de manière informelle dans la conversation. Cela lui était bien égal de devoir aller chasser, car c'est quelque chose que l'on fait à l'automne, saison où il y a bien peu à faire en termes d'exploitation agricole.

« Petersson avait l'air d'un type honnête, dit Göte en appuyant sur le mot. C'est bien dommage qu'on ait eu à le retrouver dans les douves. Fågelsjö était vraiment désagréable, comme type.

– Lequel ? demande Zeke.

– Celui avec qui j'ai eu à faire. Axel.

– Qu'est-ce que vous voulez dire par désagréable ? demande Malin.

– Je sais pas… C'était dans son humour. Dans sa manière de faire comprendre qu'il avait le pouvoir. »

Göte se tait un instant, secoue la tête, et laisse la peur soudainement envahir ses yeux.

« Comment est-ce qu'il le faisait comprendre ?

– En augmentant le loyer sans prévenir, par exemple », répond immédiatement Göte.

Malin hoche la tête.

Les châtelains modernes. Au fond, rien ne change. Ils sont toujours autant assoiffés de pouvoir, et les paysans toujours opprimés, toujours asservis. Mais en même temps, il y a des personnes qui ont tendance à systématiquement détester toute forme d'autorité.

« Que savez-vous sur Petersson ?

– Je sais seulement qu'il a grandi ici et qu'il est parti se faire du fric dans la capitale.

– Savez-vous comment il gagnait cet argent ? » lui demande Zeke.

Göte secoue la tête.

« J'en ai aucune idée.

– Est-ce qu'il vivait seul ici ?

– Juste avec son chien, pour autant que je sache. Qu'est-ce que vous allez faire de lui maintenant, d'ailleurs ?

– On va s'en occuper », répond Malin.

Mais elle se rend compte qu'elle n'a aucune idée de ce qu'ils vont faire du chien, qui est toujours en train d'aboyer dans la voiture.

Puis, encore les mêmes réponses aux mêmes questions. Ont-ils remarqué quelque chose d'inhabituel sur le chemin ? Ont-ils croisé une voiture ? La Range Rover était-elle déjà garée à l'arrière du château lorsqu'ils sont arrivés ? Pense-t-il savoir qui aurait pu vouloir assassiner Petersson ? Que faisait-il la nuit dernière et ce matin ?

« Je ne sais pas du tout qui aurait pu faire ça... J'étais à la maison. Demandez à Svetlana... Vous ne croyez tout de même pas que c'est moi qui ai fait ça ? Je ne vois pas pourquoi je vous aurais appelés alors. »

Malin répond :

« Je ne crois pas que vous soyez impliqué dans le meurtre présumé de Jerry Petersson. Mais nous sommes obligés de vous poser la question. Nous ne pouvons écarter aucune piste. »

Malin et Zeke sont seuls dans la cuisine.

En regardant le carrelage blanc sur les murs, Malin a l'impression d'être à l'abattoir, puis à la morgue. En regardant dehors, elle croit voir un champ de bataille du XVIIe siècle, recouvert d'un brouillard de fumée et de poudre à canon.

Du sang. Des cris.

Des membres tranchés.

Les pieds qui pataugent dans la pourriture.

La paille en feu dégage une odeur de soufre qui vient se loger dans les poumons d'hommes démembrés. Les enfants aux yeux crevés hurlent à en perdre la voix.

Tout ce que Jan a vu au Rwanda.

« Selon toi, pourquoi les portes étaient ouvertes ? demande Malin. Il y en a pour des millions d'œuvres d'art ici.

– Il était peut-être à l'intérieur et il a vu quelqu'un venir dans l'allée ? Il serait alors sorti et aurait oublié de refermer derrière lui. Ça arrive.

– Ou alors il a pu aller faire un tour, à pied ou en voiture, et oublier de fermer les portes.

– Ou alors il était du genre à trouver sa vie monotone, et aurait laissé ses portes délibérément ouvertes par simple goût du risque ?

– Il ne vivait peut-être pas seul, aussi. Il y avait peut-être encore quelqu'un au château lorsqu'il est sorti.

– Une femme ?

– Pourquoi pas. Ça m'étonnerait qu'il ait vraiment vécu tout seul dans cette baraque immense perdue au beau milieu de la cambrousse.

– Mais tout le monde nous a dit qu'il y vivait seul. Il aimait peut-être la solitude ?

– T'entends le chien ?

– Non. Mais il faudrait lui donner de l'eau. »

Zeke hoche la tête.

« Qu'est-ce qu'on va en faire ? demande Malin.

– On va le conduire au refuge pour animaux de Slaka.

– On peut aussi l'emmener chez Börje Svärd. Il a un chenil chez lui.

– Tu crois qu'il pourrait s'en occuper ? »

Sa femme, Anna. Elle vit, branchée à un respirateur artificiel, dans l'appartement le plus joliment décoré que Malin ait pu voir. Une femme bien dans un corps malade.

Malin pense à son propre appartement. Rien que cette cuisine est trois fois plus grande.

« Il faut qu'on en sache plus sur Petersson. »

En réalité, Malin pense qu'ils pédalent dans la semoule. Mais une chose est sûre, il a réussi à faire ce que je n'ai jamais pu: quitter cette putain de ville de Linköping. Après, pourquoi est-ce qu'il est revenu ? Quelle voix l'a rappelé ici ?

« Qui était-il, tu crois ? » demande Malin.

Zeke hausse les épaules. Malin se demande de quoi un homme comme Jerry Petersson pouvait bien rêver. Quels étaient ses souhaits ? Quelles étaient ses joies ? Quelles étaient ses peines ?

12

Que veux-tu savoir sur moi, Malin Fors ?

Je pourrais tout te raconter, si tu m'écoutais attentivement. Je sais que tu as l'habitude d'écouter ces voix que personne d'autre n'entend, ce murmure silencieux, qui souffle la certitude et même parfois la vérité.

Je ne suis pas quelqu'un de méchant. J'ai longtemps cru en la méchanceté cependant, vu tout ce qu'elle m'a apporté. Elle a fait de moi un homme seul, certes, mais j'ai choisi de croire que ma solitude était voulue.

Je n'ai besoin de personne. Je ne pourrais pas partager ma vie avec qui que ce soit de toute façon. Je n'ai pas peur d'être seul.

C'est ce que je me suis toujours dit.

Une portière de voiture qui se ferme.

Peu avant, c'était une fermeture éclair qui se fermait au-dessus de mon visage. Et pendant une seconde, tout était devenu noir. Puis le monde s'était ouvert à mes yeux à nouveau, plus simple et plus beau qu'il ne l'a jamais été. Et à ce moment-là, cette méchanceté en laquelle je croyais tant m'est apparue comme une erreur.

Je me suis trompé, me suis-je dit. Tu t'es trompé, Jerry Petersson.

Et maintenant, je sens la voiture prendre la route en direction de la forêt, me faisant cahoter sur mon brancard, dans mon sac noir en plastique.

Je suis enfermé dedans.

Dans ce sac noir et froid.

Je flotte, libre, dans les airs.

Depuis le ciel, je vois Skogså, Malin Fors ; et Zacharias Martinsson qui remonte l'allée du château, tassé sur lui-même, jusqu'à la voiture de Malin. Dans la voiture, Howie a cessé d'aboyer. Il tire la langue, assoiffé.

Je vois Fågelsjö dans son appartement.

Où vont-ils tous ? Maintenant, et en général ?

Je pourrais le savoir, si je le voulais.

Mais je vais plutôt me glisser vers d'autres horizons, me regarder voyager comme je le fais à présent, de manière pourtant infiniment différente, comme un corps allongé sur un brancard, une douleur que je ne ressens désormais plus.

13

Linköping, quartier de Berga, à partir de 1972

À chaque fois qu'il a mal, l'enfant semble surpris par la douleur. Pourtant, c'est en cet instant, alors que l'ambulance roule vers une destination inconnue et que son tibia fracturé et son attelle hâtivement posée tapent contre le bord du brancard, qu'il prend conscience de sa mémoire, et que celle-ci n'est pas toujours là pour son bien. En cet instant, la douleur est plus forte que jamais, aussi forte que la somme de toutes les douleurs passées, et il en est conscient. Et très vite il comprend sa mère, mais son père reste pour lui un mystère, comme cette douleur mentale, impossible à saisir.

Ni maman ni papa ne montent dans l'ambulance. Allongé sur le brancard, il peut voir le reflet de sa propre inquiétude sur le visage de l'homme assis à ses côtés, qui lui caresse les cheveux en le rassurant. En ce jour de juin, l'ONU donne sa première conférence sur l'environnement, alors que les bombes ne cessent de tomber sur l'Asie du Sud-Est.

Il n'y a pas d'ascenseur dans la résidence de Berga. Ils habitent au deuxième étage, et il sait que maman a du mal à monter les escaliers, qu'elle a mal, toujours mal, mais il ne sait pas que ses genoux sont depuis longtemps bloqués par les rhumatismes, et qu'elle a supplié les médecins de l'hôpital d'augmenter la dose de cortisone, mais ceux-ci ont refusé et lui ont répondu : « Il faudra faire avec, nous ne pouvons rien pour elle. »

Elle est si fatiguée qu'elle ne peut pas s'occuper de lui, pendant toutes ces heures entre le moment où sa grand-mère le ramène de l'école et où son père rentre de l'usine.

L'enfant joue au funambule sur la rambarde du balcon. La plate-bande de roses a l'air bien moelleuse vue d'ici, avec toutes ces fleurs, dont les rouges et les roses tranchent avec la façade écaillée de la résidence.

L'enfant n'a pas peur.

Si tu as peur, tu tombes.

Maman l'appelle depuis la cuisine, trop fatiguée pour pouvoir se lever de sa chaise. Elle se contente de la faire pivoter pour accéder à la cuisinière et s'occuper de la soupe de petit pois, du mouton à l'aneth ou des choux farcis. Elle lui hurle, inquiète et en colère :

« Descends de cette rambarde ! Tu vas tomber et te tuer ! »

Mais l'enfant sait qu'il ne tombera pas, il sait qu'il ne se tuera pas.

« Je te préviens je vais tout raconter à papa, et il te donnera une bonne correction quand il rentrera ! »

Mais papa n'a jamais donné de correction à l'enfant, pas même sous l'emprise de l'alcool, où il est encore plus facile de lui échapper. Il l'emmène plutôt dans la chambre, à jeun, pour lui demander à voix basse de crier comme s'il recevait des coups. C'est leur secret.

Dans la cour, deux enfants jouent dans le bac à sable et la grande sœur de Jojje se balance sur le seul siège encore intact de la balançoire. Tous trois lèvent les yeux vers l'enfant, non pas avec inquiétude, mais avec la certitude qu'il tiendra parfaitement en équilibre.

Mais soudain, le téléphone sonne dans l'appartement. Il répond toujours au téléphone. Là encore il veut répondre, mais oublie un instant qu'il est perché sur la rambarde. Son buste se penche malgré lui d'un côté, puis de l'autre. Il se demande si c'est grand-mère qui appelle. Peut-être veut-elle l'emmener à la campagne pour le week-end, et aurait oublié de le lui dire ? La rambarde de fer disparaît de dessous ses pieds. Maman crie, la sœur de Jojje crie, et la vue change, faisant apparaître la résidence, puis le ciel bleu des matins d'été. Les tiges et les épines des roses pénètrent son corps, et il reçoit un coup violent à la jambe. La douleur est aiguë, brûlante. Il tente de bouger, mais le corps ne répond pas.

Il lui faut accepter les conséquences, maintenant.

Ils lui ont plâtré la jambe jusqu'à la cuisse, afin qu'il reste immobile. Ils ont donné à maman plus de cortisone, afin qu'elle puisse s'occuper de lui. Papa a ressorti la poussette de la cave, pour pouvoir l'emmener au Konsum au centre-ville, où les gens le regardent d'un drôle d'air, comme s'il était encore un bébé.

Lorsqu'on lui a retiré le plâtre, il s'est mis à courir plus vite que jamais.

Il sait ce que les sacs signifient. Toujours garder ses distances lorsqu'il les voit venir ; et les mots amers de papa l'atteignent de moins en moins. Lui, Jerry, a toujours un train d'avance, mais il se laisse toutefois tomber dans les bras de papa parfois. Il sait pourtant qu'ils peuvent se refermer sur lui comme la gueule d'un loup. Il sait que son père a des doigts puissants qui peuvent s'enfoncer dans son corps comme les lames d'une tondeuse. Il sait que ses mots sont aussi acérés que ces lames : « Toi, tu n'es qu'un bon à rien, mon fils. »

C'est la dernière semaine de l'été, la semaine de l'examen de sortie de la maternelle.

Se souvenir du contenu des images, regrouper les choses qui vont ensemble. Il a bien compris ce qu'implique le fait d'être doué, et l'admiration que cela suscite chez ceux qui ne s'attendent pas à trouver une telle intelligence chez quelqu'un. Et lorsqu'il provoque ce regard, ces yeux écarquillés, il peut obtenir tout ce qu'il désire.

Premier jour à l'école primaire. L'institutrice, après avoir vu les résultats du test de la maternelle, appelle le garçon avec un enthousiasme qui dénote ses attentes.

Mais en lisant son adresse sur le document, sa mine se décompose, ses épaules retombent. Elle est déçue: un gamin de Berga qui serait une tête, ça lui pose problème.

Il sait compter plus vite que les autres.

Il sait mieux écrire.

Il sait lire la plupart des mots. Quand il lève la main dès qu'il voit que personne ne connaît la réponse à la question, il ne comprend pas pourquoi elle prend cette expression de dégoût. Il ne voit pas que ses vêtements sont crasseux. Que ses oreilles sont sales. Que ses cheveux sont trop longs. Que son pull est troué. Au lieu de cela, il la regarde avec ses yeux de merlan frit, et au cours de la troisième année, il finit par se passer quelque chose. Elle devient son tuteur, s'occupe de lui, voit enfin ce qu'il est et ce qu'il peut devenir.

Il traîne dehors le soir. Il rentre à la maison sans un bruit, mais parfois son père est encore éveillé.

Et il fait ce que son père aimerait faire, les soirs où il boit vin et bière jusqu'à plus soif. Mais son père n'ose pas. Jerry frappe, lui, là où son père se contente de dire qu'il va le faire.

Il frappe tous ceux qui se trouvent sur son chemin. Il frappe le directeur lorsque maman et grand-mère veulent aller s'entretenir avec lui à l'école.

On lui accorde tout de même le droit de continuer à aller en cours.

Il est d'une intelligence remarquable, affirme l'institutrice.

À partir de là, sa violence s'exprime de manière plus discrète.

C'est avec violence qu'il se libère de tout sentiment, de tous ces sentiments indescriptibles qui n'ont aucune issue possible dans le monde qui l'entoure. La cour de la résidence à Berga, les trois pièces de l'appartement, l'école primaire d'Ånestad, les différentes maisons de grand-mère. Ses pieds martèlent le sol de ce monde, questionnant sans cesse sa raison d'être.

14

L'ambulance. À l'intérieur, le corps transpercé.

Elle s'éloigne du château et roule vers la forêt, inexorablement, avec une lenteur prudente, comme pour ne pas réveiller ou déranger le cadavre. Le chien aboie au passage de l'ambulance et saute contre la vitre.

Depuis l'allée où elle se trouve, Malin voit les phares flottants se balancer au gré du vent, et troubler de leur couleur verte la lumière grise du jour. Des tas de feuilles pourries amassées à l'orée de la forêt. Au-dessus de ces feuilles, les arbres, dont les couronnes froides assistent au spectacle depuis leur position privilégiée, en hauteur. Le vent agite leurs branches en signe d'au revoir.

Au début d'une enquête, toujours les mêmes questions.

Comment rétablir la chronologie des événements ?

Que s'est-il passé ?

Qui était Jerry Petersson ? Lorsque l'on se demande d'où la violence est venue, on trouve toujours la réponse dans la vie de la victime. Et dans sa mort. Quel engrenage son retour en ville et son installation dans cette propriété ont-ils enclenché ? Cela faisait pourtant un peu plus d'un an qu'il était arrivé. Mais peut-être que le mal se meut lentement.

La forêt semble s'ouvrir sous ses yeux. L'espace entre les arbres se creuse, laissant apparaître des formes floues dans son obscurité.

Malin a l'impression d'entendre une voix, comme si ces formes à l'unisson lui disaient :

« Je vais hanter ces lieux pendant un millier d'années. Ces terres m'appartiennent désormais. »

Puis la voix crie :

« Sauve-moi ! Je sais le mal que j'ai fait, mais sauve-moi, pardonne-moi ! »

Enfin, reprenant son calme, elle murmure :

« Pourquoi suis-je devenue la personne que je suis aujourd'hui ? »

Des serpents jaune pâle semblent grouiller autour des pieds de Malin. Elle les piétine mais ils sont toujours là.

Elle ferme les yeux lentement.

Les serpents et les formes ont disparu.

La forêt est redevenue une forêt d'automne ordinaire, grisâtre et déprimante. Sous ses pieds, le gravier à nouveau.

Que s'est-il passé ? Ça continue, je deviens folle. Elle n'a pas peur pourtant, c'est juste que l'alcool et le reste, ça fait trop. Tout à coup, elle se rend compte qu'il y a quelques heures à peine, un meurtre a été commis ici même.

Jerry Petersson, sauvagement assassiné.

Tué à coups de couteau.

Elle rallume son téléphone, qu'elle avait éteint au moment d'arriver sur les lieux.

Deux appels manqués. Les deux de Tove, mais elle n'a pas laissé de message. Je devrais l'appeler. Vraiment.

Le chien s'est calmé. Il n'aboie plus. Il a dû se coucher sur la banquette arrière.

« Malin, Malin ! »

Elle reconnaît cette voix. Daniel Högfeldt. Il est en train de l'appeler depuis le siège avant de la camionnette du *Corren.*

Elle voudrait lui faire un doigt d'honneur.

Elle se contente de lui faire signe.

« T'as pas des infos à me donner ? »

Sa voix est alerte.

« Oublie, Daniel.

– C'était Petersson ? Il a été tué ?

– Tu le sauras en temps voulu. Karim va certainement organiser une conférence de presse.

– Allez, Malin ! »

Elle secoue la tête et il lui adresse un sourire tendre et chaleureux. Exactement le genre de sourire dont elle avait besoin.

Est-ce que ça se voit tant que ça ?

C'est Daniel qui avait rédigé cet article sur Petersson. Peut-être sait-il quelque chose. Mais mieux vaut ne pas lui demander maintenant, je risquerais de trop en dire moi-même.

Elle avait pensé qu'emménager à nouveau avec Jan mettrait fin à ses rendez-vous avec Daniel. Mais un soir, alors qu'elle essayait d'évacuer la tension dans la salle de gym du commissariat, elle s'était rendu compte que le sport ne suffisait pas à la faire décompresser. Il l'avait justement appelée au moment où elle montait dans sa voiture pour rentrer.

« Tu peux passer ? »

Dix minutes plus tard, elle était rue Linnegatan, nue sur son lit.

Ils n'avaient pas échangé un seul mot. Pas cette fois-là. Ni celle d'après, ni celle d'après, ni celle d'après.

Il la prenait simplement de toutes ses forces, et elle le prenait de même, et ils gémissaient ensemble, et se regardaient, et semblaient se demander : Qu'est-ce que c'est que ça, putain ? Qu'est-ce que nous faisons ? Qu'est-ce qui nous prend ?

Daniel regarde Malin et ne peut pas s'empêcher de penser qu'elle a l'air épuisée, si épuisée qu'elle n'en est presque plus du tout attirante.

Il a bien essayé de lui montrer qu'il pouvait être plus qu'un corps. Mais il semblerait qu'elle ne puisse pas le voir autrement. Comme si elle ne voyait que le mal en lui, qu'elle ne le considérait que comme un homme prêt à tout pour obtenir des informations, alors qu'il ne souhaite en réalité que se rapprocher d'elle.

Elle est retournée vivre avec son ex. Mais quel plaisir cela peut-il bien lui apporter si elle se sent obligée de venir coucher avec moi ?

Elle va mal, c'est évident. Mais si j'essayais de lui dire quoi que ce soit, elle se braquerait immédiatement, et ferait tout pour esquiver la conversation.

Daniel s'adosse à nouveau à son siège. Il voit ce policier chauve, Zeke, s'approcher de Malin.

Daniel ferme les yeux. Il s'apprête à jouer au journaliste acharné, comme à chaque fois qu'il veut soutirer des informations aux policiers.

Lorsque Zeke et Malin arrivent à la voiture, le chien se redresse sur son siège. Il regarde la gamelle d'eau que Zeke tient, et remue la queue. Mais lorsqu'ils ouvrent la porte, il a un mouvement de recul. Il se tapit derrière le siège conducteur et semble se demander ce qui va se passer. Zeke lui donne la gamelle. Le chien boit.

« On va l'emmener chez Börje, dit Malin.

– D'accord. »

Malin a pris le siège passager. C'est Zeke qui conduira.

Le chien gémit sur la banquette arrière.

Le corps nu de Daniel Högfeldt.

Qu'est-ce qui me prend, se demande Malin.

Une petite maison rouge au bord de la route de Skogså, peu avant le croisement qui mène à Linköping. Autour de la maison, la forêt s'ouvre sur un champ qui fait penser à un immense jardin. Ils se sont arrêtés sur le chemin alors qu'ils retournaient en ville. Malin voulait parler aux habitants de cette maison, quelque chose en elle lui disait qu'il ne fallait pas laisser cette tâche à de simples agents.

« Ça ira, pour le chien. »

Le poing de Malin est sur le point de frapper à la porte.

Mais avant qu'il ne la touche, la porte s'ouvre.

Malin recule, et Zeke se jette sur le côté. Un canon de fusil pointé droit sur eux. Le doigt sur la détente, une petite vieille aux cheveux gris.

« Vous êtes qui ? » grommelle-t-elle d'une voix rauque.

Malin recule encore d'un pas. Du coin de l'œil, elle voit Zeke qui cherche discrètement son arme.

« Du calme, du calme, répond Malin. Nous sommes de la police. Je vais vous montrer ma carte si vous le permettez. »

La vieille femme regarde Malin.

Comme si elle la reconnaissait.

Elle baisse son arme.

« Je te connais, je t'ai vue dans l'Östnytt. Entrez. Pardon pour le flingue. On ne sait jamais ce qui rôde dans le coin. »

Plus bas dans la voiture, le chien s'est remis à aboyer.

« Vous pouvez vous débarrasser de vos manteaux ici. Vous voulez un café ? Je sais qu'il est midi, mais je ne peux rien vous proposer à manger. »

La vieille femme se présente. Elle s'appelle Linnea Sjöstedt. Elle les invite à la suivre dans la cuisine.

Linnea Sjöstedt pose le fusil sur une table rustique. Sous la table, un tapis olive, certainement fait main. Une cuisinière Husqvarna. Au mur, des assiettes décorées.

Une odeur de vieux. Une odeur aigrelette, mais pas désagréable pour autant. Et un fort sentiment que le temps fait son œuvre, quoi que les gens fassent.

« Asseyez-vous. »

Linnea Sjöstedt semble déjà avoir oublié l'épisode du fusil, mais Malin sent encore l'adrénaline faire battre son cœur, et les vêtements de Zeke sont tout tachés de l'herbe dans laquelle il s'est jeté. Linnea Sjöstedt pose une vieille cafetière sur la cuisinière et sort des tasses bleues à motifs floraux.

« Il ne faut pas pointer les gens avec une arme comme ça, dit Zeke en s'asseyant.

– Comme je vous l'ai dit, on ne sait jamais ce qui rôde par ici. »

Ces chaises à barreaux sont dures et inconfortables.

« Vous pensez à quelque chose en particulier ? demande Malin.

– Qui sait quelle forme le mal peut prendre. Il a bien dû se passer quelque chose puisque vous êtes là.

– En effet. Le nouveau propriétaire de Skogså, Jerry Petersson, a été retrouvé mort. »

Linnea Sjöstedt hoche la tête.

« Un meurtre ?

– On a de fortes raisons de le penser, répond Zeke.

– Je ne suis pas très étonnée, dit Linnea Sjöstedt en versant le café. Je n'ai même pas de pain. Ça me fait grossir.

– Nous nous demandions si vous aviez remarqué quelque chose de particulier au cours de la nuit dernière, ou ce matin. Ou quelque chose qui vous aurait semblé étrange ces derniers temps ?

– Ce matin, j'ai vu Johansson et Lindman aller au château. Il devait être autour de huit heures et demie. »

Malin hoche la tête.

« Rien d'autre ? »

Malin boit une gorgée de café.

Du café turc.

Fort à en donner des frissons.

« Parfois, à mon âge, on ne sait pas toujours si ce qu'on croit avoir vu est vrai ou si on l'a rêvé. Je suis certaine d'avoir vu Johansson et Lindman, car je venais de boire mon premier café. Mais ce que j'ai pu voir avant, je ne suis sûre de rien.

– Vous avez donc vu quelque chose, non ? »

Malin s'efforce de parler de manière grave. Comme si les rêves pouvaient être réels.

« Oui, j'ai vu une voiture noire rouler en direction du château très tôt ce matin. Mais je ne suis pas sûre. Il m'arrive de rêver que je me lève, et j'ai très bien pu voir ça dans un de ces rêves.

– Une voiture noire ? »

Linnea Sjöstedt opine.

« Quelle marque ? Quel modèle ?

– Un break, peut-être. C'était une grosse voiture. Je n'ai jamais fait attention aux marques de voiture.

– Est-ce que vous louez le terrain ?

– Non, pardi. Mon père a acheté cette maison aux Fågelsjö dans les années cinquante. J'y ai emménagé lorsqu'il me l'a donnée.

– Et Petersson ? Qu'est-ce que vous pouvez nous dire sur lui ?

– Il était avenant et accueillant. Un jeune homme plaisant, même si ce n'était pas toujours le cas. Comme lors de cette affaire avec ce Goldman, vous savez.

– Goldman ?

– Oui, Jochen Goldman. Le type qui avait escroqué cette boîte spécialisée dans la finance à Stockholm. Il était parti avec des centaines de millions de couronnes puis il avait quitté le pays. Vous avez dû suivre l'affaire. J'ai tout lu dans les journaux. Vous n'êtes pas au courant, les policiers ? Ce Goldman est un véritable bandit pourtant.

– Un bandit ? » demande Malin.

Linnea Sjöstedt ne répond pas, elle se contente de secouer la tête.

C'est très gênant. Se faire engueuler par une vieille dame de quatre-vingts ans. Malin se rappelle que le nom de Goldman figurait dans l'article paru dans le *Corren*, même s'il était consacré à la vie de Petersson à Skogså, à ses projets quant au château, et à la rumeur selon laquelle il aurait presque chassé les Fågelsjö.

Elle se souvient de Jochen Goldman cependant. Il avait vidé la caisse de cette société, puis il avait fui pendant dix ans, au cours desquels il avait été extrêmement médiatisé, en sortant des livres sur la vie de fugitif. Et aujourd'hui, après quelques années, son délit bénéficiait de la prescription.

Que personne ce matin au château n'ait fait le lien entre la victime et cet arnaqueur ? Bizarre. Mais le cerveau des enquêteurs est en train de se réveiller. Il est encore aussi brumeux que l'automne.

Vexée, Malin demande :

« Que faisiez-vous cette nuit et ce matin ?

– Pensez-vous que j'aie quoi que ce soit à voir avec le décès de Petersson ?

– Je ne sais pas. Contentez-vous de répondre à la question, s'il vous plaît.

– Je suis rentrée ce matin vers quatre heures en taxi, vous pouvez vérifier auprès de Taxi Linköping. J'étais chez Anton, mon compagnon, qui vit à Valla. Je peux vous donner son numéro aussi.

– Merci, dit Zeke. Mais ça ne sera pas nécessaire. Y a-t-il autre chose qui selon vous pourrait nous intéresser ? »

La vieille femme plisse les yeux. Elle ouvre la bouche comme pour parler, mais se tait avant qu'un seul mot ne franchisse ses lèvres.

Zeke démarre la voiture. Il vient de caresser la tête du chien, de lui parler, de le rassurer et de le faire se coucher au sol. Il a l'air de vouloir se cacher de la forêt et des champs.

Mon cerveau ne fonctionne pas comme il devrait, se dit Malin. Il a besoin d'alcool.

Goldman.

Un des plus grands scandales financiers suédois de l'histoire, qui a réussi à s'éclipser jusqu'à ce que son délit soit prescrit.

Et c'est avec ce genre de type que Petersson faisait des affaires. Ils ont encore du pain sur la planche avec les tonnes de paperasse rangées dans plusieurs pièces au château. Et quand il est question de meurtre, la police peut prendre tout ce qu'elle veut, sans avoir à attendre l'autorisation de la succession. Et si Jerry Petersson traitait avec Goldman, qui sait quelles autres personnes peu recommandables il devait fréquenter ?

Malin regarde dans le brouillard qui recouvre la forêt, les champs et la route. Des centaines de nuances de gris s'entremêlent. Le vent est juste assez fort pour soulever les lourdes feuilles qui s'envolent comme des écailles de cuivre au-dessus des champs vert sombre et tournent en rond comme des étoiles métalliques dans un ciel prêt à s'écraser. Au loin dans un talus, des traînées de feuilles mortes d'un rouge profond, qui ressemblent aux traînées de sang s'échappant du corps de Jerry Petersson.

Il faut que je rappelle Tove.

Malin essaie de fixer son regard, mais tout passe devant ses yeux sans jamais s'arrêter. Le rétroviseur. Elle n'a pas envie de s'y voir. Elle hait ces traits bouffis, et la raison pour laquelle ils sont là. Elle refuse de voir la honte gravée sur son front, sur ses joues, sur le moindre recoin de son visage. La voiture semble s'affaisser sur elle-même. Malin a du mal à respirer. Elle aimerait ouvrir la portière et se jeter hors de l'habitacle. Tove. Jan. Y a-t-il une chance que vous me pardonniez ?

Quelle merde.

Donnez-moi un putain de verre, maintenant. Je sens la transpiration couler. Je sais ce qu'il faudrait que je fasse, mais je n'y arriverai jamais.

« Ça va ? demande Zeke.

– Oui, tout va bien. »

Elle s'efforce de penser à cette affaire qui tombe à pic.

Une voiture noire, vue en rêve ? Celle de Lindman ? De Johansson ? Mais pourquoi ?

Jochen Goldman.

La famille Fågelsjö.

Tous assoiffés d'argent.

Je me demande lequel l'est au point de commettre un meurtre.

15

Johan Jakobsson est déjà fatigué à l'idée d'éplucher toute cette paperasse. Combien de classeurs ont-ils apporté dans la pièce ?

Deux cents ? Trois cents ?

Sa chemise bleu ciel est couverte de taches grises laissées par la poussière.

Il parcourt du regard la salle de réunion, située au cœur du commissariat. Il éructe et retrouve le goût de la sauce bolognaise dans sa bouche.

La pièce ne dispose d'aucune lumière naturelle. Sa tapisserie et ses étagères sont d'un blanc sale. Elle servira de lieu d'élaboration des stratégies de l'enquête sur la mort de Jerry Petersson.

Deux disques durs.

Toute une vie professionnelle réussie compilée au commissariat dans un débarras. Dur, se dit Johan, qui cependant est assez content qu'il se soit passé quelque chose. Ils n'étaient même pas encore arrivés chez ses beaux-parents à Nässjö lorsque Sven Sjöman l'avait appelé pour lui demander de les rejoindre en urgence.

« J'arrive. Je serai là dans une heure ou deux. »

Sa femme était entrée dans une rage folle et il n'avait pas pu le lui reprocher. Elle l'avait conduit à contrecœur à Skogså, avant de reprendre la direction de Nässjö seule avec les enfants.

En même temps, Johan préfère cent fois se plonger dans tous ces papiers plutôt que d'aller se frotter aux vieux à Nässjö. Ils donnent un peu trop leur avis sur tout en général, et en particulier sur la famille pour que Johan puisse les supporter.

Que chacun s'occupe de ses affaires.

Ça serait tellement mieux.

Tous ces classeurs remplis de documents et tous ces disques durs concernent des gens qui ne s'occupent pas vraiment de leurs affaires, c'est tout ce que Johan sait. Que vont-ils encore trouver ? Et à quoi cela va-t-il les mener ? Ou peut-être qu'ils ne trouveront rien. Avoir une réputation douteuse, ce n'est pas illégal.

Les classeurs ont des dates. Parfois même des noms.

Jusqu'à maintenant ils se sont contentés de les feuilleter. Mais Jerry Petersson avait l'air rigoureux dans son organisation, et chaque document semble se trouver à une place bien précise. Cela ne réduit pas la masse de travail qui attend Johan et Waldemar, mais cela la simplifie au moins.

Les noms sur les classeurs.

Il n'en reconnaît aucun, si ce n'est celui-ci : Goldman. Ce fugitif qui a l'air tout droit sorti d'un roman, mais qui pourtant existe bel et bien. Malin avait appelé, et parlé de Goldman. Et maintenant, Johan trouve des classeurs qui portent son nom. Une trentaine au moins.

La voix de Malin. Elle était d'une rugosité que seul l'alcool peut provoquer. Elle était triste et fatiguée aussi. Johan aimerait lui demander comment elle va, mais elle n'est pas le genre de personne avec qui on peut parler de sa vie privée.

Tout à coup la porte s'ouvre avec fracas.

Waldemar entre, le dos courbé par le poids des deux cartons qu'il porte.

Des classeurs remplis de documents. Des disques durs.

Ce boulot me convient parfaitement, mais Waldemar a l'air de le voir comme une corvée. Et c'est peut-être bien pour Sven une manière de tenir ce taré notoire sous contrôle. Il paraît qu'il a plusieurs fois malmené des gens pour obtenir des informations. Un jour, il a pointé son arme sur un suspect pour l'obliger à dire la vérité. Ou bien ce que Waldemar pensait être la vérité. La violence peut fonctionner parfois. À court terme.

Waldemar laisse négligemment tomber les cartons dans un coin de la pièce.

Il s'étire le dos.

Il boit en soupirant bruyamment, et grommelle qu'il aurait bien besoin d'une clope. Puis il s'assied sur une des chaises disposées autour de la table. Le dossier se plie un peu sous son poids.

« Putain, quel boulot de merde on fait là !

– Avec un peu de chance on trouvera très vite quelque chose qui nous mettra sur une piste. »

Johan se souvient alors du moment où il avait dû faire un ménage définitif dans l'appartement de ses parents, après la mort de son père quelques mois à peine après sa mère. Il avait fouillé dans tous les papiers, à la recherche de quelque chose. Ce quelque chose, il s'en était rendu compte malgré lui, c'était de l'argent. Un gros chèque. Ou un ticket de loterie gagnant, le seul moyen pour eux de disposer d'une telle somme.

Mais il n'avait pas trouvé d'argent. Et il avait honte de lui.

« Tu le crois vraiment ?

– Non.

– Qui nous dit que ce Petersson n'est pas un bouc émissaire ? Il aurait pu avoir des contacts avec des délinquants. Il faudrait vérifier. Je pourrais aller interroger deux, trois personnes.

– On doit se concentrer sur ces documents pour l'instant », dit Johan, fatigué.

Waldemar sort un paquet de cigarettes de son veston et le tend à Johan.

« T'en veux une ? Ça te dérange pas, si je fume ici, hein ? »

La pièce baigne dans la fumée de cigarette.

Il est interdit de fumer dans le commissariat, mais Johan n'a pas pu dire non. Il craignait de passer pour un lèche-cul.

Mais qu'est-ce que j'en ai à faire de ce qu'il pense, putain ? se demande Johan.

Pourtant ça m'importe.

Ils parcourent quelques classeurs sans grande conviction. Ils avaient demandé des écrans et des claviers supplémentaires aux scientifiques pour pouvoir consulter les documents enregistrés sur les disques durs de Petersson.

Par où commencer ?

Johan n'en a aucune idée, et Waldemar pense exactement la même chose.

« C'est tellement énorme, putain. Il nous faudrait de l'aide. En plus, je sens que ça va être que du charabia, et j'y comprends rien. Et toi ? »

Johan secoue la tête.

« Pas beaucoup plus.

– Il nous faudrait quelqu'un qui s'y connaît.

– Et puis il vaudrait mieux qu'on commence par faire une recherche sur Internet. Pour voir si on trouve un truc louche. Notamment sur ses affaires avec Goldman. »

Waldemar fait tomber un classeur noir au sol. Il le ramasse en jurant, et le repose sur une étagère, en hauteur.

De la paperasse, de la paperasse, encore de la paperasse, se dit Johan.

Toute une vie d'avocat d'affaires, réunie ici.

Toute une vie de producteur de paperasse.

Et sous la surface, une vie de criminel ? On ne peut pas avoir fréquenté Goldman sans soi-même être un peu mouillé, non ?

Il y a 1 278 989 résultats sur Google sur Jerry Petersson. Peut-être des milliers sur le Jerry Petersson qui les intéresse. Le nom de son cabinet à Stockholm apparaît ici et là. Petersson Advokatbyrå AB.

Johan a jeté un coup d'œil rapide sur les comptes de l'année écoulée. Il semblerait que Petersson ait travaillé seul, qu'il n'ait pas eu un employé, pas même une secrétaire. Il y a bien le nom des experts-comptables, mais Petersson n'avait même pas besoin de les rencontrer personnellement. À partir du moment où il a acheté Skogså, il n'y a plus eu aucun décompte annuel du cabinet, mais seulement des documents spécifiant qu'il avait mis fin à son activité. Au même moment, il a monté une nouvelle entreprise, Rom Productions, afin d'être à la tête de Skogså. Johan ne constate donc rien d'anormal à première vue, en tout cas rien que ses connaissances limitées en comptabilité ne lui permettent de remarquer.

Il y a beaucoup de rendez-vous en tout cas, se dit Johan en essayant d'oublier l'haleine aigre de café et de cigarette de Waldemar, qu'il reçoit au visage à chaque fois que celui-ci expire.

Ils sont tous deux assis à l'ordinateur de Johan. Et ils ne souhaitent qu'une chose, sortir de là.

Plusieurs de ces rendez-vous semblent concerner un certain joueur de tennis de dix-sept ans, à Arboga.

D'autres concernent Goldman. Des articles du *Dagens Industri*, du *Veckans Affärer*, du *SvD Näringsliv*. Comme si Petersson était le porte-parole de Goldman quand celui-ci était en exil, comme s'il était l'intermédiaire de ses contacts avec les autorités et les médias.

Les autres rendez-vous concernent des affaires a priori banales. Des transactions ennuyeuses. Rien de sensationnel.

Le nom de Jerry Petersson apparaît en lien avec une affaire de vente d'une entreprise informatique à Microsoft début 2002. Petersson était l'un des investisseurs de cette entreprise, dont la vente lui a rapporté près de deux cent cinquante millions de couronnes.

Johan siffle.

Waldemar soupire.

« La vache. »

Tu t'es fait une petite fortune en tant qu'avocat mon gros, mais cette affaire-là a été la plus juteuse de toutes.

Ils en lisent plus sur l'entreprise.

Rien sur une éventuelle scission. Tout semble s'être très bien passé. Rien de louche, rien qu'un paquet de nouveaux millionnaires bien chanceux.

Goldman, à nouveau.

D'après un article paru cette année, il vivait à Ténérife lorsque son délit est arrivé à prescription. L'article est accompagné d'une photo montrant un homme corpulent, ressemblant à un crapaud, avec des cheveux noirs et des lunettes de soleil. Il est assis sur un bateau, à côté de la barre, dans un port ensoleillé.

« C'est par là que nous devons commencer, dit Johan.

– Allons-y. Mais je pense qu'il faudrait aussi aller dehors. »

Sven Sjöman fait les cent pas dans son bureau. Son gros ventre lui manquerait presque dans ces cas-là, lui qui avait pour habitude d'y poser les mains, doigts croisés, pour mieux réfléchir. Mais aujourd'hui, il n'y a plus rien en dessous de sa chemise beige et de sa cravate brune mouchetée.

Karim Akbar se tient derrière son bureau. Il vient d'appeler Stockholm pour demander l'aide d'experts en économie.

La conférence de presse commence dans vingt minutes.

L'autopsie de Jerry Petersson a révélé qu'il est mort d'un cou porté à la nuque avec un objet contondant, peut-être une pierre. Les coups de couteau sur son torse, quarante en tout, ont vraisemblablement été portés après sa mort, ou après qu'il a perdu connaissance suite au coup à la nuque.

On n'a pas retrouvé d'eau dans les poumons, il est donc certain qu'il était déjà mort lorsqu'il a échoué dans les douves. À en juger par l'état du corps, la mort est survenue entre quatre et sept heures du matin. Il n'est pas resté dans l'eau plus de quatre heures. Le meurtre est la seule hypothèse possible. L'auteur du crime peut aussi bien être une femme qu'un homme. Les plaies dues aux coups de couteau sont profondes, mais pas plus que ce qu'une femme peut faire. D'après l'emplacement et la direction des coups, l'auteur du crime est droitier.

La police scientifique n'a pas terminé ses recherches dans la voiture de Petersson. Mais les recherches sur l'allée du château n'avaient rien donné, la pluie ayant détruit toute preuve éventuelle.

À l'intérieur du château même, ils avaient trouvé d'innombrables empreintes digitales différentes, dont certaines pourraient dater d'il y a dix ans. Ils n'avaient par contre trouvé aucune trace d'effraction. Personne ne semble avoir touché aux biens de la victime. Rien ne laisse imaginer qu'il s'agit d'un cambriolage. La petite chapelle ainsi que les autres bâtiments autour du château sont intacts eux aussi.

Les techniciens sont en train de vider les douves, afin de faciliter les recherches pour tenter de retrouver l'arme du crime. Le fond des douves est couvert de vase, et les plongeurs étaient remontés bredouilles. Sven s'était inquiété pour les poissons, puis avait fini par accepter leur sacrifice.

« Alors, tu vas la jouer comment ? »

Sven lève les yeux vers Karim.

« Je vais dire les choses telles qu'elles sont. Sans donner de détails.

– Tu vas parler de Goldman ?

– Ils ne nous ont pas attendus pour ça. Le *Corren* a déjà fait le lien et l'a mis sur son site. TV4 Riks est là. Et on en attend plein d'autres encore. Quel bordel. »

Le visage de Malin apparaît à Sven. Elle a l'air au bout du rouleau. Son visage est rougeaud, bouffi, presque vieilli. Elle a dû picoler toute la nuit. Est-ce qu'il s'est passé quelque chose ? Quelque chose avec Tove ? Elle s'en veut pour ce qui s'est passé à Finspång à l'automne dernier. Peut-être à cause de Jan. Ça n'a pas l'air de très bien marcher entre eux.

« Nom d'un chien, dit Sven. Pourquoi ai-je l'impression que les malheurs ne font que commencer ? »

16

Börje Svärd est sous la pluie, dans son jardin à Tornhagen. Il porte un imperméable bleu vif. Depuis la voiture, Malin le voit lever le bras et jeter une branche entre les pommiers, contre le chenil aux parois rouges. La pluie fait luire le beau pelage des deux bergers allemands qui courent chercher le bâton, et se chamaillent en montrant leurs dents acérées.

Börje est très grand. Il porte une moustache tombante.

Zeke se gare à côté de la barrière, derrière une voiture bleue d'infirmière à domicile. À l'arrière de la voiture, le beagle de Petersson bondit. Il n'aboie pas, mais regarde avec attention les chiens jouer dans le jardin.

Börje regarde Zeke et Malin. Il les invite d'un signe de la main, mais ne bouge pas.

La maison est de plain-pied, petite, blanche, et bien entretenue. La femme de Börje, Anna, ne permettrait pas qu'il en soit autrement, même si elle est si faible qu'elle ne peut respirer par elle-même. La maladie a attaqué et détruit les fibres nerveuses de ses poumons. Elle a cinquante ans, et vit un dernier sursis.

Zeke et Malin laissent le chien de Petersson dans la voiture. Les deux bergers allemands se précipitent sur eux dès qu'ils ouvrent le portail.

Non pas pour défendre la maison, mais pour les accueillir. Ils les reniflent, les lèchent puis retournent dans le jardin sans même faire attention au beagle sur la banquette arrière.

Zeke et Malin s'approchent de Börje et lui serrent la main. Elle est moite.

« Comment allez-vous ? » demande Zeke.

Börje secoue la tête, et tourne le regard vers la maison.

« Eh bien je ne souhaite à personne d'endurer ce qu'elle endure.

– Elle est si mal ? demande Malin.

– Les infirmières sont en train de s'occuper d'elle. Elles viennent quatre fois par jour. Le reste du temps, on se débrouille.

– Tu crois qu'on pourrait la voir après ?

– Non. C'est à peine si elle accepte ma compagnie. Je vois que vous avez un chien dans la voiture. C'est le tien, Malin ? »

Malin lui raconte ce qui s'est passé, à qui appartient le chien, et lui demande s'il pourrait s'en occuper jusqu'à ce qu'ils trouvent un parent du défunt ou quelqu'un qui voudrait le reprendre.

Börje sourit. Ce sourire marque pour une fraction de seconde l'oubli de la fatigue accumulée et de la peur de ce qui l'attend.

« C'est une femelle ?

– Non, un mâle, répond Zeke.

– Ça devrait aller. »

Börje retourne à la voiture. Le chien saute d'excitation sur la banquette arrière. L'instant d'après, il est au garde-à-vous à côté de Börje. Les bergers allemands reniflent son corps de toutes parts.

« On dirait qu'il se sent déjà à la maison ici, dit Malin. Ça n'aura pas été difficile.

– Allez travailler, je m'occupe de lui. Il s'appelle comment ?

– J'en ai aucune idée. Tu pourrais l'appeler Jerry ?

– Non, cela le perturberait trop.

– En tout cas nous, nous avons du boulot avec le nôtre, de Jerry. »

Börje hoche la tête.

« Merci d'être passés. Vraiment.

– Prenez soin de vous », dit Malin avant de s'en aller.

Il est exactement deux heures et quart lorsqu'ils ont cette conversation. Zeke gare alors la voiture au niveau de l'ancienne gare routière. Il ne reste plus grand-chose de la gare qui se dressait sur la place il y a quelque temps. C'est aujourd'hui un parking entouré de maisons d'époques différentes. Les façades des baraques des années soixante sont recouvertes d'une horrible tôle grise. Au fond, les arbres centenaires et bien entretenus du jardin botanique ressemblent à des squelettes noirs.

L'appartement de papa et maman est tout près. Avec ses pièces humides qui n'ont pas été occupées depuis des années. L'appartement est prétentieusement grand, bien qu'il ne prenne pas l'étage entier. Pourquoi le gardent-ils ? Pour que maman puisse dire à ses copines à Ténérife qu'elle a un appartement en ville ? Leur visage commence à s'effacer de ma mémoire, se dit Malin alors que le téléphone sonne à nouveau. Les petites joues et le nez pointu de maman. Les fossettes et le front lisse de papa.

Leur amour est un accord tacite. Comme moi et Jan ? Un amour oublié, tapi au fond de ma mémoire, dans une pièce dont nous n'avons toujours pas réussi à fermer les portes.

Les fleurs qu'ils pensent en pleine santé sont toutes sèches.

Il n'y a plus une seule putain de fleur qui vive encore. Mais à quoi s'attendaient-ils, ça fait deux ans qu'ils ne sont pas revenus à la maison.

Elle tire le téléphone de sa poche.

Elle entend le bruit de la pluie qui tombe sur le toit de la voiture. À côté d'elle, Zeke attend.

Sur l'écran, le numéro de Tove.

Qu'est-ce que je vais bien pouvoir lui dire ? Est-ce qu'elle va souffrir ? Ou avoir peur ?

Comment lui parler sans que Zeke ne comprenne ce qui se passe ?

Il va tout comprendre. Il me connaît trop bien.

« Salut, Tove. J'ai vu que tu m'avais appelée. »

À l'autre bout du fil, le silence. Malin reprend :

« Je sais que ça s'est terminé bizarrement hier soir, et j'aurais dû te rappeler, mais il s'est passé quelque chose de grave ici et j'étais très occupée. Il est là, papa ? »

Je l'ai frappé, bon sang ; je l'ai frappé, se dit-elle.

Tove répond enfin :

« Je suis à l'école. »

Elle n'a pas l'air de souffrir, ni d'avoir peur, mais seulement d'être en colère. Elle ajoute :

« Si tu as besoin de parler à papa, tu l'appelles.

– Ah oui bien sûr, tu es à l'école. Je peux l'appeler moi-même si j'ai besoin de lui parler. Dis, tu pourrais venir me rejoindre en ville après l'école pour dîner, qu'en penses-tu ? »

Tove soupire.

« J'irai à la maison, chez papa.

– Tu iras à la maison.

– Oui. »

Silence à nouveau. Tove semble vouloir demander quelque chose, mais quoi ?

« Tu fais ce que tu veux, Tove », dit Malin.

Mais elle sait que c'est exactement ce qu'elle ne devrait pas dire. Elle aurait plutôt dû dire quelque chose comme : Tout va s'arranger. Je vais me rattraper. Je viens te chercher à l'école. Je t'embrasse fort. Comment vas-tu, ma chérie ?

« Comment ça va, maman ?

– Comment ça va ?

– Oublie. Je dois raccrocher, j'ai cours.

– D'accord, salut. On s'appelle plus tard. Bisous. »

La pluie sur le toit.

Zeke la regarde d'un air compatissant. Il sait tout.

« Tu t'es donc installée à nouveau en ville ? Je l'avais deviné quand je suis venu te chercher ce matin.

– Ça fait du bien de se retrouver à la maison.

– Ne sois pas si dure avec toi-même, Malin. Nous sommes tous des êtres humains. »

Tove raccroche. Ses camarades de classe se pressent autour d'elle, dans le couloir de l'école Folkungaskola. La lumière extérieure pénètre les fenêtres voûtées de toute son obscurité pluvieuse, et sous le plafond haut, les élèves ont l'air minuscules, vulnérables.

Elle est chiante, maman.

Elle aurait pu rappeler au moins. Et puis elle a pas l'air de vouloir rentrer à la maison. La douleur au ventre grandit, juste en dessous du cœur. Elle atteint une intensité que je n'aurais pas crue possible. Elle avait l'air très occupée au téléphone. C'était comme si elle voulait interrompre la conversation le plus vite possible. Elle n'a même pas demandé comment j'allais, ni même pourquoi j'appelais. Tout ce qu'elle veut, c'est picoler.

Je sais pourquoi j'ai appelé.

Je veux qu'elle revienne à la maison. Je veux qu'ils se prennent dans les bras, sous mes yeux, dans la cuisine.

Oublie, Tove.

Elle se tape la tête avec le téléphone.

Oublie.

À vingt mètres environ, trois grands garçons se sont réunis autour d'un plus petit, visiblement en surpoids. Tove le connaît. C'est un Irakien qui sait à peine parler suédois, et ces trois-là aiment bien lui rentrer dedans. Bande de lâches.

Elle voudrait se lever, accourir et les prier d'arrêter. Mais ils sont grands, bien plus grands qu'elle.

Maman avait l'air déçue quand elle lui a dit qu'elle irait chez papa. Tove avait espéré que cela la fasse revenir aussi, mais au fond elle sait que cela ne fonctionne pas ainsi dans le monde des adultes, où tout est toujours plus compliqué.

Ils sont en train de frapper le garçon.

Il s'appelle Abbas.

Devant son casier, elle pose son stylo et son cahier au sol. Puis elle traverse la foule d'élèves agités, en direction des trois brutes. Elle pousse le plus grand d'entre eux et hurle :

« Vous pourriez au moins vous en prendre à quelqu'un de votre taille ! »

Abbas se met pleurer, elle le voit. Elle a dû leur faire peur, car ils reculent et la regardent fixement.

« Dégagez ! » crie-t-elle encore.

Ils la regardent comme si elle était une bête sauvage et dangereuse. Tove comprend alors pourquoi elle les effraie tant. Ils doivent être au courant de ce qui s'est passé à Finspång, ce qu'elle a enduré, et ils la respectent pour cela.

Imbéciles, pense-t-elle. Elle prend Abbas dans ses bras. Il est petit. Elle fait comme si elle était sa mère, comme si elle pouvait le réconforter d'un seul câlin, lui promettre que c'est fini, que tout ira bien désormais.

L'appartement d'Axel Fågelsjö sur la rue Drottningatan est de grand standing, pour parler comme un agent immobilier, se dit Malin. Mais il n'a pas l'ombre de la splendeur du château de Skogså.

Des boiseries, des tapis orientaux épais et lustrés, aux motifs compliqués qui redonnent mal au crâne à Malin. Ils sont chers et authentiques, à l'opposé des tapis qui se trouvent dans l'appartement de maman et papa, achetés aux enchères pour une bouchée de pain. Le cuir usé des fauteuils luit sous la lumière des lustres et des candélabres.

Un homme devant elle.

Assis dans un fauteuil de cuir, avec une cigarette presque terminée dans la main droite.

Il doit avoir un peu plus de soixante-dix ans, se dit Malin. Et il est droitier. L'autorité personnifiée. Elle tente de garder son calme et de ne pas se mettre sur la défensive comme elle a l'habitude de le faire lorsqu'elle rencontre des personnes situées plus haut sur l'échelle sociale, plus haut qu'elle ne le sera jamais.

Oui, tout cela existe encore.

Les sociaux-démocrates ont beau avoir soi-disant réussi à établir une égalité dans ce pays, elle n'en reste pas moins artificielle.

Les portraits des ancêtres d'Axel Fågelsjö sont alignés au-dessus des boiseries. Des hommes de pouvoir au regard perçant. Des guerriers pour plusieurs d'entre eux.

Ils traduisent bien le sentiment de supériorité d'Axel Fågelsjö. Ou alors ce sont mes préjugés qui parlent. C'est un vernis de mensonge qui recouvre la société, pense Malin.

Et à la lumière, c'est un sentiment de tromperie et de dédain qui se révèle.

Je me laisse peut-être emporter par mes convictions intimes, sans vraiment comprendre.

Mon cerveau travaille en permanence, c'est dans ma nature.

Et c'est dans le silence, dans l'incompréhension que naît la colère. Je l'ai constaté un paquet de fois.

Malin regarde les portraits accrochés au mur du salon d'Axel Fågelsjö, puis baisse son regard vers le comte, un homme rondouillard qui arbore entre ses joues rouges un sourire confiant et suffisant.

Il a de l'argent qui vient de tomber, exactement comme Petersson. Et il a son ancienne fortune aussi. Y a-t-il vraiment une quelconque différence entre eux deux ? Et quelle place les privilèges héréditaires ont-ils dans une société moderne ?

« Merci d'avoir accepté de nous recevoir », dit Malin en s'asseyant dans un fauteuil de cuir incroyablement confortable.

Axel Fågelsjö écrase sa cigarette.

Il sourit. Son sourire est amical, il ne nous veut pas de mal, se dit Malin. Mais avec tous ses privilèges, il nous doit bien ça, non ?

« Je n'allais pas refuser de vous recevoir, tout de même. Je sais pourquoi vous êtes ici. J'ai appris la nouvelle à la radio, à propos de Petersson. Je savais que ce n'était qu'une question de temps avant que vous veniez ici.

– Oui, nous avons des raisons de penser qu'il a été assassiné. Et donc nous avons naturellement quelques questions à vous poser.

– Je suis à votre entière disposition. »

Axel Fågelsjö se penche en avant afin de montrer son intérêt.

« Tout d'abord, commence Malin, que faisiez-vous cette nuit et ce matin ?

– Hier soir, j'étais chez ma fille Katarina. Nous avons bu un thé. Je suis rentré ici vers dix heures.

– Et ensuite ?

– J'étais à la maison, comme je viens de le dire.

– Quelqu'un pourrait-il le confirmer ?

– Depuis le décès de ma femme, je vis seul.

– On dit, reprend Zeke, que la famille Fågelsjö était ruinée et que c'est pour cette raison que vous avez été obligé de vendre Skogså à Petersson.

– Et qui répand de telles rumeurs ? »

L'œil de Fågelsjö se remplit d'une colère soudaine, mais de la colère du vaincu, pense Malin. Il est inutile de cacher ce que tout le monde sait.

« Ça, je ne peux pas vous le dire.

– Ce ne sont que des rumeurs. Nous avons vendu le château parce que le moment était venu de le faire. Les temps ont changé. Notre style de vie n'était plus adapté à notre époque. Fredrik travaille à la banque Östgöta, et Katarina est dans le monde de l'art. Ils ne veulent plus s'occuper de terres. »

Tu mens, se dit Malin. Tout à coup, elle repense à sa conversation avec Tove, et se sent mal à l'idée d'avoir pris un ton presque professionnel avec sa fille, de n'avoir pas pu dire les choses qu'il fallait dire. Comment as-tu pu, Malin Fors ? Comment ?

« Il n'y a donc eu aucun conflit ? demande-t-elle. Aucun problème ? »

Axel Fågelsjö ne répond pas, mais reprend :

« Je n'ai jamais rencontré Petersson pour parler de la vente. C'était l'affaire des avocats. Mais Petersson m'a toujours donné l'impression d'un homme d'affaires qui n'aurait pas voulu vivre ailleurs que dans un château. Je pense qu'il n'avait aucune idée des efforts que cela demandait, et de l'argent que cela coûtait d'y louer les services de quelqu'un.

– Il a été généreux ?

– Ça, je ne peux pas vous le dire. »

Fågelsjö sourit sur ces mots. Malin ne parvient pas à déterminer s'il est consciemment ironique.

« Je ne vois pas pourquoi il vous faudrait connaître cette somme. »

Malin hoche la tête. Nous connaîtrons la somme s'il le faut.

« Aviez-vous donné le château à votre fils ?

– Non. Le château m'appartenait toujours.

– Ça a dû être difficile pour vous de vendre le château, non ? Vos ancêtres y habitaient depuis des siècles.

– Il était tout simplement temps, inspecteur Fors. C'est tout.

– Et vos enfants ? N'ont-ils pas pris la vente trop à cœur ?

– Pas du tout. Ils sont même contents de tout l'argent que cela a rapporté. J'ai bien essayé de les placer au château, mais cela ne leur convenait pas.

– Les placer ?

– Oui, pour que l'un d'eux en prenne la succession, mais ça ne les intéressait pas.

– Vous vous plaisez ici ? demande Zeke en regardant la pièce autour de lui.

– Oui, je m'y plais. Je vis ici depuis la vente. Je m'y plais d'ailleurs tellement que j'aimerais y être laissé en paix maintenant, si vous n'avez plus de questions.

– De quelle marque est votre voiture ?

– J'en ai deux. Une Mercedes noire et un SUV Toyota rouge.

– Ce sera tout pour le moment, dit Zeke en se levant. Savez-vous où nous pouvons trouver vos enfants ?

– Vous avez leur numéro, j'imagine. Appelez-les. Je ne sais pas où ils sont. »

Dans le hall, Malin remarque une paire de bottes en caoutchouc noires. Il y a de la terre dessus, et elle est à peine sèche.

« Vous êtes allé en forêt ? demande-t-elle à Fågelsjö, qui les raccompagne à la porte.

– Non. Je suis juste allé au jardin botanique. C'est pas terrible à cette époque de l'année. »

Une fois la porte refermée, Axel Fågelsjö se dirige vers la cuisine.

Il prend le téléphone et y compose un numéro qu'il peine à se rappeler.

Il attend une réponse.

Il pense aux instructions qu'il doit donner. Il doit être extrêmement clair pour que les enfants comprennent bien. Il pense… Bettina. J'aurais voulu que tu sois là maintenant. Pour qu'on puisse régler cette affaire ensemble.

« Dans le meilleur des mondes, dit Zeke en entrant dans la voiture.

– Pardon ?

– Cet homme vit, ou voudrait vivre, dans le meilleur des mondes.

– Une chose est sûre, il nous ment à propos de la vente. Je me demande pourquoi. Je pense que tout le monde sait bien qu'ils étaient ruinés. Ça figurait même dans le *Corren.* »

Zeke hoche la tête.

« Tu as vu comme il a serré les poings lorsque tu as parlé de la vente ? Comme s'il arrivait à peine à contenir sa colère.

– J'ai vu. »

Malin ouvre la portière du côté passager.

« Il faut creuser plus loin », dit Zeke.

Il regarde Malin. On dirait qu'elle pourrait s'endormir à tout moment, ou bien se mettre à hurler.

Il faut en parler à Sven. Elle est complètement à bout.

« On a plus qu'à espérer que c'est ce que font Ekenberg et Johan en ce moment même. Creuser plus loin.

– Et que Karim profite bien des flashs des photographes », ajoute Zeke.

17

Karim Akbar s'abreuve des flashs et laisse son cerveau répondre aux questions agressives des journalistes qui résonnent tout autour de lui.

« Oui, c'est un meurtre. Il a reçu un coup à la nuque avec un objet contondant. Puis il a vraisemblablement été poignardé à la poitrine... Non, nous n'avons pas retrouvé l'objet en question. Ni le couteau... Des plongeurs opèrent dans les douves en ce moment même. Ils ont bientôt terminé. Nous allons ensuite pouvoir procéder à l'assèchement. »

Les douves ont probablement déjà été vidées. Déformer ainsi la vérité était stupide, les journalistes peuvent bien voir que les douves sont asséchées, mais Karim ne peut pas s'en empêcher, il doit montrer aux hyènes qui tient les rênes.

« Nous n'avons encore aucun suspect. Mais nous n'excluons aucune piste. »

Karim parle à un amas de gens gris, pour la plupart vêtus assez négligemment, comme le veut le cliché du journaliste.

Daniel Högfeldt fait exception. Une veste en cuir chic, et une chemise noire bien repassée.

Karim parvient à répondre aux questions tout en pensant à autre chose, il l'a même fait de nombreuses fois.

Quand le pilote automatique prend le relais, est-ce que cela signifie qu'il est grand temps d'interrompre la conférence ?

N'est-ce pas là plaisanter avec ce qui devrait être pris au sérieux ?

Il se voit, debout dans la pièce ; il ressemble à un attaché de presse de la Maison Blanche, classe et expérimenté, qui désigne les journalistes du doigt, répond à leurs questions de façon évasive, et sort son agenda à tout moment.

« Oui, vous avez raison. Beaucoup de gens pouvaient avoir une raison d'en vouloir à Jerry Petersson. Nous sommes en train de fouiller son passé.

– Et Goldman ? Avez-vous…

– Nous faisons le nécessaire de ce côté-là. Nous recherchons toute personne qui pourrait avoir remarqué quelque chose d'inhabituel cette nuit entre… »

Waldemar Ekenberg est installé à un bureau de la salle de réunion.

Il lit les documents d'un classeur portant le nom de Jochen Goldman. En face de lui, Johan Jakobsson observe un technicien occupé à bidouiller un écran.

« J'ai une adresse et un numéro ici. 34, Vistamar. L'adresse d'un certain J.-G., dit Waldemar.

– Ça doit être Jochen Goldman.

– On dirait que ça a été noté cette année.

– Qu'est-ce qu'il y a à côté ?

– Des chiffres. Un numéro d'entreprise.

– C'est quoi le numéro de rue ?

– 34.

– C'est peut-être à Ténérife, si c'est là qu'il habite maintenant. J'appelle ?

– Il faut qu'on lui parle. »

Johan se penche en arrière et tend le bras pour attraper le téléphone. Il compose le numéro.

Il tend le combiné vers Waldemar.

« Pas de réponse. Mais ça sonne. J'ai l'impression qu'il n'y a pas de répondeur.

– Tu as attendu assez longtemps ? On peut le rappeler plus tard.

– Les parents de Malin habitent à Ténérife, dit Johan.

– Il fait super chaud là-bas.

– On devrait peut-être laisser Malin l'appeler.

– Tu veux dire qu'il faudrait que ce soit elle qui l'appelle, juste parce que ses parents y habitent ? »

Johan secoue la tête.

« Non, mais tu commences à la connaître, maintenant, non ? Elle n'apprécierait peut-être pas qu'on le fasse sans elle. Elle aime bien interroger les gens.

– Et elle croit aux fantômes, aussi, dit Waldemar.

– Alors attendons pour le coup de téléphone et laissons-la faire. Si c'est bien le numéro de Jochen Goldman. »

Waldemar referme le classeur.

« Je n'y comprends vraiment pas grand-chose à tous ces chiffres. Quand est-ce que le gars de la brigade financière doit venir ?

– Il devrait arriver par le train demain matin, on ne nous a pas donné son nom. »

Waldemar opine.

La banque Östgöta se trouve au coin de la rue Storgatan et de la rue Larsgatan. À deux pas seulement de l'appartement de Malin sur la rue Ågatan, mais les deux bâtiments sont tout à fait différents. L'appartement de Malin se trouve dans un bloc triste et fonctionnel des années soixante. La banque Östgöta est au contraire logée dans un bâtiment brun voyant style Art nouveau.

Mais la pluie est la même pour tous, se dit Malin en tirant la lourde porte qui s'ouvre sur le hall au marbre luisant, d'au moins dix mètres de haut. L'accueil se trouve à gauche des caisses que l'on voit à peine derrière leur épaisse vitre blindée.

Zeke et Malin avaient appelé Fredrik Fågelsjö sur son portable, mais il n'avait pas répondu. Ils avaient alors appelé à son domicile, en vain également.

« Allons à la banque pour voir s'il y est », avait dit Malin après qu'ils eurent quitté l'appartement d'Axel Fågelsjö.

La réceptionniste doit avoir l'âge de Malin ; elle est rousse. Elle étudie la carte de Malin.

« Oui, il travaille bien ici, dit-elle.

– Pouvons-nous le rencontrer ? demande Malin.

– Non.

– Écoutez, c'est une enquête de police de la plus haute importance. Est-ce que Fredrik Fågelsjö...

– Vous arrivez trop tard, dit calmement la réceptionniste, non sans triomphe dans la voix.

– Est-ce qu'il est parti ? Il a fini sa journée ?

– Il part à trois heures le vendredi. C'était pour quoi ? »

De quoi je me mêle, pense Malin.

« Savez-vous où il s'est rendu ? demande-t-elle.

– Essayez le bar de l'hôtel Ekoxen. C'est là qu'il va généralement, le vendredi après le travail.

– Pour sa bière du vendredi ?

– Plutôt son cognac du vendredi, répond la réceptionniste avec un sourire cette fois chaleureux.

– Pourriez-vous nous le décrire ? Pour que l'on puisse le reconnaître au bar ?

– Prenez ça. C'est une photo du personnel. Il est au dernier rang. »

L'instant d'après, Malin se retrouve avec un bilan annuel dans les mains, dont le papier bleu foncé, lisse et brillant semble lui attaquer la paume.

L'Ekoxen.

Un des hôtels les plus chic de la ville.

Peut-être même le plus chic. Il est situé entre l'étang de Tinnerbäck et le jardin botanique, dans un bâtiment recouvert de crépi blanc. Le piano-bar de l'hôtel donne sur l'étang, c'est l'un des endroits les plus prisés de la ville. Pas par moi en tout cas, pense Malin. Bien trop prétentieux.

Ils descendent la rue Klostergatan en direction de l'hôtel. Elle tient la photo du bilan annuel devant elle. Dessus, Fredrik Fågelsjö semble avoir la quarantaine. Il a un visage mince, dominé par un nez droit et fin et des yeux verts inquiets. Il paraît sportif, contrairement à son père, et l'élégant blazer qu'il porte a l'air tout neuf. Il a le dos courbé, comme s'il avait peur de tomber. Il y a quelque chose, dans son attitude, qui dénote la fuite, comme s'il était pourchassé.

Zeke ralentit devant l'entrée de l'hôtel. Dans le rétroviseur, Malin voit une porte de service s'ouvrir et quelqu'un en sortir.

Fredrik Fågelsjö.

Est-ce bien toi ? As-tu déjà terminé ton cognac ?

« Je crois que c'est Fågelsjö qui vient de sortir par-derrière. »

Avant même que Malin et Zeke n'aient le temps de réagir, l'homme qui semble être Fredrik Fågelsjö s'engouffre dans une Volvo noire garée juste devant la porte de service, démarre, et part dans la direction opposée.

« Fait chier, dit Malin. Fais demi-tour. »

Zeke braque. Au même moment, un camion surgit du croisement et ils se retrouvent bloqués.

« Merde !

– Je réessaie son portable. »

Le camion recule. Zeke accélère vivement et roule à toute vitesse en direction de la rue Hamngatan, et dépasse une Volkswagen blanche.

« Il ne répond pas. »

Ils prennent la rue Hamngatan.

« Je le vois, dit Malin. Il est là-bas au feu rouge, à côté du McDo.

– On le dépasse et on le force à s'arrêter. Et on lui montre qu'il faut qu'on lui parle. »

Non, pas de gyrophare s'il te plaît, pas de manœuvre brusque, se dit Malin. Contente-toi de passer à côté de lui et de lui faire signe, comme le veut le règlement. On veut juste parler avec lui, après tout.

Zeke accélère et ils arrivent au niveau de la voiture de celui qu'ils pensent être Fredrik Fågelsjö avant que le feu ne passe au vert. Des adolescents affamés attendent devant le McDonald's. Plus loin, les gens se pressent en direction de la place Trädgårdstorget sous une pluie de plus en plus forte.

Zeke klaxonne et Malin montre sa carte contre la vitre. C'est bien Fredrik Fågelsjö, il n'y a aucun doute là-dessus. Il regarde Malin, puis sa carte de police, et son visage prend un air paniqué lorsqu'elle lui fait signe de se garer à côté du McDo.

Fågelsjö hoche la tête. Mais soudain, il regarde droit devant lui, et appuie de toutes ses forces sur l'accélérateur, brûle le feu, tourne devant eux et fonce à travers la rue Drottninggatan.

Malin jure dans sa tête avant de dire :

« Il se barre, l'enfoiré, il se barre ! »

Zeke tourne et suit Fredrik Fågelsjö à travers la rue Drottninggatan. Malin baisse la vitre et place le gyrophare sur le toit.

« Quelle merde, dit Zeke. Appelle le commissariat central à la radio. Demande-leur d'envoyer plusieurs voitures. »

Malin reste silencieuse afin de laisser Zeke se concentrer sur la course-poursuite. Devant eux, Fågelsjö roule à cent kilomètres heure au moins. Il passe devant le bâtiment orange qui abritait autrefois la banque Riksbanken et continue devant la station essence en direction du rond-point Abiskorondellen.

Qu'est-ce que ça signifie ? se demande Malin. Pourquoi cette fuite ? Serais-tu notre meurtrier ?

Une centaine de mètres devant eux, des piétons se jettent sur le côté au moment où Fågelsjö grille le feu. Malin sent l'adrénaline envahir son corps lorsqu'elle crie ses instructions à la radio.

« Nous avons un délit de fuite. Nous poursuivons une voiture noire... la route qui mène au rond-point... toutes les voitures disponibles... »

Zeke zigzague entre les voitures qui les séparent de Fågelsjö.

« Il tourne, on passe devant Ikea, direction l'abbaye Vreta Kloster ! » crie Malin.

Le bruit du moteur rugissant se mêle à la sirène pour former une exaltante symphonie.

Fågelsjö passe devant les entrepôts d'Ikea à Tornby. Sa voiture tangue sur la route comme s'il était ivre.

Il est peut-être ivre, se dit Malin. Il sort tout juste de l'Ekoxen. Elle a la nausée, mais l'adrénaline le lui fait oublier.

Zeke lâche le volant de la main droite pour prendre un CD et le mettre dans le lecteur. C'est un chant allemand, tiré d'un opéra de Wagner. Il retentit dans toute la voiture.

« Qu'est-ce que tu fous ? crie Malin.

– Ça m'aide à mieux conduire », répond Zeke en ricanant.

Fågelsjö franchit désormais le rond-point près de l'autoroute. Ils passent à côté des dernières constructions de la zone Programme Million de Skäggetorp, puis quittent l'agglomération pour se retrouver au milieu de champs déserts et de petits jardins laissés au vent.

La réponse du commissariat central est presque inaudible, couverte par les voix des chœurs:

« Fredrik Fågelsjö habite à la campagne, à gauche de Ledbergshållet. Il se rend peut-être chez lui. »

On va le perdre, pense Malin.

« Fonce ! » crie-t-elle.

Serions-nous déjà si proches du dénouement ? Est-ce que Fredrik Fågelsjö a tué Jerry Petersson ? Est-ce la raison pour laquelle il nous fuit ?

Une voiture de renfort arrive et roule à côté d'eux, mais Zeke lui fait signe de rester derrière. Arrivé à Ledbergkorset, Fredrik Fågelsjö tourne à gauche en dérapant, mais réussit à rester sur la voie. Il poursuit sa route à vitesse maximale, traversant la plaine en direction du lac Roxen. Il passe à côté d'un petit pâté de maisons entouré d'arbres clairsemés.

Zeke transpire. Malin sent sa respiration saccadée. Elle sort son arme de son étui au moment où la route bifurque à nouveau vers un hameau. Une grande villa de pierre, jaune, se cache derrière un bosquet. Une demeure de grande classe. Cent mètres plus loin, Fågelsjö tourne à nouveau et s'engage dans une allée.

Ils le suivent. Fågelsjö arrête sa voiture devant une étable rouge assez délabrée, entourée d'érables et de buissons. Il saute de la voiture et entre en courant dans l'étable.

Zeke se gare à côté du véhicule de Fågelsjö, et la voiture de renfort s'arrête juste derrière eux. Malin éteint le lecteur CD et le gyrophare. Tout devient étrangement silencieux.

Calmement, Malin dit à la radio :

« Nous sortons de la voiture. Couvrez-nous pendant que nous entrons dans l'étable. »

Malin patauge dans la boue et les graviers, observe l'étable. La pluie s'est intensifiée sur les quelques mètres qu'elle et Zeke ont parcourus de la voiture à la porte de l'étable. Derrière elle, une villa de style italien. Probablement le domicile de Fågelsjö. Malin ne sait pas si cet homme a une famille, si c'est le cas celle-ci n'est pas à la maison. Les deux policiers de renfort ont sorti leur pistolet Sig Sauer. Planqués derrière les portières de la voiture, ils sont prêts à faire feu.

Zeke est à côté de Malin. Tous deux brandissent leur arme lorsque Malin ouvre la porte de l'étable d'un coup de pied en criant :

« Fredrik Fågelsjö ! Nous savons que vous êtes là. Sortez, nous voulons seulement vous parler. »

Silence.

Pas un bruit dans toute l'étable. Rien qu'une odeur de fumier.

Fuir serait la chose la plus stupide que tu puisses faire, pense Malin. Ou irais-tu ? Goldman. Il a réussi à rester à l'ombre pendant dix ans. Ça peut donc marcher. Mais toi, tu te caches là-dedans, non ? Tu nous attends. Tu as peut-être une arme. Nous attendrais-tu avec une arme ?

Se parler à elle-même l'aide à rester alerte et à empêcher la peur de prendre le dessus. Allez, plonge dans l'obscurité, Malin. Peu importe ce qui t'y attend.

« Je passe en premier », dit Zeke.

Malin lui est reconnaissante. Il ne recule jamais quand ça chauffe, Zeke.

Il pénètre dans l'étable, Malin le suit. Tout est sombre, noir, ça sent le fumier frais et les déjections séchées de quelques animaux. Dans un coin, une lumière s'ouvre sur un champ. Zeke se met à courir en sa direction. Malin le suit.

« Putain, c'est pas vrai ! crie Zeke. Il a dû s'enfuir par là ! »

Ils se précipitent vers la porte ouverte.

Cent mètres plus loin environ, sous la pluie et dans le brouillard, Fredrik Fågelsjö court à travers champ. Il porte un pantalon brun et un ciré vert. Il tombe, se relève, se remet à courir, passant près d'un arbre qui a encore toutes ses feuilles.

« Arrêtez-vous ! crie Malin. Ou je tire ! »

Ce qu'elle ne ferait pas. Ils n'ont rien contre Fredrik Fågelsjö, et un délit de fuite n'est pas un motif nécessaire pour lui tirer dessus.

Mais tout à coup, Fågelsjö s'arrête, se retourne, met les mains en l'air, et regarde Malin et Zeke. Ceux-ci s'approchent lentement de lui, leur arme pointée sur lui.

Fågelsjö tient à peine debout.

Tu es complètement bourré, pense Malin.

« À terre, dit-elle. À terre ! »

Fågelsjö se couche à plat ventre dans la gadoue. Il a les mains derrière le dos, et Malin lui passe les menottes. Son ciré Barbour est couvert de boue.

Il pue l'alcool. Il ne dit rien, peut-être a-t-il du mal à parler avec le visage contre le sol.

« Vous en avez d'autres, des idées stupides comme celle-là ? » dit Malin.

Fågelsjö ne répond pas.

18

« Mais qu'est-ce qui s'est passé, bon sang ? »

Les mains de Zeke tremblent légèrement sur le volant, en rentrant vers Linköping. Ils passent devant les immeubles de brique blanche de Skäggetorp, et l'immense usine Arlas à Tornby. Ils croisent la camionnette du *Corren*. Est-ce Daniel qui conduit ? Ils sont vraiment increvables, ces sales vautours.

« J'en sais rien », répond Malin.

L'adrénaline est quelque peu redescendue, le mal de tête et l'angoisse sont revenus. Fredrik Fågelsjö est enfermé à l'arrière de la voiture de renfort. Il était hors de question pour Malin de l'avoir dans la même voiture qu'elle. Zeke et elle avaient besoin de reprendre leurs esprits.

La camionette du *Östnytt*, maintenant.

« Mais peut-être, reprend Malin, qu'il est impliqué dans le meurtre et que, quand il nous a vus, il a pensé qu'on était au courant.

– Ou alors il était juste complètement ivre, et il a paniqué quand on a voulu lui parler.

– On verra bien quand on l'interrogera. Mais il se pourrait tout de même qu'il soit notre homme. »

Elle dit ça sans conviction : il y a quelque chose qui cloche, l'affaire ne peut pas être aussi simple. Quoique ?

Son téléphone sonne. Le numéro de Sven s'affiche sur l'écran.

« J'ai appris la nouvelle, dit-il. Très bien. Est-ce que ce serait lui ? Qu'est-ce que tu en penses ?

– Ça se pourrait. On l'interrogera dès qu'on arrivera au commissariat.

– Johan et Waldemar se chargeront de l'interrogatoire. Vous, vous allez essayer de mettre la main sur Katarina Fågelsjö. »

Malin veut protester. Mais elle se ressaisit. S'il y a une personne qui peut soutirer quelque chose à Fredrik Fågelsjö, c'est bien Waldemar Ekenberg.

Fågelsjö n'avait pas dit un mot lorsqu'ils l'avaient relevé et conduit à travers champ. De même, une fois assis dans la voiture de police.

« D'accord. On fait comme ça. Autre chose ?

– Pas grand-chose de nouveau. Johan et Waldemar ont appelé quelques personnes dont le nom et l'entreprise apparaissent dans les papiers de Petersson. Mais ça n'a rien donné.

– Pas de compagne ?

– Non, personne de ce côté-là non plus. »

Katarina a répondu au téléphone. Elle a bien voulu les recevoir.

Zeke et Malin sont sur la route de Brokind, sous le ciel sombre de l'après-midi. Silencieux.

Ils essaient de se remettre des événements, et de recharger leurs batteries avant de rencontrer Katarina Fågelsjö.

Ils passent devant l'ensemble pavillonnaire de Hjulsbro.

Malin se souvient avoir lu dans son livre d'éducation civique que l'ensemble avait été conçu comme un bloc résidentiel à destination des classes supérieures, comme le Connecticut à New York. Mais au final, ce sont plutôt les classes moyennes aisées qui y vivent.

À Hjulsbro, les villas de médecins sont d'apparence modeste, pourtant, elles se révèlent grandes et chargées lorsque l'on y pénètre. C'est l'un des quartiers les plus chers et les plus prestigieux de la ville, mais bien pitoyable comparé à Djursholm à Stockholm.

Stockholm.

Elle y a vécu avec Tove lorsqu'elle allait à l'école de police. Dans un studio qu'elle sous-louait à Traneberg. Tout ce dont elle se souvient, c'est le bahut, les trajets à la crèche, les baby-sitters dénichées dans le journal, ces jeunes filles chères et peu fiables. Elle se souvient que Stockholm n'avait absolument rien à offrir à une femme seule et pauvre. Toute la ville lui semblait fermée, inaccessible.

C'est aussi ce qu'avait dû ressentir Jerry Petersson.

On avait plusieurs fois proposé à Malin une mutation à Stockholm. La dernière fois, c'était avant l'été. Il y avait eu une opportunité à la brigade criminelle, et le chef, un certain Kornman, l'avait lui-même choisie. Il l'avait appelée, lui disant qu'il avait suivi son travail. Il lui avait demandé si elle avait envie d'exercer sur un autre terrain de chasse.

Malin pensait qu'ils avaient juste besoin de femmes.

Et puis elle avait la vie dont elle rêvait ici, avec Jan et Tove. Tout n'était pas encore parti en vrille. Alors elle avait refusé.

Et aujourd'hui, dans la voiture, elle se maudit. Un nouveau départ, c'est peut-être exactement ce dont j'ai besoin ? Et si la grande ville me détruisait ? Mais c'est aussi ce que fait cette petite ville.

La radio est allumée.

La chanson « Torn blue foam couch » de Grand Archives vient de s'achever, et c'est maintenant Helen Aneman, une amie de Malin, qui prend la parole au micro.

Elle parle du meurtre.

Elle dit que personne ne regrette particulièrement le décès de Jerry Petersson. Que sa mort ne suscite aucune émotion.

En écoutant Helen, Malin se dit qu'il y a sûrement quelqu'un que ce décès attriste. Et pour cette personne, je me dois de découvrir ce qu'il s'est passé.

Cela pourrait être ton père. Nous nous entretiendrons avec lui. Tu n'avais ni frère ni sœur, et ta mère est décédée. C'est tout ce que nous savons. Cela pourrait être une femme, ou un enfant, même si tu n'en avais pas.

« L'un des plus riches enfants de cette ville nous a quittés, dit Helen. Actionnaire d'une entreprise d'informatique, ami des criminels selon la rumeur, Jerry Petersson était un homme passionnant. Il y a quelques années, il avait acheté Skogså, la demeure historique de la célèbre famille Fågelsjö... Il n'était visiblement pas un agneau, mais il ne méritait pas un tel sort, qu'en pensez-vous ? Appelez-nous si vous souhaitez nous parler de Jerry Petersson. »

Une chanson de Madonna.

« American pie. »

Zeke la chantonne. Peut-être que la chanson lui fait penser à Martin à Vancouver ? À son petit-fils ? Ou peut-être est-ce qu'ils la chantent dans la chorale dont il fait partie ?

Ils ont passé Hjulsbro.

L'étouffante petite bourgeoisie est derrière eux.

Zeke accélère, puis tourne.

Devant eux, le terrain de golf de Landeryd. Et l'immense bâtiment en forme de ballon qui abrite le green d'entraînement en salle de la ville.

Un paradis pour golfeurs dans l'enfer de l'automne.

Ici, il pleut des balles de golf.

19

Les balles de golf sifflent, rebondissent puis tombent sous les poutres de fer qui soutiennent le toit du hangar de plusieurs centaines de mètres de long.

Treize drives.

Les clubs de fer claquent en frappant les balles.

Des putts.

Des bois.

Jerry Petersson a été frappé à la tête à l'aide d'un objet contondant, probablement pas un club de golf, se dit Malin quand ils approchent de la silhouette grande et mince de Katarina Fågelsjö.

« Je suis sur le treize. Le plus éloigné de l'allée. »

Elle n'avait pas l'air surprise de savoir que la police voulait s'entretenir avec elle. Elle savait ce qu'il s'était passé, mais ne pouvait pas savoir ce que son frère venait de faire.

Des coups violents, des jurons, des balles qui volent dans tous les sens, dans l'allée, sur les côtés. Le bruit rappelle celui d'une piscine, ainsi que l'odeur, sans le chlore, de renfermé, d'humidité.

Comment peut-on vouloir passer tout une après-midi ici, se demande Malin en étudiant le swing de Katarina Fågelsjö, qui a l'air léger et élégant. Elle a de la force dans les bras, et il est évident qu'elle a autant d'aisance dans son corps que dans sa vie. Dans ce milieu cette aisance est naturelle.

Katarina Fågelsjö lève le club et donne un coup d'épaule qui fait voler la balle.

Elle doit avoir un handicap peu élevé, se dit Malin. Et elle est droitière.

Katarina Fågelsjö les a vus.

Elle s'immobilise, se retourne, les regarde, et descend la petite marche qui la sépare d'eux. Elle leur tend la main. Malin se dit qu'elle a dû être belle autrefois. Elle a le nez aussi fin et les joues aussi jolies que son frère, mais avec un front ridé et pas mal de cheveux gris dans ses cheveux blonds coupés au carré.

Des rides d'amertume sur le front. Des ridules d'insatisfaction autour de la bouche. Des yeux tristes, pleins de regret.

Elle salue Malin, puis Zeke.

Ils lui montrent leur carte.

Katarina Fågelsjö pose la main sur son front. Elle a peut-être fréquenté le même lycée que moi, pense Malin, mais avant moi, et peut-être la même école que Jerry Petersson. Si elle n'est pas allée à Sigtuna ou Landsberg, bien sûr.

« Est-ce qu'on peut parler ici ? demande Katarina Fågelsjö en posant son club. Ou doit-on aller au restaurant ?

– Nous pouvons parler ici, répond Malin. Savez-vous pourquoi nous sommes là ? Nous n'avons même pas eu le temps de vous le dire au téléphone.

– Jerry Petersson. Je sais faire le lien entre les choses.

– Et savez-vous que votre frère a tenté de nous semer aujourd'hui ? »

Katarina Fågelsjö ouvre la bouche et hausse les sourcils, mais elle se reprend très vite.

« Mon frère a fait quoi ? »

Malin lui raconte la course-poursuite et l'informe qu'il est en ce moment en train d'être interrogé au commissariat.

« Il sortait de l'Ekoxen, donc ? dit Katarina Fågelsjö avec assurance. Il a dû avoir peur que vous ne l'arrêtiez pour conduite en état d'ivresse. Il a été jugé pour le même délit il y a quelque temps, après une fête chez des amis à lui il y a trois ans, et il est même allé en prison cette fois-là. »

Conduite en état d'ivresse. Prendre le volant complètement soûl. Je l'ai fait aujourd'hui, se dit

Malin, avant d'envoyer cette pensée au loin comme une balle de golf.

« Nous l'avons arrêté, dit Zeke. Il était ivre.

– Peut-être qu'il a fui parce qu'il est impliqué dans le meurtre de Jerry Petersson ? demande Malin en espérant qu'une question aussi directe provoque une réaction chez Katarina.

– Mon frère, assassiner quelqu'un ? Impossible. »

Le sifflement des balles volant dans les airs rappelle à Malin les champs de tir, le son des balles des revolvers dirigées vers leur cible.

Et maintenant.

Il n'y a plus aucune expression sur le visage de Katarina Fågelsjö. Elle attend la prochaine question. Il est bientôt cinq heures, et bien qu'elle sache qu'il faut continuer à mener l'enquête, Malin n'a qu'une envie, c'est de rentrer à la maison et de se doucher. Et après ?

Se lamenter sur mon sort.

Putain de regrets.

Hors de moi, les regrets.

Le mal de tête s'est calmé, mais le corps en demande plus. Cette gueule de bois agit comme un coup de poing au cœur. J'ai encore un paquet de choses à régler, putain. Est-ce que je vais tenir le coup ?

Comme cette femme devant moi, fière et prétentieuse, mais aussi ouverte et agréable, d'une certaine manière. C'est bien cela que l'on appelle compétence sociale ?

« Donc, vous n'y croyez pas ? demande Zeke.

– Mon frère est incapable de faire du mal à quelqu'un. Enfin, peut-être que dans un certain sens, si. En tout cas, il est incapable de toute violence.

– Vous pourriez nous parler un peu de lui ?

– Je pense qu'il est le mieux placé pour cela, non ? »

Katarina Fågelsjö sort un club de son sac et l'examine sur toute sa longueur.

« Je vais aller droit au but, dit Malin pour recentrer ses pensées sur Katarina Fågelsjö. Que faisiez-vous cette nuit et ce matin ?

– J'ai reçu la visite de mon père. Nous avons bu un thé.

– Il a dit qu'il était parti vers dix heures. Qu'avez-vous fait ensuite ? »

Katarina Fågelsjö se racle la gorge.

« Je suis allé voir mon amant. Jan Andergen. Il est médecin chef. Il peut confirmer que j'étais avec lui jusqu'à ce matin. »

Elle leur donne un numéro que Zeke enregistre immédiatement dans son téléphone.

« Les blouses blanches me font craquer, plaisante Katarina Fågelsjö. Mais vous devez savoir qu'il n'est qu'un amant que je vois de temps en temps. Et je n'ai pas l'intention de le revoir souvent.

– Pourquoi ? » demande Malin.

Katarina Fågelsjö la regarde d'un air qui signifie: qu'est-ce que cela a à voir là-dedans ?

« Vous ne connaissez pas la règle d'or des relations ? Si on se voit plus de cinq fois, on peut commencer à s'imaginer qu'il s'agit d'amour. »

Ne commence pas à faire ton intéressante parce que tu baises avec un médecin, pense Malin. Ne minaude pas avec moi, Katarina Fågelsjö. Je suis bien trop fatiguée pour pouvoir le supporter.

« Avez-vous eu affaire à Petersson ? demande Zeke.

– Jamais, répond-elle avec hésitation, avant de poursuivre d'une voix plus assurée. Ce sont Fredrik et papa qui se sont occupés de tout. Pourquoi ?

– La vente du château, dit Malin. Vous n'étiez pas contre ?

– Non. Il était temps. Il était temps de vendre, tout simplement. Il fallait que la famille aille de l'avant. »

Tu dis exactement la même chose que ton père Axel, pense Malin. Il t'a dit ce que tu devais dire, c'est ça ?

« Vous ne vouliez pas le reprendre ?

– Je n'ai jamais eu de telles ambitions. »

Autour d'eux, les balles continuent de fuser.

Des balles sans enjeu.

Un vrai sport de con, se dit Malin, alors que Katarina Fågelsjö resserre la ceinture qui maintient son pantalon bleu et réajuste le col de son pull en laine rose. Elle remet le club dans son sac.

« Nous avons entendu dire que vous avez dû vendre à cause de soucis financiers. C'est vrai ?

– Inspecteur. Nous sommes les descendants d'une lignée de nobles qui remonte à plusieurs siècles. Presque cinq cents ans. Nous n'aimons pas parler d'argent, mais jamais, jamais, nous n'avons eu le moindre souci financier.

– Je peux vous demander ce que vous faites dans la vie ? demande Zeke.

– Je ne travaille pas. Avant mon divorce, je me consacrais à l'art. Depuis, j'ai arrêté.

– À l'art ?

– J'avais une galerie de peintures du XIXe siècle. Pour la plupart des œuvres abordables d'artistes de l'Östergötland, comme Krouthén. Mais aussi certains artistes plus chers. Vous connaissez Eugène Jansson ? C'était ma spécialité. Lui et les artistes féminines danoises de la période du nationalisme romantique. »

Malin et Zeke hochent la tête.

« Vous connaissiez Jerry Petersson avant ? demande Zeke.

– Non.

– Vous avez divorcé récemment ?

– Non, il y a dix ans.

– Des enfants ? »

Le regard de Katarina Fågelsjö s'assombrit. Elle semble s'interroger sur la pertinence de la question.

« Non.

– Vous aviez le même âge, vous et Petersson, dit Malin. Vous avez peut-être fréquenté le même lycée ? »

Katarina Fågelsjö se dirige vers le terrain d'entraînement.

« On était tous au lycée Notre-Dame. Il était en terminale en même temps que mon frère. Moi, j'étais en seconde. »

Malin et Zeke se regardent.

« Je me souviens de lui, poursuit Katarina Fågelsjö en regardant toujours le terrain d'entraînement. On ne s'est jamais adressé la parole. On faisait partie de groupes d'amis différents. Mais on s'est sûrement retrouvés à la même fête un jour, c'était inévitable. »

En effet, se dit Malin. Au lycée, tous les mondes se croisent, qu'on le veuille ou non.

« Et quel genre de groupe fréquentiez-vous ? demande Zeke.

– Une bande de filles.

– Donc, vous ne vous êtes jamais parlé ? »

Katarina Fågelsjö les regarde à nouveau, son regard semble se troubler soudainement.

« Je viens de vous le dire.

– Nous avons entendu », dit Malin.

Katarina Fågelsjö ferme la bouche, et ses lèvres fines ne forment plus qu'un trait mince.

« Maintenant cet enfoiré de Jerry Petersson trône comme un Gatsby dans notre château. Et ensuite ? Il va se mettre à y organiser des fêtes aussi ? »

Tout à coup, le désespoir apparaît dans son regard et dans sa voix.

« Il trônait peut-être comme un Gatsby dans votre château, dit Malin. En tout cas, il repose désormais à la morgue. »

Katarina Fågelsjö se détourne d'eux à nouveau. Elle pose une balle sur le tee et la frappe avec frénésie.

« Avez-vous une voiture ? lui demande Zeke lorsqu'elle les regarde à nouveau.

– Ce sont mes affaires. Je ne voudrais pas être impolie, mais ça ne vous regarde pas.

– Que les choses soient claires, dit Malin. Tant que nous serons à la recherche du meurtrier de Jerry Petersson, vos affaires sont nos affaires. »

Katarina Fågelsjö sourit, puis répond :

« C'est bon, inspecteur, du calme. Restons corrects. Je conduis une Toyota rouge, puisque c'est si important. »

Malin tourne les talons et se dirige vers la sortie. Elle entend Zeke remercier Katarina Fågelsjö de leur avoir accordé un peu de son temps. Dieu merci, il ne lui a pas présenté d'excuses pour son comportement.

« Ne soyez pas dur avec mon frère ! leur crie-t-elle. Il ne ferait pas de mal à une mouche. »

« Tu ne peux pas t'adresser aux gens de cette manière, même si tu ne vas pas bien. »

Derrière le volant, Zeke lui fait des reproches en sortant du parking de Landeryd. Il pleut toujours des cordes, et l'obscurité de la nuit tombée rend Linköping moins accueillante encore. À l'est, à l'orée de la forêt, Malin croit voir des serpents grouiller, siffler, et tenter de se dévorer entre eux.

« Je vais très bien. »

Elle secoue la tête.

« Tu sais ce que c'est. Ces connards suffisants. »

Elle sait pourtant que la colère n'est qu'un moyen de masquer la peur. C'est de la psychologie de base. Elle en a honte, et elle espère seulement que Zeke ne voit pas ses joues rougir.

« Elle cache quelque chose, dit Zeke. Tout comme son père. Et peut-être même comme son frère.

– C'est évident. C'est sûrement une tendance héréditaire à jouer avec la vérité.

– Ou alors elle veut simplement rendre notre travail plus difficile. »

Ils repassent devant les villas de Hjulsbro, et devant l'immeuble blanc avec la galerie en face, de l'autre côté de la route de Brokind. Sur la route, la pluie est horizontale, comme si le vent et les gouttes cherchaient à lier les différents mondes que Zeke et Malin traversent.

« On va bien voir ce que donne l'interrogatoire de Fredrik Fågelsjö, dit Zeke. Ils doivent être en train de l'interroger, maintenant qu'il a dû dessoûler un peu. »

20

Les aiguilles de l'horloge avancent en silence dans la salle d'interrogatoire numéro 1 au sous-sol du commissariat.

18 h 01.

Les murs gris foncé sont recouverts de panneaux isolants. Les lampes halogènes sont placées de manière à former des cônes de lumière au-dessus de chacune des chaises, fixées au sol autour de la longue table de métal.

L'un des murs est constitué d'un miroir sans tain qui donne sur la salle d'observation, d'où Sven Sjöman et Karim Akbar assistent aux interrogatoires.

Johan Jakobsson regarde Fredrik Fågelsjö, placé de l'autre côté de la table sous la faible lumière de la lampe. Les analyses ont révélé qu'il avait presque un gramme d'alcool dans le sang, mais il a l'air d'avoir dessoûlé rapidement. Son regard est clair et éveillé. À côté de Johan, Waldemar Ekenberg essaie de trouver une position confortable sur sa chaise. Fredrik Fågelsjö est vêtu d'un blazer bleu et d'une chemise jaune. À côté de lui, Karl Ehrenstierna, son avocat, un type charmant à qui Johan a déjà eu affaire lors de précédents interrogatoires qui n'ont jamais rien donné. On va bien voir si on peut t'avoir cette fois, pense Johan.

Il met en route le magnétophone placé au milieu de la table.

« Interrogatoire de Fredrik Fågelsjö dans le cadre de l'affaire de meurtre sur la personne de Jerry Petersson, ainsi qu'en lien avec d'autres infractions. Vendredi 24 octobre, 18 h 04. »

Jusque-là, Fredrik Fågelsjö n'a quasiment pas dit un mot. Il a simplement répondu oui lorsqu'ils lui avaient demandé s'il souhaitait la présence d'un avocat au cours de l'interrogatoire. Il avait donné le nom d'Ehrenstierna, sans leur donner son numéro, pensant qu'ils le connaissaient. Il avait aussi demandé à pouvoir appeler sa femme Christina, et Sven n'avait vu aucune raison valable de le lui refuser. Ils l'avaient certes coincé pour une série de délits mineurs, mais concernant le meurtre de Jerry Petersson, Fredrik Fågelsjö n'était pour l'instant qu'un témoin. Ce n'était pas suffisant pour faire une perquisition, mais ils avaient en tout cas pu saisir sa voiture et l'envoyer au laboratoire.

« Nous allons commencer par les événements d'aujourd'hui. Pourquoi avez-vous fui lorsque la police vous a demandé de vous arrêter ? »

Fredrik Fågelsjö regarde son avocat avec des yeux anxieux. Ce dernier lui fait un signe de tête signifiant qu'il peut répondre.

« J'ai eu peur, dit Fågelsjö en essuyant quelques gouttes de sueur sur sa lèvre supérieure. Je savais que j'avais trop bu. Et je ne voulais pas encore me faire prendre pour conduite en état d'ébriété et finir à Skänninge cet été. Alors j'ai paniqué et j'ai essayé de fuir. Et tout à coup, après avoir commencé à fuir, je me suis rendu compte que je ne pouvais plus revenir en arrière. C'est aussi bête que ça. Je vous demande pardon.

– Une putain d'excuse, ça ne suffit pas, grogne Waldemar.

– Je vous prie de ne pas employer de jurons, dit Ehrenstierna.

– Tu aurais pu tuer des innocents, dit Waldemar. Là on te tient pour conduite en état d'ébriété, résistance à un agent dans l'exercice de ses fonctions, conduite dangereuse, et au moins une dizaine d'autres chefs d'inculpation. Est-ce que tu es alcoolique ? »

Ehrenstierna se tait.

« Tu souhaites reconnaître les faits peut-être ? dit Waldemar.

– Je ne tiens pas à aggraver les choses. Et non, je ne suis pas alcoolique. Mais il m'arrive de boire un peu trop, comme tout le monde. J'ai paniqué. Et oui, je suis coupable d'avoir pris le volant alors que j'étais ivre. Mais ce n'est pas la raison principale de ma présence ici, si ?

– Non, répond Waldemar en se penchant vers lui. Nous voulions surtout parler du meurtre de Jerry Petersson.

– Avez-vous fui parce que vous pensiez que nous voulions vous arrêter pour le meurtre de Jerry Petersson ? demande Johan.

– Mon client vous a déjà expliqué pourquoi il avait fui, dit Ehrenstierna.

– Je ne savais même pas que Petersson avait été assassiné. Mon avocat vient de me l'apprendre. »

Ehrenstierna confirme par un signe de tête.

Puis le regard de Fredrik Fågelsjö se change et il commence à parler avant même que son avocat ne puisse l'en empêcher.

« Laissez-moi vous dire une chose. Vous avez retrouvé ce con mort ? Assassiné ? Moi je dis : bonne nouvelle. »

Johan regarde Waldemar : c'est le moment.

Ehrenstierna pose sa main sur l'épaule de Fågelsjö et dit :

« Du calme, Fredrik.

– Donc, tu souhaitais sa mort ? demande Waldemar.

– Mon client ne répondra pas à cette question.

– Vous pouvez nous faire confiance, dit Johan. C'est pour votre bien. Si vous n'avez rien à voir avec le meurtre, il vaut mieux que nous le sachions. Vous comprenez que votre fuite peut nous paraître suspecte ? Vous avez bien quelque chose à nous dire à ce sujet, non ?

– Mon client ne répondra pas à cette question non plus. Et il vous a déjà expliqué pourquoi...

– Que faisais-tu cette nuit et ce matin ? demande Waldemar.

– J'étais à la maison avec ma femme.

– Tu es sûr ?

– Est-ce qu'elle peut le confirmer ? demande Johan.

– Elle peut le confirmer, répond Ehrenstierna. Ils étaient à la Villa Italia, à Ledbergskorset, là où vous avez suivi mon client.

– Tu n'es donc pas allé à Skogså », dit Waldemar.

Aucun des deux ne répond.

« On dit que vous avez dû vendre Skogså parce que vous aviez des problèmes d'argent. C'est vrai ? demande Johan.

– J'en avais marre, répond Fågelsjö. Il était grand temps de vendre. Papa était trop vieux pour s'en occuper, et moi je n'en avais pas envie. Ma sœur non plus d'ailleurs.

– Tu n'as donc rien de particulier à nous dire ? À propos de choses inavouables ? À propos de ta haine pour ce con de Petersson ? Dont tu souhaitais la mort ? »

La colère de Waldemar lorsqu'il balance ce dernier mot sur la table.

« Ce Petersson, dit Fågelsjö, était un parvenu de la pire espèce, qui n'a jamais compris ce que cela signifiait de posséder une propriété comme Skogså. Mais il a été généreux. Et si vous pensez que j'ai quoi que ce soit à voir avec sa mort, je vous souhaite bonne chance pour le prouver. Comme je vous l'ai dit, j'ai eu peur et j'ai paniqué. Je suis prêt à en payer le prix.

– Est-ce que vous connaissiez Petersson avant ?

– Je savais qui il était. On était ensemble au lycée Notre-Dame. Mais je ne le connaissais pas du tout. On ne fréquentait pas les mêmes cercles. On s'est peut-être retrouvés à la même soirée, une fois. C'était un petit monde, vous savez.

– Vous n'aviez donc jamais eu aucun contact ? Ni là, ni plus tard ?

– Seulement quand on lui a vendu le château. Je ne l'ai même pas rencontré à ce moment-là.

– Ça m'étonne, lance Waldemar. Je croyais que les gens comme toi allaient à Sigtuna ou à Landsberg.

– Lundsberg, dit Ehrenstierna. C'est Lundsberg. Je suis allé à Lundsberg. Vous avez d'autres questions à poser à mon client ? Sur sa scolarité, ou autre chose ? »

Waldemar se lève soudainement, et lance son regard de serpent à Fågelsjö.

« Dis-nous ce que tu sais, connard. Il y a pas mal de choses que tu caches, non ? »

Fågelsjö et Ehrenstierna ont un mouvement de recul.

« Tu es allé au château, parce que tu en voulais à Petersson de vous avoir pris votre propriété, c'est ça, hein ? Tu l'as tué de sang-froid, et tu l'as poignardé, encore et encore. Avoue ! crie Waldemar. Avoue ! »

La porte s'ouvre violemment, Karim se précipite à l'intérieur. Il court éteindre le magnétophone et aide Johan à contenir Waldemar. Sven annonce à Fågelsjö et à son avocat que le procureur a décidé que Fågelsjö devait être arrêté pour conduite en état d'ébriété.

Ehrenstierna proteste, mais sans conviction, car il sait que la décision étant prise, il n'y a rien qu'il puisse faire.

Le visage de Fågelsjö est un mystère, se dit Johan, lorsque le noble est raccompagné par un policier.

Les yeux anxieux sont redevenus hautains. Il sait que nous avons que dalle sur lui. Mais il pourrait tout aussi bien être coupable. Et à partir de maintenant, il est notre principal suspect.

Zeke quitte Malin devant sa maison rouge.

« Prends le volant. Mais conduis prudemment. »

Il claque la portière derrière lui, non pas de colère, mais d'épuisement.

Les tuiles noires sur le toit de sa maison servent malgré eux de tambour à la pluie qui tombe.

Il y a de la lumière dans la cuisine.

Demain c'est samedi. Il va falloir aller bosser pourtant. Il n'est pas question d'être libre quand on a un meurtre tout frais sur les bras.

Sven Sjöman a convié tout le monde à une réunion bilan à huit heures. L'assistant Aronsson a interrogé la femme de Fredrik Fågelsjö, Christina, juste après l'interrogatoire. L'alibi de Fågelsjö a été confirmé par son épouse. Il a donc vraisemblablement paniqué lorsqu'il a vu la police. Et puis il lui arrive de boire un peu trop, mais il n'est en aucun cas alcoolique.

Malin entend le moteur de la voiture tourner dans le vide. Elle essaie de se motiver à continuer sa route seule dans la nuit. Mais comment, comment vais-je pouvoir occuper les heures qu'il reste avant la fin de cette journée ?

Elle enclenche la première vitesse.

Au moment où elle s'apprête à partir, elle voit Zeke ouvrir la porte d'entrée et courir sous la pluie. Les gouttes de pluie semblent caresser son crâne ras, mais cela n'a pas l'air très agréable, vu la tête qu'il fait.

Malin baisse sa vitre.

« Gunilla demande si tu veux rester pour dîner.

– Et toi, tu veux pas ?

– Ne sois pas bête, Fors. Viens. Viens manger un bon plat chaud. Ça te fera du bien.

– Une autre fois, Zeke. Salue ta femme pour moi. Et remercie-la pour la proposition.

– Allez, viens manger avec nous, c'est un ordre. Tu as vraiment envie de passer la soirée toute seule ? »

Malin esquisse un sourire fatigué.

« Ne me donne pas d'ordre. »

Elle s'en va, la vitre baissée. Dans le rétroviseur, elle voit Zeke qui reste sous la pluie. Les phares arrière de la voiture font briller quelques feuilles mortes qui volent.

Il fait sombre devant la voiture lorsqu'elle s'approche de la ville. Trop sombre.

Quelle journée de merde. Une affaire de meurtre. Et une belle. Une course-poursuite complètement folle. Une femme avec un fusil. Pas le temps de penser au reste. Parfois, elle aime toute la merde que cette ville peut produire chez ses habitants.

Des fringues.

Il me faut des fringues.

Malin entrevoit son visage dans le rétroviseur. Elle le tourne sur le côté, et voit soudainement ce qu'elle a fait : elle a quitté l'homme qu'elle aime, l'a frappé. Elle a mis la vie de sa fille en danger, et au lieu de l'aider et de l'accompagner, elle a fui et lui a montré son pire visage, elle lui a dévoilé son amour pour l'alcool, et pour le monde confortable et vain dans lequel il l'a fait entrer. Chacun son histoire, ici et maintenant, ou dans le futur. Mais elle a fait une erreur, une énorme erreur, elle s'en veut, s'en veut tellement que la honte lui coupe la respiration, la paralyse. Elle voudrait rentrer à la maison à Malmslätt, mais elle tourne à Tornby, et s'arrête dans un coin du parking d'Ikea et sort de la voiture.

Elle reste sous la pluie et regarde autour d'elle, dans l'obscurité. L'endroit est anonyme et isolé. Et bien que ce soit ouvert, les lumières du magasin n'arrivent pas jusqu'à elle.

Elle s'approche du centre commercial. Elle a envie d'appeler Tove, de lui demander conseil. Mais non. C'est la raison pour laquelle je suis là, pour chasser la peur, putain.

Entre les rayons d'H&M, elle tire les vêtements de leur cintre. Des pantalons, des chaussettes, des soutiens-gorge, des pulls, des culottes et un gilet. Elle les paie sans même les avoir essayés. Elle a rapidement regardé la taille, s'est dit que cela devrait aller. La dernière chose que j'ai envie de voir, c'est bien mon reflet dans un miroir. Mon corps bouffi, mon visage rougi, mes yeux plein de honte.

Elle se laisse tomber sur un banc dans l'allée principale du centre commercial. De l'autre côté, une librairie dont la vitrine est encombrée de livres de coaching : *Comment devenir riche*, *Amour-propre ! Devenez le partenaire de votre succès !*

Putain, sortez-moi d'ici, dit-elle, alors que la nausée revient.

À l'extérieur du bureau de tabac, les couvertures de l'*Expressen* et de l'*Aftonbladet* :

« Un homme d'affaires assassiné dans son château. »

« Un milliardaire tué retrouvé dans des douves. »

Lequel se vend le mieux ? Le deuxième ?

Une demi-heure plus tard, Malin est assise au bar du restaurant Hamlet. Dans un coin retiré, mais tout de même à une distance qui lui permet d'entendre les alcooliques venus boire en cachette, et les petits rigolos qui composent la clientèle principale du lieu.

Les deux tequilas qu'elle vient de boire lui troublent la vue de manière agréable et adoucissent les contours du monde. Son cœur semble battre à un nouveau rythme, au rythme du pardon.

La bière.

Une boisson réconfortante.

Malin regarde autour d'elle. Les gens apprécient la compagnie les uns des autres.

Maman, papa. Vous n'avez eu qu'un enfant, se dit Malin. Mais pourquoi ? Papa, je sais que tu en voulais plusieurs. Et toi, maman ? Est-ce que je faisais obstacle à tes désirs ? C'est ce que tu pensais ? Voulais-tu être plus qu'une réceptionniste – certes remarquable – chez Saab ?

J'ai toujours voulu avoir un frère. Bon sang, maman.

Tove, est-ce que tu aurais voulu avoir un frère ?

Bon sang, Malin.

« Un autre, s'il te plaît. Un double. Et un digestif pour le faire passer.

– Bien sûr, dit le barman. Ce soir, tu auras tout ce que tu veux Malin. »

Qu'est-ce que je veux ? se demande Fredrik Fågelsjö en se recroquevillant sur la couchette de sa cellule, et en tâtonnant dans l'obscurité à la recherche du mur recouvert de gravures.

Est-ce que je l'ai cherché ?

Il vient de parler avec sa femme une seconde fois, il y a à peine une heure.

Elle n'était toujours pas fâchée, et n'a demandé aucune explication. Elle avait simplement dit :

« Tu nous manques ici, reviens vite. »

Les enfants dormaient. Elle voulait les réveiller, mais il n'avait pas voulu. Laisse-les dormir. Je n'ai pas envie de leur mentir quand ils me demanderont où je suis.

Victoria, cinq ans.

Leopold, trois ans.

Il lui semble sentir la chaleur de leur corps lorsqu'il remonte la couverture, pour se protéger de l'humidité froide de la cellule.

Ses enfants lui manquent, et Christina aussi. Ce qui lui manque aussi, c'est de savoir ce qu'il veut. Il ne panique aucunement dans sa cellule. Il ne sait pas pourquoi il n'a pas répondu aux policiers, pourquoi il s'est tu, et pourquoi il a menti comme son père lui a demandé de le faire, comme s'il le lui devait. Mais il a été très vulgaire ce policier. Et cette course-poursuite lui a donné l'impression qu'il essayait de contrôler sa propre vie. C'était une montée d'adrénaline et de peur, encouragée par l'alcool.

Fredrik Fågelsjö respire.

Je n'ai rien à prouver à personne d'ailleurs. Et toi, papa, toi qui as failli refuser d'accepter Christina, alors que ses parents ont reçu une excellente éducation, Dieu sait ce qu'a dû endurer Katarina.

Fredrik Fågelsjö ferme les yeux.

Il voit Christina et les enfants allongés les uns contre les autres dans le lit double de la chambe de la Villa Italia.

Cela ne va pas être facile, pense Fredrik Fågelsjö, mais à l'avenir, plus rien ne viendra se mettre entre nous.

Qu'est-ce que ce barman est en train de me dire ? se demande Malin alors qu'elle essaie de tenir sur sa chaise ; elle ne voudrait pas faire tomber les bouteilles qui se trouvent sur les étagères qui parcourent le mur.

Il y a du bruit derrière elle. Elle est presque ivre, mais elle n'a parlé à personne.

C'est à ce moment qu'elle reçoit une tape dans le dos. Elle se retourne. Mais il n'y a personne. Elle ne voit que son propre reflet dans le miroir, au-dessus des bouteilles.

« J'ai cru que quelqu'un m'avait tapé dans le dos, dit-elle au barman qui ricane.

– Tu as des hallucinations, Malin. Il n'y avait personne. »

Elle sent alors une nouvelle tape dans le dos, se retourne, mais elle ne voit que le miroir. Alors elle se retourne de l'autre côté et dit :

« Dégage ! »

Dans son ivresse, elle a l'impression que la rumeur des voix qui l'entourent se rassemble en une seule, exactement comme au château.

« Je fais ce que je veux, dit la voix. Comment ai-je fini à l'eau, c'est à toi de le trouver. Qui ai-je bien pu rendre si furieux ?

– Va au diable ! Laisse-moi boire en paix.

– Tove te manque ?

– Tove peut bien crever ! crie Malin. Tu entends ? Et tout ça c'est de ma faute ! »

Malin ne se rend pas compte que tout le monde dans le bar se tait et la regarde, et se demande pourquoi elle crie ainsi dans le vide.

Une autre tape dans le dos.

Elle se retourne.

« Allez, il est temps de rentrer, Malin », dit le barman, tout près de son visage.

Elle secoue la tête.

« Tout va bien. Sers-moi un double. Steup. »

21

Samedi 25 octobre

Malin a l'impression d'avoir été assommée.

Son corps, s'il est encore là où il devrait être, a l'air gonflé. Chaque muscle, chaque articulation fait mal. Et son crâne… Qu'est-ce qui lui est arrivé ?

Suis-je en train de rêver ?

C'est bien moi, Malin. Mais ces espèces de petites étoiles devant mes yeux, pourquoi me font-elles penser aux poignées de la commode de l'entrée ?

Le lit est trop dur, mais j'ai envie de dormir, encore et encore.

Je ne veux pas me réveiller. Pourquoi le lit est-il si dur ?

Le drap me gratte la joue. Il est bleu et rêche comme un tapis-brosse. Le rond au-dessus ressemble à la lampe du couloir. L'odeur d'encre d'imprimerie. La douleur. La lumière aveuglante. Bon sang, c'est quoi le problème ?

Dors encore, Malin.

Tu les emmerdes tous.

Lentement, sa vision s'éclaircit, et elle comprend qu'elle est allongée sur le sol du couloir, juste devant la porte d'entrée. La veille, elle avait dû s'endormir là, trop ivre pour pouvoir aller se coucher.

Mais cette douleur à la tête ? J'ai reçu un coup ?

Un exemplaire du *Svenska Dagbladet* à côté d'elle. Sûrement l'abonnement des étudiants ; ces idiots oublient toujours de faire suivre leur courrier quand ils déménagent. Ou alors une erreur du facteur.

Malin peine à s'asseoir. De la main, elle repousse les sacs de linge qu'elle a dû faire tomber lorsqu'elle est revenue du bar.

Un célèbre avocat assassiné.

La typographie du journal est sèche et droite.

Elle rampe jusqu'à la cuisine et regarde l'heure qu'indique l'horloge Ikea. 7 h 30. Je bosse ce week-end.

Si j'arrive à me ressaisir je peux arriver à temps à la réunion de ce matin. Mais il faut que je me dépêche.

Elle se lève, manque de s'évanouir et de s'écrouler par terre. Il n'y a qu'une seule solution au problème. La bouteille de tequila trône encore sur le sol du salon où elle avait échoué la nuit d'avant. Elle prend la bouteille et y boit à grands traits. Elle sent à chaque seconde la douleur quitter un peu plus son corps.

Une douche. Brossage de dents. Bain de bouche. Je suis prête pour la réunion.

Elle enfile un jean et un tee-shirt acheté la veille. Elle a du mal à boutonner ce putain de pantalon. Elle a le ventre gonflé, et son haut rouge fait ressortir à quel point son visage ressemble à une tomate pleine d'eau.

Elle appelle un taxi. Il leur faudra prendre une autre voiture que la voiture de service d'hier, celle-ci étant restée garée près du restaurant Hamlet.

Dans le taxi, elle lit le journal.

Il y a un article sur le meurtre de Jerry Petersson. Ses liens avec Goldman y sont brièvement évoqués, ainsi que sa réputation sulfureuse. Une liste de sommes. Rien qu'ils ne sachent déjà.

Le taxi klaxonne. La pluie tombe sur la carrosserie.

Malin se sent à nouveau d'attaque.

Elle jette le journal sur la banquette arrière.

Lorsqu'ils arrivent devant les anciens bâtiments de la caserne qui abritent aujourd'hui le commissariat et d'autres administrations publiques, Malin demande au chauffeur de s'arrêter.

« Je peux vous conduire jusqu'au commissariat, dit-il. C'est bien là que vous voulez aller ? Je vous reconnais, je vous ai vue dans le journal.

– Merci. Je vais descendre ici. »

Je fais encore un petit peu attention à ce que les collègues peuvent penser de moi, se dit Malin en claquant la porte du taxi.

Devant le commissariat, une horde de journalistes attend sous la pluie. Parmi eux, Daniel Högfeldt. Même par ce temps de merde il parvient à paraître gai.

Malin entre par la porte arrière du commissariat. Elle passe par les locaux du tribunal de première instance. En traversant le couloir, et en passant devant les portes éclairées des différentes pièces du tribunal, elle croit entendre plusieurs coups de fusil. Elle les entend clairement, mais se rend compte que ces bruits sont dans sa tête, et n'ose pas se demander pourquoi.

« Je vous présente Lovisa Segerberg », dit Sven Sjöman en posant sa main sur l'épaule de la femme à côté de lui. Elle est blonde, jolie, dans les trente ans, habillée en civil. « Elle est de la Financière. Elle va nous aider à éplucher les dossiers de Petersson. Elle a suivi une formation en économie et gestion. On fait un tour de présentation ? »

Zeke, Johan Jakobsson, Waldemar Ekenberg et Malin la saluent, se présentent et souhaitent à Lovisa la bienvenue dans leur groupe.

« Assieds-toi », lui propose Sven.

Lovisa prend une chaise libre, à côté de Malin, à qui elle sourit de manière avenante, comme on le fait entre femmes. Malin n'y répond pas. Elle regarde ses vêtements. Elle a l'air branchée, avec son haut noir au motif sous la poitrine, et ses collants. Indéniablement, Lovisa a quelque chose de très Stockholm dans son apparence. Malin ne s'en sent que plus vieille et désespérée dans son jean et son tee-shirt rouge.

« On va commencer par faire un point sur l'enquête, dit Sven. Vous savez tous qu'on a déjà un suspect en garde à vue, Fredrik Fågelsjö. Mais on va tout reprendre depuis le début. Qu'est-ce qu'on a sur le meurtre de Jerry Petersson ? »

L'horloge de la salle de réunion indique 8 h 15.

Les politesses et les formalités ont pris cinq minutes. C'est bien que Lovisa soit là, se dit Malin. Ici, on n'est même pas capable de déchiffrer une simple facture.

Sven commence par retracer les dernières vingt-quatre heures de Jerry Petersson.

« Malheureusement, les recherches sur le lieu du crime n'ont rien donné de concret. La pluie a tout effacé. Il n'y avait pas de traces de sang sur le gravier. Les plongeurs ont ratissé le fond des douves, mais ils n'ont pas trouvé de couteau ni quoi que ce soit qui aurait pu être l'arme du crime. Les douves ont été asséchées, sans résultat. Par ailleurs, je viens de recevoir les résultats des recherches de la police technique et scientifique. Ils n'ont rien trouvé dans la voiture de Petersson. On peut en tout cas écarter l'hypothèse du cambriolage, comme on le pensait hier. Il n'y a apparemment rien qui manque au château. Il n'y a aucune trace de fouille. Et le portefeuille de Petersson se trouvait toujours dans la poche intérieure de son imperméable Prada, avec plus de trois mille couronnes en liquide. À l'heure où je vous parle on est en train d'inspecter la Volvo de Fredrik Fågelsjö.

– Qui est noire », ajoute Zeke.

Les poissons, pense Malin. Que sont-ils devenus ? Ils n'ont pas pu s'échapper lorsque les douves ont été vidées. Je suis comme l'un de ces poissons. Je me noie dans l'air, car c'est bien ce qui leur arrive, non ?

« Prada ? demande Waldemar.

– C'est Karin qui a écrit la marque dans son rapport. Cela devait être ravissant, sans aucun doute. »

Il se tourne ensuite vers Malin et dit :

« Petersson a été retrouvé par deux fermiers, Göte Lindman et Ingmar Johansson, qui étaient venus au château pour aider Petersson à chasser quelques chevreuils. Qu'ont donné leurs interrogatoires ? »

Malin prend sa respiration.

Elle essaie de se rappeler la conversation.

Elle sent toujours le goût de la tequila dans sa bouche. Elle aimerait avoir encore ce goût, mais elle doit pour l'instant se concentrer pour résumer les interrogatoires.

Lorsqu'elle a fini, Sven lui demande :

« Y a-t-il quelque chose qui pourrait les rendre suspects ?

– Non. Mais il ne faut pas perdre de vue cette éventualité. Après tout, ce bail est la base de leur existence. Il faut vérifier le contenu de ces contrats. L'un d'eux a pu avoir peur de voir ses intérêts menacés. »

Sven hoche la tête.

« On verra ce qu'on trouvera dans ces documents.

– Ils ont trouvé la porte ouverte, ajoute Malin. Et l'alarme était éteinte. »

Elle laisse Zeke poursuivre :

« Ce qui peut signifier que Petersson a dû sortir précipitamment, pour je ne sais quelle raison, en pensant revenir très vite.

– Vous voulez donc dire que l'on peut penser que Petersson connaissait le meurtrier ? demande Waldemar. Et qu'il est simplement sorti pour le saluer ? Et peut-être même qu'il attendait sa visite ?

– Tout est possible, répond Zeke. Mais on ne peut pas tirer de conclusions définitives. Il est peut-être sorti pour préparer la chasse, et il a oublié de fermer derrière lui. Ou peut-être qu'il aime garder les portes ouvertes ?

– Que sait-on de la victime ? »

Petersson.

Jerry.

Son visage lorsqu'il a été repêché des douves, les poissons dans sa bouche, son œil ouvert, surpris. Malin se souvient de l'aspect de son cadavre, mais elle le voit désormais d'une autre manière, tel qu'il apparaît dans sa mémoire. Il devait être mignon, et certainement très classe, attablé avec ses clients dans un restaurant chic à Stockholm, chez Riche, Sturehof, ou Prinsen. Ces endroits dans lesquels elle n'est jamais allée lorsqu'elle était à l'école de police.

Ou peut-être que Petersson était un odieux personnage qui se croyait supérieur aux autres ?

Peut-être.

Mais odieux à quel point ?

Malin pense à la violence. Elle a vu bien des personnes y avoir recours. Il lui est déjà arrivé de penser, malgré elle, que certains méritaient celle qu'on leur avait infligée, comme s'ils l'avaient cherchée.

Mais en est-il vraiment ainsi ? Est-ce qu'on peut mériter la violence ? Bien sûr que non.

« Johan. »

La voix de Sven la rappelle à la réalité. Elle écoute Johan faire le compte rendu de ce qu'ils ont appris sur Jerry Petersson. C'était un brillant avocat, qui avait notamment fait fortune grâce à la vente d'une start-up informatique, dans laquelle il avait investi en capital-risque. Il représentait Jochen Goldman, un grand escroc. Il avait acheté le château de Skogså à Axel Fågelsjö. Il avait grandi à Berga. Il n'était pas marié. N'avait pas d'enfant, en tout cas aucun enfant reconnu. Il n'avait pas de famille si ce n'est son père, qui a été informé de son décès la veille. Ils n'ont pas réussi à en savoir plus que cela sur la victime. Johan et Waldemar ont passé l'après-midi à appeler les gens dont le nom apparaît dans les documents de Petersson, dont son comptable à Stockholm. Selon eux, il était un homme correct, brillant, et comme une femme l'a dit : « vachement craquant. »

« On a encore une montagne de paperasse à éplucher, dit Johan. On pourra peut-être y trouver un mobile potentiel. Jusqu'à maintenant on s'est concentrés sur Goldman.

– Je peux jeter un œil au contrat d'affermage et à l'affaire de la boîte informatique, dit Lovisa. Cela devrait aller vite. »

La jeune femme prononce ces mots avec une assurance et un professionnalisme dont elle aura bien besoin si elle doit travailler avec Waldemar, Malin le sait bien.

« On a trouvé un numéro de téléphone espagnol, qui est vraisemblablement celui de Goldman, dit Johan. C'est à Ténérife. On a appelé, mais personne n'a décroché. On s'est dit que tu devrais essayer, Malin.

– Cela nous semblait normal que tu téléphones toi-même, ajoute Waldemar. Comme tu es liée à l'île. »

Malin est agacée. Pourquoi, sous prétexte que ses parents habitent à Ténérife, devrait-elle appeler Jochen Goldman ? Puis la colère s'efface et elle se dit que Johan et Waldemar ont raison après tout, que c'est une façon de montrer le respect qu'ils ont pour sa manière de travailler, pour son intuition, son ressenti et sa vision des choses.

Il y a des odeurs qui ne sentent rien.

Des images invisibles.

Des bruits silencieux.

Maman, papa. Ténérife.

Goldman. Ténérife.

Cela n'a aucun rapport, mais cela peut avoir un sens.

« Je téléphonerai après la réunion, dit Malin.

– Et l'héritage ? Est-ce qu'on sait quelque chose à ce sujet ? demande Sven.

– Non, toujours pas. Mais c'est le père qui devrait hériter de Petersson si on ne trouve aucun testament », répond Johan.

Zeke fait ensuite un compte rendu de ce qui a été soulevé lors des conversations avec Axel et Katarina Fågelsjö. Katarina a un alibi, et un médecin du CHU a confirmé qu'ils avaient passé la nuit ensemble. Axel Fågelsjö n'a plus d'alibi après dix heures.

Tous deux démentent la rumeur selon laquelle ils auraient vendu la propriété en raison de problèmes financiers. Certes, ils semblent mépriser Petersson, qu'ils considèrent comme un parvenu, mais ils ne ressentent pas de véritable rancune envers lui. Ils prétendent ne pas l'avoir connu avant la vente, bien que Katarina ait fréquenté le même lycée que lui.

« Tout comme Fredrik Fågelsjö, ajoute Malin. L'événement le plus fou de la journée d'hier. »

Zeke résume la course-poursuite. Johan l'interrogatoire. Fredrik Fågelsjö prétend avoir paniqué à cause de son état d'ivresse.

« Il est actuellement en garde à vue, dit Sven. On l'a mis au frais pour une semaine, à cause des infractions commises avant son arrestation. On continue à le cuisiner sur le meurtre, même s'il est emprisonné pour d'autres motifs. Il faudrait qu'on puisse lui parler sans la présence de son avocat. Je pense qu'il ne nous dit pas toute la vérité. Et pour être franc, je ne peux pas vous dire s'il ment quant aux raisons de sa fuite qui paraissent d'ailleurs pour le moins étranges. Pour l'instant, c'est notre principal suspect.

– Il faut étudier les comptes de Fågelsjö, poursuit Sven. Et creuser du côté de la vente de Skogså, pour voir s'ils ont bel et bien fini ruinés. Segerberg, tu peux t'en occuper, en plus des autres documents ? Comme ça, on pourra commencer à s'atteler aux archives des Fågelsjö, après celles de Petersson. »

Lovisa sourit, puis hoche la tête.

« Je peux très bien passer vingt heures dessus aujourd'hui s'il le faut. Je n'ai pas d'obligation dans cette ville. »

Elle dit cela sans aucune ironie, avec tout le sérieux du monde. Malin se reconnaît dans le dévouement de la jeune policière. Elle l'admire, mais elle aimerait aussi la mettre en garde. Attention, ne t'implique pas trop, tu risques d'y laisser ton âme. Il est tellement facile de fuir dans les problèmes des autres plutôt que d'affronter les tiens. Il est tellement plus facile de se complaire dans la noirceur plutôt que de faire face à sa propre lumière.

« Et les e-mails des Fågelsjö ? Leurs appels téléphoniques ? Est-ce qu'on doit les récupérer ? demande Johan.

– Non, c'est encore trop tôt, répond Sven. Avant de prendre de telles mesures il nous faudrait quelque chose de plus concret qui les relierait au meurtre. On va se contenter de Petersson pour l'instant. Et ses parents, demande-t-il ensuite. N'y a-t-il vraiment que son père ?

– Il semblerait, d'après son état civil, répond Johan.

– Une compagne ? demande Malin. Il n'a tout de même pas pu vivre là-bas tout seul ? Des anciennes compagnes ? Des amis ? Dans la plupart des cas, l'auteur d'un crime provient du cercle de proches de la victime. Avait-il des maîtresses ?

– On a rien trouvé de ce côté-là, répond Johan.

– Et personne ne s'est manifesté, ajoute Sven. Tu sais combien il est difficile de tout savoir sur la vie de quelqu'un.

– Peut-être qu'il était du genre à payer pour baiser ? » dit Waldemar.

Malin a envie de lui demander de montrer un peu de respect, mais quelque chose lui dit qu'il a peut-être raison. Et cela expliquerait pourquoi personne ne s'était manifesté. Vu nos lois absurdes, aucune prostituée ne prendra le risque de nous contacter. La plupart des hommes qui paient pour du sexe sont aussi ceux qui peuvent avoir quasiment toutes les femmes qu'ils désirent. Mais ils préfèrent les relations sans engagement, sans complication, sans amour.

« Ceux avec qui nous avons pu parler ne le connaissaient que professionnellement. Il a visiblement pris soin de protéger sa vie privée », dit Johan.

Un solitaire, pense Malin. Un putain de solitaire, un excentrique, dans le plus grand château de tout l'Östergötland. Mais personne, non personne ne choisit vraiment d'être seul, si ?

« Il n'était pas marié. Il était peut-être homosexuel ?

– On n'en sait rien, dit Malin. Est-ce qu'on a interrogé son père ? Il sait peut-être quelque chose. Sur la sexualité de son fils, ou sur autre chose encore.

– Non, on lui a seulement laissé un message, répond Sven. Malin, toi et Zeke, vous vous en occuperez une fois que vous aurez essayé de contacter Jochen Goldman.

– Si vite ? dit Zeke. Son fils est mort hier à peine.

– On ne peut pas attendre. »

Malin hoche la tête.

Elle pense à leur visite à venir, avec dégoût. S'il y a quelque chose d'impossible à supporter en un jour de gueule de bois comme celui-ci, c'est l'odeur des couches et des cathéters.

L'hôpital d'Åleryd.

Un terminus. Peut-être qu'il se trouve dans le service réservé aux déments ?

« Autre chose ? »

La voix de Sven, vive.

« Malin ? Autre chose ? »

Elle secoue la tête.

« On a parlé à une certaine Linnea Sjöstedt, dit Zeke. Une vieille dame qui vit dans une ferme sur les terres de Skogså. Elle nous a menacés avec un fusil quand on a frappé à sa porte.

– Elle a fait quoi ? » demande Sven.

Waldemar ricane.

« Oui, elle avait l'air d'avoir peur. Elle nous a dit qu'on ne savait jamais ce qui pouvait rôder dans le coin. Et elle avait raison, apparemment.

– Elle s'est très vite calmée, ajoute Malin. Elle dit avoir vu un véhicule sombre quitter la propriété à l'aube. Mais elle n'est pas tout à fait sûre. Elle ne savait pas si elle était en train de rêver ou pas.

– En train de rêver ?

– Oui, elle a apparemment du mal à faire la différence entre le rêve et la réalité. »

Sven secoue la tête.

« De quelle marque ?

– Elle n'a pas su nous le dire.

– On va devoir en tenir compte dans l'enquête. Quelle voiture a Axel Fågelsjö ?

– Une Mercedes noire. »

Une voiture sombre.

C'est peut-être la voiture d'Axel Fågelsjö qu'elle a vue. Ou bien celle de Johansson ou de Lindman lorsqu'ils sont venus. Ou de quelqu'un d'autre. L'un des enfants ? Peut-être que Katarina Fågelsjö a une autre voiture ? Peut-être quelqu'un surgi du passé de Petersson ? Comme Goldman ?

« Des témoins qui ont appelé ? » demande Waldemar avec espoir.

Mais Sven secoue la tête.

« On va continuer à bosser comme on l'a fait jusqu'à présent. Espérons que les gens vont se manifester et qu'on va recevoir plus de témoignages maintenant que l'information a été relayée par les médias et que Karim a lancé un appel à témoins.

– Le *Corren* l'a mis en une, dit Johan. Le *Riksmedia* aussi. Le meurtre, la course-poursuite, et l'emprisonnement de Fredrik Fågelsjö.

– Y a-t-il dans ces articles quelque chose qu'on ignorait ? »

Johan secoue la tête.

« On devrait pouvoir tirer des informations intéressantes de ses dossiers, dit Lovisa. Même si c'est anonyme.

– Il avait peut-être les mains sales, dit Waldemar. Je devrais aller faire le tour de mes propres contacts dans la pègre locale, non ?

– Toi, tu veux seulement échapper à la paperasse ! dit Sven en riant. Notre priorité, c'est les documents, compris ? »

Waldemar hoche la tête.

« Toi Malin, tu appelles Goldman. Écoute ce qu'il a à nous dire, si c'est bien son numéro. »

Malin ferme les yeux.

Fredrik Fågelsjö qui prend la fuite.

Le cadavre jeté dans les douves. Par Fredrik ? Peut-être. Ou peut-être pas.

Pourquoi ? Pour rester coincé dans les eaux troubles et sombres pour toujours ?

Coincé avec des dizaines, peut-être même des centaines d'autres âmes depuis longtemps damnées, enchaînées à la pierre et au temps. À jamais attaché à ses propres malheurs, à un destin auquel il est impossible d'échapper.

Malin pense à la solitude, ce fil rouge qui traverse la vie des gens et qui donne le ton à toutes les histoires.

22

Ténérife.

Comme un poème, comme une esquisse.

Des rochers brûlés, des volcans en sommeil, un soleil continuellement brillant au-dessus de petits ensembles de maisons. Des palmiers au bord de l'eau, des chaises longues alignées le long de plages sales, des piscines qui reflètent une lumière aveuglante sur des grains de beauté en décomposition, le cancer qui se fraie un chemin sous la peau, puis dans le sang, et en quelques mois ils s'effondrent, ces rêves de vie éternelle sous le soleil.

Les images érodées du paradis de ses parents.

Maman trouvait leur appartement beaucoup trop petit. C'est peut-être pour cette raison qu'elle ne les invitait toujours que par politesse, elle et Tove. Elle devait peut-être penser que la place qu'elle s'était faite au soleil était minable ?

Maman veut peut-être tout simplement la paix. Depuis que je suis en âge de comprendre le sens de ces mots, j'ai le sentiment que tu m'évites, que tu me fuis. Y a-t-il quelque chose dont tu as honte, maman ? Y a-t-il quelque chose que tu renies ? Est-ce que tu m'évites afin de ne pas avoir à te regarder dans le miroir ? C'est quelque chose que l'on peut faire à ses enfants une fois qu'ils sont adultes, mais pas quand ils ont quatre ans, et qu'ils comprennent, d'une manière ou d'une autre, ce qui se passe.

Et qu'est-ce que l'on aurait à se dire, maman ? se demande Malin en parcourant des articles sur Jochen Goldman sur Internet, assise à son bureau.

Il est souvent décrit comme le plus grand escroc de toute l'histoire de la Suède. On ne sait toujours pas exactement avec combien de centaines de millions de couronnes il est parti lors de la liquidation de l'entreprise Finera Finans. Et lorsque l'escroquerie avait été découverte il avait déjà fui le pays et le milieu aisé d'où il venait.

Il a dupé la police, Interpol.

Jochen Goldman aurait été vu à Punta del Este en Uruguay.

En Suisse.

Au Vietnam.

Jakarta. Surabaya.

Mais toujours avec un train d'avance sur la police, comme s'ils faisaient exprès de ne jamais pouvoir l'attraper, ou comme s'il avait ses propres indics.

Jerry Petersson avait été son avocat. Son intermédiaire pour ses contacts avec les médias ou les autorités, ici, en Suède. Goldman a écrit deux livres au cours de ses dix ans d'exil. Un livre qui raconte comment il a vidé les caisses de l'entreprise et dans lequel il soutient qu'il était dans son bon droit. Et un autre qui décrit sa vie en exil. Il se considérait comme une sorte de James Bond capitaliste.

Mais il était loin d'être noble, pense Malin.

Avant son gros coup, Goldman avait fait trois ans de prison pour fraude. Il avait également été inculpé pour menaces, violences, et extension de fonds.

Des images de lui.

Un nez fin dans un visage rond, les cheveux lissés en arrière, des boucles blondes dans la nuque, des yeux marron. Un yacht et des voitures de sport clinquantes.

Quand son crime présumé, le détournement de fonds de Finera Finans, est arrivé à prescription, Goldman est réapparu à Ténérife. Un reportage du *Dagens Industri* en ligne montre un Goldman bronzé et souriant, à côté d'une piscine carrelée en noir, avec vue sur la mer et la montagne. À l'arrière-plan, une villa blanche étincelante.

Le rêve de maman.

C'est donc à ça que ça ressemble.

Du béton, du verre, ou encore un jardin aux massifs minutieusement taillés, des meubles de luxe dans lesquels on peut se vautrer pour oublier tout ce qui nous rend amer et que l'on refuse d'affronter.

Le dernier article qu'elle consulte est une vieille chronique du *Veckans Affärer*.

Il insinue que Jochen Goldman se serait lui-même débarrassé des gens qui se trouvaient sur son chemin. Que des gens qui ont traité avec lui auraient disparu sans laisser de trace. L'article conclut en disant que ce n'est qu'une rumeur, et que le mythe vit et grandit à travers la rumeur.

Malin prend le bout de papier sur lequel est inscrit le numéro qui pourrait être celui de Goldman.

Elle fait un signe de tête à Zeke qui se trouve de l'autre côté de la table.

« C'est le moment d'appeler le fantôme. »

Waldemar Ekenberg tapote sur la table de l'étroite salle de réunion. Puis il tapote sur son portable. Allume une cigarette sans même demander à la nouvelle, Lovisa Segerberg, si cela la dérange. Elle le laisse fumer, et continue, impassiblement, de lire un polycopié qu'elle a trouvé dans une des chemises noires.

« Nerveux ? demande Johan Jakobsson depuis sa place.

– Ça risque pas, répond Waldemar. Mais je vais bientôt être à court de clopes.

– Ils en ont au restaurant du tribunal, non ?

– C'est fermé le samedi. Mais j'ai vu qu'il y avait une offre sur les cartouches chez Lucullus. Je peux m'absenter un quart d'heure pour aller en chercher ? »

Johan sourit.

Il secoue la tête.

« Mauvaise idée. On a besoin de toi ici. Allez, putain. Waldemar.

– Tu sais que je deviens fou quand je ne fume pas.

– Tu peux bien demander une clope à quelqu'un ?

– Pfff, c'est irrespirable ici.

– C'est peut-être lié à tes clopes, tu crois pas ? dit Lovisa.

– Vas-y, casse-toi ! dit Johan. Mais dépêche-toi.

– Je vais seulement acheter des clopes », dit Waldemar en ricanant.

Cela sonne occupé la première fois que Malin compose le numéro espagnol. Mais au deuxième essai, après quatre sonneries, quelqu'un décroche. La voix est nasale et rauque.

« Oui, ici Jochen, qui est à l'appareil ? »

Une voix venue de Ténérife. Un ciel clair, le soleil, la brise. Pas une goutte de cette saloperie de pluie.

« Je m'appelle Malin Fors, je suis inspecteur à la police criminelle de Linköping. Je voulais savoir si vous aviez le temps de répondre à quelques questions. »

Silence.

Pendant un instant, Malin pense que Jochen Goldman va raccrocher, mais soudain, il se racle la gorge, puis glousse d'amusement :

« Je ne communique avec les autorités qu'à travers mon avocat. Je vous prierais de bien vouloir prendre contact avec lui. »

Le chat et la souris.

Le jeu te manque, non ? pense Malin.

« C'est justement de cela dont il s'agit. Jerry Petersson, l'avocat qui…

– Je sais ce qui est arrivé à Jerry. Je lis les journaux, *Malin.* »

Et tu as tes informateurs, aussi, pense Malin.

« Et vous savez donc pourquoi je souhaite vous poser des questions ?

– Je suis tout ouïe.

– Vous trouviez-vous à Ténérife la nuit de jeudi à vendredi ? »

Jochen Goldman rit. Malin sait que la question est banale, mais elle est obligée de la poser, alors autant la poser tout de suite.

« J'étais bien ici. Une dizaine de personnes peuvent vous le confirmer. Vous ne pensez tout de même pas que j'ai quoi que ce soit à voir avec le meurtre ?

– Nous n'écartons aucune possibilité pour l'instant.

– Il y aurait donc eu divergence d'opinion entre Jerry et moi, et je lui aurais envoyé un tueur pour me venger ? C'est ridicule.

– Nous n'avons rien insinué de tel. Mais c'est intéressant que vous en parliez. »

Silence, à nouveau.

Caresse-le dans le sens du poil, se dit Malin, et peut-être qu'il baissera sa garde.

« Vous avez l'air d'avoir une sacrée belle maison là-bas. »

Silence, encore. Jochen Goldman doit être en train de contempler sa propriété, sa piscine, et la mer. Malin se demande s'il se sent menacé lorsqu'on le flatte.

« Je n'ai pas à me plaindre en tout cas. Vous voulez peut-être venir me voir ici ? Et faire quelques longueurs dans ma piscine ? J'ai entendu dire que vous aimiez nager.

– Vous savez donc qui je suis ?

– J'ai vu votre nom dans l'article du *Svenska Dagbladet* sur le meurtre. Et sur Google. Et puis, tout le monde aime nager, non ? Je suis sûr que vous êtes très belle en maillot de bain. »

Cette voix. Malin se sent pénétrée par elle. Question suivante :

« Vous n'aviez donc aucun compte à régler avec Jerry Petersson ?

– Non. Vous devez savoir que pendant de nombreuses années, il a été la seule personne à m'aider, à être de mon côté. Bien sûr, il a été généreusement rémunéré pour cela. Mais je sentais que je pouvais lui faire confiance, qu'il était dans mon camp. Je le considère, enfin, je le considérais comme l'un de mes meilleurs amis.

– Quand avez-vous cessé de le considérer comme l'un de vos meilleurs amis ? Depuis son décès, ou avant ?

– Qu'est-ce que vous croyez, Malin ? Depuis son décès, bien sûr.

– Vous devez ressentir beaucoup de chagrin alors. Allez-vous à son enterrement ?

– Quand est-ce ?

– La date n'a pas encore été arrêtée.

– C'était mon ami. Mais je ne vais pas me laisser gagner par la tristesse. J'ai d'autres choses à faire. Je n'aime pas rester tourné vers le passé.

– Savez-vous qui d'autre aurait pu avoir des raisons de vouloir du mal à Jerry Petersson ?

– Je ne m'occupe pas des affaires des autres. Autre chose ?

– Non », répond Malin.

Silence. Le néon commence à clignoter au-dessus de sa tête, comme s'il recevait quelque message en morse venu du passé.

L'un de tes meilleurs amis, Jochen ?

Qu'est-ce que tu sais de l'amitié et de la confiance ?

Rien.

Mais qu'est-ce que j'en sais moi-même ?

Pas grand-chose, je dois le reconnaître. Mais il y a une chose que je sais, et que j'ai sue dès notre première rencontre :

Te trahir est la pire chose que l'on ait pu te faire, et je n'aurais pas aimé être celui par qui tu te serais senti trahi si cela était arrivé.

Je me suis tout de suite rapproché de toi. Je t'avais représenté dans une affaire d'erreur médicale après l'infarctus de l'un des associés de la boîte. Et je m'étais alors rendu compte que j'aimais bien être dans ton entourage, profiter de ton insolence de juif. C'était comme si tu faisais un doigt d'honneur à tous ceux que tu rencontrais sur ton chemin.

Mais ton ami, Jochen ?

Allons.

Parmi toutes les personnes rencontrées ces dernières années, tu étais peut-être la seule qui me faisait peur.

Aucun de nous n'était, ou n'est, dans ton cas, du genre à attacher la moindre importance à l'amitié. Ça, c'est bon pour les tapettes ou les bonnes femmes, non ?

Ta discrétion. Tes contacts.

On était aussi intelligents l'un que l'autre. Mais tu as peut-être réussi à me duper vers la fin, non ? Ou alors est-ce moi qui t'aurais dupé ? Voilà le genre d'amitié qu'on entretenait : une amitié ou chacun dévore l'âme de l'autre, ou chacun se glisse dans la peau de l'autre, et admire son reflet dans ses réussites et ses échecs, qu'il finit par s'attribuer. C'est peut-être la forme d'amitié la plus rare, et par conséquent juste et fragile : pourquoi s'accrocher à quelque chose s'il n'y a au fond rien à perdre ?

Deux hommes.

Nos chemins se sont croisés, on devait se rencontrer. On était réunis par un même principe, celui de ne jamais laisser quelqu'un se mettre en travers de notre chemin. Mais tu étais plus bête et aussi plus courageux que moi, Jochen. Et mon compte en banque était plus fourni que le tien. Mais qu'est-ce que cela changeait ? J'étais jaloux de ta dureté, celle-là même qui me faisait si peur.

Jochen, je vois ton corps bronzé sur cette chaise longue dont le chrome brille au soleil, au bord de l'eau chlorée de ta piscine noire.

Je vois Malin Fors à son bureau.

Elle prend sa tête entre ses mains, et se demande comment elle va faire pour tenir la journée. Elle pense à moi. À mon visage plongé dans l'eau des douves. À moi, mort. Je me suis fait à cette idée maintenant. La vue de mon corps dans l'eau, ou soulevé dans les airs, perforé, ne l'a pas perturbée. Au contraire, cela lui a donné la chance de pouvoir penser à autre chose, c'est pourquoi elle ne peut résister à cette enquête.

La violence lui donne de l'énergie. Elle espère que celle-ci lui apprendra quelque chose sur elle-même.

Elle a besoin de moi. Elle le sait.

Peut-être qu'elle a déjà tout compris. Exactement comme ce petit garçon, lorsque les rayons du soleil couchant d'automne ont pénétré ses yeux.

23

Linköping, printemps 1974 et après

La lumière tape dans l'œil de l'enfant roi, dans la cour de l'école Ånestad.

La semaine précédente, le gouvernement social-démocrate a fait passer l'âge légal de la retraite à soixante-cinq ans, et la sonde spatiale Mariner 10 est passée devant Mercure en envoyant des images de la surface de la planète métallique.

Ici, maintenant, dans la cour de l'école, sous les rayons aiguisés du soleil, alors que frémissent les feuillages des bouleaux florissants, l'enfant court après la balle, la contrôle, regarde autour de lui, puis tire un grand coup, du bout des orteils, dans la masse de cuir qui vole à toute vitesse vers la palissade devant laquelle Jesper s'apprête à l'arrêter. Mais rien ne se passe comme prévu. La balle percute le nez de Jesper et le sang qui jaillit de ses narines la seconde d'après est d'un rouge plus vif et plus profond encore que les briques de l'école.

Eva, l'institutrice, a vu ce qui s'est passé et se rue vers l'enfant en hurlant. Elle le saisit par le bras et le secoue, avant même d'aller consoler Jesper, qui pleure toutes les larmes de son corps. Elle a l'air de préférer la réprimande à la consolation. Elle hurle à l'enfant :

« J'ai tout vu, Jerry, tout ! Tu l'as fait exprès ! »

Elle le met à la porte. Il sait qu'il ne l'a pas fait exprès, mais peut-être aurait-il dû, se dit-il alors que les portes de l'école se referment et qu'il reste là à attendre. Attendre, mais quoi ?

Jesper.

Un fils de médecin, qui habite une villa de Wimanshäll. Son père est chirurgien.

Il le sait déjà, lui, que les gens se comportent différemment avec les enfants de ces villas qu'avec les enfants des immeubles de Berga comme lui.

Cela se manifeste dans les petites choses qui échappent, pensent-ils, aux enfants de neuf ans : qui aura le droit de faire un solo à la chorale pour la fête de fin d'année, qui a fait du mal à l'autre intentionnellement, qui reçoit plus d'attention et de louanges en cours.

Une fille chante dans le gymnase, deux garçons jouent de la flûte traversière, et il n'en reconnaît aucun, aucun ne vient de son quartier. Ils sont tous habillés en blanc, leurs parents sont tous venus pour les voir.

Mais il ne se sent pas seul. Il ne ressent pas de honte. Il a compris que la honte, même s'il ne comprend pas le mot, ne sert à rien. Il n'est pas comme maman, il n'est pas comme papa.

Ou bien le serait-il ? Lorsqu'il attend, sur le terrain de handball, de pouvoir chanter des chansons que d'autres ont choisi pour des gens dont il se fiche, n'est-il pas comme maman et papa ? Ne voudraient-ils pas tous qu'il soit comme ses parents ?

Peut-être a-t-il vraiment visé le nez ?

Il a aimé voir le sang jaillir du pif de ce sale Jesper, jaillir comme s'il avait été coupé par les lames d'une tondeuse à gazon.

Là, dans le gymnase, il ne sait rien du monde au fond, si ce n'est qu'un jour, il le possédera tout entier.

Pendant tout l'été, il tourne en rond dans la cour, seul. Il le fera pendant plusieurs étés encore.

Il y a longtemps que maman a baissé les bras.

Elle est devenue allergique à la cortisone qu'ils lui injectaient contre son arthrite. Elle gémit, raide, soumise à la douleur éprouvante qui réduit chaque jour un peu plus la femme qu'elle était à l'état de boule de nerfs. Grand-mère a eu une attaque, la ferme a été vendue. Papa a reçu son indemnité de départ chez Saab et l'a entièrement dépensée au cours de l'automne. Ils n'avaient eu que faire de son expérience lorsque la production s'est lentement tournée vers le modèle Viggen. Bien sûr, il pouvait rester. On lui avait proposé de faire le ménage ou de travailler à la cantine. Mais ne valait-il cependant pas mieux partir, tête haute, avec l'argent ?

Papa aime bien son travail de jardinier. Il aime conduire la tondeuse à gazon, la verte, avec un siège confortable. Les autres jardiniers ne le jugent pas, ni sa famille ni ses origines.

L'enfant est impatient de voir les vacances d'été se terminer, pour pouvoir reprendre ses entraînements de foot. Sur le terrain, c'est lui qui mène le jeu. Il peut pousser un peu trop fort, peu importe qu'un gamin de Sturefors se casse le bras en tombant.

Il a des copains. Comme Rasmus, le fils d'un homme d'affaires. Ils viennent de Stockholm. Un soir, l'enfant est chez Rasmus alors que son père a des invités. Le père demande à Rasmus de montrer qu'il peut faire quarante pompes d'affilée, et l'un des invités suggère une compétition entre les deux garçons. Rasmus et l'enfant se retrouvent très vite sur le sol du salon, l'un à côté de l'autre. Rasmus s'est écrasé il y a bien longtemps, mais l'enfant continue, encore et encore, et les spectateurs crient :

« Ça suffit, ça suffit, tu as gagné, petit ! »

Le père de Rasmus dit :

« Rasmus n'est pas très bon à l'école. Mais on dit que Jerry est une tête. »

Il envoie ensuite son fils au lit et l'enfant chez lui. L'enfant a onze ans, il est dehors dans le froid du soir d'automne, devant la villa inaccessible d'un directeur commercial à Wimanshäll, il regarde le ciel étoilé.

Il rentre à pied. Les fenêtres de l'immeuble ressemblent à des paupières fermées, dont le corps, cette silhouette noire, se dresse vers le ciel.

Maman dort dans son lit.

Papa dort sur le canapé vert.

À côté de lui, un carton à pizza et une bouteille de vodka Explorer. L'appartement sent mauvais.

Mais cette merde n'est pas la mienne, se dit l'enfant en se glissant dans le lit de sa mère où il peut sentir la chaleur de son corps endormi.

24

Il est onze heures et quart lorsque Waldemar se gare devant les ateliers, au cœur du complexe industriel de Tornby.

La pluie a enfin cessé, mais les nuages bas semblent presque lécher les vieux toits de tôle ondulée des bâtiments, sur lesquels des bouts de plastique d'un rouge brunâtre dansent au vent.

Le bâtiment ne porte aucune indication au-dessus des deux grandes portes de garage noires. Mais Waldemar sait ce qui se cache ici : un garage où jamais aucune voiture n'a été réparée. Ce n'est qu'une façade derrière laquelle on blanchit de l'argent sale issu de toutes sortes d'activités criminelles. L'homme qui est derrière tout cela, Brutus Karlsson, est un salaud suffisamment intelligent pour ne pas se faire prendre pour plus que de petits actes de violence isolés.

Waldemar sort de la voiture.

Il va calmement à la porte et toque. Il entend des pas se rapprocher.

C'est une bonne idée de venir voir Brutus pour lui demander des informations. Il a plusieurs fois mis Waldemar sur la bonne voie, lorsqu'il s'agissait d'une enquête impliquant un de ses concurrents. La parole d'honneur ne s'étend pour Brutus Karlsson qu'à ceux qui sont dans son camp.

« Ouvrez ! crie Waldemar. Ouvrez ! »

Brutus reconnaît sûrement sa voix. Il entend un bruit mécanique, puis la porte s'ouvre.

« Toi ? dit Brutus Karlsson. Qu'est-ce que tu veux, encore ? »

L'homme qui se tient devant lui porte un jean et une veste en cuir. Il est petit, mais sa carrure est impressionnante. On dit que Brutus Karlsson est à l'origine de nombreux cas de violences aggravées parmi la faune délinquante de Linköping. Il aurait notamment broyé la colonne vertébrale d'un Polac.

Le visage de Brutus Karlsson est large. Il a une cicatrice au-dessus du nez. Elle va bien avec ses boucles blondes.

« Je peux entrer ? »

Une question qui n'en est pas une.

Le garage est crasseux. Derrière Karlsson, trois hommes d'origine slave. Ils sont habillés en jogging Adidas.

Waldemar entre.

La porte du garage se referme derrière lui.

Au milieu de l'atelier, une table et six chaises, quelques outils sur un banc, mais pas d'odeur d'huile ni d'essence. Seulement de l'humidité.

Waldemar se dit qu'il vaut mieux aller droit au but.

« Jerry Petersson. Est-ce que ce nom te dit quelque chose ? »

Brutus Karlsson le regarde.

« Est-ce qu'il devrait ?

– Allez, tu sais bien qui c'est », dit Waldemar en faisant un pas vers lui.

Les trois hommes s'approchent de lui. Leur regard s'assombrit. Waldemar voit l'un d'eux serrer le poing.

« Tu es venu jusqu'ici pour nous tirer les vers du nez sur je ne sais quel connard ? demande Karlsson.

– Jerry Petersson.

– Je sais qui c'est. Tu crois que je ne lis pas les journaux peut-être ?

– Et alors ?

– Et alors quoi ? »

Waldemar s'avance brusquement vers Karlsson et lui saisit la mâchoire d'une seule main.

« Arrête de jouer au plus malin avec moi. Tu sais si Jerry Petersson traitait avec des gens de ton monde ? »

Les hommes hésitent. Ils attendent un signal de Karlsson. Avec sa main libre, Waldemar sort son revolver du holster sous sa veste.

« D'accord, d'accord. Je peux te dire un seul truc, dit Karlsson. On n'a jamais eu affaire à Petersson. Si c'était le cas, je l'aurais su. Maintenant, lâche-moi, putain. »

Waldemar le lâche, recule et range son revolver. Mais au moment où il ferme le holster, il se rend compte de son erreur. Un des hommes se rue sur lui, et Waldemar sent un poing s'écraser sur son œil. Il tombe sur le sol froid et gris. Les trois crapules le maintiennent au sol. Ils ont mauvaise haleine. Tout ce qu'il peut voir, ce sont leurs joues recouvertes d'une barbe de trois jours.

Brutus Karlsson pointe son visage balafré devant Waldemar.

« Tu te prends pour qui, connard ? Est-ce que tes collègues savent que tu es là ? »

Waldemar sent la peur lui tordre le ventre. Personne ne sait qu'il est là, à partir de là, tout peut arriver.

« Ils savent où je suis. Si je ne suis pas de retour dans une heure, ils débarquent ici. »

Karlsson adresse à ses sbires un mouvement de tête brusque. Ils relâchent Waldemar.

« Lève-toi », dit Karlsson.

L'instant suivant, Waldemar est debout face à lui, au centre du cercle formé par les truands.

Un coup de poing. Waldemar a le réflexe de se protéger, mais le poing le touche à la joue. Puis il reçoit un nouveau coup qui atteint l'œil droit cette fois-ci.

« Tu oses frapper un flic ?

– Alors toi ! Je peux te sortir une dizaine de gars que t'as tabassés en service. »

Deux gifles cinglantes.

Une douleur aiguë. Waldemar crache. Il voudrait partir. Il a besoin d'une clope.

« Tire-toi, connard », dit Karlsson.

Derrière lui, Waldemar entend le cliquetis de la porte. Il serait peut-être temps qu'il prenne sa retraite.

Malin et Zeke sont allés chercher la voiture devant le restaurant Hamlet. Ils sont maintenant en train d'attendre devant une chambre de l'hôpital d'Åleryd que l'aide-soignante ait fini de changer la couche d'Åke Petersson.

Zeke n'avait pas posé de questions au sujet de la voiture. Malin en était soulagée. La dernière chose dont elle avait envie, c'était bien qu'on lui fasse la morale.

Malin et Zeke entendent des soupirs provenir de la chambre, mais pas de gémissements plaintifs ni de mots de colère. Les murs du couloir sont blancs à motifs floraux. Le cadre blanc de la pendule se confondrait avec le mur si celle-ci n'avait pas d'aiguilles noires. Il est 14 h 20. La pizza que Malin vient de manger chez Conya ne passe pas. Mais le gras apaise sa gueule de bois. Il faut que je fasse de l'exercice, pense-t-elle. Histoire d'éliminer toutes ces merdes en transpirant.

Heureusement, Zeke n'a pas remis sur le tapis la conversation qu'ils ont eue hier, lorsque Malin lui avait dit qu'elle avait à nouveau quitté Jan.

L'odeur.

Ammoniaque. Détergent. Parfums bon marché. Excréments. Et cette odeur que dégagent les vieux qui s'éteignent lentement.

Un homme en fauteuil roulant regarde par la fenêtre au fond du couloir. Dehors, la pluie. Il y a eu une accalmie, mais elle n'a pas duré. Se peut-il qu'il ne cesse jamais de pleuvoir ?

La porte s'ouvre. Une jeune infirmière blonde les invite à entrer. Un homme maigre est allongé dans le lit. Les traits de son visage sont saillants. Il ressemble à son fils, son fils décédé. Qu'en serait-il si Tove était morte aussi, si elle avait été tuée dans cet appartement à Finspång il y a plus d'un an ?

Tout serait terminé alors.

L'homme a les yeux gris, vitreux. Mais ils n'expriment aucune tristesse, seulement sa solitude. Il a gardé le poing serré depuis l'attaque qui l'a rendu hémiplégique. Il peut peut-être encore parler. Et s'il était muet ? Et s'il ne pouvait pas différencier le rêve de la réalité ? Comment pourraient-ils l'interroger ?

L'un de ses yeux – celui dont le côté est paralysé – semble aveugle. Il regarde dans le vide, comme une caméra en panne.

« Entrez », dit Åke Petersson.

Une seconde infirmière quitte la chambre. Un seul des coins de sa bouche se meut lorsqu'il parle, mais cela n'a pas l'air de gêner sa diction.

« Vous pouvez vous asseoir là. »

Il désigne un canapé vert usé contre le mur. Les rideaux bruns sont tirés, afin d'empêcher le jour morne d'entrer.

Le canapé est inconfortable. Malin regarde les photos encadrées sur la table de chevet qui se trouve à côté du lit d'Åke Petersson. C'est une femme, jeune, jolie. À côté, elle est plus âgée, les yeux fatigués par la vie.

« Eva. Les rhumatismes l'ont emportée. Elle est morte d'une réaction allergique à la cortisone, à cinquante-cinq ans. Elle avait pris celle qui lui restait à la maison, en pensant que son allergie était passée. »

Jerry.

Ta mère. C'est donc comme ça qu'elle est morte. Quel âge pouvais-tu bien avoir à ce moment-là ? Dix, quinze ans ?

« C'est là que j'ai arrêté de picoler, reprend Åke Petersson, comme s'il avait envie de raconter sa vie, pour une fois que quelqu'un semblait vouloir l'écouter. Ça m'a endurci. Je me suis mis à bosser dans le parc. J'ai recommencé une nouvelle formation en informatique. J'ai travaillé pour nourrir mon fils.

– Nos condoléances, dit Zeke.

– Nous aimerions pouvoir attendre, dit Malin, mais…

– C'était mon fils, mais cela faisait plus de vingt-cinq ans qu'on avait perdu contact.

– Vous étiez brouillés ? demande Malin.

– Non, pas du tout. Il ne voulait tout simplement plus rien avoir à faire avec moi. Je n'ai jamais compris pourquoi. Il avait seize ans quand j'ai arrêté de boire. »

Tu l'as peut-être maltraité, pense Malin.

« Je n'étais sans doute pas le meilleur père du monde. Mais je n'ai jamais frappé mon fils. Je n'ai jamais rien fait de tel. Je pense qu'il voulait seulement se couper de tout ce que je représentais. Je crois que c'était déjà ce qu'il voulait, quand il était petit. Il était meilleur que moi, voilà tout.

– Comment était-il, enfant ?

– Il était intenable. Il faisait des bêtises, et frappait ses camarades. Mais à l'école, c'était un as. On habitait à Berga, et il allait à l'école d'Ånestad, avec les fils de médecins. Il était encore meilleur qu'eux.

– Comment se comportait-il avec vous ? Et vous avec lui ? »

Les mots coulent sincèrement de la bouche d'Åke Petersson.

« Je travaillais beaucoup quand il était petit. Beaucoup trop. C'était pendant les années du boom de l'industrie aéronautique. »

Le vieil homme se tourne dans son lit et tend le bras pour attraper un verre sur la table de chevet. Il boit le liquide transparent à l'aide d'une paille.

« Savez-vous s'il avait des ennemis ? »

Zeke parle d'une voix douce et optimiste.

« Je n'en savais pas plus sur sa vie que ce que je pouvais lire dans les journaux.

– Savez-vous pourquoi il a acheté Skogså ? Et pourquoi il a voulu revenir ici ?

– Non. J'ai bien essayé de l'appeler, mais il raccrochait à chaque fois qu'il entendait ma voix.

– S'était-il passé quelque chose lorsque vous étiez toujours en contact ? »

Le vieil homme semble réfléchir.

« Non. C'était quelqu'un de spécial, certes. Imposant. Mais il ne s'est rien passé de particulier. À vrai dire, j'en savais déjà bien peu sur sa vie à ce moment-là. Quand il allait au lycée, avant qu'il ne déménage à Lund. Il ne me disait jamais rien.

– Vous êtes sûr ? demande Malin. Essayez de vous souvenir. »

Le vieil homme ferme les yeux. Il se tait.

« Pensez-vous qu'il aurait pu être homosexuel ? »

Le calme d'Åke Petersson n'est pas perturbé par la question.

« J'ai du mal à l'imaginer. Je me souviens que les filles l'aimaient bien. Il y en avait beaucoup qui téléphonaient à la maison le soir quand il était au lycée.

– Comment était Jerry au lycée, plus concrètement ?

– Je n'en sais rien. Il s'était déjà détourné de moi en fait.

– Puis il est parti à Lund ?

– Oui. Et à partir de ce moment-là, il a complètement coupé les ponts.

– Et comment ça se passait avant cela ? »

Åke Petersson ne répond pas à la question de Malin. Il dit :

« J'ai fait le deuil de mon fils il y a longtemps. Je savais qu'il n'allait jamais revenir à la maison, alors j'ai fait mon deuil. Mais maintenant qu'il est vraiment mort, mon sentiment n'en est que plus fort. Étrange, non ? Mon fils est décédé, il a été assassiné, et tout ce que je ressens, ce sont des sentiments par lesquels je suis déjà passé. »

Malin a du mal à maîtriser son cerveau imbibé. Ses pensées se baladent du côté de Ténérife, elle voit maman et papa sur le balcon, sur ce balcon qu'elle n'a vu qu'en photo.

Elle se force à revenir à la réalité et regarde le mur. Une étagère pleine de livres. Des titres d'écrivains connus, comme ceux que Tove dévore et que Malin n'a jamais eu le courage d'ouvrir.

« J'ai commencé à lire assez tard. J'ai commencé quand j'ai eu besoin de croire en quelque chose. »

Papa !

Papa, papa, papa !

Qu'est-ce que je dois faire ? Tendre la main ?

Tu sais bien pourquoi maman prenait de la cortisone. Elle en prenait parce que la douleur qui avait emprise sur son corps envahissait peu à peu son âme.

C'est pour toi-même que tu t'es levé du canapé vert, pas pour moi. Et pourquoi ? Pour programmer un code d'une simplicité enfantine, le seul que ton cerveau noyé dans l'alcool puisse produire.

Je te vois, dans ton lit. Le côté paralysé de ton corps est comme l'incarnation physique du mutisme qui a toujours caractérisé ta famille, les hommes austères et passifs qui la composent.

Tu t'es rapproché de moi, papa. Mais j'ai refusé de te parler. Qu'aurions-nous eu à nous dire ?

Nous serions restés assis l'un en face de l'autre à Noël à manger des saucisses de fête ? Et des boulettes de viande, du gratin d'anchois, du hareng en conserve, jusqu'à la mort ?

Tu as cessé ta tentative de rapprochement.

Il faut fermer certaines portes pour que d'autres puissent s'ouvrir. Comme c'est le cas aujourd'hui, une fois pour toutes. En même temps, qu'y a-t-il de plus passionnant qu'une porte verrouillée ?

J'avais espéré que tu te manifestes après mon retour en ville. Après mon emménagement au château. J'aurais pu te faire conduire ici et te montrer ma maison.

Il y a quelqu'un d'autre qui aurait pu venir aussi.

Ton état m'inspire de la mélancolie aujourd'hui. Quand tu demandes à l'infirmière d'ouvrir les rideaux pour regarder la pluie tomber. Tu lui parles gentiment, avec une soumission que tu as si bien appris à maîtriser.

Tu regardes dehors.

Ton œil devenu aveugle après l'attaque.

Tu clignes de l'autre.

Comme si tu voyais quelque chose que tu n'avais encore jamais vu.

Est-ce moi que tu vois, papa ?

25

Le téléphone vibre dans sa main. Il fait sombre dans le salon, comme si l'obscurité pouvait calmer la nervosité.

J'ai peur, je panique à l'idée d'appeler ma propre fille. Cela fait deux jours que j'ai peur de lui parler. Vraiment ?

La troisième sonnerie s'interrompt. Des bruits sourds, puis une voix hachée.

« Tove, c'est toi ?

– Maman !

– Je t'entends mal. La ligne est mauvaise, je sais pas pourquoi.

– Moi, je t'entends en tout cas.

– Attends, je vais juste aller à la fenêtre du salon, ça capte mieux là-bas, tu te souviens ?

– Oui, va à la fenêtre, maman.

– Tu m'entends mieux, là ?

– Oui, je t'entends mieux.

– Tu viens, ce soir ?

– C'est déjà le soir, maman. Je suis chez papa.

– Alors tu ne viens pas ?

– Il est trop tard.

– D'accord. Demain, alors ?

– Demain je dois voir Filippa. On va au ciné. Je peux peut-être venir dormir après ?

– Je devrais être à la maison. Mais tu as dû lire dans les journaux ce qui s'est passé à Skogså. Donc tu sais comment c'est, je vais peut-être devoir travailler. Mais au cas où, tu sauras te débrouiller seule ici, non ? Je vais peut-être venir prendre des affaires à la maison.

– On se tient au courant demain, maman. »

Tove raccroche. Malin regarde par la fenêtre. La pluie fouette l'église comme si elle voulait chasser Dieu.

Tove.

C'est comme s'il y avait un gouffre entre ce que je devrais faire et ce que je fais réellement. Elle aimerait la rappeler, rien que pour entendre encore sa voix, et tenter de lui expliquer pourquoi elle est comme elle est. Mais elle n'en sait rien elle-même.

Et Tove a très vite voulu interrompre la conversation. Elle ne l'a pas crue quand elle a dit qu'elle allait peut-être venir chercher des affaires demain.

Pourquoi ?

Est-ce que Tove pense que je vais revenir à la maison ?

Est-ce possible ?

Est-ce qu'elle m'en veut ? Cherche à m'éviter pour se protéger ?

Malin repense à la conversation qu'elles ont eue, et à cette tendance humaine à éviter, alors que le monde court à sa perte, de parler des choses qui pourtant sont importantes dans la relation entre une mère et sa fille. Malin se souvient qu'elle-même ne parlait pas de ces choses-là avec sa mère.

Le reste de la journée n'avait rien apporté de plus à Malin et à Zeke. Karim avait organisé une nouvelle conférence de presse, où il n'avait rien donné de plus aux vautours.

En revanche, Lovisa Segerberg, Johan Joakobsson et Waldemar Ekenberg n'avaient pas perdu leur journée dans la salle de réunion.

Lovisa avait trouvé la preuve que la famille Fågelsjö était ruinée, et qui justifiait la vente de Skogså à Jerry Petersson.

Ils étaient tous serrés dans cette pièce sans fenêtre encombrée de papiers et de classeurs. Tout le groupe d'enquête, y compris Sven Sjöman et Karim Akbar.

Il était presque quatre heures, et Waldemar avait des traces de coups au visage, dont personne ne voulait connaître l'origine. Son œil était enflé et bleu, sa joue violette.

« Je me suis pris un putain de réverbère en allant m'acheter des clopes », avait dit Waldemar.

Mais tout le monde dans la pièce savait que c'était faux. Malin pensait : tu as certainement enfin goûté à tes propres méthodes.

Waldemar avait l'air plus fatigué encore que d'habitude lorsqu'il a déclaré :

« Ça ne fait que deux jours qu'on est sur cette enquête et j'en ai déjà ma claque de cette paperasse. Comme si c'était le diable qui nous l'avait envoyée. »

Ils ont tous éclaté de rire en entendant l'expression.

Des paperasses envoyées par le diable.

Des papiers venus de l'au-delà. Et le travail de policier qui devient un enfer.

Malin a fait un compte rendu de sa conversation avec Goldman, qui aurait presque eu l'air content de recevoir cet appel. Puis Malin et Zeke ont parlé du père de Petersson.

Tout le monde est devenu sérieux lorsque Lovisa a pris la parole.

« J'ai trouvé des documents concernant les transactions effectuées par Fredrik Fågelsjö à la banque

Östgöta, il y a deux ans. Il a apparemment beaucoup joué en bourse, et ça s'est retourné contre lui.

– Et alors ? » a demandé Zeke.

Malin était contente qu'il pose la question.

« Alors il a perdu beaucoup, beaucoup d'argent. Bien plus que ce qu'il pouvait investir. Mais le jour qui a suivi la vente du château, il a pu régler toutes ses dettes.

– Donc tu veux dire qu'il a vendu Skogså pour éponger ses dettes ? » a demandé Karim.

Lovisa a hoché la tête.

« Oui, vraisemblablement.

– J'imagine que le vieil Axel Fågelsjö ne devait pas être très fier de son fils, du coup, avait dit Malin.

– Pas vraiment, non. Je n'ai encore rien trouvé de pertinent de ce côté-là, mais je pense qu'il doit y avoir un document l'autorisant à investir l'argent de la famille.

– Et il travaille dans une banque, a dit Sven. Il lui était donc facile de mener ses petites affaires.

– Mais ce n'est pas interdit par le règlement d'usage dans les banques ? a demandé Waldemar.

– Seulement pour les courtiers, a répondu Lovisa.

– Il était conseiller, avait dit Zeke. C'est écrit dans les décomptes annuels.

– Bien, nous savons désormais que les Fågelsjö étaient vraiment ruinés, et qu'il ne s'agit pas que d'une rumeur, avait dit Sven. Voilà qui renforce nos soupçons sur Fredrik Fågelsjö. On sait maintenant avec certitude que la perte de Skogså a dû lui rester en travers de la gorge, et peut-être qu'il a retourné sa rage contre Petersson. On sait aussi qu'il est vraisemblablement à l'origine de la perte du domaine. On va bien sûr l'interroger là-dessus dès demain matin. Mais je ne pense pas que cela vaille le coup d'interroger les autres membres de la famille à ce propos. Après tout, ils nous ont probablement caché la vérité dans le seul but de protéger leur réputation et faire taire les rumeurs. Attendons donc d'avoir quelque chose de plus concret avant d'aller les voir. Oui, je sais, on a tous le sentiment qu'ils nous cachent des choses, mais pour l'instant on va se contenter d'essayer de découvrir la vérité sans leur aide. Quand on aura du concret, on pourra mener des interrogatoires concluants. Et peut-être que Fredrik Fågelsjö va nous faire une révélation. Il est peut-être déjà en train de craquer en bas dans sa cellule. »

Malin avait pensé à Fredrik Fågelsjö, qu'elle avait imaginé accroupi sur sa couchette, seul, comme un assassin.

Mais elle avait du mal à le croire.

« Est-ce qu'on a autre chose ? avait demandé Sven.

– Non, avaient répondu Waldemar, Lovisa et Johan d'une seule voix.

– On va encore bosser sur les contrats d'affermage et l'affaire de la start-up, avait dit Lovisa. Et sur d'autres éventuelles relations de Petersson, et aussi sur son héritage. Je n'ai pas l'impression qu'il ait laissé de testament.

– Bon boulot en tout cas », avait dit Karim.

Malin s'était dit en regardant Karim qu'il avait perdu toute sa vigueur en même temps qu'il avait perdu sa femme. Elle savait qu'ils partageaient ce même sentiment de manque. Elle savait que sa femme et son fils lui manquaient, et que le boulot était pour lui un moyen de trouver une ouverture, une fente par laquelle il pouvait se glisser pour s'en sortir.

Malin est assise sur son canapé.

Elle tente de résister, exactement comme Åke Petersson avait dû le faire. La meilleure chose à faire serait de vider le reste de la bouteille de tequila dans l'évier, mais elle n'arrive pas à s'y résoudre.

On ne sait jamais quand viendra l'envie. Maintenant, peut-être ?

J'aurais dû faire venir Tove en taxi. N'importe quelle mère aurait fait n'importe quoi pour voir sa fille.

Sauf moi.

Je l'ai laissée raccrocher, sans même insister.

Qu'y avait-il dans la voix de Tove ? De la déception ? Un sentiment d'abandon ? De la neutralité ? De la distance ? Elle n'avait pas envie de venir ici, c'est clair.

Suis-je en train de céder à la peur ? Je me rends compte que je ne serai pas toujours là pour te sauver, Tove.

La mort peut t'emporter, ma fille adorée.

Je l'ai appris à l'automne dernier.

Et c'est pourquoi je n'ose pas t'aimer, ni m'occuper de toi. J'ai tellement peur de souffrir. Rien que d'y penser, ça me donne envie d'être inconsciente, pour pouvoir être insensible aux choses.

Qu'est-ce qui cloche chez moi ? Je n'arrive pas à régler les problèmes d'amour maternel dont j'ai hérité. Je comprendrais que tu me haïsses, Tove.

J'aurais dû te demander de me passer Jan. Pour te prouver mon intention de venir chercher mes affaires.

Mais de toutes les affaires restées à Malmslätt, ce qui lui manque le plus, ce sont les dossiers concernant l'affaire Maria Murvall. Elle aimerait les avoir ici près d'elle, étaler les documents sur le sol pour en faire sortir un schéma, un système qui permettrait de résoudre tous les mystères, et qui révélerait l'évidence, la réponse à une énigme qui lui expliquerait sa propre existence.

Mais il vaut mieux que ces dossiers restent à Malmslätt.

C'est une entreprise vaine et insensée.

Jerry Petersson.

Jerry.

Dans un appartement à Berga, pas plus grand que le mien, peut-être même plus petit. T'a-t-il frappé ? Sous l'emprise de l'alcool ? Ou avais-tu juste peur de lui ? J'ai frappé Jan, moi aussi. Est-ce la même chose ? Non. Frapper un enfant ou un adulte, c'est différent, non ? Et ta mère, était-elle shootée par tous les médicaments qu'elle prenait ? A-t-elle pris de la cortisone pour en finir ? Cela s'est passé sous tes yeux. Rien à voir avec le drame silencieux qui se jouait sous mes yeux à Sturefors, où papa et maman vivaient dans leur mutisme constant, où tous les mots qui auraient dû être dits sont restés tus. Maman qui m'évitait sans que je m'en rende compte. Tout ce que je voulais, c'était qu'elle me prenne dans ses bras. Mais ceux-ci ne m'étaient jamais ouverts. Frapper est une chose, mais cela…

Nous sommes tous deux partis à Stockholm, Jerry. Mais ta motivation semble avoir été plus grande que la mienne. Il semble que tu savais où tu allais, alors que moi, je ne savais pas bien pourquoi je prenais une telle direction. Tu frappes, et je frappe, dans un sac à la salle de sport. Je bois. Mais au fond, cela ne fait pas grande différence.

Malin aimerait arrêter de réfléchir. Elle allume la télévision. Les informations s'achèvent. Elle se demande si l'affaire sur laquelle elle travaille a fait l'objet d'un reportage. En tout cas, ils en ont parlé, c'est sûr. Au cours du récapitulatif des titres, on voit les photos d'un tribunal quelque part aux États-Unis. Un militant anti-avortement a tiré sur un médecin pratiquant l'avortement dans sa clinique.

Elle éteint la télévision.

La soirée n'est pas encore très avancée.

Le stress lui donne des démangeaisons sur tout le corps. Elle se met dans le lit, mais la seule couleur qu'elle voit lorsqu'elle ferme les yeux est le brun profond de la tequila qui l'appelle.

Alors elle ouvre les yeux.

Fredrik Fågelsjö.

Son visage apeuré. Son corps recroquevillé sous la couverture de sa couchette, dans sa cellule. As-tu seulement eu peur ? Ou est-ce que c'est toi qui as cédé à la folie furieuse et assassiné Jerry Petersson ?

Si c'est bien tes piètres affaires qui ont coûté à ta famille son château, ton père devait t'en vouloir, et peut-être même te haïr. Et peut-être que ta sœur avait le même ressentiment envers toi. Malin sent une sorte de boule au ventre. Le désir, doux et triste, d'avoir le frère ou la sœur qu'elle n'a jamais eus.

Jerry Petersson. Apparu au beau milieu d'un scandale familial puis retrouvé mort assassiné, dans des douves dont on dit qu'elles sont hantées par les esprits damnés de soldats russes. Jochen Goldman.

Des gens, disparus. Assassinés.

La violence brute. Les travers des gens.

Malin ferme à nouveau les yeux.

Elle attend le sommeil. Le monde qui l'entoure n'est bientôt plus qu'un point électrique parmi tous ceux entre lesquels son esprit navigue.

Le vent qui souffle à l'extérieur disparaît peu à peu. Un crépitement se fait entendre, une voix chuchote: mais qui me veut du mal ?

Les silhouettes restent cachées, elles ne veulent pas se montrer. Dans la zone floue qui sépare le rêve de la réalité, Malin comprend qu'elles sont animées par la peur de leur propre sort, la peur de devoir vivre avec leurs douleurs.

Dans le rêve qui se crée, Malin voit une tondeuse à gazon. Elle la voit rouler sur l'herbe, depuis la perspective des lames.

Non pas une petite tondeuse à pousser comme celle de son père, mais un Stiga rouge, qui pourchasse des pieds sales sur une pelouse toute mouillée de rosée. Elle voit les lames entailler les talons de l'enfant, et entend une voix hurler:

« Elles vont dévorer tes pieds ! Déchiqueter tes petits pieds sales en petits morceaux ! »

Le rêve est en noir et blanc, mais la machine et les lames sont rouges. Le grondement de la machine et les vapeurs d'essence apaisent son esprit.

L'enfant s'arrête. Il laisse la tondeuse rouler sur ses pieds.

Malin voudrait voir le visage de l'enfant, mais elle n'y arrive pas.

Il se met à courir sur ses moignons sanguinolents, puis prend son élan et disparaît.

26

Dimanche 26 octobre

Malin Fors a rêvé d'un enfant qui était une erreur. Pas un enfant non désiré, mais une erreur. Elle ne se souvient pas de l'identité de cet enfant, ni de son rêve. Mais cette sensation lui revient, et l'ébranle, devant les viennoiseries encore chaudes du salon de thé.

Le frigo était vide. Elle s'était réveillée affamée. Du gel douche, des vêtements, et là s'arrête son élan de consommation.

Zeke est en route, il vient prendre un petit déjeuner rapide avant d'aller au commissariat pour la réunion. Le dimanche ressemble à un lundi lorsqu'ils sont sur une grosse affaire.

Cela fait deux jours que le cadavre a été découvert. Impossible d'envisager d'avoir un moment libre tant que l'enquête en est à ses débuts.

Elle aurait dû prendre sa journée aujourd'hui. Faire quelque chose avec Tove. Aller à la piscine, ou n'importe quoi d'autre. Peut-être même aller chercher ses putain d'affaires, et parler avec Jan. Ils auraient pu déjeuner ensemble, manger un steak à la crème, comme lors d'un dimanche normal.

Cela aurait pu marcher.

Ou pas ?

Elle s'installe à l'étage supérieur, avec trois friands au fromage et un grand café. Elle regarde la place déserte. La pluie, légère et transparente, semble faire pâlir les enseignes des magasins. Seuls quelques pigeons osent affronter la journée et aller picorer.

Elle a déjà commencé à manger lorsqu'elle voit le crâne chauve de Zeke apparaître en haut des marches. Zeke lui sourit et lui dit depuis l'autre bout de la pièce :

« Tu m'as l'air bien plus réveillée aujourd'hui ! Et ce pull te va vachement mieux !

– Ta gueule. »

Zeke sourit.

« Je ne fais que de me soucier de ton bien-être, tu sais. Et ce pull est vraiment joli. »

Malin réajuste le pull bleu clair acheté chez H&M. Peut-être que Zeke le pense vraiment, elle devait avoir l'air d'une truie dans son tee-shirt rouge hier.

Il arrive les mains vides. Elle s'apprête à lui demander s'il veut quelque chose, mais son téléphone sonne. Le numéro de Sven s'affiche. Il parle vite.

« Malin, il y a un mec qui a appelé. Il a dit qu'il était l'avocat de Petersson, et qu'il voulait rencontrer un des policiers du groupe d'enquête. J'ai l'impression qu'il a des choses à nous dire. »

Zeke la regarde attentivement.

« Alors l'avocat a un avocat ? demande Malin.

– Il avait, Malin. Oui, ils en ont tous un.

– Et où est-il, cet avocat ?

– C'est un certain Max Persson, il a un cabinet au 12 de la rue Hamngatan, près de la place Trädgårdstorget.

– Et il y est un dimanche matin ?

– Oui.

– L'interrogatoire de Fredrik Fågelsjö ?

– Je m'en occupe. On va le faire sans son avocat. Une conversation informelle dans sa cellule.

– D'accord, on va aller parler avec l'avocat. Là, on est au café Filbyter. On prend le petit déjeuner. On peut laisser tomber la réunion.

– Oui, on n'a pas grand-chose de plus qu'hier.

– Rien du tout ?

– Non, rien. Aucune information.

– Allons voir si l'avocat a des secrets à nous révéler.

– Espérons qu'il en ait.

– Ce sont les secrets qui font de nous des êtres humains. C'est pas ce que tu dis souvent ? »

Sven rit, puis raccroche.

Le cabinet de Max Persson se trouve au dernier étage d'un immeuble de briques jaunes des années cinquante. La pièce se prolonge sur une terrasse où des chaises en bois abandonnées mènent une lutte inégale contre la pluie et le vent.

Malin et Zeke sont chacun assis dans un fauteuil rouge. Max Persson se tient droit sur sa chaise de bureau, de l'autre côté d'un immense bureau en verre.

Un tapis chinois rose au sol.

Des œuvres aux couleurs criardes aux murs. Des silhouettes qui ont l'air d'avoir été peintes au pistolet. L'homme qui se trouve derrière le bureau est dans les mêmes âges que Jerry Petersson. Il est vêtu d'un costume gris clair et d'une cravate rose portée sur une chemise bleue.

De toute évidence, Max Persson est un homme conscient de sa valeur, se dit Malin.

Tu parles d'un avocat.

Ceci dit, il n'est pas mal du tout.

Des traits bien marqués, des joues saillantes.

« Vous avez déclaré avoir été l'avocat de Petersson ? dit Zeke.

– Non, pas tout à fait. Pour être juste, j'ai aidé Petersson à acquérir Skogså, en rédigeant le contrat de vente. C'est un travail considérable pour de telles propriétés.

– Donc vous n'étiez pas son avocat ?

– Non, pas du tout. »

Malin comprend tout à coup qu'il nie avoir été son avocat afin qu'on ne puisse pas lui reprocher d'avoir brisé le secret professionnel.

« Vous étiez amis ? demande-t-elle.

– Non, pas vraiment non plus. Nous avons fait nos études ensemble à Lund, et puis j'ai atterri ici à Linköping, sa ville d'origine.

– Alors vous êtes revenu ? » demande Zeke.

Max Persson hoche la tête.

« Et maintenant, vous avez quelque chose à nous confier ? »

Il acquiesce à nouveau.

Puis se met à parler.

« Comme je vous l'ai dit, j'ai assisté Jerry pour le rachat de Skogså. J'ai rencontré Axel Fågelsjö et ses enfants lorsque je suis allé inspecter les lieux. Et je peux vous dire qu'ils étaient très amers quant à la vente. Ils n'ont rien dit de particulier, mais j'avais le sentiment qu'ils ne voulaient pas vendre. Ne me demandez pas pourquoi.

– Avez-vous eu vent d'éventuels problèmes d'argent ? demande Malin. Est-ce que les Fågelsjö en ont parlé ?

– Non, mais j'avais l'impression qu'ils devaient vendre, et plus tôt qu'ils ne l'auraient voulu. Et mon impression s'est confirmée après ce qui s'est passé la semaine dernière. »

Manifestement Max Persson aime se montrer théâtral, puisqu'il garde avec suspense la suite au bord de ses lèvres.

« Et ? demande Malin.

– Et au début de la semaine dernière, Axel Fågelsjö m'a contacté. Il voulait racheter le château et le domaine. Il était prêt à payer vingt millions de couronnes. C'est plus que le prix auquel ils l'ont vendu. Il était fermement décidé. J'ai soumis l'offre à Jerry, mais il a simplement secoué la tête et éclaté de rire. Puis il m'a demandé de refuser la proposition de Fågelsjö. »

Mensonges.

Une propriété familiale que l'on aimerait mieux ne pas céder. Un délit de fuite. Des actions. Il était temps de vendre ? Non. Je n'y crois pas. Il ne s'agissait pas du tout de laisser derrière soi un style de vie inadapté au monde moderne.

Les pensées se bousculent dans la tête de Malin. Elle pense à Axel Fågelsjö, à sa silhouette puissante et à son magnifique appartement.

Peut-être devraient-ils se concentrer davantage sur Axel que sur Fredrik ? Qui sait de quoi ce vieil homme est capable ?

« Comment Fågelsjö a-t-il pris le refus de Petersson ?

– Il était furieux au téléphone. Tout à fait furieux. J'ai presque cru qu'il allait avoir une attaque. J'entendais du bruit ; comme s'il jetait violemment des objets autour de lui. »

Malin regarde Zeke, qui lui fait un signe de la tête.

« Y a-t-il quoi que ce soit d'autre que nous devrions savoir sur Jerry Petersson ?

– Nous n'avions pas beaucoup de contacts. Et même plus aucun à partir du moment où il est revenu à Linköping. Jerry était un loup solitaire. Déjà à Lund. Mais il était brillant. Nous autres devions travailler cinq fois plus dur que lui, et pourtant il était toujours le meilleur. Il n'avait pas besoin des autres, comme nous, nous en avons besoin. Il ne cherchait pas des gens à aimer, mais des gens dont il pouvait se servir. Des gens comme moi.

– Nous avons du mal à trouver des amis ou des connaissances de Petersson.

– Vous n'en trouverez aucun. L'amitié, ce n'était pas son truc. »

Zeke et Malin sont devant la porte d'entrée de la maison qui abrite le cabinet de Max Persson. Il tombe une pluie battante. Les gouttes martèlent le sol comme une invasion de sauterelles qui détruirait tout sur son passage.

Il n'y a personne dehors.

La ville est paralysée par la saison.

« Axel Fågelsjö, un comte frustré, dit Zeke.

– Il adore ce domaine.

– Et il a voulu le reprendre. Mais il n'a pas réussi.

– Petersson a refusé de vendre.

– C'était comme s'il possédait son âme.

– Et Fredrik Fågelsjö, qui a misé le château et qui l'a perdu, il voulait peut-être réparer sa faute ? Maintenant que Petersson est hors jeu, ils peuvent peut-être racheter le château ? Mais d'où vient cette nouvelle fortune ? Celle avec laquelle Axel Fågelsjö voulait racheter Skogså ? J'appelle Sven, il a peut-être déjà interrogé Fredrik Fågelsjö. »

La porte de la cellule s'ouvre.

Fredrik Fågelsjö est assis sur le lit, une tasse de café à la main. Il lit le *Svenska Dagbladet.*

« Puis-je entrer ? » demande Sven Sjöman.

Il observe Fredrik Fågelsjö. Ses épaules tombent, comme si une force invisible appuyait dessus. Le temps passé dans la cellule lui a donné des cernes. Ses yeux semblent réclamer de l'alcool, comme ceux de Malin, parfois. Je ne vais te donner ce que nous savons que par petites portions, pense Sven.

« Ehrenstierna n'est pas là, dit Fredrik Fågelsjö.

– Je veux simplement vous poser quelques questions, ça ne vous dérange pas ?

– D'accord. »

Fredrik Fågelsjö a l'air fatigué.

Sven s'assied près de lui sur le matelas de la couchette. Une odeur d'urine se dégage des toilettes en inox.

« Beaucoup ont des problèmes d'alcool aussi, ici au commissariat, dit Sven. Il n'y a pas de honte à avoir.

– Je n'ai pas de problème d'alcool.

– Non, mais sachez que personne ici ne vous jugera si c'est le cas.

– C'est bon à savoir.

– Nous savons tout de vos histoires et de vos investissements hasardeux. »

Fredrik Fågelsjö ne répond pas.

Sven regarde autour de lui. La cellule. L'isolement.

« Vous avez des enfants, en bas âge. Et une femme. Ils ne vous manquent pas ?

– Si, bien sûr qu'ils me manquent. Mais vous m'avez interdit les visites.

– Non, pas nous. C'est la décision du procureur. Comment ça va dans votre petite famille ?

– Ça va bien.

– Très bien. Moi et ma femme, ça fait trente-cinq ans qu'on est mariés. Et on savoure encore chaque jour passé ensemble.

– J'ai eu peur. J'ai paniqué. Je ne veux pas passer l'été à Skänninge. Je ne veux pas rater tout un été dans la vie de mes enfants. Vous comprenez, ça ? »

Sven hoche la tête et se rapproche de Fredrik Fågelsjö.

« Et votre père ? Il a dû devenir fou lorsqu'il a appris que vous aviez perdu vos investissements.

– Il a toujours été un peu fou, dit Fredrik Fågelsjö en souriant. Il est devenu furieux.

– Mais vous nous avez tous dit qu'il était simplement temps de vendre.

– Lorsque l'on vient d'une lignée comme la nôtre, on doit tout faire pour ne pas en salir le nom.

– C'est peut-être ce que vous avez voulu faire alors, lorsque vous vous êtes rendu à Skogså ce matin-là, pour vous venger de Jerry Petersson qui vous avait pris votre château ? Je vous promets que vous vous sentirez mieux une fois que vous aurez tout dit.

– Je ne répondrai pas à ça. Si vous vous voulez bien m'excuser. »

Il tourne alors la page du journal posé sur ses genoux d'un geste excessif.

« Et la semaine dernière, vous avez tenté de racheter le château », dit Sven.

Fredrik Fågelsjö lève les yeux du journal. Il a l'air surpris.

Vous êtes au courant ? semble-t-il penser.

Sven hoche la tête.

« Nous sommes au courant. D'où venait cet argent ? À ce que j'ai compris, vous aviez investi la fortune de votre famille, et même plus ?

– Nous avions reçu de l'argent. Mais ce n'est pas à moi d'en parler.

– Comme vous voulez. Petersson a ri en entendant la proposition de votre père. Vous vouliez lui montrer que vous êtes un homme fort, Fredrik ? Vous vouliez réparer votre erreur. J'imagine que ce ne doit pas être facile d'avoir un tel père. Alors vous vouliez tout arranger, et vous êtes allé au château ce matin-là pour assassiner Jerry Petersson. Vous étiez furieux contre lui, c'est bien ça ? Vous vous sentirez mieux si… »

Soudain Fredrik Fågelsjö bondit de la couchette, jette le journal contre le mur, et hurle :

« Je n'ai rien fait ! Je n'ai rien fait ! »

27

L'ascenseur est en panne. Malin et Zeke prennent l'escalier pour monter à l'appartement de Fågelsjö, au quatrième étage.

Malin est essoufflée.

Elle se sent mal. Mais quand on se sent mal aussi souvent que moi, se dit-elle, alors cela devient un état normal. Elle sait pourquoi son corps refuse de continuer. L'alcool agit comme n'importe quelle drogue. Lorsque le corps en veut plus, il refuse le reste, il proteste bruyamment contre la privation de son essence et des plaisirs qu'elle procure. Le corps prend l'abstinence de la veille comme un affront.

Boire pour fuir.

Le souffle est profond, le souffle est à bout. Les pierres des marches se floutent devant ses yeux. Malin doit penser à autre chose. Elle pense à la famille Fågelsjö.

Ils ont dû vendre.

Il n'était pas temps de vendre.

Sauver les apparences.

Et ils ont voulu racheter le château.

Mais avec quel argent ? Sven vient d'appeler. Il n'a pas réussi à faire cracher le morceau à Fredrik Fågelsjö. Celui-ci avait perdu des sommes colossales. Petersson avait éclaté de rire en entendant la proposition d'Axel Fågelsjö.

Comment faire alors ?

Envoyer son fils assassiner Petersson pour pouvoir racheter le château et son domaine à l'héritier, quel que soit le prix ? Ou l'assassiner soi-même dans un accès de rage ?

Malin voit que Zeke est pensif lorsqu'ils reprennent leur souffle, dans leur imperméable trempé. Elle sait qu'ils pensent à la même chose tous les deux. Il n'est pas plus bête. Par la fenêtre de la cage d'escalier, ils voient la pluie tomber, les grosses et les petites gouttes se mêler avant de s'écraser contre l'asphalte.

Est-ce que les Fågelsjö, père et fils, sont des meurtriers ? L'incertitude la prend au ventre. Et cette incertitude est à la limite du doute.

Ils arrivent à la porte de l'appartement d'Axel Fågelsjö.

Zeke lui fait un signe, et dit :
« Voyons ce qu'il a à nous dire. »
Malin sonne à la porte. Ils entendent la sonnette retentir de l'autre côté de la porte. Puis des pas s'approchent. Ils imaginent un œil se coller au judas. Les pas s'éloignent à nouveau.
Malin sonne une deuxième fois.
Puis une troisième, et une quatrième. Cinq minutes, dix minutes.
« Il n'ouvrira pas », dit Zeke avant de redescendre l'escalier.

Axel Fågelsjö est assis dans son fauteuil en cuir. Il regarde le feu qui crépite dans la cheminée et lui réchauffe les pieds.
Voilà ces policiers qui reviennent.
Ça devait arriver.
Est-ce qu'ils connaissent les circonstances de la vente maintenant ? Les bêtises de Fredrik ? Peut-être même notre tentative de rachat ? Certainement, se dit Axel Fågelsjö. Mais ils sont si naïfs qu'ils déduisent les choses de la manière la plus banale qui soit.
Mais la vérité est banale parfois.
Comme lorsque Fredrik lui avait tout raconté. Il était assis sur cette chaise, là-bas au château. Et il avait eu envie d'arracher la tête de son fils, allongé sur le dos comme un insecte, un bon à rien, à sangloter sur le tapis. Il n'avait pas eu d'autre choix que de prendre les choses en main.
Bettina, j'ai fait ce que je devais faire, je te le promets.
Je me suis bien regardé dans le miroir, j'ai regardé les portraits aux murs, j'y ai vu le mépris dans les yeux de

mes ancêtres. Et l'amour dans les tiens. J'ai sauvé notre fils. Mais il y a toujours ce sentiment, impossible à cerner :

Tu n'es pas mon fils. Tu ne peux pas l'être.

Ils ne s'étaient pas parlé depuis un mois. Il avait ensuite fini par appeler Fredrik, et l'avait demandé. Fredrik était revenu pleurer à ses pieds à nouveau, accroché au cadre de la porte comme un animal fainéant.

Le mépris. La honte.

L'amour n'empêche pas d'avoir du mépris et de la honte. Mais si on ne prend pas soin les uns des autres, qui le fera ?

J'ai promis à ta mère de t'aimer, de m'occuper de toi, sur son lit de mort. Avais-tu entendu ? Avais-tu écouté à la porte comme un voleur, à l'extérieur de sa chambre, lors de sa dernière nuit ? C'est la seule chose qui ait eu raison de moi, Bettina : ta maladie, ta satanée souffrance, tes douleurs atroces. Et j'avais confiance en toi, Fredrik. Une confiance à toute épreuve. Mais il a fallu que tu fasses l'imbécile, à prendre le volant quand tu étais ivre, et à prendre la fuite devant la police. Tu as attiré l'attention sur nous inutilement. Tu aurais pu te garer et prendre une amende ridicule. Ce genre de chose s'arrange toujours. Mais maintenant tu n'as plus qu'à rester assis dans ta cellule et assumer les conséquences de tes actes. Tes enfants, mes petits-enfants, je ne me reconnais pas en eux. Mais c'est peut-être à cause de leur mère. Cette femme ne m'a jamais aimé, pourtant Dieu sait que j'ai fait des efforts.

Fredrik.

Peut-être eût-ce été mieux si tu avais été quelqu'un de stupide ?

Je ne les ai pas laissés entrer, ces policiers, cette femme, aussi forte et intelligente qu'épuisée, et cet homme à l'air robuste. Si je leur en disais plus, ils essaieraient de me coincer.

Fredrik. Katarina.

Vous faites ce que vous voulez, maintenant, hein ? N'est-ce pas Bettina ? Ils font ce qu'ils veulent ?

Voyons où on en est. Même si Fredrik raconte tout, qu'est-ce que les policiers peuvent bien faire de ces informations ? Même s'ils sont assurément plus intelligents que toi, mon fils adoré. Et détesté.

Katarina.

Je n'ai pas à m'inquiéter pour elle. Elle fait ce que je lui dis de faire. Elle l'a toujours fait. Elle est du genre à accepter les choses.

Axel Fågelsjö se lève. Il va à la fenêtre qui donne sur le jardin botanique. Y aurait-il quelqu'un, là sous les arbres, sous la pluie glaciale ?

Y aurait-il quelqu'un, en train de m'observer ? Ou est-ce que mes yeux me jouent des tours ?

Fredrik Fågelsjö a appelé Sven Sjöman.

Il lui a demandé de venir s'asseoir à nouveau à côté de lui sur la couchette de sa cellule.

À présent, il lui dit, d'une voix pleine de résignation :

« Vous n'êtes pas obligé de me croire, mais je n'ai vraiment rien à voir avec le meurtre de Jerry Petersson. Et je ne pense pas que qui ce soit dans ma famille y soit lié. Mais je vais vous dire les choses telles que j'en ai été témoin. »

Fredrik Fågelsjö inspire profondément avant de reprendre :

« Après le décès de ma mère, j'ai fait une dépression. On m'a alors confié la fortune de la famille. Je pouvais bien m'en occuper, puisque je travaillais dans une banque, et que je savais gérer des portefeuilles. »

Il se tait.

« Qu'est-ce que vous faites à la banque ? demande Sven. Vous êtes conseiller ?

– Je suis spécialisé dans les services aux entreprises. On nous sollicite souvent lorsqu'une petite entreprise change de propriétaire. Je m'occupe du financement.

– Et ça vous plaît ?

– Ce n'est peut-être pas ce dont je rêvais à la base. Mais c'est un travail décent. Bref. Le décès de maman a beaucoup affecté mon père. Il m'a donné les pleins pouvoirs quant à la gestion financière, jusqu'à ce qu'il aille mieux.

– Vous avez donc commencé à investir en bourse.

– Oui. »

Fredrik Fågelsjö s'appuie contre le mur. Il évoque le château qui tombait en ruines, les affaires de son père qui n'allaient pas très bien, ainsi que la mort de sa mère. Puis il raconte ses débuts spéculatifs, et la manière dont les choses se sont gâtées dès l'instant où il a eu accès à la fortune familiale. Mais il explique qu'il voulait bien faire.

La voix de Fredrik Fågelsjö s'affaiblit. Sven a l'impression qu'il va se mettre à pleurer, mais Fågelsjö arrive à retenir ses larmes chaque fois qu'il est sur le point de craquer.

« Du coup, mon père a été obligé de mettre en vente Skogså. Et c'est là que Petersson est apparu. Pourquoi lui, je n'en sais rien. C'est grâce à mes contacts avec la banque qu'on a pu éviter la faillite avant que la vente ne soit conclue.

– Et la banque n'avait aucune responsabilité là-dedans ?

– Non. J'ai fait mes affaires avec l'argent de ma famille en tant que personne privée. L'affaire a simplement été étouffée. Puis papa a vendu Skogså pour nous sauver de la faillite. Sur son lit de mort il avait promis à maman de prendre soin de moi et de Katarina, quel qu'en soit le prix. Et il l'a fait.

– Ça a dû être dur.

– C'était surtout dur pour papa, répond Fredrik Fågelsjö en se penchant en avant. Moi, cela m'importe peu. Je ne me préoccupe que de papa. Cela paraît peut-être étrange, mais c'est comme ça. Mon père, c'est Skogså.

– Et après ? Je veux dire maintenant. Vous avez bien essayé de racheter Skogså, non ?

– Oui.

– Mais comment ? Avec quel argent ?

– Nous avons reçu un héritage. De la branche danoise de notre famille. Une vieille comtesse, qui avait fait fortune dans l'industrie.

– Et c'est alors que vous avez voulu reprendre le château ?

– Petersson a ri de la proposition de mon père.

– Avez-vous eu, personnellement, affaire à Petersson ? »

Fredrik Fågelsjö semble hésiter avant de répondre.

« Je vais être honnête. La veille du jour où Petersson a été retrouvé mort, je suis allé au château. Il m'a laissé entrer et a catégoriquement refusé ma proposition. Il a demandé si je voulais prendre un verre de cognac dans la chambre où j'ai grandi. Il avait un sourire si arrogant que j'ai eu envie de le tuer, mais je ne l'ai pas fait. Fredrik Fågelsjö s'arrête un moment et joint les mains. J'aurais dû.

– Vous pensez que vous auriez dû le tuer ?

– Oui, j'aurais dû. Mais on ne fait jamais ce que l'on devrait faire, pas vrai ?

– Avec quelle voiture vous êtes-vous rendu au château ?

– Avec ma Volvo noire. Celle que vous avez saisie.

– Votre femme nous a dit que vous étiez à la maison.

– Elle cherchait à me protéger. C'est normal de vouloir protéger les siens, non ? »

Ce que l'on devrait faire ?

Tu hésites, tu hésites. Il y a une grande différence entre toi et moi, Fredrik Fågelsjö. C'est que moi je n'hésitais jamais.

Vous êtes des êtres vaniteux.

Que va-t-on devenir avec des gens comme vous ? Vous voudriez adopter les coutumes et usages de notre monde, mais vous pensez qu'on peut résoudre tous les problèmes avec vos traditions ancestrales et vos portefeuilles bien garnis. Vous n'avez pas compris quel était le pouvoir suprême : celui de dire non à l'argent quelle que soit la somme.

J'ai adoré rire de la proposition du vieil homme. J'ai adoré t'offrir un cognac.

Et comment m'avez-vous traité ? Comment vous traitez-vous les uns les autres ? Essayez d'imaginer ce que cela fait d'avoir une âme blessée.

Serais-tu celui qui est venu me voir ce matin-là, Fredrik ? Tu es faible et peureux, c'est pourquoi tu leur as raconté ces histoires. Mais ce que tu dis n'a aucune valeur.

Tu as murmuré ton récit.

Le policier en était presque gêné, mais tu ne l'as pas remarqué.

Tu as voulu montrer à ton père ce que tu valais, et que tu pouvais faire fructifier de l'argent. Que tu pouvais faire devant ton ordinateur ce que tes ancêtres faisaient sur des champs de bataille.

Et toi, Malin, qu'est-ce que tu devrais faire ?

28

Je devrais rappeler Tove.

Je suis sa mère, après tout.

Elle pourrait peut-être venir ce soir.

L'après-midi est déjà bien avancée lorsque Zeke et Malin franchissent les portes du commissariat.

Les bureaux sont vides. C'est dimanche. À l'extérieur, la pluie semble bâtir un mur éternel.

Je devrais, je devrais vraiment appeler Tove. Mais cela fait des heures que mon portable est éteint. J'ai envie d'aller à la salle de sport.

Pourquoi suis-je capable de me débrouiller sans toi maintenant, Tove ? Les dix premiers mois après le drame, c'était impensable. Je te collais sans cesse. En tout cas, c'est comme ça que tu as dû le vivre. Mais était-ce pour te protéger ou bien pour apaiser ma propre peur ? Mon sentiment de culpabilité ?

Malin s'assied à son bureau, et allume son ordinateur. Zeke fait de même. Sven Sjöman ne tarde pas à se lever de son bureau pour venir les voir. Et leur rapporter ce que Fredrik Fågelsjö vient de raconter.

« Tu penses que c'est lui ? demande Malin.

– Qui sait ? Peut-être qu'il y a eu bagarre ? Il aurait alors tué Petersson sans le vouloir ? »

Malin observe Sven. Elle voit le doute germer dans ses yeux. Peut-être que Fredrik Fågelsjö n'est pas l'homme qu'ils recherchent ? Elle sait pourtant que Sven le pense. Elle sait également qu'il va continuer à considérer Fredrik Fågelsjö comme le suspect principal, et ce jusqu'à preuve du contraire.

« Mais si Fredrik Fågelsjö a tué Petersson lorsqu'il était au château jeudi soir, cela ne colle pas dans la chronologie, dit Malin. D'après Karin, le corps n'est resté dans l'eau que quelques heures à peine, quatre tout au plus. Et elle a estimé que la mort remontait à cinq heures maxi, soit autour de quatre heures du matin. L'équipe technique n'a détecté aucune trace de sang dans la voiture de Fredrik Fågelsjö. Or ils auraient dû en trouver s'il l'avait tué. L'auteur du crime devait être couvert de sang. Que le petit gravier retrouvé sur les pneus soit du même type que ceux de l'allée du château confirme juste ce qu'il a dit, qu'il est allé au château jeudi soir. Mais cela ne le relie en aucun cas au meurtre. Si bien sûr, il nous dit la vérité quant au moment où il est allé au château.

– Tu crois que Fredrik Fågelsjö est retourné au château le lendemain matin ? demande Zeke.

– Je ne sais pas. C'est sa femme qui nous a donné son alibi, dit Malin.

– J'ai le sentiment que Fredrik Fågelsjö dit la vérité, dit Sven. Mais on ne sait jamais. Il a pu y retourner. C'est peut-être sa voiture que la vieille Sjöstedt dit avoir vue.

– Au fond, personne ne sait ce que Fredrik Fågelsjö a pu être capable de faire, dit Zeke.

– Pour calmer la fureur de son père, ajoute Sven. Il m'a l'air d'être un vrai patriarche. Quand on parle de son père, Fredrik Fågelsjö a presque tendance à oublier qu'il a sa propre famille.

– On fait une perquisition ? demande Zeke. Pour y voir plus clair ? »

Sven secoue la tête.

« Pour l'instant, il est impossible de faire une perquisition chez Fredrik Fågelsjö dans le cadre de notre enquête sur le meurtre de Petersson. Il est emprisonné pour d'autres délits, et puis Ehrenstierna risque de nous mettre des bâtons dans les roues. Et si on demandait un mandat de perquisition pour les autres chefs d'inculpation, on ne pourrait pas utiliser nos preuves dans le cadre de notre enquête sur le meurtre.

– Et Katarina Fågelsjö ? demande Zeke.

– On pourrait l'interroger dès maintenant, répond Malin. J'ai l'impression que ça s'impose. »

Elle s'entend prononcer ces paroles, alors que la seule chose quelle désire, c'est de descendre à la salle de sport pour se défouler sur le sac de frappe.

« On a l'adresse ?

– Oui », répond Sven.

Malin allume son téléphone.

Pas de nouveaux messages.

Elle saisit le numéro de Tove, mais tombe directement sur le répondeur.

Où es-tu ? se demande Malin. Tove ? T'est-il arrivé quelque chose ? Elle voit un monstre se pencher dangereusement sur sa fille. Elle a l'impression que ce monstre, c'est elle.

Tove, où es-tu ?

« Salut, c'est maman. Où es-tu ? Je commence à m'inquiéter. Rappelle-moi dès que tu entends ce message. »

Tove se laisse gagner par l'obscurité de la salle de cinéma. Filippa est assise à côté d'elle. Elles s'extasient devant la beauté de Brad Pitt. Elle adore les films naïfs et gentillets, où les gens s'embrassent, se prennent dans les bras, et tombent amoureux l'un de l'autre. Quand il s'agit de livres, les choses sont différentes : elle n'aime que ceux que les autres trouvent difficiles.

Elle essaie de ne pas penser à maman.

Maman ne reviendra pas à la maison. Et Tove ne sait pas encore ce qu'elle va décider. Mais elle préfère ne pas y penser.

Comment le lui annoncer ? Elle va être triste, ou même furieuse. Elle va peut-être faire quelque chose de stupide. Comme dit papa, je ne peux pas vivre avec elle maintenant, tant qu'elle est comme ça, tant qu'elle n'a pas réussi à arrêter de boire.

Papa va le faire aujourd'hui. Faut-il vraiment qu'il le fasse aussi vite ?

Brad Pitt sourit.

Il a les dents blanches.

Tove aimerait plonger dans cette blancheur, en envelopper tous les sentiments. Tout simplement laisser la beauté reprendre ses droits.

Waldemar Ekenberg tâte ses bleus. Ils enflent à vue d'œil. Il pose son autre main sur l'épaule de Lovisa Segerberg, et serre fort. Puis il dit :

« Je parie qu'il y a des zones plus douces que celle-ci sur ton corps, pas vrai, Segerberg ? »

Lovisa a envie de bondir et de hurler à ce flic de campagne, à cet handicapé social, qu'il peut aller se faire foutre avec ses commentaires sexistes. Mais elle ne connaît que trop ces flics machos, qui, quel que soit leur âge, ne peuvent s'empêcher de se comporter bizarrement et de sortir des commentaires déplacés lorsqu'ils sont devant une femme flic.

Un jour, elle avait rapporté un comportement similaire à sa chef, qui avait seulement secoué la tête et répondu :

« Quand une femme aussi mignonne que vous décide d'entrer dans la police, elle doit s'attendre à entendre ce genre de choses. Essayez de le voir comme des compliments. »

Lovisa a du mal à voir cette main qui se resserre sur son épaule comme un compliment. Sans rien dire, elle s'en échappe et pose les documents qu'elle tient sur la table.

Elle, Waldemar et Johan Jakobsson sont restés toute la journée enfermés, mais n'ont parcouru qu'une partie des documents.

Ils peuvent déjà affirmer avec certitude qu'il n'y a rien qui cloche ni dans les contrats d'affermage ni dans le déroulement de l'affaire de l'entreprise informatique. Petersson a touché ce qui lui revenait, ni plus ni moins. Il n'a pas joué le rôle de l'avocat dans cette affaire, mais seulement celui d'investisseur, il n'a donc pas pu être récusé. Ils n'ont pas trouvé de testament. Depuis le début de la journée, Johan a passé une vingtaine de coups de téléphone, en vain. Il a appelé tous les contacts qui apparaissaient dans les documents, des avocats aux menuisiers, électriciens ou artisans ayant travaillé pour Petersson au château. Aucun d'eux n'avait quoi que ce soit d'intéressant à déclarer. Petersson semble avoir géré ces affaires de façon tout à fait claire et irréprochable.

Sur la tapisserie jaune du mur, l'horloge indique 14h25.

Lovisa regarde Johan. Elle le trouve discret et sympathique, compétent et gentil.

Waldemar est tout aussi compétent, semble-t-il. À la cafétéria, elle avait remarqué que ses collègues avaient pour lui le respect que les policiers ont pour les plus efficaces d'entre eux.

« L'heure tourne, dit Waldemar en s'asseyant devant un écran affichant le contenu de l'un des disques durs de Petersson, soigneusement organisé en dossiers.

– Je n'arrive plus à réfléchir, dit Johan. Il y a trop de paperasse.

– Tout ce que je vois qui pourrait avoir un lien avec l'enquête, dit Lovisa, c'est cette affaire que Jerry Petersson avait avec Jochen Goldman. Elle servait à capitaliser les revenus des livres de Goldman et ses rémunérations pour les entretiens qu'il donnait. Mais curieusement, l'affaire ne marchait pas très bien. Il y a peut-être plus d'argent ailleurs. Ou alors la rentabilité ou la marketabilité de la célébrité de Goldman n'était pas si élevée que ça.

– La marketabilité ? dit Waldemar. Ma belle, tu parles comme un de ces pédés commerciaux !

– Il faudra en parler à la prochaine réunion, dit Johan.

– Quand on fera le point, demain matin », dit Waldemar.

Pour étudier des documents, on ne pourrait pas trouver pire que Waldemar, se dit Lovisa.

Katarina Fågelsjö porte un jean sombre et un polo rose. Elle est assise au fond d'un canapé que Malin reconnaît : il est de chez Svenskt Tenn et coûte une fortune. Le motif du tissu, des vers noirs qui grouillent entre des feuilles mortes colorées sur fond bleu ciel, a été dessiné par Josef Frank.

Une fortune, pense Malin. Une fortune pour moi en tout cas. Elle se rend compte à quel point elle fait tache dans cette pièce, avec son pantalon et son pull bon marché et ses chaussettes blanches vulgaires. Elle se rend compte à quel point elle semble négligée à côté de Katarina Fågelsjö. Elle aimerait quitter la pièce discrètement, mais elle ne peut pas fuir. Elle doit dissimuler son manque de confiance en elle derrière l'insolence.

Ni Malin ni Katarina Fågelsjö ne touchent aux tasses de café posées devant elles, sur une fine table de bois. Il y a dans la pièce une odeur de produit d'entretien au citron et de parfum de luxe, que Malin ne parvient pas à identifier. Des peintures aux murs. Elles sont classiques, mais possèdent cette même qualité que les œuvres de Jerry Petersson. De nombreux portraits de femmes posant près d'une fenêtre, avec une lumière diaphane. Toutes ces femmes semblent attendre quelque chose. L'une d'entre elles captive particulièrement Malin : elle représente une femme vêtue de bleu à côté d'une fenêtre donnant sur une mer recouverte de brume. Elle lit la signature : Anna Ancher.

Par la fenêtre, Malin et Zeke peuvent voir le flux tranquille du Stångån, dont la surface est percutée par des gouttes de pluie qui creusent de petits cratères éphémères sur sa surface. De l'autre côté de la rivière, de grandes villas remontent la berge le long de la rue Tannerforsvägen. Mais il semblerait qu'il soit plus plaisant d'habiter de ce côté de la rivière, face au centre-ville.

Malin comprend très vite que Katarina Fågelsjö vit seule dans cette grande maison, dont l'architecture est typique des années trente. Et qu'elle est mieux disposée à parler qu'au terrain d'entraînement.

« Demandez-moi ce que vous voudrez. Je vous répondrai du mieux que je peux.

– Saviez-vous que votre père avait essayé de racheter Skogså à Jerry Petersson ? demande Zeke.

– Oui, j'étais au courant. Et j'étais contre.

– Pourquoi ?

– Pour moi, l'affaire était close. Nous avons tout ce dont nous avons besoin. Mais bien sûr, je ne pouvais pas l'empêcher d'essayer. Jerry. Jerry Petersson était le propriétaire du château.

– Et votre frère ? » demande Malin.

Elle observe Katarina Fågelsjö. Elle semble lutter. Peut-être que si Malin lui pose des questions ouvertes, elle finira par révéler des secrets qui les feront avancer.

« Il voulait sans doute récupérer le château aussi.

– Est-ce que vous lui en vouliez pour ses investissements hasardeux ?

– Ah, vous êtes au courant ? dit Katarina Fågelsjö en feignant la surprise. Je pense que mon père a fait une erreur en confiant à mon frère la gestion du capital familial. Il n'a jamais été quelqu'un de particulièrement brillant. Après, si je lui en voulais ? Non. Vous avez entendu parler de l'héritage que nous avons reçu du Danemark ? »

Malin hoche la tête.

« Vous ne croyez tout de même pas que nous avons éliminé Petersson pour pouvoir reprendre Skogså ? »

Malin observe Zeke. Il regarde par la fenêtre, elle se demande à quoi il pense. À Karin Johannison ? Peut-être, ou peut-être pas. Tu es marié, Zeke. Mais qui suis-je pour juger des gens ? Nous partageons des secrets, Zeke.

« Vous auriez pu nous dire tout cela au terrain de golf, dit Malin.

– Vous voulez dire sur le practice ? rectifie Katarina Fågelsjö en haussant les épaules.

– À votre avis, pourquoi votre frère a-t-il pris la fuite en nous voyant ?

– Il avait pris le volant alors qu'il était ivre. Il ne survivrait pas à un mois de prison. Il est du genre à avoir peur de tout. Je vous l'ai déjà dit.

– Est-ce que vous vivez seule ici ?

– Oui, je vis seule depuis mon divorce.

– Vous n'avez pas d'enfants ?

– Non. Et Dieu merci.

– Et vous voyez quelqu'un ? Ah oui, le médecin. Est-ce qu'il vit ici ?

– En quoi cela vous regarde-t-il ?

– En rien, pardon. Cela ne nous regarde pas.

– Il n'y a pas d'amour entre nous. Rien que du sexe. De temps en temps. Une femme a ses besoins. Vous savez ce que c'est, non ? »

Un SMS de Tove : « J'ai vu que tu m'avais appelée. J'étais au cinéma. »

C'est vrai.

Elle devait aller au cinéma.

Qu'est-ce que je peux répondre ?

Elle répond : « Merci ! Maintenant je sais. »

Pas de : Est-ce que tu viens ce soir ?

Zeke est au volant. Il va la déposer à son appartement.

Elle n'a pas la force d'avoir de la compagnie ce soir. Ni d'être seule.

Des jupes.

Des pulls.

Des sandalettes.

Ses baskets.

Un album photo.

Malin a retrouvé toute sa vie, réunie en un grand tas derrière la porte de son appartement.

Des sacs et des cartons de vêtements, de chaussures, de livres, entre autres choses. Le tout dans un certain ordre. Lorsque Malin a compris ce qui s'était passé, les larmes lui sont montées aux yeux. Elle s'est alors assise au sol. Elle voulait faire sortir ses larmes, mais elles ne venaient pas.

Jan est donc venu ici avec ses affaires. Il est entré avec le double de sa clé, qu'il a ensuite jetée dans la boîte aux lettres. Elle aurait voulu aller chercher ses affaires elle-même, en espérant que Jan et Tove soient à la maison à ce moment-là, et qu'ils lui demandent de s'asseoir à table, et qu'ils lui servent un bon plat chaud qui aurait brisé la glace et dissipé la soif et la confusion.

Mais rien de tout cela ne s'est passé. À la place, Malin a retrouvé sa vie balancée en un tas d'affaires. À l'entrée de cet appartement qui pue le renfermé, l'humidité et la solitude.

Est-ce que Tove a aidé Jan ? Sont-ils tous les deux contre moi ?

Mais à quoi est-ce que je m'attendais après tout ? Je l'ai frappé, bon sang. Sous les yeux de Tove. Comment ai-je pu ? Je ne vaux pas mieux que ce type et son fils dans cette affaire de crime d'honneur.

Mon Dieu, vous me manquez tellement.

Mais pourquoi est-ce que tu n'es pas là, Tove ? Où es-tu ? Où sont tes affaires ? Tu ne pouvais pas tout apporter d'un seul coup, c'est ça ?

Malin est adossée à la porte. Elle a une bouteille de tequila dans la main, mais n'en boit pas. Elle a ressorti les dossiers concernant l'affaire Maria Murvall de l'un des sacs que Jan a apportés.

Elle les lit.

Elle y voit Maria Murvall, assise sur le sol, exactement comme elle, dans une autre pièce. Seule, enfermée, isolée, vide de tout sentiment. Elle ressent peut-être une peur, au-delà de ce que nous pouvons ressentir.

Malin retourne les dossiers dans tous les sens, comme elle l'a déjà fait des centaines de fois.

Que s'est-il passé dans la forêt, Maria ?

Que faisais-tu là ?

Qui peut bien faire une chose pareille, faire endurer ce que l'on t'a fait endurer ? D'où peut venir une telle soif du mal ?

Le mal s'abat comme un déluge, se dit Malin. Comme une impitoyable tempête d'automne. Comme une coulée de boue qui dévale une montagne et ravage tout sur son passage. Un déluge de mort et de violence qui éteint toute vie sur son chemin et laisse un désert derrière lui, où nous, les survivants, nous nous dévorons afin de survivre entre les tas de cendres.

La colère ressort. Elle se libère.

Malin se relève, laisse ses dossiers et ses affaires dans l'entrée. Elle va dans la chambre de Tove et regarde le lit défait. Elle aimerait tant que sa fille soit là, sur ce lit. Malin se met à pleurer lorsqu'elle se rend compte que ce lit est vide pour toujours. Elle ne pourra jamais plus porter Tove, endormie devant la télé, et la coucher dans son lit. La petite Tove lui a échappé.

Dans le rêve de Malin, l'humidité, l'obscurité et le froid ne font plus qu'un. Ils forment une lumière sombre. Au centre de cette lumière, il y a un secret, et peut-être même plusieurs.

J'ai aimé, dit une voix. J'ai cherché l'amour. J'ai frappé, dit la même voix. J'ai cherché la violence, dit une troisième voix. Des bouts de corps de serpents, découpés à la tondeuse à gazon, s'agitent sous ses yeux et sortent des égouts en grouillant, dans des rues dont elle ne connaît pas le nom.

Puis les voix se taisent, et les serpents mutilés disparaissent.

29

Malin.

Cette maison, c'est la nôtre, se dit Jan, debout dans sa cuisine. Dehors, la nuit est souveraine, hantée par tous les démons qu'il a rencontrés au cours de sa vie.

Malin. Je me sens bien seul ici au milieu de la forêt, sans toi. Ces murs de bois ne peuvent nous contenir tous les deux. Le lit et la couverture de ma mère sont trop petits.

La maison sent l'humidité et la moisissure, à l'affût, prête à envoyer ses spores dans la nuit, comme des moustiques porteurs de maladies.

Taciturne.

Comme un animal silencieux. Notre amour est taciturne. Toi aussi, Malin. Je ne pouvais plus le supporter.

Tu m'as toujours reproché de fuir, je reconnais que je l'ai fait. J'ai fui en m'occupant des autres, de ceux qui avaient besoin de moi, au Rwanda, en Bosnie, ou plus récemment en Éthiopie et au Soudan.

Ils m'avaient appelé la semaine précédente, mais j'avais refusé. Je considérais que j'avais fait mon temps, et que j'allais vivre une vie posée à présent.

C'est toi qui ne veux pas, ou qui n'en as pas le courage, Malin. Et tant que tu refuseras de faire face à tes propres problèmes, je ne pourrai rien pour toi. Ni moi ni personne.

Mais tout cela est terminé, Malin. Je n'en ai rien à faire que tu m'aies frappé. Ni même que tu l'aies fait devant Tove. Elle y survivra. Elle est plus forte que nous. Et plus intelligente aussi. Le problème n'est pas là.

Je resterai toujours ici, et tu y seras toujours la bienvenue. Mais en tant qu'invitée seulement. Il est temps pour nous de couper la chaîne d'un amour et d'un désir que nous avons fait tourner en rond pendant trop longtemps.

Qu'y a-t-il au-delà de cet amour ?

Je n'en sais rien, Malin. Et cela me rend à la fois confiant et effrayé.

Tove.

Est-ce que tu veux que je t'appelle ? Pour te faire la morale ? Tu ne m'appelleras jamais, toi. Tu es trop fière pour cela, et je crois que tu ne t'en rends même pas compte. Mais tout cela va au-delà du coup de téléphone maintenant. Je promets de veiller sur toi, mais je ne peux pas faire grand-chose si tu te laisses glisser sur la mauvaise pente.

Ton chef, Sven, m'a téléphoné aujourd'hui. Je lui ai dit que nous nous étions à nouveau séparés, et que je me faisais du souci pour toi, tout comme lui. Il m'a dit qu'il ne s'était pas rendu compte que tu buvais à ce point. Il m'a dit qu'il songeait à t'envoyer faire un voyage, afin que tu clarifies les choses avec toi-même. C'est une bonne idée, je trouve. Car je ne parviens pas à te faire entendre raison. Il l'a très bien compris. Je lui ai dit qu'entre nous, c'était fini. C'était facile à dire, à lui. Mais je ne suis pas sûr d'arriver à te le dire, en te regardant dans les yeux. Alors je me contente de me tenir à l'écart.

Et sais-tu ce qu'il a répondu, Malin ?

Il a répondu :

« Je vous promets de garder un œil sur elle. Faites-moi confiance. »

Il est de ce genre de personne à qui l'on peut confier ce que l'on aime le plus.

Tu as levé la main sur moi. Mais j'y survivrai. La peine et la douleur passent. Mais je ne peux pas oublier le regard perdu de Tove. Elle a besoin d'avoir des bases solides autour d'elle, et d'être sûre que ce monde est bon et qu'il ne nous veut pas de mal. Car même si elle s'en sort bien, il est de notre responsabilité de la protéger du mal et de lui donner confiance dans le bon côté des choses. C'est de cela dont il s'agit.

Je sais que tu vas te plaindre.

Mais c'est ainsi. Nul besoin de croire en ce que l'on veut faire croire.

Je sais quand il est temps d'aller de l'avant.

Quand la nuit menace de répandre son obscurité sur nos vies.

C'est pourquoi j'ai apporté tes affaires à ton appartement, Malin. Je savais que tu ne serais pas à la maison. C'est tout seul que j'ai monté les escaliers jusqu'à ta porte. J'ai même pris soin de les recouvrir de mon manteau pour éviter qu'elles prennent la pluie sur le chemin entre la maison et la voiture.

Tout cela pour que tu comprennes ce que je n'arriverai jamais à te dire.

Papa ! Papa !

Tove se rend compte qu'elle hurle dans son rêve. Elle fait souvent ce rêve. Sur son forum, les autres ont essayé de lui faire entendre qu'il ne fallait pas avoir peur de ce rêve, mais plutôt le prendre comme un moyen d'apprendre à mieux vivre avec ce qu'il s'est passé l'été dernier.

La silhouette masquée devant elle.

Tove est immobile.

Les voix de papa et maman, très proches, et pourtant déjà trop éloignées. La femme se rapproche, dans l'obscurité. Elle est violente. Tove sait qu'elle cherche à mettre fin aux choses, afin que tout puisse recommencer.

Avec l'aide des autres, Tove a essayé de comprendre la femme qui avait voulu la tuer. Elle a essayé de comprendre d'où venaient toute cette rage et tout ce mal en elle. Et une fois que Tove y est arrivée, sa peur a disparu et elle a appris à vivre avec ce rêve récurrent.

Papa ! Papa !

Il arrive et la sauve des ténèbres, avec maman.

Maman.

Tu es là aussi, dans le rêve.

Tu attends quelque chose.

Tu as l'air de souffrir.

Comment puis-je t'aider ? Je vois bien ta souffrance, et je crois même que je la comprends. Est-ce la raison pour laquelle tu te détournes de moi ?

Tu es devenue ta propre douleur.

Tu es devenue ta propre peur.

Karim Akbar s'est levé. Il inspire l'air de la chambre, vide et sombre. Il ne sent que sa propre odeur. La maison manque d'odeurs maintenant. Des odeurs des autres. Il se sent misérable, là, au milieu de son architecture fonctionnelle du début des années quatre-vingt. Comme un vin qui aurait mal vieilli, les mauvaises qualités prenant le dessus sur les bonnes.

Il avait songé à vendre la maison, et chercher un appartement en ville. Mais il n'avait jamais pu franchir le pas.

Son épouse, partie.

Son fils, parti.

À Malmö. Chez son nouveau compagnon. Ils s'étaient rencontrés à un cours pour assistants sociaux, dispensé par le conseil général à Växjö.

Karim avait cru la tuer lorsqu'elle le lui avait raconté. Mais elle avait été maline. Elle l'avait invité à déjeuner. Déjà là, lorsqu'elle lui avait proposé d'aller manger avec elle, il savait ce qui l'attendait.

Cela fait deux ans qu'elle l'a rencontré, ce Suédois pur sang, qui faisait le même boulot qu'elle.

La carrière de Karim stagne.

Aujourd'hui, il a reçu l'appel d'un chasseur de tête de Göteborg.

Pour le service de l'immigration à Göteborg, où il devrait être tout en haut de la hiérarchie. Mais il hésite.

Ai-je vraiment envie de prendre la responsabilité de renvoyer des gens dans l'enfer auquel ils voulaient échapper ? Ils ont besoin d'une figure de proue. Et ils veulent y mettre un immigré, pour en donner une nouvelle image et déstabiliser les journalistes.

Il lui faut un nouveau départ.

L'affaire sur laquelle ils travaillent.

Jerry Petersson. Fågelsjö. Goldman.

Tous ces privilégiés qui n'arrivent pas à s'entendre, à vivre les uns à côté des autres dans leur richesse sans saveur. Mais peut-être que la violence vient d'ailleurs. Les fermiers ? Qui sait quelle rancune ils avaient pour leur propriétaire. Les inégalités sociales ont toujours engendré des actes de violence, à un moment ou à un autre. L'histoire le démontre.

Quelqu'un qui serait sur le testament, si jamais on en trouve un ? Tout est possible.

La honte.

Il ne s'agit que de cela.

Selon sa culture d'origine, sa femme avait commis le pire des péchés, et elle méritait le châtiment suprême.

Et c'est ce que son instinct lui avait dit de faire.

En premier.

Il doit se l'avouer.

Je ne suis pas si arriéré, se dit Karim.

Il avait fait marche arrière, s'était rendu au restaurant. Il l'avait laissée partir et prendre leur fils avec elle. Il n'a jamais protesté, l'a laissée prendre ce qu'elle voulait dans la maison. Il s'était persuadé que c'était ce qu'il voulait, être généreux et magnanime face à la trahison.

Karim va à la fenêtre. La pluie s'est calmée. Pour combien de temps ?

Il crie le nom de sa femme. Celui de son fils.

Celui de celle qui n'est plus sa femme.

Tout amour vaut mieux que la solitude, se dit-il.

Lovisa Segerberg est couchée, dans sa chambre à l'Hôtel du Nord. Pourtant elle ne dort pas. Les murs sont si fins qu'elle peut sentir le froid et l'humidité se frayer un chemin à l'intérieur. Elle entend un train de marchandises passer devant la gare à quelques centaines de mètres à peine.

Il fait sombre, mais pas suffisamment noir pour pouvoir dormir.

Du lino, un matelas fin Ikea, une douche dans une vieille salle de bains. Mais je ne demande pas plus, se dit

Lovisa. Elle avait parlé avec Patrick vers onze heures. Il n'était pas encore couché. Il travaillait à son bureau. Il lui avait posé des questions sur l'affaire en cours, mais elle n'avait pas voulu en parler. Elle lui avait simplement dit qu'il lui manquait, et qu'elle ne savait pas combien de temps elle devrait encore rester à Linköping.

Bisous. Je t'embrasse.

À très vite, mon amour. Comme s'il était là, dans la pièce, aussi présent, chaud et réel que lors de leur première nuit passée ensemble. Ils vont se marier l'été prochain. Et vivre leur vie ensemble. Elle sera longue et merveilleuse. Ils ne chercheront jamais à faire de drames, comme tous ces autres cons qui se gâchent la vie. Comme Malin Fors, d'après ce que l'on m'a dit au commissariat. Elle sentait l'alcool aujourd'hui. L'alcool de la veille. Apparemment tout le monde s'en fiche. Personne n'en a parlé en tout cas. Mais je ne sais pas encore tout ce qu'il se trame dans les coulisses.

Quelle équipe, se dit Lovisa. Waldemar, ce nigaud sexiste, mais pas dangereux au fond. Et Sven Sjöman, le chef que tout policier rêverait d'avoir.

Lovisa regarde le plafond gris.

Patrick, où est ton corps ? Où puis-je le trouver pour que nous soyons réunis ?

Zeke s'est levé discrètement.

Il fait encore sombre dehors. Dans le jardin, les arbres et les buissons ont l'air brûlés. Ils ressemblent à des squelettes préhistoriques.

Il boit son café à petites gorgées.

Il pense à Malin.

Cette dernière année l'a anéantie.

Il se dit qu'il devrait garder un œil sur elle, mais qu'il ne peut probablement pas faire grand-chose de plus. Il peut lui donner des chewing-gums, afin que les autres ne remarquent pas l'odeur d'alcool. Il peut l'empêcher de prendre le volant. Il l'imagine dans son appartement, une bouteille de tequila à la main.

Peut-être devrais-je en parler à Sven, pense Zeke. Il y a déjà pensé, mais Malin verrait cela comme une trahison.

Elle picole vraiment trop.

Ses démons sont à ses trousses. Ils lui mordent les talons.

Tu saignes des talons, Malin, pense Zeke, avant de remarquer que la pluie s'est remise à tomber.

Il a arrêté de fumer il y a longtemps. Mais ce matin, il a envie d'une cigarette.

Il ferme les yeux. Voit le corps de Karin Johannison. Son corps doux et ferme, devant lui. Mais qu'est-ce que nous sommes en train de faire, bon sang ? Alors que là, dans la chambre, il y a Gunilla. Je l'aime, se dit Zeke. Je l'aime tellement. Bien que je puisse lui mentir en la regardant dans les yeux.

Waldemar Ekenberg est en train de fumer, dehors, sur la terrasse de son jardin.

La pluie fait du bruit sur le toit en plastique. L'aube pointe lentement au-dessus de Mjölby, et le ciel prend presque la même couleur que le bleu que Waldemar a sur la joue.

Il a raconté ce qui s'est passé à sa femme. Comme à chaque fois qu'il lui raconte les coups durs qu'il reçoit dans son travail, elle ne s'est pas inquiétée, mais a seulement dit :

« Tu ne retiens jamais la leçon. »

Il pense à tous les documents de Petersson. Il les maudit, encore surpris que l'on puisse accumuler autant de documents au cours d'une vie aussi courte.

La fumée dans ses poumons.

Il n'y a pas de justice lorsque l'on voit qu'un gratte-papier comme Petersson vivait dans un château, tandis que de simples et honnêtes employés se retrouvent quasiment à la rue quand les usines et les ateliers doivent fermer. Des centaines de milliers de postes supprimés dans l'industrie suédoise. Où est-elle, cette fausse solidarité dont le gouvernement est si fier ?

Où vont-ils aller, ces ouvriers ?

Il éteint sa cigarette dans la boîte à café.

Et il se dit :

Et moi, qu'est-ce que j'aurais fait si je n'avais pas été flic ? Je serais certainement un vigile de supermarché, que l'on accuserait d'actes de violence sur client insolent.

Johan Jakobsson est dans son lit. De chaque côté de lui, ses enfants dorment. Ils sont revenus de chez ses beaux-parents, à Nässjö, en début de soirée.

À côté, son épouse dort aussi.

Il l'écoute respirer et se dit qu'il a de la chance de l'avoir. Qu'il a de la chance d'avoir sa famille autour de lui.

Elle est sa meilleure amie, et il est son meilleur ami, pour le meilleur et pour le pire.

Et des amis valent bien autant qu'une famille ? Qu'un père ?

Non. Mais presque.

30

Lundi 27 octobre

Il est tôt.

Sven Sjöman regarde par la fenêtre, par-dessus les chaises vides et le grand bureau. Le monde est bleu gris. Comme un nouveau-né.

Sven inspire les odeurs de papier et de transpiration. La lumière du néon se mêle au gris de la lumière extérieure. Il pense à tous les enquêteurs qu'il a vus passer au cours de sa carrière. Malin fait partie des meilleurs, elle est peut-être même la meilleure d'entre tous. Elle sait écouter les voix silencieuses qui lui parlent au cours des enquêtes, elle sait faire sortir la vérité de l'éventail d'hypothèses et de déclarations que l'on accumule.

Mais cela la tue.

Cette conversation avec son mari, ou plutôt ex-mari, hier. Jan. Un mec bien, raisonnable. Il a encore appelé. Il était inquiet à son sujet.

Je le suis aussi, se dit Sven. Mais j'ai enfin trouvé ce que j'allais faire pour l'aider sans en avoir l'air. Mais si elle a des soupçons, elle risque d'être furieuse. Et peut-être même de refuser de partir. Jan pense que c'est une brillante idée en tout cas.

Malin en est à un point où tout semble la ronger davantage. C'est comme si tout était tout près de sa peau, et qu'il suffisait d'un mouvement de travers pour qu'elle brûle.

Johan, Zeke, Börje, Waldemar.

Börje est chez lui avec son épouse. La prochaine poussée de sclérose en plaques risque probablement de lui coûter la vie.

Comme Malin, Börje est très affecté par ses problèmes personnels. Mais c'est moins visible que chez Malin. Il semble avoir la capacité de se réjouir des moments qu'il partage avec sa femme.

Waldemar. Il va péter les plombs, enfermé dans cette pièce avec tous ces papiers. Mais il y a bien un moment où ses talents douteux vont me servir. Je suis contre sa manière de procéder, contre sa violence. Mais je ne suis pas naïf, et je sais que cela peut servir parfois. C'est pourquoi je n'ai pas émis de veto lorsqu'il est revenu de Mjölby. Dieu sait comment il s'est fait ces bleus sur le visage, encore. Mais il ne se plaint pas. Lorsque l'on travaille comme lui, on risque de tirer le mauvais numéro parfois.

Petersson. Qui sait ce qu'il cache ? Les gens sont capables de tout dès lors qu'on les dépossède de leur argent.

Sven soupire. Il pense à son frère, un entrepreneur. Puis il pense à l'époque où il s'est lui-même porté garant pour l'aider à démarrer une nouvelle activité. Il avait été obligé de vendre sa maison à Karlstad pour pouvoir rembourser la banque lorsque l'entreprise de son frère avait fait faillite.

Quelques années plus tard, son frère avait décroché le gros lot en vendant sa nouvelle entreprise. Sven lui avait alors demandé de rembourser la banque. Ils étaient tous les deux, sur la terrasse de la maison du frère, et celui-ci lui avait répondu, avec un visage inexpressif :

« C'est ça les affaires, frangin. Tu as pris un risque et tu as perdu. On va pas commencer à tout mélanger. »

Sven est resté pour le dîner ce soir-là.

Mais il n'a plus jamais parlé à son frère depuis.

Il ouvre le *Corren* sur le bureau. Ils penchent vers les mêmes pistes qu'eux : les Fågelsjö, Goldman. Le business.

L'argent. La fraternité.

Qui Jerry Petersson a-t-il rendu si furieux, si triste, ou si déçu qu'il en a fini dans les douves de son château ?

Les autres ont l'air tout aussi fatigués que je le suis, se dit Malin en regardant ses collègues rassemblés pour la première réunion de la semaine.

Il est 8 h 30.

Johan Jakobsson a des cernes. Waldemar Ekenberg a visiblement trop fumé. Lovisa Segerberg a l'air d'avoir mal dormi à l'hôtel, mais ils ont de très mauvais lits là-bas. Sven Sjöman est le seul à être en forme. Karim Akbar a l'air apathique, mais il porte un costume d'un gris éclatant, comme toujours bien repassé, avec une cravate bordeaux certainement choisie avec soin.

Le silence s'installe dans la pièce. Ils reviennent sur les mensonges des Fågelsjö concernant leurs finances, et sur leurs autres découvertes. Fredrik Fågelsjö a perdu beaucoup d'argent et a dû vendre. Les Fågelsjö ont ensuite reçu un héritage avec lequel ils ont voulu racheter Skogså. Mais Petersson a refusé, malgré une offre tout à fait généreuse. Axel Fågelsjö n'a pas voulu ouvrir à Malin et Zeke. Mais ils ont pu parler avec Katarina. Fredrik s'est mis à parler lors d'un entretien plus informel. Il a déclaré être allé voir Petersson le soir avant le meurtre, mais rien ne se serait passé. Il aurait juste mis Petersson au pied du mur. Lui aussi désirait donc récupérer le château.

« S'il y était le soir avant le meurtre, alors il n'a pas pu l'assassiner, dit Sven. Le rapport de Karin indique qu'il est mort tôt le matin, et qu'il est mort sur le coup. Si l'on reprend la chronologie de ses dernières vingt-quatre heures, il ne semble pas avoir vu quelqu'un d'autre que Fredrik Fågelsjö. Il n'a passé qu'un seul coup de fil, apparemment à sa femme de ménage, une femme d'origine philippine, avec un excellent alibi, qui n'avait pas été au château depuis une semaine.

– Si c'est Fredrik Fågelsjö qui l'a tué, cela veut dire qu'il y est retourné le matin, dit Malin. Mais il a un alibi, sa femme. Nous ne pouvons cependant pas en être sûrs, il ne s'agit après tout que d'un alibi entre deux époux.

– Et la femme de ménage ? demande Waldemar. C'est quoi son alibi ?

– C'est Aronsson qui l'a interrogée, répond Sven. Cette femme est la vertu incarnée. Et puis, si c'était elle, elle aurait certainement dévalisé le château, non ? »

Ils passent ensuite en revue le reste de l'enquête, mais il y a bien peu d'informations nouvelles.

« On a regardé les mails de Petersson, dit Johan. Et Telia nous a envoyé la liste d'appels téléphoniques hier. De son portable comme de son fixe. Mais on n'a rien repéré de particulier, si ce n'est deux appels reçus d'une cabine téléphonique située près d'Ikea.

– Et qu'est-ce que cela a d'étonnant ? demande Karim.

– Rien, mais ce sont les deux seuls appels dont nous n'avons pas pu identifier l'interlocuteur, c'est tout. Sachant que de nos jours, tout le monde a un portable.

– Quelle cabine ?

– Une cabine sur le parking.

– Y a-t-il une chance que l'on puisse la voir sur une caméra de surveillance ?

– Malheureusement non, j'ai déjà vérifié. Il n'y a aucune caméra à cet endroit-là. Et la conversation date d'il y a plusieurs mois. Donc retrouver des témoins relève quasiment de l'impossible. »

Le silence s'installe à nouveau. Puis Karim reprend la parole :

« Avons-nous recueilli des témoignages ?

– C'est resté incroyablement calme de ce côté-là, dit Sven. Je pensais qu'on croulerait sous les informations concernant les activités de Petersson, mais c'est à croire qu'il était du genre à ne laisser que des gens et des clients satisfaits derrière lui.

– Ça existe, ce genre d'avocat ? demande Zeke.

– Non, répond Waldemar.

– Et on n'a toujours pas retrouvé l'arme du crime, dit Sven.

– Quelle est la prochaine étape, demande Karin ?

– Le groupe "paperasse" continue de creuser, dit Sven, et d'essayer de trouver pourquoi la boîte de Jochen Goldman et Petersson allait si mal. Malin et Zeke, vous allez essayer de vous entretenir avec Axel Fågelsjö. S'il refuse, vous pouvez toujours l'amener ici. Après tout, il se peut très bien que les Fågelsjö aient vraiment tué Petersson pour pouvoir racheter le château à l'héritier.

– Penses-tu qu'ils aient pu engager quelqu'un pour le faire à leur place ? demande Malin.

– Non, impossible. J'y ai pensé, mais rien de ce que nous avons actuellement ne va dans ce sens. »

Malin hoche la tête.

« C'est le père de Petersson qui hérite du château, dit-elle. À moins qu'il y ait un enfant caché ou une femme épousée à l'étranger qui se montre d'ici là.

– Il y a des gens qui sont morts pour moins que ça », dit Waldemar.

Sven décroche à la troisième sonnerie.

L'écran affiche un numéro inconnu, pourtant l'appel est directement venu sur son téléphone, sans passer par le standard.

Dans le bureau, le calme matinal a désormais fait place à l'agitation, et toute la pièce est imprégnée d'une odeur de café.

Les policiers, en uniforme ou en civil, vont, viennent, parlent au téléphone. Ils sont stressés, débordés.

« Sven Sjöman à l'appareil.

– Bonjour. Ici Peter Svenungsson d'Interpol à Stockholm.

– Bonjour.

– J'ai vu sur Internet que Jerry Petersson a été assassiné.

– C'est exact. Il a été retrouvé mort dans les douves de son château par des chasseurs.

– J'ai quelque chose qui pourrait vous intéresser.

– Allez-y. Toute information est bonne à prendre.

– Vous savez certainement que Petersson était l'avocat de Jochen Goldman quand celui-ci se cachait. Un jour, on a été à deux doigts de coincer Goldman. On nous avait informé qu'il serait à Verbier en Suisse. On touchait au but, mais il a réussi à s'échapper encore une fois.

– Et ?

– Et c'était Petersson qui nous avait filé le tuyau. »

Le cœur de Sven semble s'arrêter une seconde.

« C'est pas vrai ?

– Il ne nous a donné aucune explication. Il était conscient qu'il était en train de briser le secret professionnel. Mais on lui a promis qu'il resterait anonyme.

– Merci pour l'information. C'est arrivé quand ?

– Il y a trois ans, à l'automne. Je me souviens bien. Juste avant la sortie du deuxième livre de Goldman. Si vous voulez mon avis, vous devriez enquêter minutieusement du côté de cet homme. Si bien sûr cela a à voir avec ce satané fugitif. Et il peut très bien avoir attendu des années avant que l'occasion de se venger ne se présente. Il en est tout à fait capable. »

Sven s'assied sur le bord du bureau de Zeke.

« Donc tu penses que Goldman a appris que Petersson l'avait vendu, et qu'il a voulu se venger ? demande Malin, pensant que Sven voulait ajouter quelque chose, mais qu'il le gardait pour lui.

– C'est possible », dit Zeke.

Sven acquiesce.

« Goldman n'est pas du genre à laisser quelqu'un le trahir sans rien faire. Vous ne croyez pas ? »

Malin pense à Ténérife. À maman et papa sur leur balcon, comme des mannequins dans un catalogue qui vend du rêve aux retraités.

Du soleil, de la chaleur.

Plus de nuage, plus de froid, plus d'obscurité, ni de pluie ni de grêle.

Rien que de la lumière.

La belle vie. L'insouciance. La rédemption, comme le diraient ces cons d'étudiants croyants qui ont loué son appartement.

31

Sven a laissé Malin et Zeke à leur bureau.

« On devrait à nouveau essayer d'avoir une petite conversation avec Goldman, dit Malin. Une confrontation, même. Pour voir comment il réagit.

– Appelle-le.

– Malin compose le numéro. Elle laisse sonner une dizaine de fois. Pas de réponse.

– Elle secoue la tête.

– Il a pu envoyer un tueur, avance Zeke. Il faut vérifier les activités des tueurs à gages qu'on connaît.

– Le bouquin. Segerberg a bien dit que le premier bouquin de Goldman ne s'est pas bien vendu, non ? Moins bien que prévu en tout cas. Et s'ils avaient monté une boîte ensemble, ils devaient se partager les revenus.

– Tu penses que Petersson a voulu faire coincer Goldman pour faire parler du livre ? Pour faire remonter les ventes ?

– Pourquoi pas ? Sven a bien dit qu'Interpol a reçu l'appel de Petersson à peu près au moment de la sortie du livre.

– Mais pourquoi aurait-il fait une chose pareille ? Il était déjà assez riche.

– Les gens en veulent toujours plus. Et les affaires sont les affaires. C'est une question de principes.

– Comme pour Fredrik Fågelsjö. Il a commencé par de petits bénéfices, puis il a voulu gagner plus. Et il a tout perdu.

– L'avidité. Un défaut qui a coûté la vie à plus d'un. »

Arrêtez, avec ces livres.

Vous croyez vraiment que c'est l'avidité qui m'a tué ?

Publier des livres n'est pourtant pas vraiment la chose à faire si l'on veut gagner beaucoup d'argent.

Nous avons imprimé le second livre nous-mêmes, et l'avons publié via notre propre maison d'édition. Nous savions qu'il allait bien mieux se vendre que le premier, alors pourquoi donner l'argent à d'autres ? Nous regardions notre livre avec les yeux des parents qui regardent leur enfant.

Mais quasiment aucune de ces satanées librairies ne voulait l'acheter. Et faire imprimer cinquante mille exemplaires m'a coûté beaucoup d'argent. Ce livre avait vraiment besoin d'un coup de projecteur.

Alors j'ai appelé la police.

Et j'ai balancé Jochen.

Mais il a eu le temps de s'échapper. Il avait certainement son propre indic. Mais je n'ai jamais craint qu'il ne découvre la vérité. Je fais confiance au policier que j'ai appelé. Et j'aurais toujours pu nier et prétendre que c'est l'un de ses proches qui a dû le trahir. Après tout, nous étions quelques-uns à savoir où il se trouvait.

C'est mesquin, je sais.

Mais ça a marché. Les médias ont parlé de Jochen, et le livre a commencé à se vendre. Mais nous n'en avons vendu que cinq mille. Les bénéfices étaient moindres.

En affaires, je n'obéis qu'à un seul principe : celui de la clôture des livres. Il faut que le bilan soit bon, quel qu'en soit le prix.

Les affaires sont les affaires.

Si je n'avais pas gagné de l'argent sur le dos de Jochen Goldman, qu'est-ce que j'aurais bien pu tirer de lui, en fin de compte ? Il n'y a rien de plus éphémère que l'amitié.

Mais je sais aussi où sa cruauté et sa vanité peuvent le mener, quelles portes elles peuvent lui ouvrir.

Cette fois, Axel Fågelsjö les laisse entrer, et les invite à aller s'asseoir dans son salon, pendant qu'il va chercher du café et des brioches à la cuisine.

Au mur, les panneaux en bois brillent comme s'ils venaient d'être laqués.

Malin doute qu'Axel Fågelsjö ait déjà vu une moulure en plastique en photo. Celui-ci arrive avec un plateau dans les mains.

« Je savais que vous alliez revenir, dit-il en servant le café et les brioches à la cannelle. Je m'excuse de ne pas avoir dit toute la vérité.

– Pourquoi nous avez-vous menti sur la vente de Skogså ? Pourquoi ne nous avez-vous pas dit que vous ne vouliez pas vendre ? demande Zeke.

– C'est pourtant évident. Cela aurait été compromettant pour notre famille et pour Fredrik, c'est certain.

– Mais le fait que vous ayez menti, dit Malin, rend la chose plus compromettante encore. »

À ce moment-là, la bienveillance d'Axel Fågelsjö disparaît. Malin voit son visage se fermer, comme si ses joues roses et rondes se dégonflaient soudainement.

« Quant à Fredrik, pourquoi a-t-il pris la fuite en nous voyant, selon vous ? Nous voulions seulement lui parler.

– Il a eu peur de finir en prison. Il a paniqué. Plus ou moins.

– Donc vous ne pensez pas qu'il ait pu retourner à Skogså vendredi matin ? Nous savons que… »

Axel se lève, déployant sa silhouette imposante. Il leur crie dessus avec rage, faisant tomber des gouttes de café et des miettes de brioche.

« Qui diable vous a permis de venir ici pour mettre votre nez dans les affaires des autres ? Vous n'avez aucune preuve ! »

Zeke fait son regard d'acier, qui perce celui d'Axel Fågelsjö.

« Maintenant ça suffit vieux con. Vous vous asseyez immédiatement et vous vous calmez. »

Axel Fågelsjö se dirige vers la fenêtre qui donne sur le jardin. Ses bras tombent le long de son corps.

« Je confirme tout ce que Fredrik vous a dit. J'ai bien tenté de racheter Skogså. Mais nous n'avons rien à voir avec le meurtre. Veuillez partir s'il vous plaît. Si vous voulez m'interroger à nouveau, il va falloir me convoquer à un entretien formel. Mais je peux vous garantir que cela ne vous servira à rien.

– Qu'est-ce que cela fait de se voir dire non ? » demande Malin.

Axel Fågelsjö ne bouge pas.

« Est-ce que vous en vouliez à Fredrik ? » poursuit-elle.

Malin voit une rage invisible et silencieuse s'emparer du corps du comte. Elle se dit que si quelqu'un devait être en colère, cela ne devrait pas être Axel Fågelsjö, mais Jerry Petersson.

« Et que faisiez-vous ce matin-là ? demande-t-elle agressivement. Hein ? Seriez-vous allé à Skogså, afin d'assassiner Petersson ? Ou afin d'essayer de le convaincre, chose que votre fils n'a pas réussi à faire ? Et voyant que cela ne marchait pas comme vous l'aviez prévu, vous l'auriez alors tué ? »

Les mots jaillissent de la bouche de Malin.

Elle cherche à fouetter le vieil homme à coups de questions, à l'effrayer pour lui faire cracher la vérité. Je ne vais certainement pas reculer devant un type comme toi.

« Peut-être avez-vous engagé quelqu'un pour le faire à votre place ?

– Partez, maintenant, dit Axel Fågelsjö calmement. Vous connaissez le chemin. Je ne veux plus entendre parler de Petersson. »

Mais tu n'as pas fini d'entendre parler de moi, pense Malin.

Dans la cage d'escalier, ils croisent un journaliste et un photographe. Malin les reconnaît, ils travaillent pour l'*Aftonbladet.*

« Bonne chance avec le vieux, leur murmure-t-elle. Mettez-lui la pression. »

Sven Sjöman mange une salade que sa femme lui a fait apporter au bureau ce matin.

Bâtonnets de crabe et roquette.

L'odeur artificielle de fruits de mer lui rappelle l'ammoniaque. Il est seul dans la salle de repos. Il avait déjà faim à onze heures, puisqu'il s'est levé tôt. Les chaises métalliques ont l'air inconfortables quand on les voit. L'un des murs de la pièce est décoré d'une horrible toile représentant un panorama de Linköping, sous un ciel d'automne, comme aujourd'hui. Des corbeaux, proportionnellement invraisemblables, croassent autour de la flèche de la cathédrale. Et un chat gris, extrêmement mal dessiné, est assis sur le toit du château de Linköping.

Cette salade est bonne pour les lapins.

Mais pas pour Sven, pas aujourd'hui. Il lui aurait fallu quelque chose de plus consistant. Avec un bon jarret de porc.

Il avait raconté à Karim sa conversation avec Interpol, et la tentative de Malin de joindre Goldman à nouveau.

Il prend une dernière bouchée de sa salade, en pensant : que vaut-il mieux ? Vivre une vie courte mais heureuse, ou une vie misérable mais longue ?

À cet instant, il a la certitude que Malin a besoin de prendre le large, même si ce doit être dans le cadre de son travail. Il demandera à Karim de lui en parler, afin qu'elle ne se doute de rien.

Waldemar Ekenberg s'approche du bureau de Malin et Zeke. Ils mangent les sandwichs achetés à la station-service de la rue Djurgårdsgatan.

« Vous avez pu tirer quelque chose d'Axel Fågelsjö ? »

Malin secoue la tête.

« Il cache quelque chose, répond-elle.

– Tu crois ? C'est ton intuition féminine qui parle ? »

Elle lui lance un regard agacé.

« J'aimerais bien manger mon sandwich en paix. »

Au moment où elle prononce ces mots, Karim Akbar vient à son bureau.

Il pose la main sur son épaule, fait un signe de tête à Zeke et à Waldemar, et dit :

« Malin, est-ce que cela te dirait d'aller à Ténérife pour interroger Jochen Goldman ? »

Malin ferme les yeux, laissant la question de Karim sans réponse.

Le soleil.

La chaleur.

Maman. Papa. Tove et Jan, loin d'elle. Tout ce qu'il lui faut.

« Alors, tu en dis quoi ? Tu pourras faire pression sur lui. Il est certainement chez lui, dit Karim.

– D'accord, répond immédiatement Malin. C'est une idée de Sven ? Il pense que j'ai besoin de prendre le large, c'est ça ? C'est bien ça, non ?

– Malin, tu es paranoïaque. C'est pour l'enquête. Et puis, un peu de soleil te fera du bien. Et tu n'es jamais allée voir tes parents là-bas, je me trompe ? »

Malin regarde Karim avec suspicion. Ses yeux semblent vouloir l'envoyer au diable.

« Jan est à la maison ? » demande-t-il.

Il y a dans sa voix un ton particulier. Comme s'il se débarrassait de la formalité. Malin est perturbée.

Elle pense savoir où il veut en venir.

« Tove peut... »

Puis elle se rend compte: Karim n'est pas au courant de leur séparation, et il n'a pas à savoir. Ou peut-être qu'il sait déjà ?

« Jan s'occupera de Tove, dit-elle ensuite.

– Très bien. Je te prends un billet pour demain. Fais tes bagages. Sois prête à partir demain. Et sois prudente. Tu sais ce que l'on dit de lui. »

Malin est seule dans la salle de repos, près de la cafetière. Son portable dans la main. Elle a envie d'appeler Tove, mais elle sait qu'elle est à l'école à l'heure qu'il est.

Elle voudrait appeler Jan. Mais pour dire quoi ? En tout cas, il faut qu'elle l'informe de son voyage. Elle pourrait aussi appeler Daniel Högfeldt, pour baiser un coup. Ou elle pourrait aller au restaurant Hamlet pour se mettre une mine. Ces deux dernières possibilités ont quelque chose de tout à fait tentant. Mais elle doit travailler, puis préparer ses affaires.

Est-ce que je dois appeler maman et papa ? Pour leur dire que j'arrive demain ? Je sais qu'ils n'aiment pas les surprises, je risque de provoquer une panique en débarquant à l'improviste. Mais je dois tout de même les appeler. Il faut que je les voie, même si je n'en ai pas envie. Je ne leur ai pas dit que Jan et moi nous sommes séparés, que Tove habite toujours chez lui, qu'elle ne va pas emménager chez moi. Et s'ils avaient appelé là-bas ? Papa appelle parfois. Jan n'aurait tout de même rien dit ?

Cela va me faire du bien de sortir de ce trou pendant quelques jours.

D'une certaine manière, pense-t-elle, on peut toujours voir Jerry Petersson comme le produit ultime de la ville, Linköping, dont les habitants perdent leurs racines à force de courir après l'argent et le matériel, le statut et le ridicule qui vont avec. Regarde maman, elle n'a jamais réussi à se sentir chez elle quelque part. Je n'y crois pas. Malin pense à la maison de Jan, et à l'appartement. Cela la fait souffrir, alors elle chasse cette pensée de son esprit. Elle refuse de s'avouer qu'elle est, de bien trop de manières, pareille que sa mère. Elle repense plutôt à Jerry Petersson, qui a toujours voulu être quelque chose qu'il ne pouvait pas être. Il a trahi sa classe. Typique. Comme un bon chien qui ne pourra jamais gagner aucune compétition, tout simplement parce qu'il n'a pas le bon pedigree.

Je hais la famille Fågelsjö, se dit-elle. Et ce qu'elle représente. Mais pris individuellement, je ne peux pas les haïr. Elle revoit Katarina Fågelsjö, assise sur son canapé. Elle revoit son regard et se demande d'où vient la tristesse qu'il exprime. De sa maternité ratée ? D'autre chose encore ?

Malin prend sa tasse de café et penche le nez au-dessus du liquide noir. Puis elle retourne à son bureau.

« Et moi ? Tu ne m'as rien pris ? demande Zeke lorsqu'il voit la tasse de Malin.

– Désolée », répond Malin en s'asseyant.

Zeke va se chercher un café dans la salle de repos.

Malin apprécie la chaleur de son café. Le liquide lui brûle les lèvres. Jusqu'à ce que la voix de Johan Jakobsson la fasse sursauter.

Il lui tend une liasse de papiers.

« Les dames des archives viennent de trouver ceci, dit-il. Ces documents indiquent que Jerry Petersson a eu un accident de voiture lorsqu'il avait dix-neuf ans. Le jour de la Saint-Sylvestre. Au retour d'une fête. Il était passager, assis devant. Les deux qui étaient sur la banquette arrière s'en sont moins bien sortis. Un garçon est mort et une jeune fille a eu de sévères lésions crâniennes. »

Malin ne se souvient pas avoir entendu parler de cet accident dans les médias. Elle devait être trop jeune pour y avoir prêté attention.

« Et tu sais en quoi cet événement complique les choses ? demande Johan. L'accident s'est produit sur les terres des Fågelsjö. »

DEUXIÈME PARTIE

LA PLUIE D'UN NUAGE DISPARU À JAMAIS

Östergötland, octobre

LES ŒUFS craquellent. Des petits vers. Encore et encore. Ils font bouillir mon sang.

Mais commençons plutôt comme ça : imaginons que ce soit un film.

Un film sur la vie de quelqu'un où chaque instant est capté dans un angle de vue parfait.

Mon film n'est ni en noir et blanc ni en Technicolor. Il est rouge et sépia, une longue traversée dans un silence oppressant.

Je vois des milliers de personnes sur les images.

Elles passent devant moi en vacillant, mais ne reviennent jamais. Rien ni personne ne reste, la solitude est omniprésente.

Dans les visages des hommes, on ne lit pas de dégoût, juste du désintérêt. La plupart ne me voient pas. Je suis un être aérien, tel un contour transparent dans un paysage qui défile. Autrefois, j'avais quelque chose à quoi me raccrocher, mais j'ai appris à être libre. Enfin, ai-je vraiment réussi ? Je me suis peut-être juste fait des illusions, pour tenir le coup.

Et maintenant ? Après tout ce qui s'est passé ? Lui qui flottait dans l'eau sombre et froide. Je ne me fais pas d'illusions, personne ne me pardonnera ni me comprendra.

Mais la colère m'a fait du bien. Peu importe contre qui elle était dirigée. Et puis, il l'avait mérité. J'ai eu l'impression de sentir les vers quitter mon corps. Il est devenu calme et puissant. Je serais capable de le refaire, rien que pour revivre cette sensation, lorsque les vers se calment et que je deviens celui que j'aurais pu, ou dû devenir.

Cette violence provient de toi, père, tu es l'homme sur les photos, tu me poursuis, tu me frappes, tu te fous que les autres me courent après, me frappent et fassent de moi la personne la plus basse au monde, et personne, personne ne s'en soucie, personne ne vient à mon secours.

À part lui. Il vient.

Les images changent. J'ai un ami. Un vrai ami. Il me sauve.

Je sens le souffle chaud de l'apothéose dans ma nuque. Peu importe ce que je fais, il faut que je me protège, c'est la seule manière dont nous pouvons survivre.

Ils me poursuivent encore à présent, ils essaient de savoir qui je suis. Mais ils ne m'auront pas, c'est mon tour. Je ne regrette rien, je viens juste de remettre de l'ordre. Je ressens à la fois la tension du chasseur et celle de la proie. J'aimerais que la violence m'offre une nouvelle fois cette sensation de calme, bien que ce soit interdit.

Je possède toutes les nuances de solitude qui existent dans ce monde, toutes sortes de peurs silencieuses et muettes.

Père.

Tu cours avec ta caméra, la cigarette coincée dans ta main libre. Tu la lèves, amère, apeurée, cette main aux ongles jaunis par la nicotine. Tu bouges comme un danseur en frappant le corps allongé par terre. Je ne veux pas être ce corps-là.

Mais tu n'existes plus, père. Maintenant, je suis même capable de toucher les intouchables. J'ai attendu sous l'arbre, devant la porte du cœur du Mal. C'est peut-être le moment pour moi d'agir, malgré tout.

Vous, les garçons, qui me détestez. Vous n'existez pas.

Et puis, tu es parti, toi, mon sauveur, mon ami.

Comme tous les autres, tu as disparu.

32

Mardi 28 octobre

Viva Las Palmas. Viva Las Palmas.

La chanson de ZZ Top résonne dans la tête de Malin, lorsqu'elle descend de l'avion pour se diriger vers le bus qui doit l'emmener au hall d'arrivée.

Le soleil brûle et la lumière de l'après-midi lui fait plisser les yeux, sa gorge est sèche et son pull trop épais. Ça sent la chaleur ici, sucrée et bouillante, comme si le monde couvait quelque chose.

La sueur perle sur son front.

Au moins trente degrés, pas de doute.

Des palmiers s'agitent près de hangars gigantesques, de l'herbe brûlée s'étend entre les pistes d'atterrissage, et au loin, derrière les rayons du soleil, Malin aperçoit une montagne. Viva Las Palmas. Vegas. La vie est un grand jeu de merde, jette les dés et tu verras où tu iras.

Mais elle n'est même pas à Las Palmas, elle est à Tenerife Airport, et elle pense que toutes ces putain d'îles, c'est la même merde de toute façon.

Peu après, des passagers de charter hurlants se bousculent autour d'elle dans le bus.

Il démarre.

Elle a appelé ses parents hier. La voix de son père trahissait la panique : « Quoi ? Tu arrives demain ? Pour une affaire ? Quel genre d'affaire ? Pourquoi ici ? Tu vas loger à l'hôtel ? Bien, non, vu qu'on n'a pas eu le temps de se préparer, viens chez nous pour dîner, une fois que tu te seras installée. Venir te chercher ? Demain, à deux heures ? Impossible, on a une partie de golf à l'Abama. Il faudrait que tu voies ce green, Malin, le plus beau de l'île, les gens s'arrachent les places. »

Le bus s'arrête.

Malin traîne sa lourde valise vers la sortie.

Tout à coup, la chaleur paraît douce et agréable. Il ne fait ni trop chaud, ni trop froid, et elle se réjouit d'échapper à cette maudite pluie.

« Un taxi, madame ? » « Une limousine ? »

Les chauffeurs de taxi s'alignent derrière un long portail en béton blanc.

Ils sont appuyés devant leur voiture, clope au bec, et apparemment peu motivés à l'emmener à Playa de las Américas.

Elle fouille la poche de sa jupe à la recherche du papier sur lequel elle a noté le nom de l'hôtel, l'effort la fait suer plus encore.

En face, un petit homme gros et chauve lui fait signe d'approcher.

« Taxi ? »

Malin hoche la tête. L'homme saisit la valise et la range brutalement dans le coffre de sa voiture.

Elle monte à l'arrière.

Pas de clim.

Le pull et la jupe collent au cuir noir de la banquette. En fixant le rétroviseur, elle remarque le regard interrogateur du chauffeur.

« *Where to* ? dit-il.

– Hotel Pelicano » répond Malin. Le chauffeur fronce les sourcils, inquiet, comme s'il craignait qu'elle n'ait pas les moyens de payer.

Vingt minutes plus tard, Malin est assise sur un lit branlant dans une petite pièce éclairée par deux minuscules fenêtres. Dans un coin, la climatisation gémit. La peinture grise aux murs s'écaille et le lino jaune est parsemé de traces de brûlure.

Rebecka, la nouvelle standardiste du commissariat, avait réservé l'hôtel. Le budget accordé par Karim était très serré.

Un bar à putes de chaque côté de l'hôtel, au moins deux kilomètres jusqu'à la plage de Playa de las Américas, pas de hall digne de ce nom, juste une réception délabrée où un homme d'une cinquantaine d'années aux cheveux épars l'avait accueilli en disant : « *Room already paid.* »

Malin se relève.

Elle a envie de nager. Mais l'hôtel n'a pas de piscine.

La salle de bains semble en bon état, mais pue les égouts. Pas de baignoire, mais une douche. Elle veut se laver avant de se rendre au poste de police local. Ils ont été prévenus de sa venue et lui ont proposé leur aide.

Malin se regarde dans le miroir.

Elle voit le visage de Tove à côté du sien et se dit que sa fille ressemble vraiment à Jan, en fait. Hier, elle a appelé Tove. D'abord, elle avait prévu d'aller la chercher à l'école pour la ramener à l'appartement, lui faire à manger, lui parler, la border, tout ce qu'elle devrait faire, mais au lieu de ça, elle l'avait appelée, craignant de ne pas avoir la force de partir si elle la voyait et la tenait dans ses bras.

Elle lui avait raconté qu'elle allait devoir partir dans le cadre d'une affaire, seulement quelques jours. Tove avait répondu durement :

« Maintenant tu fais comme papa, tu te casses quand ça barde.

– Tove, s'il te plaît. »

Tove s'était tue, puis avait fini par dire :

« Désolée, maman. Pars. Je comprends que ça doit te faire du bien de partir un peu.

– C'est pour le boulot.

– Tu vas où ? »

Malin ne voulait pas le dire.

« À Ténérife, avait-elle dit.

– Mais c'est là où habitent papi et mamie. Je veux venir avec toi.

– Impossible, Tove. Je pars pour le travail. Et toi, tu as cours. »

Un an et demi auparavant, Tove aurait protesté, mais là, elle n'avait rien dit.

« Est-ce que tu as aidé papa à ranger mes affaires ? avait demandé Malin ensuite.

– Non, il ne voulait pas. »

Puis, après quelques secondes de silence :

« Est-ce que tu vas voir papi et mamie ?

– Je ne sais pas. Enfin, je passerai demain.

– Il faut que tu les voies, maman.

– Je leur passerai le bonjour de ta part.

– Embrasse papi et dis-lui qu'il me manque. Embrasse mamie aussi. »

Malin quitte la salle de bains, se déshabille dans la chambre en pensant que, même si la climatisation fait un boucan incroyable, au moins elle marche. Puis, elle va sous la douche, fait couler l'eau et la laisse gicler sur son visage et son corps.

Elle n'a rien bu dans l'avion.

Quelle chance qu'il n'y ait pas de minibar dans la chambre.

Soudain, Tove réapparaît dans sa tête. Malin se demande pourquoi elle n'est pas simplement venue à l'appartement ou à la gare, pourquoi elle n'a pas insisté pour qu'elles se voient, pourquoi elle ne l'a même pas proposé, et elle sent sa poitrine se serrer.

Elle s'imagine prendre Tove dans ses bras.

Je suis ta mère et je t'aime.

Le poste de police se trouve à plus d'un kilomètre, mais Malin décide d'y aller à pied.

Lors de sa promenade, elle passe devant de grandes villas cachées derrière de hauts murs en briques blanches, devant des maisons individuelles fraîchement construites et des HLM décrépis où le linge est accroché aux fenêtres. Elle voit des complexes hôteliers où des piscines gigantesques scintillent derrière des haies lisses formées par des plantes tropicales. Mille pubs, bars et restaurants hurlent leurs offres : « Full english breakfast », « Svenska köttbollar », « Pizza », « Deutsche Spezialitäten ».

Elle détourne le regard.

Espère que Los Cristianos, la ville de ses parents, a plus de charme que ce ghetto pour touristes.

Le poste de police se trouve dans un immeuble à trois étages blanc et carré sur une petite place bordée de terrasses ennuyeuses. Au bout d'une rue, elle aperçoit la mer, bleue et étincelante, dans la lumière de l'après-midi.

Où sont les gens ? se demande Malin. À la plage ?

Elle pousse la lourde porte du commissariat et entre.

Pas de chaises sur le carrelage fissuré dans l'entrée, seulement un tableau d'affichage tapissé de visages de terroristes.

Un policier en uniforme assez jeune est assis derrière une vitrine pare-balles. Il fume et lui jette un regard hostile.

Il me prend pour une touriste idiote, pense Malin. Il croit sans doute que je me suis fait avoir par des Russes. Peut-être qu'il me prend pour une prostituée ?

Malin s'approche de la vitre blindée, montre sa carte.

Le policier fronce les sourcils, une mimique typique des gens du Sud.

« *Ahh, Miss Fors, from Sweden. We were expecting you. Let me call Mr Gomez who will assist you. He will be right out.* »

33

Waldemar Ekenberg claque la portière et Johan Jakobsson se dépêche de le suivre sous la pluie pour atteindre l'auvent de la maison en brique rouge située dans Gottfridsberg. Le quartier a été érigé dans les années quarante, de petits appartements à trois ou quatre pièces, des logements parfaits pour toutes les familles des ouvriers de Saab, NAF et LM Ericsson.

Cette pluie finira-t-elle un jour ? pense Johan, avant de réaliser que ce n'est que le début d'une longue série de mois obscurs.

Quel matin de merde.

Maintenant, il observe Waldemar taper le code d'entrée du bâtiment, ouvrir brusquement la porte, comme exaspéré par ce temps insupportable, et peu après, ils se trouvent dans la cage d'escalier qui sent le moisi et jettent des regards autour d'eux, comme s'il y avait autre chose à voir que de la peinture verdâtre aux murs, des plaques de noms et un escalier gris.

« Putain », crache Waldemar. Johan ne sait pas si son collègue vise la cage d'escalier ou le temps, mais, pensant qu'il s'agit de la pluie, il répond :

« Et ce n'est que le début. »

Jonas Karlsson.

Troisième étage.

« Dernier étage », dit Waldemar.

Trente secondes plus tard, ils arrivent devant une porte grise, entendent la sonnette résonner dans l'appartement, puis des pas.

Jonas Karlsson. Celui qui était au volant lors de cet accident qu'ils ont découvert dans les archives. Jerry impliqué dans un accident de voiture sur la propriété des Fågelsjö. Un jeune homme, Andreas Ekström, était mort, et une certaine Jasmin Sandsten était restée handicapée à vie.

Toujours mieux que la paperasse pense Waldemar.

Sven Sjöman avait dit ce matin : « L'accident. Vérifiez si cette histoire a fait du bruit, ce ne serait pas la première fois. »

Jonas Karlsson.

Ce qui est arrivé au nouvel an il y a presque trente ans, était apparemment un accident, mais combien de fois as-tu été tourmenté par les regrets depuis cette nuit-là ? Te sens-tu responsable de la mort d'un être humain et du handicap d'un autre ? À quoi ressemble ta vie depuis ?

La porte s'ouvre.

Un homme au crâne dégarni et bedonnant les accueille d'un regard fatigué, sans dire bonjour, mais les invite à entrer d'un geste de la main.

Des joues rondes, un nez pointu. Johan pense que Jonas Karlsson était peut-être beau il y a vingt ans, avec trente kilos de moins. Son haleine sent légèrement l'alcool.

« Merci d'enlever vos chaussures. Vous pouvez vous asseoir sur le canapé », dit Jonas Karlsson qui semble aimer les commander. Sa voix dégage une grande fermeté, contrairement à son attitude.

« J'arrive tout de suite, je vais aux toilettes », ajoute-t-il en disparaissant. Johan a l'impression que les murs se referment sur eux.

Rangé. Aménagé avec goût. Peu de meubles et un grand écran plat.

Un appartement typique de vieux garçon, pense Johan. Si les renseignements dans le rapport sont corrects, Jonas Karlsson doit avoir quarante-trois ans, mais il paraît beaucoup plus âgé, usé et fatigué. Dans un coin, il y a un placard de spiritueux. Un cendrier à moitié plein est posé sur une table basse.

« Tu crois qu'il boit ? » demande Johan.

Avant que Waldemar ait le temps de répondre, ils entendent la voix de Jonas Karlsson :

« Des fois, je bois trop. Mais j'arrive à me contrôler. » Puis il s'assied en face d'eux sur un fauteuil devant une fenêtre qui donne sur l'arrière-cour. Une étagère est pleine de DVD, de cassettes vidéo et de coffrets de film super-huit.

« Vous habitez seul ?

– Oui.

– Pas de famille ? demande Waldemar.

– Non, Dieu soit loué. Vous êtes venus pour parler de l'accident, non ?

– Oui, dit Waldemar. Mais d'abord une question : Vous vous branlez avec la main gauche ou la droite ?

– Pardon ?

– Vous m'avez bien compris.

– Je suis droitier, si c'est ce que vous voulez savoir.

– Vous savez ce qui est arrivé à Jerry Petersson ? demande Waldemar.

– Je l'ai lu dans les journaux.

– Nous explorons toutes les pistes, dit Johan. Nous parlons à tous ceux qui ont connu Jerry Petersson, de près ou de loin.

– Je ne connaissais pas Petersson, répond Jonas Karlsson. Ni à l'époque, ni plus tard.

– Comment se fait-il que vous ayez été dans la même voiture ce soir-là ?

– Je voulais rentrer en ville. Mon père m'avait prêté sa bagnole et Jerry Petersson m'a demandé si je pouvais l'emmener. J'avais encore une place. Pourquoi aurais-je refusé ? Il m'avait proposé cent couronnes, il était vraiment pressé de partir. »

C'est exactement ce qu'il y a écrit dans le rapport d'accident. Jonas Karlsson n'a pas changé de version depuis vingt-quatre ans.

« La fête avait lieu à la propriété de la famille Fågelsjö, dans une sorte de maison paroissiale non ? demande Johan.

– Oui, dans une maison paroissiale qu'ils avaient construite pour l'église, je crois.

– Jerry Petersson voulait partir de la fête. Pourquoi, selon vous ?

– Aucune idée. Je vous l'ai dit, je ne le connaissais pas bien. Il était tard et il faisait froid. Il avait sûrement hâte de rentrer.

– Est-ce que vous connaissiez les Fågelsjö ? » demande Waldemar.

Jonas Karlsson secoue la tête.

« Non, pas du tout. Ils étaient très arrogants. Fredrik Fågelsjö était dans la même promo que moi. C'est lui qui avait organisé la soirée du nouvel an. Parfois, il m'invitait, avec quelques autres, histoire qu'il y ait plus de monde. »

Johan hoche la tête.

« Et Jerry Petersson, est-ce qu'il était ami avec l'un des enfants Fågelsjö ?

– Non, je ne crois pas. Il était plutôt comme moi. Un fils d'ouvriers qu'on invitait parfois.

– Vous et Jerry, vous n'étiez pas amis ?

– Non, je viens de le dire.

– Et les autres dans la voiture ? Est-ce que c'étaient des amis de Jerry ?

– Andreas Ekström faisait partie de la bande à Jerry. Jasmin Sandsten voulait venir avec nous, parce qu'elle en pinçait pour Jerry, comme la plupart des filles, d'ailleurs.

– Vous croyez qu'elle était amoureuse de Jerry Petersson ? demande Johan.

– Je n'en sais rien. Mais toutes les nanas étaient folles de lui.

– La bande à Jerry ? relève Waldemar.

– Il avait beaucoup de copains, c'est tout », dit Jonas Karlsson.

Il se passe la main sur les lèvres. Bizarre, pense Waldemar. On n'a pas trouvé une seule personne se disant être l'ami de Petersson.

« Pourtant, il n'était pas ami avec les Fågelsjö ?

– Non, pas que je sache. Ils faisaient partie d'un groupe de jeunes riches inaccessibles.

– Vous pouvez raconter cette soirée ? »

Waldemar s'efforce de faire preuve d'un peu plus d'empathie.

Jonas Karlsson se racle la gorge, hésite, puis se met à parler.

« Je vous l'ai déjà dit. Fredrik Fågelsjö m'a invité à sa soirée. J'ai pu emprunter la voiture de mon père à condition de ne rien boire. Après minuit, j'ai voulu rentrer, ce genre de soirées est plutôt rasoir quand on n'est pas bourré.

– Sans doute, dit Waldemar.

– Quand j'ai dit que j'allais partir, Jerry Petersson, Jasmin Sandsten et Andreas Ekström ont voulu venir avec moi. Andreas Ekström est monté à l'arrière avec cette fille, et Jerry à l'avant. Ensuite, il s'est passé ce qui s'est passé. Je roulais dans les limites autorisées, mais j'ai quand même perdu le contrôle de la voiture dans le noir et dans la neige. On a atterri dans le champ en faisant un tonneau. Jerry et moi, on avait mis nos ceintures, mais pas les deux autres à l'arrière. Ils ont été comme centrifugés et on a dû les sortir par le coffre. Andreas a succombé à ses blessures à la tête, quant à Jasmin... ce n'est plus qu'un légume.

– Les autres avaient bu, intervient Waldemar.

– C'était le soir du nouvel an.

– S'est-il passé quelque chose de particulier à la fête ? »

Jonas Karlsson secoue la tête.

« Vous repensez souvent à l'accident ? »

Johan prononce ces mots très lentement. Il voit le visage de Jonas Karlsson se crisper et ses pupilles s'élargir.

« Non, j'ai tourné la page. C'était un accident. Mon innocence a été prouvée, personne ne m'a jamais accusé de quoi que ce soit. Mais bien sûr, je pense parfois à Andreas et Jasmin.

– Andreas et Jasmin étaient vos amis ?

– Je les connaissais à peine. On était parfois invités aux mêmes fêtes ou on discutait entre les cours.

– Avez-vous été en contact avec Petersson ces dernières années ? demande Waldemar après une courte pause.

– Pas du tout. Je n'ai pas parlé avec lui une seule fois. Mais j'ai observé son ascension de loin. »

Waldemar passe les mains sur ses cuisses et se frotte nerveusement les doigts.

« Est-ce que je peux allumer une cigarette ? »

Jonas Karlsson fait un signe de tête affirmatif.

« Si vous m'en donnez une.

– Je peux vous demander ce que vous faites comme boulot ?

– Je suis infirmier.

– Vous vous êtes jamais marié ?

– Non, ce n'est pas mon truc. »

La pièce se remplit d'une fumée étouffante. Johan réprime son envie de tousser avant de demander :

« Vous sentez-vous responsable de ce qui est arrivé ? »

Jonas paraît étonné, puis il se reprend, et dit :

« Parfois.

– Comment ça s'est passé avec les parents ? Ils vous en ont voulu ?

– Je crois qu'ils ont accepté l'accident. Je ne sais pas. Les parents d'Andreas ont pu passer à autre chose, je pense. Du moins, j'ai eu cette impression à son enterrement.

– Jerry est-il venu à l'enterrement ? demande Johan.

– Non.

– Et Fredrik Fågelsjö ?

– Non, vous plaisantez ?

– Et les parents de Jasmin ?

– Je vous l'ai dit, c'est un légume, dit Jonas Karlsson. Et j'ai entendu dire que son père l'a très mal vécu. Ils ont divorcé. »

Johan ne dit rien, regarde par la fenêtre en pensant à ce père qui, d'une certaine manière, a perdu sa fille ce soir-là, puis voit sa propre fille courir à travers leur appartement à Linghem.

Zeke Martinsson cache son visage dans ses mains, essaie de s'isoler des bruits du commissariat. Le brouhaha dans l'open-space le rend fou, quand il veut réfléchir.

Malin à Ténérife.

Elle avait sans doute déjà atterri. Allait-elle rendre visite à ses parents ? Dieu seul le sait.

Zeke vient d'avoir une conversation téléphonique avec Axel et Katarina Fågelsjö au sujet de l'accident. Plus tôt dans la journée, Sven Sjöman a interrogé Frederik Fågelsjö en présence de son avocat. Tous les membres de la famille Fågelsjö avaient déclaré ne pas se souvenir de cette soirée, que cette histoire appartenait au passé et qu'aucun d'entre eux n'avait eu le réflexe de penser que Jerry Petersson était le passager survivant. Ni lorsqu'il était venu acheter le château, ni lorsqu'il avait été assassiné.

Axel Fågelsjö l'avait formulé ainsi au téléphone :

« Les personnes présentes dans cette voiture ne faisaient pas partie de notre cercle d'amis. Les enfants les invitaient parfois pour faire tapisserie, si vous voyez ce que je veux dire. »

Katarina Fågelsjö avait dit : « Je ne me souviens pas du tout de cette fête. Je n'en ai aucun souvenir, rien. »

Bien sûr qu'ils s'en souvenaient. Bien sûr qu'ils ont toujours su que Jerry était dans cette voiture.

Quelque chose cloche, se dit Zeke. Il sent que c'est important. Mais dans quelle mesure ?

Une voiture dérape et deux jeunes paient le prix fort. L'un des survivants est retrouvé mort dans un fossé, devant son château.

« Je n'en ai aucun souvenir. »

Mensonge, pense Zeke. Rien ne se grave plus profondément dans le souvenir des hommes que la mort.

34

Jonas Karlsson, Saint-Sylvestre 1984

Je rampe vers elle dans la neige, je crois qu'elle est morte, elle ne bouge pas, je vais la réanimer, voilà ce que je vais faire, je vais souffler dans ses poumons et lui redonner la vie. Du sang coule de ses oreilles, et le monde entier, toutes les bonnes résolutions, hurlent en moi, je n'entends plus rien, mais je vois, et les phares de la voiture clignotent, pompent leur lumière froide dans la nuit. Jerry semble se mouvoir au ralenti, il court et fonce, je l'observe, entouré par le froid et le silence, d'un silence noir qui, je le sais, me poursuivra pour le reste de mes jours.

Jasmin, c'est comme ça que tu t'appelles ?

Andreas ? Où est-il ? Jerry est à côté de moi, je continue de ramper et il crie quelque chose, mais je ne comprends pas quoi. Je veux l'écouter, montrer que je suis digne d'être son ami, je ne veux rien de plus au monde qu'être son ami.

Je tiens ta tête dans mes bras, Jasmin, et le sang teint la neige en gris. Pourquoi la nuit n'a ni bruits ni couleurs ? Même le sang ne semble pas rouge.

Que hurle Jerry ? Qu'essaie-t-il de me faire comprendre ?

Il veut quelque chose. Je me souviens maintenant des mots qui fusaient dans la voiture, ne roule pas si vite, ralentis, et puis le monde qui s'est mis à tourner, tourner, tourner, brisé en mille sons, et les hurlements qui ont cessé, et moi qui, la tête la première, était suspendu là, fixant le volant, et Jerry tripotant sa ceinture. Je suis tombé et me suis mis à ramper.

J'ai cru voir quelqu'un penché sur le corps d'Andreas. Un être incolore, comme la peur.

Et Jasmin dans mes bras. Elle respire. Comment je le sais ? Jerry se tient à côté de moi et hurle : « Elle respire ! Elle respire ! » Lentement, froidement, ses mots m'atteignent, il crie, il me regarde de ses yeux bleus immobiles, il attend quelque chose de moi, il veut vraiment quelque chose.

Alors que moi, je ne voudrai plus jamais rien.

Je suis capable de retourner dans ce champ maintenant. Silencieux et pâle, il s'étale dans la pluie et le brouillard, le froid brutal qui fait peur aux souris.

Cette nuit-là, je ne la raconterai à personne. L'amour, la détermination, la mort, la neige blanche et les minces filets de sang qui coulaient des oreilles sourdes de cette fille, le sang qui formait un doux coussin sous sa tête.

J'étais en colère.

Déçu, mais déterminé à continuer ma vie dans la voie prévue. J'allais traiter les autres sans le moindre égard.

Je plane à présent.

Je vois Skogså de haut. La petite maison de Linnea Sjöstedt. Elle y attend la mort qui ne viendra pas la chercher avant longtemps.

La neige virevolte dans l'air, de petits flocons parfaits, à peine plus grands que des grains de poussière.

J'utilisais, j'utilise mes yeux bleus.

Qui étais-je il y a quelques mois, lorsque je me tenais sur le perron d'une école en sentant les rayons faibles de la fin d'été me caresser la joue ?

35

Linköping, 1984 et après

Le garçon qu'il est encore se tient sur le perron du lycée Notre-Dame. C'est une journée de fin d'été aussi fraîche que le souvenir de la main de sa mère.

Le garçon ne fume pas, contrairement à la plupart des autres élèves du lycée le plus distingué de Linköping. Mais il est quand même là, à l'entrée, pour accueillir et observer ses camarades, et s'entraîner à les manipuler pour qu'ils fassent ce qu'il veut. Il se dit qu'il ne fait rien de mal.

Puis arrivent les fils et les filles des châtelains et grands propriétaires terriens de l'Östergötland, et peu importe ce qu'il dit ou fait ou à quel point les autres le vénèrent, ces gens-là l'ignorent totalement. Ils parlent parfois avec lui ou de lui, mais toujours avec un air amusé, distant.

Il aimerait avoir la force de les ignorer, de ne pas vouloir chercher leur faveur, mais il n'arrive pas à se retenir, il essaie de faire des blagues pendant les cours, à la cantine, mais rien n'y fait.

Il y a des cercles fermés à l'école.

Lui, le plus beau et le plus intelligent de tous, aurait dû figurer parmi les membres de la Société des Sciences ou de la Société des Érudits, un groupe pour les pédés fanas de poésie, mais malgré tout garant d'un certain statut.

Allez vous faire foutre.

Et puis les fêtes qu'ils organisent et auxquelles ils invitent tout le monde sauf lui. Il est trop brillant, ça leur fait peur.

Mais Jerry ne voit qu'une porte fermée.

Une porte qu'il faut ouvrir.

Coûte que coûte. Et si les garçons sont ridicules avec leurs noms à rallonge, leurs voitures à la con, leurs appartements et tout, ce n'est pas le cas des filles. Les filles de riches avec leur corps aux membres fins et leurs cheveux blonds, leurs visages doux aux lèvres encore plus douces.

Leur manière de bouger est belle et irrésistible. Elles s'approchent du garçon, comme toutes les filles, mais alors que les autres sont charmées par ses yeux bleus, les filles l'évitent. Elles le connaissent, savent parfaitement d'où il vient, qu'il est une attraction, un phénomène de foire.

Mais il y a une fille, la plus jolie parmi toutes, qui voit en lui ce qu'il est vraiment ; qui voit le garçon formidable qu'il est, l'homme qu'il va devenir, et la vie qu'il pourra lui offrir.

Il ose.

Et un soir, après une fête d'école, ils se promènent dans la nuit vers le Stångan qui serpente à travers Linköping, et ils font l'amour sur un matelas dans une cabane abandonnée. Elle est nue sous lui, son corps est blanc, il la remplit de son âme en chair chaude et dure, et ils savent tous les deux que ce moment-là changera leurs vies pour toujours. L'amour instinctif. Leur inconscience est capable de dissiper tous les doutes et de se reposer uniquement dans la sueur, la douleur.

Ensuite, un soir du nouvel an.

De la neige blanche qui tombe d'un ciel noir sur un champ teint en rouge par le sang.

Un garçon qui hurle les mots qui font de lui un homme.

36

La mer scintille en plusieurs nuances de bleu que Malin n'a jamais vues auparavant. Le soleil semble vouloir éliminer toutes les frontières entre les éléments. Elle sent sa robe coller dans le bas du dos et le vent caresser son corps.

Elle voit la beauté autour d'elle.

La terrasse avec piscine est construite sur un rocher, à peu près cent mètres au-dessus d'une plage déserte, de sable noir.

La piscine.

Décorée de mosaïques noires. Malin a très envie d'y plonger, alors qu'elle observe l'homme nager, longueur après longueur, sans se préoccuper des visiteurs.

La terrasse fait quatre cents mètres carrés au moins. Malin et l'inspecteur Jorge Gomez, engoncé dans un costume beige froissé, sont assis sous un parasol devant une table en teck placée au bord de la terrasse.

L'inspecteur avait emmené Malin ici sans lui révéler grand-chose, juste qu'ils connaissaient le passé douteux de Jochen Goldman, mais qu'il y avait pire ici. Ils lui fichaient la paix, tant qu'il n'y avait pas de mandat d'arrêt contre lui.

« Il ne fait pas partie de ceux qui causent des emmerdes, a dit Gomez dans un anglais approximatif. Contrairement aux Russes.

– Croyez-vous qu'il nous laissera entrer ?

– S'il est là, sûrement. »

Dix minutes plus tard, ils attendaient dans la Seat devant la clôture, jusqu'à ce qu'une voix d'homme leur commande : « Allez à la maison. Quelqu'un viendra vous chercher. »

Une femme vêtue d'une robe traditionnelle était venue à leur rencontre, les avait accompagnés sur la terrasse en disant : « *Mr Goldman will be with you shortly* » puis elle avait disparu à l'intérieur.

Crawl.

Eau.

Goldman dans la piscine.

Un bras après l'autre. Malin observe ses muscles se contracter dans l'effort, elle a envie de plonger elle aussi, pour sentir son corps lutter contre cet obstacle doux et agréable qu'est l'eau.

Goldman, un homme assez costaud, bronzé et débordant d'énergie, finit par sortir de la piscine, prend la serviette qu'un gorille lui tend et se dirige vers eux en souriant. Il a les cheveux teints en blond.

La serviette derrière la nuque. Une grosse montre au poignet, une peau bronzée et une grosse chaîne en or autour du cou. Des dents anormalement blanches pour un quinquagénaire qui n'a sûrement pas eu une vie des plus tranquilles. Un meurtrier ? Un homme sans scrupule qui se débarrasse de ses ennemis ? Impossible à dire.

Malin n'a pas peur de lui. Elle ressent autre chose.

Jochen Goldman s'immobilise à quelques mètres d'eux, gonfle son ventre assez rond, passe la main droite dans ses cheveux avant de nouer la serviette autour de sa taille.

Il tend la main à Malin.

Il a seulement quelques rides autour des yeux, des traits moins marqués et un nez plus fin que sur les photos publiées dans la presse. Jochen Goldman prend place sur une chaise à côté de l'eau, au soleil. Le gorille apporte des lunettes noires avec des diamants sur les branches. Malin dit en souriant : « Vous avez de belles lunettes de soleil. » Ensuite, elle se présente :

« Malin Fors, commissaire à la police de Linköping. On s'est parlés au téléphone. Voici mon collègue espagnol, Jorge Gomez. » Gomez esquisse un hochement de tête en guise de salut, et Goldman répond par le même mouvement.

« Pourriez-vous enlever vos lunettes, s'il vous plaît ? J'aimerais voir vos yeux.

– Ce sont des Tom Ford. Vous avez du goût, dit Jochen Goldman en les retirant. C'est donc vous qui avez appelé pour Jerry ? »

Tu le sais parfaitement, pense Malin. Jochen Goldman éclate d'un rire amusé : « Et maintenant vous êtes venue ici exprès pour me parler. »

Malin comprend que rien au monde ne fera dire plus à Jochen Goldman qu'il ne voudra bien en dire. Elle va donc droit au but.

« Nous avons toutes les raisons de croire que vous saviez que Jerry Petersson a essayé de vous dénoncer à la police, lorsque vous étiez en cavale. »

Nouveau sourire. Ses yeux bruns étincellent dans la lumière, quand il répond :

« Bien sûr que j'étais au courant. Ma source chez Interpol me l'a appris. Ils ont failli m'avoir cette fois-là.

– Avez-vous eu envie de vous venger ?

– Non, puisqu'on ne m'a pas eu. Pourquoi le ferais-je maintenant, plusieurs années après ? Je n'ai jamais fait entièrement confiance à Jerry, et dans une situation comme la mienne, il fallait être sur ses gardes.

– Mais vous disiez que vous étiez amis ?

– C'est vrai. Malgré tout, il m'inspirait plus confiance que beaucoup d'autres. »

Malin hoche la tête.

« Il voulait vendre des livres, rien d'autre, ajoute-t-il ensuite. Son avidité était touchante. Il venait de se faire des centaines de millions avec cette entreprise informatique, mais tout ce qu'il avait en tête c'était de faire monter les ventes de son livre. »

Un paquebot apparaît à l'horizon.

« Vous vivez bien ici.

– J'ai travaillé dur. Mais j'aimerais bien avoir une femme à mes côtés.

– Vous en avez plusieurs, dit Malin.

– Mais pas une comme vous. »

Malin sourit. Elle sent le regard de Goldman et se demande si elle doit arranger sa jupe, qui vient de se soulever dans le vent, mais elle la laisse faire. Pourquoi maintenant ? Pour elle-même ou pour troubler Jochen Goldman ?

Je m'en fous, pense Malin en regardant ses cuisses.

Gomez tripote son portable. Il a reçu un message.

« Vous n'en vouliez donc pas à Petersson ?

– Non. Quand on ne compte pas sur la loyauté, on n'est pas déçu par la trahison. N'est-ce pas ?

– Je n'en sais rien, répond Malin se revoyant avec Jan dans l'entrée de la maison, la veille de son premier départ en Bosnie, essayant en vain de le convaincre de ne pas remplir son sac à dos.

– Mais c'est comme ça.

– Vous avez continué à collaborer avec lui après ?

– Oh oui.

– Même si vous ne lui faisiez pas confiance ?

– Il ne savait pas que j'étais au courant. Et gardez une chose à l'esprit, Malin. Jerry Petersson était le gars qu'on voulait absolument avoir de son côté.

– Pourquoi ?

– Il avait des qualités. Une absence de scrupules dont il fallait profiter.

– Que voulez-vous dire par absence de scrupules ? »

Jochen Goldman fronce les sourcils, il ne pense pas répondre à cette question.

« Comment vous êtes-vous connus ? demande Malin alors.

– J'étais dans la merde. Mon avocat habituel qui bossait dans le même cabinet était parti en vacances. Il l'a remplacé et je l'ai tout de suite apprécié. Je l'ai gardé, et l'ai suivi quand il a fondé son propre cabinet.

– Savez-vous pourquoi il a fondé son propre cabinet ?

– Il faisait peur aux autres.

– Peur ?

– Oui, il était beaucoup plus intelligent qu'eux, du coup ils ont été obligés de le virer. »

Malin sourit. Jochen Goldman passe une main sur son ventre, gonfle les narines.

« Y a-t-il quelque chose que je devrais savoir ? Sur vos affaires ? Sur Jerry ?

– C'est à vous de trouver, non ? »

Jochen Goldman sourit à son tour.

« Vous n'avez donc pas décidé de vous venger après coup en louant les services d'un tueur à gages ? »

Jochen Goldman fait un clin d'œil à Malin.

Il met ses lunettes noires et tourne la tête. Les rayons vifs reflétés par les diamants heurtent les yeux de Malin.

« Ne m'ennuyez pas, Malin. Vous pouvez faire mieux. Et quand bien même je l'aurais fait, je ne vous le dirais pas. »

Malin tourne la tête vers la mer.

Elle pense à Tove.

Se demande ce qu'elle fait en ce moment.

Elle pense à sa mère. À son père. Elle a hâte de les voir ce soir.

« Venez avec moi, dit Jochen Goldman. Je vais vous faire faire le tour du propriétaire. »

Elle suit Jochen Goldman sur des marches raides qui mènent vers la mer.

Il porte toujours seulement son maillot de bain. Son corps bronzé brille au soleil, tandis qu'il parle de l'architecte espagnol qui a conçu la villa et qui a également construit un pied-à-terre pour Pedro Almodóvar dans les montagnes près de Madrid.

Malin ne dit rien.

Elle laisse Jochen Goldman mener la conversation. Ils sont hors du champ de vision des gorilles et Gomez est sans doute toujours sur la terrasse en train de téléphoner.

Jochen Goldman lui demande si elle a lu ses livres, elle répond que non et se rend compte qu'elle aurait dû le faire.

« Vous n'avez rien raté », dit-il.

Il saute dans le sable noir sur la plage, puis court vers l'eau pour ne pas se brûler les pieds. Malin s'assied sur la dernière marche, enlève ses espadrilles et trempe ses pieds dans l'eau.

« Vous pouvez vous déshabiller et vous baigner. Je peux vous trouver un maillot. Vous ne savez pas à quel point ça fait du bien d'être allongé sur ce sable et de sentir le sel se cristalliser sur la peau.

– J'imagine », répond Malin. Malgré tout, elle a envie de s'allonger ici à côté de Jochen Goldman, et d'admirer cette force de la nature.

Jochen Goldman lance un caillou dans l'eau. Le fait ricocher à la surface.

« Il y a dix ans, dit-il, je me sentais exactement comme ce caillou.

– Il n'y a pas de fumée sans feu, rétorque Malin. Et vous avez été richement dédommagé.

– Vous êtes dure, dit Jochen Goldman.

– Non, réaliste, répond Malin. Est-ce que Jerry Petersson a jamais mentionné un accident de voiture dans lequel il était impliqué ? » demande-t-elle.

La mer tiède entre les doigts de pied, une petite vague d'écume qui roule sur le sable noir.

« Quand il avait dix-huit, dix-neuf ans. Il y a eu des morts. »

Jochen Goldman s'immobilise.

Il la regarde. Elle ne voit pas ses yeux derrière les lunettes noires, mais elle sent qu'il est sur le point de lui dire quelque chose.

« Il s'en est vanté une fois. Un soir de nouvel an à Punta del Este. Il a dit qu'il conduisait la voiture, qu'il était ivre, mais qu'il avait pu persuader un autre, qui était sobre, de porter le chapeau à sa place. Jerry en était fier comme tout. »

37

Tu débites des conneries, Jochen.

Qu'est-ce que que tu viens de lui raconter sur l'accident ? Je ne me souviens pas du nouvel an à Punta del Este. Ou si ?

Je te vois là, sur ta terrasse devant ton espèce de château moderne, en train de regarder la mer.

Bien sûr que je t'ai balancé à la police.

Comme dans un western, John Wayne en cavale, toi, pour échapper aux Apaches dans les montagnes à la frontière entre le Texas et le Mexique.

Je vais te laisser maintenant, Jochen, livré à ton inquiétude et ton agitation constantes.

Vas-y, nage encore un peu dans tes douves noires scintillantes.

Sache que là où je suis il n'y a pas d'inquiétude, rien que de la curiosité, de la peur et un millier d'autres sentiments que je n'arrive pas encore à saisir. Je n'ai pas besoin de m'éloigner des autres, de me protéger derrière des douves.

Enfin, je suis libéré de l'angoisse et de la honte.

Ce qui n'est pas ton cas, Malin, n'est-ce pas ?

Malin scrute sa chambre d'hôtel.

Il fait chaud maintenant, la climatisation s'est éteinte automatiquement quand elle est partie, l'odeur de moisi est omniprésente. Elle vient de se déshabiller et de s'allonger nue sur le lit.

Au lieu de fermer les yeux, elle fixe les taches d'humidité grisâtres au plafond en attendant que Zeke décroche.

Il est quatre heures, il devrait être là.

La voix de Zeke dans son oreille.

« Malin. Qu'est-ce que tu fais ? Comment tu vas ?

– Je suis dans la chambre d'hôtel la plus pourrie qui soit.

– Il fait comment chez toi ?

– Beau. Chaud.

– Tu es allée voir Goldman ?

– Oui.

– Et alors ? »

Quelques cris énervés émanent d'un des bars à hôtesses. Puis, de la musique techno se met à cogner.

« Une discothèque ?

– Un bar à putes, répond Malin.

– Exotique, dit Zeke.

– Je voulais juste te dire que selon Goldman, c'est Jerry Petersson qui conduisait la voiture le soir du nouvel an, et pas Jonas Karlsson. Goldman dit que Jerry Petersson était bourré et a persuadé Jonas Karlsson de tout assumer. »

Silence dans le combiné.

« Bon Dieu, finit par dire Zeke. Tu le crois ? Ou est-ce qu'il se moque de nous ?

– Aucune idée. Mais il va falloir utiliser cette info comme moyen de pression sur Jonas Karlsson. »

Encore des cris en provenance du bar.

« Est-ce que vous l'avez interrogé encore une fois ?

– Oui. Jakobsson et Ekenberg s'en sont chargés. Mais ils vont devoir retourner le voir.

– La famille Fågelsjö ?

– Ils prétendent tous ne pas se souvenir de l'accident.

– Ils s'en souviennent parfaitement », répond Malin.

Zeke ne répond pas. Malin repense à tout à l'heure. Gomez lui avait proposé de prendre une bière, elle avait décliné bien que tout son corps lui ait hurlé d'accepter.

Mais elle tient bon.

Sur ce, Zeke poursuit :

« Waldemar et Johan devront réinterroger Jonas Karlsson à la lumière de cette info. Et puis, il faudra qu'on rende visite aux parents des jeunes qui étaient dans la voiture. Ça pourrait être une piste. Peut-être que Jonas Karlsson faisait chanter Petersson. Ou qu'un proche des victimes a appris la vérité. Ce genre de chose peut provoquer des réactions inimaginables. Quarante putain de coups de couteau.

– Interrogez Fågelsjö, dit Malin.

– OK, répond Zeke. Qui sait où toute cette histoire nous mènera ? Tu as déjà appelé ta fille ? »

Occupe-toi de tes oignons, pense Malin. Je ne l'ai pas encore appelée, puisqu'elle est à l'école, tu devrais le savoir.

« En quoi ça te regarde ? grogne Malin. Elle se rend compte de son ton agressif. Excuse-moi, ajoute-t-elle.

– Pas grave, Malin, dit Zeke. Mais tu dois comprendre que cette affaire n'est pas plus importante que ta fille. »

Ferme ta gueule, Zeke.

« On frappe à la porte, dit Malin. Sans doute la femme de ménage. Faut que je te laisse. »

Zeke raccroche.

Personne n'a toqué à la porte, c'était un simple prétexte pour mettre fin à la conversation.

Jerry, pense Malin. Jerry. Si c'est toi qui étais au volant cette nuit-là, tu as rangé cet événement dans une petite boîte noire dont tu as jeté la clé, n'est-ce pas ? Tu l'as juste ressorti pour te vanter devant Jochen.

Je ne ressors jamais mes secrets, pense Malin, puisque je ne les connais pas. Et toi, Jochen, tu n'as pas envie de connaître tes véritables secrets, hein ? Tu aimerais croire que tout est contrôlable, qu'on peut arranger le monde selon ses désirs.

Elle ferme les yeux.

Sent la nervosité gagner son corps.

J'en ai marre d'être toujours triste, pense-t-elle. Triste, furieuse et angoissée. Pourquoi mon regard ressemble à celui de Katarina Fågelsjö ?

Maman et papa, bientôt.

Des balles de golf balancées vers un ciel bleu. Le pire ennui qui soit.

Cette affaire me ramène au plus profond de mon intimité, pense Malin.

Malin s'est assoupie. Elle est couchée sur le lit, sans défense, recroquevillée sur elle-même.

Elle rêve d'un homme en costume, assis dans un fauteuil au design futuriste, derrière un bureau en acajou, dans une pièce à grandes fenêtres qui donnent sur une avenue fréquentée. Le costume de l'homme est gris et l'homme n'a pas de visage.

Il s'adresse à elle. Elle veut l'en empêcher, mais ignore comment.

« Tu es allongée sur ce lit, dit-il. Dans ta chambre de merde, et tu aimerais y rester toute la soirée et toute la nuit, mais tu sais que tu dois te réveiller, que tu dois sortir. Bientôt tu iras sous la douche pour essayer de te défaire de tout ce qui te rend malheureuse, sans y parvenir. Tu es venue ici, sur cette île qui croule sous les nouveaux hôtels, pour découvrir pourquoi on m'a lardé de tous ces coups de poignards. Et je t'en remercie. Mais plus que le mien, c'est ton secret qui t'intéresse. Crois-tu pouvoir en apprendre plus ce soir chez tes parents ? N'espère pas trop, Malin. Ne vaudrait-il pas mieux pour toi que tu rentres ? Que tu arrêtes de boire et que tu t'occupes de ta fille ? Tu n'en es pas capable. Faiblarde que tu es. Il est plus facile de te concentrer sur moi, car tu entrevois la vérité, et tu n'as pas besoin de regarder de ton côté.

Va prendre un verre, Malin.

Bois, Malin.

Ça ira mieux après. »

Sur ce, l'homme disparaît, ainsi que la pièce dans laquelle il se trouve. Mais sa voix reste.

Malin l'entend chuchoter en elle.

« Bois, bois, bois. »

Dans son rêve, elle se demande d'où vient cette voix. Est-ce son corps qui réclame du calme, veut être libéré de la tristesse, des regrets et de la peur ?

Elle se réveille, mais l'écho de la voix résonne encore dans la chambre.

Elle prend une douche.

Un quart d'heure plus tard, elle est assise au comptoir d'un bar louche et aperçoit son visage dans un miroir.

Le verre de tequila à moitié plein, le verre de bière fraîche embué.

Maman.

Papa.

Here I come. Mais j'aurais dû emmener Tove. Pour que vous la voyiez. La plus belle chose qui soit.

« Il n'est toujours pas chez lui, dit Waldemar Ekenberg, lorsqu'ils sonnent pour la troisième fois de la journée à la porte de l'appartement de Jonas Karlsson. Et il n'a pas de téléphone portable, merde.

– Où est-ce qu'il peut être ? demande Johan Jakobsson.

– Aucune idée. »

Johan regarde la porte.

Massive et fermée, comme si elle voulait garder des secrets. Ils étaient déjà venus ici il y a deux heures, après le coup de fil de Malin à Zeke. Jonas Karlsson n'était pas là. Il n'était pas non plus à son travail.

Au commissariat, les agents ont recherché les coordonnées des parents de la fille et du garçon victimes de l'accident. Les deux couples avaient divorcé, mais ils vivaient encore dans la ville.

Il est tard, à présent. Nous ne pouvons pas nous pointer chez eux à une heure pareille, pour un soupçon aussi vague, pense Johan. Mais demain, il va falloir le faire.

Je n'ai pas hâte, pense-t-il, tandis qu'il tourne les talons pour descendre les marches, s'éloignant de Waldemar, s'éloignant de l'appartement de Jonas Karlsson.

38

La nostalgie éprouvée à contrecœur porte une adresse.

3, Calle Amerigo.

Les deux tequilas et la bière font leur effet.

Les mains de Malin reposent tranquillement sur ses cuisses nues. Elle porte une robe blanche courte et un chemisier rose.

L'heure sur le tableau du bord du taxi indique sept heures vingt-cinq. Les mots de papa au téléphone :

Le taxi s'éloigne de Playa de las Américas et emprunte une route qui serpente le long de la côte ; chaleur et stress sont remplacés par le calme d'un quartier résidentiel, pas d'hôtels construits à la hâte sur le rivage, mais des maisons au décor soigné.

Maman.

À Los Cristianos, le taxi bifurque dans une rue qui monte sur la colline où de plus en plus de maisons hautes grimpent sur des rochers ocre.

Ça fait trois ans que je n'ai pas vu mes parents.

Est-ce qu'ils m'ont manqué ?

Parfois, peut-être, quand j'entendais la voix de papa au téléphone, quand il me demandait de venir les voir.

Maman.

On s'est parlé dix fois, grand maximum. Et juste pour demander quel temps il faisait.

Est-ce que vous manquez dans la vie de Tove ? Toi, papa, tu poses des questions sur elle, bien sûr. Mais vous n'êtes pas impliqués.

Est-ce que vous manquez à Tove ?

Bien sûr, merde, vous lui manquez. Vous êtes ses seuls grands-parents.

Malin est agréablement ivre grâce à la tequila. Elle peut être franche avec elle, assise dans ce taxi.

Ces maisons. Des placards pour êtres humains.

De la chaleur et de l'irresponsabilité. Qu'est-ce qu'il y a d'autre sur cette putain d'île.

L'ascenseur s'arrête au quatrième étage, les portes métalliques s'ouvrent. Malin a envie de les refermer immédiatement, de fuir et de prendre un taxi pour l'aéroport, monter dans le premier avion qui l'emmènerait dans l'obscurité, la pluie et le froid.

Elle se dirige vers la porte de l'appartement de ses parents.

Il fait doux, mais les pierres qui ressemblent à du marbre dans la cage d'escalier créent une fraîcheur bizarre, un froid qu'elle ressent tout à coup et elle a huit ans et se trouve dans la maison à Sturefors, il fait froid, il pleut et elle a oublié la clé. Elle entend maman à l'intérieur. Maman sait qu'elle est dehors, qu'elle grelotte et pleure et veut entrer, mais elle n'ouvre pas, elle est fâchée parce que Malin a oublié la clé.

Malin à la porte.

La porte à Ténérife.

Je rentre. Maintenant.

Peut-être qu'ils ne sont pas chez eux.

Mais elle perçoit les voix bien familières derrière la porte. D'abord elles se parlent sur un ton normal de conversation, puis elles se mettent à hurler. Malin est dans le lit de sa chambre d'enfant. Elle les entend hurler à l'autre bout de la maison dans des nuits d'automne froides, des nuits d'hiver, de printemps et d'été. Elle ne comprend pas ce qu'ils disent, elle a sept, huit, neuf ans et ne comprend pas les mots, mais elle sait que maman et papa hurlent des mots qui changent tout à jamais, bouleversent la vie, peu importe si on l'accepte ou pas.

Un cliquetis.

Malin fait un bond en arrière.

Elle n'a pas le temps de voir l'ombre dans le judas, que papa apparaît devant elle, bronzé et ridé, heureux de la voir. Son visage est devenu plus rond, et il a l'air d'être en forme. Il la serre contre lui, la prend dans ses bras et la tient longtemps ainsi, sans rien dire jusqu'à ce que Malin rompe le silence :

« Papa, j'arrive plus à respirer. »

Il la lâche alors. Fait un pas de côté. Dit : « Allez, on va chez maman ». Malin entre dans l'appartement, voit les meubles et les tapis qu'ils ont ramenés de Linköping et qui ne vont pas du tout avec les nouveaux meubles.

« Comment vas-tu ? demande son père tandis qu'il l'accompagne dans le salon.

– Bien », répond-elle. Sur le balcon avec vue sur la mer, elle aperçoit sa mère qui lui tourne le dos. Elle est assise à une table, vêtue d'un pull de tennis rose, les cheveux blonds, comme toujours. Malin se demande si son visage a changé.

Ridé ? Vif, fâché ou juste plus âgé ?

Sa mère se retourne, Malin se tient à côté d'elle sur le balcon. Elle entend la voix de son père : « Elle est là ! » Sa mère la voit enfin. Malin pense que son visage n'a pas changé, un peu plus brun seulement, mais la même expression pincée qui ne disparaît jamais, malgré le sourire sur ses lèvres.

Sa mère se lève.

L'embrasse sur les joues.

« Est-ce que tu as bu, chérie ? Tu sens l'alcool. Et tu as l'air un peu bouffie. »

Sans attendre de réponse, elle enchaîne :

« Comme ça me fait plaisir que tu sois venue, chérie. Ce n'est pas trop tôt. On a acheté la meilleure paella dans un restaurant, en rentrant de l'Abama. Henry, sois gentil, va chercher un verre de blanc pour ta fille. Viens, assieds-toi là », et Malin se retrouve assise en face de sa mère sur un balcon à Ténérife et elle ne sait pas si elle doit regarder sa mère, le salon ou la mer.

« Pourquoi est-ce que tu es *vraiment* venue ? »

Maman lève sans cesse son verre ; Malin boit à grandes gorgées dans celui que son père vient de poser devant elle, elle aurait envie que son père soit là, sur le balcon, mais au lieu de ça il s'affaire dans la cuisine.

Sa mère en face d'elle, une question qui plane dans l'air.

« Pour une affaire sur laquelle je travaille en ce moment, répond Malin. Une piste mène ici. C'est pour ça que je suis venue. »

N'importe quel autre être humain aurait posé des questions curieuses, aurait demandé de quoi il s'agissait, voulu savoir ce qui pourrait être aussi important pour qu'une commissaire de Linköping fasse les cinq heures de vol jusqu'à Ténérife.

Mais sa mère se met à parler du golf.

« Tu vois, le terrain se trouve à l'Abama, l'hôtel le plus chic de toute l'île, et ça coûte les yeux de la tête de jouer là-bas, si jamais on réussit à réserver, mais il y a quelques semaines il y a eu une tombola au Club Suédois, et, tu vois, on a gagné. Tu devrais voir l'entrée, on y était avec Sven et Maggan... »

Malin fait semblant d'écouter.

Hoche la tête.

Intérieurement, elle lui parle de Tove, comment elle va. Elle parle de Jan, dit qu'ils se sont séparés à nouveau et qu'elle est désespérée et qu'elle ne sait souvent pas quoi faire et Malin raconte qu'elle a l'impression de tout détruire, qu'elle a envie de boire, qu'elle boit trop, et qu'elle a fini par s'avouer, mais seulement à elle-même, qu'elle est une alcoolique, une putain d'alcoolique, mais qu'elle ne l'avouerait à personne d'autre, jamais, et elle hoche la tête en souriant lorsque son père lui verse encore du vin. Tout à coup, elle voit des assiettes sur la table, et une paella dans un récipient en aluminium. Trois crevettes géantes trônent sur le riz jaune.

La nuit vient de tomber.

Malin entend la musique hésitante, au loin, dans les bars sur la plage. Son père dit :

« Sers-toi, Malin. »

Elle tend la main trop rapidement, renverse son verre de vin.

Merde.

« Oups, dit son père. Laisse, je m'en occupe.

– Toujours la même lourdaude », dit sa mère. Malin a envie de se lever et de s'en aller, mais elle reste.

Elle entend sa mère bavarder avec l'une de ses amies au téléphone dans le salon.

Son père en face d'elle, le visage calme, semble presque heureux que sa mère ait quitté la table.

Il n'y a plus de paella.

Bon, pense Malin, malgré tout.

Sa mère parlait de golf, de coiffeurs, de la nourriture devenue plus chère, de l'appartement qui n'est pas très grand, mais qui avait déjà pris de la valeur, elle racontait qu'elle avait commencé à prendre des cours de yoga et beaucoup plus encore. Puis, le téléphone a sonné et elle s'est rendue à l'intérieur pour décrocher. Maintenant, son père demande :

« Comment ça se passe avec Tove ? »

Le vin commence à envahir la tête de Malin.

« Elle est en train de devenir adulte. »

Tu souris, papa.

« Et Jan ? »

Il sait qu'on s'est séparés.

« Ça va. On n'arrive plus à vivre ensemble, c'est comme ça, pas la peine de se forcer. » Juste au moment où son père s'apprête à commenter cette phrase, sa mère apparaît dans l'embrasure de la porte et dit : « C'étaient Harry et Evy. Ils vont passer tout à l'heure. Ils aimeraient bien voir la brillante commissaire. »

Non, pense Malin. Non.

Son père lui jette un bref regard : « Tiens, Malin. Pourquoi tu ne m'aiderais pas à débarrasser la table, après on pourrait faire une promenade jusqu'au magasin pour acheter un peu de glace avant qu'ils arrivent ?

– Bonne idée, dit sa mère. J'ai mal aux pieds. On a sûrement marché au moins vingt kilomètres aujourd'hui. Combien de femmes de soixante-sept ans en sont encore capables ? »

Malin vide son verre.

Avale chacune des dernières gouttes, mais sa mère ne semble pas remarquer sa soif.

39

Le frigo des boissons et la climatisation du petit supermarché gémissent à qui mieux mieux.

Le propriétaire salue le père de Malin comme un vieil ami et les deux hommes discutent pendant un long moment en espagnol, que son père semble très bien maîtriser. Malin ne comprend pas une seule bribe de leur conversation.

« Roman, a dit son père. Un gars sympa. Tu veux quoi ? Vanille ou chocolat ? Tu aimes bien le chocolat, non ?

– Je préférerais une bière dans le bar d'en face. »

Il sort un paquet de glace au chocolat du congélateur puis se tourne vers elle. Sa chemise bleu clair est tachée à cause de la paella. Malin se rend compte qu'il a beaucoup maigri depuis leur dernière rencontre.

« On peut aller où tu veux, Malin. » Une minute plus tard, ils sont assis dans le bar, trente degrés, un ventilateur grinçant au plafond. Malin regarde son verre embué.

Son père boit une grande gorgée de bière puis dit :

« Maman n'a pas changé.

– J'ai vu.

– Mais d'une certaine manière, c'est plus facile ici.

– Comment ça ?

– Les apparences sont moins importantes. »

Malin avale une gorgée en hochant la tête pour montrer qu'elle comprend ce qu'il veut dire, puis elle prend une profonde inspiration.

« Tu as traversé une phase difficile, dit-il.

– Oui.

– Tu veux en parler, ma fille ? »

Est-ce que je veux ?

Qu'est-ce qu'on pourrait se dire, papa ? Elle aimerait parler de ses rêves, du garçon qu'elle y voit, savoir qui il est, ce qui se cache dans l'obscurité de ses rêves.

« J'ai rêvé d'un garçon, finit-elle par dire.

– Un garçon ?

– Oui.

– Un petit garçon ?

– Oui. »

Son père ne dit rien. Boit.

« Est-ce que maman était partie quand j'étais petite ? demande Malin.

– La glace fond. Il faut rentrer, répond-il.

– Papa.

– Il y a des choses dont on ne parle pas, Malin. Certaines choses sont comme elles sont et il faut l'accepter. Toi non plus, tu ne laisses personne entrer dans ta vie. Depuis toujours.

– Qu'est-ce que ça veut dire ?

– Rien, dit-il. Rien. »

Malin vide son verre en quelques gorgées, pose un billet de cinq euros sur le comptoir et se lève.

Elle et son père sortent sur le trottoir. Des voitures passent. Le brouhaha des gens se mêle à la musique inconnue.

« Toi et maman, vous avez un secret, n'est-ce pas ? dit Malin. Quelque chose que vous ne m'avez pas dit, alors que vous devriez. »

Son père la fixe. Il ouvre la bouche, remue les lèvres, mais aucun son ne sort.

« Raconte, papa, je sais qu'il y a un truc que je devrais savoir. »

Il a l'air de vouloir répondre, puis il lève les yeux, regarde en haut vers le balcon de l'appartement. Malin devine la silhouette de sa mère.

« Un secret. Il y a un secret, n'est-ce pas ? Il faut monter avec la glace avant qu'elle fonde. Nos amis vont bientôt arriver. » Ensuite il se retourne et se met à marcher.

Malin reste sur le trottoir.

« Je suis fatiguée, papa », dit-elle. Il s'arrête et se retourne de nouveau vers elle. « Je ne remonterai pas. Je vais rentrer à l'hôtel.

– Il faut que tu dises au revoir à maman.

– Explique-lui. »

Ils se regardent à cinq mètres l'un de l'autre, pendant une minute environ et Malin attend qu'il s'approche d'elle, l'embrasse, la prenne dans ses bras, fasse disparaître tout ce qui brûle et fait mal en elle.

Il brandit la glace.

« Je lui expliquerai. »

Puis Malin voit le dos de sa chemise. Bleu clair et trempé de sueur dans la lumière tamisée du bar, des magasins, des réverbères, des étoiles.

Que fais-tu ici ?

Jochen, est-ce que tu as l'habitude de venir ici ? Est-ce toi qui affiches ta peau bronzée au comptoir là-bas ?

Qu'est-ce qu'elle fout ici ?

C'est ce que semblent penser les hommes assis autour du podium où les filles nues dansent dans une lumière bleue. Elle est dans le bar à putes en face de l'hôtel. Et va rentrer en rampant.

Lesbienne ?

Je m'en fiche de ce que vous croyez, pense Malin. Un shot de tequila coûte trente euros et les filles disparaissent derrière des rideaux, avec des hommes, mais je m'en fous.

Des Africaines.

Des filles balkaniques.

Des Russes.

Plusieurs d'entre elles ont sûrement été ramenées ici sous la menace. Combien vont finir comme Maria Murvall ?

Mais maintenant elles dansent, leur peau huilée brille. Elles bougent lascivement, un sourire sur le visage.

Malin descend sa quatrième tequila. Enfin, les filles et les hommes autour d'elle perdent leurs contours pour s'entremêler dans une seule masse chaude et calme.

Ma place est ici, pense Malin. Assise à ce comptoir.

Elle lève le doigt pour appeler le barman.

Il remplit son verre et elle pose l'argent sur le comptoir. Elle sait que tant qu'elle paiera, elle aura à boire, et si elle tombe de la chaise, ils vont la porter dans la rue, la déposer dans le fossé.

Elle ferme les yeux.

Cassez-vous.

Maria Murvall. Muette et immobile. Comme si elle avait décidé de s'échapper du monde pour ne pas être obligée de voir l'obscurité.

Jerry Petersson. Il tente de bouger dans les douves, essaie de grimper, mais les esprits l'en empêchent, les poissons, les vers, les crabes et les crevettes noires et agressives mangent son corps, tombent de sa bouche et de ses orbites.

Le corps de Jochen Goldman. Est-ce qu'il vient pour m'éliminer maintenant ? Est-ce que je le dérange ? Est-ce que je vais me transformer en nourriture pour requins ?

Des voitures noires.

Des yeux qui voient, mais qui n'enregistrent rien. Le monde se dissout, devient mou, simple à comprendre, aimable.

Bois, bois, bois, dit la voix. Tu iras mieux, tout va s'arranger.

J'aime entendre cette voix, pense Malin.

40

Mercredi 29 octobre

Tu devrais les voir maintenant, Malin.

Comment ils s'appellent encore, tes collègues ? Waldemar ? Johan ?

Ils se trouvent dans le froid matinal devant la maison de Jonas Karlsson avec lui, lui disent d'entrer et qu'ils ont des questions à lui poser, il n'a pas dit la vérité sur ce qui s'est passé ce malheureux soir du nouvel an.

Tu vois, Malin, j'observe bien ce que vous faites.

Tes collègues viennent de passer une matinée assez morne. Le procureur a décidé que Fredrik Fågelsjö devait être relâché, l'avocat Ehrenstierna l'a assuré qu'il n'enfreindrait plus la loi et qu'il se tiendrait désormais à disposition de la police. « Nous ne pouvons pas garder en prison un membre aussi éminent de notre société pendant toute une semaine pour un délit relativement minime. »

Mais vous, les policiers, vous le soupçonnez quand même.

Le soir du nouvel an. Quand est-ce que la neige cessera de tomber ? Quand est-ce que les lames de la tondeuse se tairont ?

Est-ce moi qui étais au volant ?

Qu'ai-je fait à la fête de Fredrik Fågelsjö ? Je ne veux pas me souvenir, mais c'était l'une de ces choses que nous, les hommes, faisons, Malin, quand nous voulons obtenir quelque chose, quand nous voulons montrer notre puissance tout en étant obligés de l'abandonner pour obtenir ce que nous voulons.

Jonas a peur maintenant.

Je le sens quand je me place à quelques centimètres de lui. Il sait que le passé est en train de le rattraper.

Jonas était sur le point de partir au travail, lorsque les policiers sont arrivés. Il leur a dit qu'il avait passé la journée de la veille à l'hippodrome de Mantorp.

Peut-être que c'était quand même lui qui était au volant ?

Jochen joue avec tout le monde, juste pour le plaisir, sans le jeu, sa vie n'a pas de sens.

La porte d'entrée de la maison de Jonas Karlsson vient de se fermer. La main de Waldemar saisit son épaule quand ils disparaissent à l'intérieur.

Je suis avec toi maintenant, Malin, à côté de ta tête endormie.

Des secrets, Malin. Tu les aimais tant, quand tu étais petite, à présent ils te poursuivent partout.

L'avion fend à travers l'atmosphère. Tu dors d'un sommeil sans rêves et tu ne vas pas très bien. Ton taxi a dû s'arrêter en route pour l'aéroport pour que tu puisses vomir, vider ton estomac de l'alcool.

Tu n'apprends donc jamais, Malin ?

Tu as l'air au bout du rouleau, la tête appuyée contre la vitre, sourde au bruit du moteur. J'aimerais caresser ta joue, Malin, c'est ce qui te manque sans doute.

Se laisser entourer de la chaleur d'autrui.

Sentir qu'il y a autre chose au-delà des pierres froides des douves.

Jonas Karlsson a pris place sur le canapé. Johan Jakobsson est assis en face de lui dans un fauteuil, alors que Waldemar Ekenberg fait les cent pas dans la pièce. La table basse est jonchée de bouteilles de bière vides et d'un cubi de vin froissé. L'odeur aigre d'alcool séché perce leurs narines. Hormis ce fourbi sur la table, l'appartement de Jonas Karlsson est bien rangé.

Le grand corps de Waldemar tremble, sa voix est grave, éraillée par des centaines de milliers de cigarettes.

« Tu nous as menti », dit-il à Jonas. Cette voix lui donne la chair de poule.

Jonas Karlsson semble déjà avoir capitulé, prêt pour la tempête qui va s'abattre sur lui.

« Je n'ai pas...

– Ferme-la, espèce de con ! hurle Waldemar. Bien sûr que tu nous as menti. C'est Jerry Petersson qui conduisait la voiture ce soir-là. Pas toi.

– Je... »

Johan a envie de dire à Waldemar de se calmer, mais il s'en abstient. L'atmosphère dans la pièce est électrique.

«Vous ne risquez pas grand-chose, si vous nous dites la vérité, dit Johan. C'était il y a très longtemps...

– Ce n'est pas moi qui... »

Waldemar se penche vers lui.

« Tu en veux encore ? Hein ?

– Je... »

Et un nouveau coup siffle dans l'air, heurte Jonas Karlsson à l'arrière de la tête. Il tombe en avant sur la table basse.

« Hein ?

– Je n'étais pas au volant ! crie Jonas Karlsson. Ce n'était pas moi. C'était Jerry, Jerry, Jerry. »

Malin vient de se réveiller.

Son cerveau est comme enfermé par le bruit de l'avion, le bourdonnement sourd des moteurs.

La canette de Heineken devant elle est à moitié vide. Elle a calmé son corps, sa nausée.

Un voyage dans le Sud. La chaleur.

La chaleur physique seulement. J'aimerais être ailleurs, pense-t-elle. Elle voit Jerry Petersson dans les douves, son corps flottant dans les douves.

Tu étais un enfoiré, sans aucun doute, pense Malin. Un gros enfoiré. Alors pourquoi est-ce que je me casse la tête, en fait ?

Puis elle entend une voix tout au fond de sa tête qui cogne :

Parce que tu n'as rien d'autre sur quoi tu peux te casser la tête, Malin ? Il y a plein de choses dont tu devrais t'occuper, mais tu en es incapable.

« Crache le morceau. »

La voix de Waldemar Ekenberg est calme, mais menaçante. Il s'est assis à côté de Jonas Karlsson sur le canapé, lui a donné un bout de PQ qu'il a pris dans la salle de bains. Johan se penche en avant dans son fauteuil et dit :

« Racontez-nous la vérité maintenant. Jerry est mort. Il ne pourra plus vous faire de mal. »

Jonas Karlsson se racle la gorge, lève la tête et se met à parler, tout en maintenant un bout de papier toilette pressé sur sa lèvre inférieure :

« Jerry était déjà à la fête quand je suis arrivé. Je crois qu'il est venu avec quelqu'un d'autre. Vers une heure et demie, il voulait aller en ville et je lui ai proposé de le conduire ainsi que les autres. On s'est rendus au parking où j'avais garé la voiture. La fête était terminée. Fredrik Fågelsjö avait invité ses amis au château, et nous, on n'en faisait pas partie.

– Vous étiez donc amis, vous et Jerry ?

– Je faisais partie de sa bande. Amis ? Il n'avait pas d'amis. Il pouvait te faire croire que tu étais son ami, bien sûr. Et je voulais vraiment l'être. Je l'admirais, il était un modèle pour moi.

– D'accord, tu l'admirais. Et puis ?

– Moi, Jerry, Andreas et Jasmin, on a décidé d'aller en ville. Quand on est arrivés à la voiture, Jerry voulait absolument conduire. Quand j'ai refusé, il s'est énervé. Il était super en colère, déjà qu'il était de mauvais poil toute la soirée. Il a hurlé et a insisté. Alors je lui ai lancé les clés en disant : "Alors roule, si c'est tellement important pour toi." Puis je me suis installé sur le siège passager et Andreas et Jasmin sont montés à l'arrière. J'ai mis la ceinture, mais eux étaient sans doute trop ivres pour penser à la mettre.

– Pourquoi Jerry était-il en colère ?

– Aucune idée. Il avait toujours un tas de secrets.

– Ensuite, vous êtes partis. »

Waldemar pose le bras autour des épaules de Jonas Karlsson.

« Jerry roulait à tombeaux ouverts.

– Vous n'êtes pas allés très loin.

– On roulait à soixante ou soixante-dix quand on est arrivés à ce virage. Les pneus ont glissé et je me souviens d'avoir pensé que tout était fini. Puis la voiture a fait des tonneaux dans le champ. J'avais l'impression d'être dans une machine à laver pleine de lumières aveuglantes. Après, c'était le silence. Au bout d'un moment j'ai vu Jerry à côté de moi, la tête en bas, qui essayait de se dégager. Il m'a aidé aussi. Peu avant, il était encore bourré, mais l'adrénaline l'a complètement dégrisé. »

Johan imagine la scène.

Deux jeunes qui trébuchent dans la neige, tentent de se protéger du vent et des flocons virevoltants et qui aperçoivent les corps plus loin dans la neige.

« C'est là qu'on les a vus. Andreas et Jasmin. Ils étaient dans le champ.

– Vous vous êtes approchés d'eux ?

– Oui. Jasmin saignait par les oreilles, mais elle respirait encore.

– Et vous avez vu qu'Andreas était mort.

– Oui, je crois.

– Et puis ? demande Waldemar.

– Jerry m'a pris par les bras et a dit : "Ils vont me foutre en taule pour ça, j'étais ivre, mais si on dit que c'est toi qui étais au volant, ils ne peuvent rien faire." Il m'a fixé de ses yeux bleus et je savais que je ne pourrais pas refuser. Je pensais : Pourquoi permettrais-je que la vie de Jerry soit détruite ? Il a dit : "Si on raconte que tu étais au volant, sobre, la police le considérera comme un simple accident."

– Et vous avez accepté ? demande Johan.

– Oui.

– Juste comme ça ? Un peu vite à mon avis.

– Jerry pouvait être très convaincant. Il m'a promis un tas de choses avant que la police et l'ambulance arrivent. Il a promis de devenir mon ami et c'était exactement ce que je voulais. Il m'a aussi promis de l'argent si un jour il devenait riche.

– Est-ce qu'il est devenu votre ami ?

– Non, il a déménagé à Lund.

– Est-ce que vous avez reçu de l'argent ?

– Non plus.

– Vous lui en avez demandé ?

– Non. Ce n'est que bien des années plus tard que les journaux ont commencé à parler de lui. »

Waldemar grogne :

« Tu n'as jamais essayé de lui soutirer du fric quand tu as appris qu'il était pété de thune ? En le menaçant de raconter la vérité ?

– Non. Qu'est-ce que j'aurais eu à gagner ? Si la vérité avait éclaté au grand jour, toute la ville aurait su que j'avais menti et tout le monde m'aurait pris pour une couille molle. J'aurais risqué un procès.

– Ce n'est pas ce que tu es, dit Waldemar, une couille molle ? »

Jonas Karlsson rit nerveusement.

« Si, c'est exactement ce que je suis.

– Tu ne t'es jamais dit que les parents avaient le droit de savoir ce qui s'était vraiment passé ? »

Jonas Karlsson esquisse un geste vers les bouteilles sur la table.

« Je me le dis tous les jours.

– Tu n'as donc pas fait chanter Jerry Petersson ? Est-ce que tu es allé le voir cette nuit-là ? Et puis tout a foiré ?

– Cette nuit-là, j'étais chez des amis. On a fait la fête jusqu'au matin. Vous pouvez les interroger là-dessus.

– C'est ce qu'on va faire, tu peux en être sûr », dit Waldemar.

Jonas Karlsson se libère de l'emprise de Waldemar. Il se lève et se poste au milieu de la pièce.

« Jerry Petersson était quelqu'un de spécial, pas comme les autres. Tout ce qu'il m'a promis ce soir-là, il ne l'a pas fait. Mais encore aujourd'hui, je pense avoir pris la bonne décision. Andreas était mort, Jasmin handicapée à vie. Ils savaient parfaitement ce qu'ils faisaient, quand ils sont montés dans la voiture, même s'ils étaient ivres. Ils étaient adultes et pouvaient assumer les conséquences de leurs actes. Personne ne m'a jamais insulté ou accusé de quoi que ce soit, pour les gens, c'était un accident, ça arrive. Pourquoi détruire en plus la vie de Jerry ? Les autres ne lui auraient jamais pardonné une chose pareille.

– Vous voulez dire d'avoir causé un accident en roulant en état d'ébriété ? demande Johan.

– C'est exactement ce que je veux dire », dit Jonas Karlsson en retirant le bout de papier toilette de sa lèvre qui se remit à saigner.

41

Les essuie-glaces travaillent durement pour tenir la pluie à l'écart, libérer la vue.

L'heure sur le tableau de bord indique 13 h 35.

À travers la fenêtre, Malin voit les champs et les petits bois, les maisons rouges et le monde entier semblent couverts d'une couche de cendres.

Elle n'a pas pris un seul bain à Ténérife. Pas d'eau autour de son corps brûlant.

Mais elle va un peu mieux à présent. Assez d'alcool a été évacué de son sang pour qu'elle puisse faire le trajet de Norrköping à Linköping en voiture. Elle veut se rendre directement à l'école de Folkunga, retrouver Tove. Peu importe si elle est en classe, elle veut juste la prendre dans ses bras. Cela fait presque une semaine qu'elle est partie de la maison après avoir frappé Jan. Presque une semaine depuis la découverte du cadavre dans les douves.

La chaleur de Ténérife. La pluie et le froid. Elle a mis son pull en laine épais qu'elle avait emmené pour le retour.

Mais Tove devra attendre.

Elle a parlé avec Zeke. Il lui a fait un point sur les derniers développements de l'enquête : la libération de Frederik Fågelsjö, l'aveu de Jonas Karlsson et son alibi pour la nuit du meurtre et le matin.

Zeke lui a donné l'adresse de Stina Ekström, la mère d'Andreas qui habitait à Linghem.

« J'y passerai en rentrant, a-t-elle dit à Zeke.

– Je peux te rejoindre.

– Je m'en occupe. Pas de soucis.

– C'était comment à Ténérife ?

– Chaud.

– Tes parents ?

– Je t'appellerai une fois que j'aurai parlé avec Stina Ekström, si jamais elle est chez elle. »

Malin allume la radio. Elle reconnaît la voix douce et sexy d'Helen Aneman. Cela fait des années qu'elles ne se sont pas vues, bien qu'elles habitent la même ville.

Plus des connaissances que des amies, pense Malin, tandis qu'elle écoute Helen parler d'une exposition canine organisée au Cloetta Center ce week-end. Puis, quand la voix d'Helen disparaît, la musique emplit la voiture et Malin sent son ventre se contracter. Pourquoi justement cette putain de chanson maintenant ?

La voix d'Ulf Lundell.

Le corps de Jan près du sien. Ce romantisme ridicule, quand ils dansaient en écoutant cette chanson et partageaient une bouteille de vin, alors que Tove dormait sur le canapé sans se laisser déranger par les bruits.

Linghem.

Le panneau à peine visible dans l'air humide.

Le pire cauchemar qui soit, c'est de perdre un enfant.

J'ai eu la chance de pouvoir te garder, Tove.

Une voiture qui fait des tonneaux sur un champ enneigé et isolé.

Des coups à la porte.

« Nous sommes malheureusement obligés de vous annoncer que… »

Malin bifurque en direction de Linghem, passe devant un terrain de foot et une église. Un homme solitaire vêtu d'une veste à capuche se tient debout sur le petit cimetière, un bouquet de fleurs à la main. Il semble parler tout seul.

Stina Ekström, la mère d'Andreas, pose une cafetière pleine sur la table du salon.

Sept photos encadrées trônent sur un bureau.

Un gamin dont le sourire dévoile une dent de devant en moins dans un jardin d'enfants. La photo d'un terrain de foot. Une fête de fin d'année à l'école. Un adolescent sur une plage. Ses cheveux coupés au carré sont ébouriffés par le vent, quelques mètres plus loin, on voit un homme dans la mer qui pourrait être le père d'Andreas.

« Maintenant, vous savez à quoi il ressemblait », dit Stina Ekström en s'asseyant en face de Malin dans un fauteuil rouge.

Elle a le même genre de photos de Tove sur son bureau, dans sa chambre.

« Il a l'air adorable », dit Malin.

Stina Ekström hoche la tête en souriant.

Quel âge as-tu ? pense Malin.

Soixante ans ?

La femme devant elle a les cheveux courts et blonds, un peu gris sur les côtés, et les rides autour de ses lèvres sont les témoins d'une dépendance au tabac. L'appartement sent la fumée, mais Malin ne voit ni cendrier ni cigarettes. Peut-être que Stina Ekström a réussi à arrêter, à maîtriser son envie.

Un jean noir.

Un pull gris.

Des yeux qui savent que les journées se succèdent, sans surprise. Ce n'est pas de la fatigue que je vois dans ses yeux, pense Malin, plutôt autre chose, du calme ? Pas d'amertume en tout cas. Non, le sentiment d'être en paix, n'est-ce pas ?

Stina Ekström verse le café dans les tasses d'une main et tend l'autre vers le bol plein de gâteaux faits maison.

« Pourquoi est-ce que la police s'intéresse à moi ?

– Jerry Petersson.

– Je m'en doutais. Oui, je lis les journaux.

– Il était dans la voiture, quand votre fils est mort. »

L'expression dans les yeux de Stina Ekström ne change pas. Est-ce ainsi que la tristesse s'exprime lorsqu'on a trouvé la paix ?

« Il était assis à l'avant. Il avait mis sa ceinture, ça l'a sauvé. »

Malin hoche la tête.

« Vous pensez beaucoup à l'accident ?

– Pas à l'accident. Mais à Andreas. Tous les jours. »

Malin boit une gorgée de café et entend la pluie tambouriner sur la vitre à quelques mètres d'elle.

« Vous habitiez déjà ici à l'époque ?

– Oui, on a emménagé quand Andreas avait douze ans. Avant, on habitait à Vreta Kloster. »

Malin attend que Stina Ekström poursuive.

« D'abord j'étais en colère, dit Stina Ekström. Mais au fil des années, c'était comme si toute la colère et toute la tristesse étaient parties. Je me dis que les dix-neuf ans en compagnie d'Andreas étaient un cadeau fantastique et je crois qu'il ne faut pas regretter quelque chose qu'on n'a pas vécu. »

Malin sent un poing se fermer autour de son cœur et se contracter. Malgré elle, ses yeux se remplissent de larmes.

Stina Ekström la regarde.

« Vous allez bien ? »

Malin tousse, puis dit :

« Ce n'est qu'une réaction allergique.

– J'ai deux autres enfants », dit Stina Ekström. Malin sourit et s'essuie les yeux.

« Est-ce que vous en vouliez au conducteur ?

– C'était un accident. »

Malin ne dit rien pendant un instant, puis elle se penche en avant.

« Nous avons toutes les raisons de croire que c'était Jerry Petersson qui conduisait la voiture cette nuit-là, et qu'il était ivre. »

Stina Ekström ne répond pas. Son regard ne change toujours pas.

« Il a persuadé Jonas Karlsson de dire que…

– J'ai bien compris, dit Stina Ekström. Je ne suis pas bête. Et maintenant, vous croyez que je le savais ou que je l'ai appris et que j'ai décidé de le tuer...

– Nous ne croyons rien de tout cela.

– Mais vous êtes ici. »

Malin observe l'expression dans les yeux de Stina Ekström.

« J'ai perdu beaucoup cette nuit-là. Mon mari et moi avons divorcé quelques années après. Nous n'arrivions pas à parler d'Andreas, il ne restait plus que du silence entre nous. Mais peu importe qui conduisait, il n'y a plus de colère, plus de haine. La tristesse subsiste, mais c'est un sentiment parmi d'autres qui fait partie de la vie.

– Est-ce qu'il y a quelqu'un pour qui la mort d'Andreas a été particulièrement éprouvante ?

– Tout le monde était triste. Mais c'était il y a longtemps.

– Le père d'Andreas ?

– Il est mieux placé que moi pour répondre à cette question. »

Zeke est chez lui en ce moment, à Malmslätt.

« La famille Fågelsjö vous a-t-elle fait part de leurs condoléances ?

– Non. J'ai eu l'impression qu'ils faisaient comme si rien ne s'était passé. »

Malin ferme les yeux. Elle a la nausée.

« Puis-je vous demander ce que vous faites comme métier ? demande-t-elle. Ou êtes-vous peut-être déjà à la retraite ?

– J'en ai encore pour quatre ans. Je travaille à mi-temps dans un foyer pour jeunes handicapés. Pourquoi ?

– Juste comme ça, dit Malin qui lève la main par-dessus la table. Merci d'avoir pris le temps de discuter avec moi. Et pour le café.

– Prenez un gâteau. »

Malin se sert dans le bol. Mange un pain à la cannelle.

« Vous ne me demandez pas ce que j'ai fait la nuit de jeudi à vendredi dernier ? »

Malin avale et sourit.

« Que faisiez-vous ?

– J'étais chez moi. J'étais sur Skype jusque tard dans la nuit. Vous pouvez vérifier, si vous voulez.

– Pas la peine », dit Malin.

Stina Ekström se lève et quitte la pièce. Au bout d'un instant, elle revient avec un paquet de chewing-gums.

« Prenez-en quelques-uns, dit-elle gentiment. Avant de retourner chez vos collègues. »

42

Zeke traverse le parking du commissariat au pas de course. Il maudit intérieurement ce temps de chien, mais il sait que cela ne sert à rien, la nature s'en fiche.

Sous la pluie, il pense à Martin.

NHL. Ce garçon s'est fait tellement de blé qu'on pourrait tous se la couler douce au soleil pour le restant de nos jours.

Et ma petite-fille que je n'ai quasiment jamais vue.

Qu'est-ce que je fous ?

Hans Ekström. Le père d'Andreas. J'étais chez lui il y a un quart d'heure seulement.

Un vieil homme aigri dans une villa mal entretenue. Il a littéralement pété les plombs quand Zeke lui a appris que c'était probablement Jerry Petersson qui conduisait la voiture dans laquelle son fils a trouvé la mort.

Hans Ekström s'est levé de sa chaise dans la cuisine et a hurlé que c'étaient des conneries de merde, que personne n'avait le droit de venir foutre son nez dans cette histoire maintenant qu'il avait enfin réussi à la surmonter.

Hans Ekström avait refusé de répondre à d'autres questions, mais vu sa réaction, il n'était pas du tout au courant et n'avait donc pas de raison de tuer Jerry Petersson. Ou alors Hans Ekström était un formidable acteur.

Le père avait fini par maudire la famille Fågelsjö : « Ils n'ont même pas envoyé de fleurs à l'enterrement. »

Ils auraient dû le faire, pense Zeke, tandis qu'il ouvre la porte d'entrée du commissariat. Les nouvelles portes automatiques ne marchent visiblement pas.

Malin.

Zeke la voit derrière son bureau. Mon Dieu, elle a l'air épuisée. S'il y avait du soleil à Ténérife, elle n'en a certainement pas profité.

Une ombre.

Est-ce que c'est ça que tu es en train de devenir, Malin ?

Il aimerait aller vers elle et la prendre dans ses bras.

Elle lève les yeux, le voit, mais ne le salue pas. Au lieu de ça, elle baisse de nouveau la tête et continue de lire un dossier.

Zeke fait demi-tour, monte l'escalier qui mène au bureau de Sven Sjöman.

Il aura le temps d'aborder le sujet avec lui avant la réunion tout à l'heure.

Sven se tient devant la fenêtre et promène son regard sur le bâtiment principal de l'hôpital universitaire. Zeke est au milieu de la pièce.

« Ne dis rien à Malin, dit-il. Elle ne me pardonnerait jamais de t'en avoir parlé, mais tu vois toi-même comment elle va. Elle boit beaucoup trop. »

Sven secoue la tête.

« Cette conversation reste entre nous. C'est bien que tu aies abordé le sujet, j'y ai déjà pensé, mais, enfin, tu vois. »

Sven se retourne.

« Elle est au bout du rouleau, dit Zeke. Je ne supporte pas de la voir comme ça. J'ai essayé de...

– Je vais parler avec elle, Zeke. Le voyage à Ténérife était pour elle l'occasion de respirer.

– Regarde-la. Ce n'était visiblement pas un séjour spa.

– Peut-être que le voyage n'était pas une bonne idée. On verra où ça nous mènera, dit Sven. C'est toi qui conduis quand vous faites des sorties, non ? »

Zeke hoche la tête.

« Je prends quasiment toujours le volant. »

Il marque une pause.

« Je crois que ce qui s'est passé à Finspång l'année dernière l'a beaucoup secouée, ajoute-t-il ensuite.

– Oui, sans aucun doute, dit Sven. Qui ne le serait pas ? Je pense juste qu'elle refuse de l'admettre. »

L'horloge au mur de la salle de réunion affiche 15 h 37.

Toute l'équipe est présente.

Sven se tient devant le tableau sur lequel il a noté plusieurs noms.

Jochen Goldman.

Axel, Fredrik et Katarina Fågelsjö.

Jonas Karlsson.

Les parents d'Andreas Ekström et de Jasmin Sandsten.

Ensuite, un tas de points d'interrogation. D'autres noms ? Infos ? Pistes ?

Malin prend une profonde inspiration.

Elle raconte son séjour à Ténérife. Décrit Jochen Goldman comme l'ambiguïté incarnée. Sa rencontre avec la mère d'Andreas Ekström. Les autres l'écoutent attentivement.

Lovisa fait savoir qu'elle est toujours occupée par l'analyse du disque dur de Jerry Petersson, mais qu'il faudrait au moins cinq policiers spécialisés pour tenir un bon rythme.

« On n'a pas les ressources pour », répond Karim. Ils n'ont toujours pas trouvé de testament ni de lettre de chantage, rien de suspect. Les interrogatoires de certains anciens collègues de Petersson n'ont rien donné non plus.

Waldemar et Johan racontent leur récente conversation avec les membres de la famille Fågelsjö qui prétendent ne pas avoir de souvenir précis de l'accident, puis évoquent leur rencontre avec Stellan Sandsten, le père de Jasmin, à son lieu de travail au Collins Mekaniska. Il avait un alibi pour la nuit du meurtre. Ils n'ont pas encore eu l'occasion de parler avec la mère de Jasmin dont la fille séjournerait apparemment dans un centre de rééducation près de Söderköping.

Zeke parle de son entrevue avec Hans Ekström.

La tristesse.

La perte d'un enfant.

Au bout de tant d'années, on se fiche de savoir qui conduisait et si la personne en question était ivre.

L'enfant tant aimé est mort. Ou pire encore, mort vivant.

Qui est coupable ? Au fond, ce n'est pas important. Mais est-ce que la colère s'efface ? Quarante coups de couteau, une rage accumulée au fil du temps, relâchée d'un coup.

Sven résume en quelques mots pourquoi le procureur a décidé de libérer Fredrik Fågelsjö. « Il faudra garder un œil sur lui. » Des paroles vides, il le sait. Ils n'ont pas les moyens de garder un œil sur quiconque.

Et Malin pense à ses propres projets.

Son enquête personnelle.

Maria Murvall.

Elle entend Sven dire de continuer à fouiller la vie de Jerry Petersson, à suivre toutes les pistes, avec force et volonté.

« Nous sommes dans une phase de l'enquête où toutes les spirales mènent vers le bas. Tout ce qu'on peut faire, c'est continuer à travailler d'arrache-pied. »

Et à écouter les voix, chuchote Malin intérieurement.

« J'irai à Vadstena pour parler avec la mère de Jasmin.

– Söderköping, dit Sven. Zeke et toi, vous pourrez y aller demain. »

« Faut que je te parle, Malin. »

Devant la salle de réunion, la voix de Sven est formelle et autoritaire. Elle le suit dans l'escalier qui monte vers son bureau. Il ferme la porte derrière eux et lui fait signe de s'asseoir.

Il s'installe derrière son bureau, face à elle. Malin voit son visage bien familier, mais elle n'arrive pas à déchiffrer son expression.

Je me trouve en face d'un inconnu, se dit-elle. Le monde entier m'est inconnu.

Sven a l'air mal à l'aise. Il me parle, il se fait du souci pour moi. Ne t'en fais pas, Sven, j'en ai déjà assez comme ça. Pourquoi tu ne me fiches pas tout simplement la paix.

« Comment tu vas ?

– Je vais bien.

– Je n'en suis pas si sûr.

– Je vais bien. C'était super à Ténérife.

– Ah, c'était bien alors ?

– Oui.

– Tu as pu passer un peu de temps au soleil ? »

Malin hoche la tête.

« Tu as pu voir tes parents ?

– Je les ai vus. C'était sympa.

– Je me fais du souci pour toi, Malin. Tu le sais. »

Malin pousse un soupir.

« Je vais bien, vraiment. C'est juste un peu beaucoup en ce moment. Je viens de me séparer de Jan, et je ne l'ai pas encore digéré. »

Sven la regarde.

« Et l'alcool ? Tu bois trop, ça se voit à dix kilomètres. Tu...

– Je maîtrise.
– Ce n'est pas ce que je vois.
– Quelqu'un t'a parlé de ça ? Derrière mon dos ? Qui ?
– Personne n'a dit quoi que ce soit. Je le vois bien.
– Zeke ? Jan ? Il est capable de...
– Tais-toi, Malin. Reprends-toi. »

Les mots sévères de Sven planent dans l'air tandis qu'ils se fixent en silence. Malin sait que Sven veut ajouter quelque chose, mais que dire de plus ? Après tout, je ne me suis jamais pointée ivre au commissariat.

Ou si ?

« Est-ce que Zeke a dit quelque chose ?
– Non. J'ai des yeux pour le voir.
– Et qu'est-ce qui va se passer maintenant ?
– Tu peux continuer à travailler. Mais réfléchis bien avant de prendre le volant. Laisse Zeke conduire. Et essaie de te ressaisir. Il le faut.
– Je peux y aller ? demande Malin.
– Si tu veux, répond Sven. Si tu veux. »

43

« Maman.
– Tove ? J'ai essayé de te joindre tout à l'heure. Où étais-tu passée ?
– J'étais à l'école.
– Est-ce que tu viens ce soir ?
– Je vais au cinéma.

– Tu ne veux pas savoir comment c'était chez mamie et papi ?

– C'était comment ?

– Tove, s'il te plaît.

– D'accord.

– Est-ce que tu viens après le cinéma ? S'il te plaît. J'aimerais te voir. Tu ne comprends pas ?

– Le film finit très tard. Vaut mieux que je prenne le bus pour rentrer chez papa.

– Je peux faire des sandwichs.

– J'ai tout ce qu'il faut là-bas. J'y habite, tu vois.

– C'est à toi de décider.

– Peut-être demain soir, maman.

– Tu pourrais aussi habiter chez moi. Ça se passait très bien avant. »

Silence à l'autre bout du fil.

« Est-ce que je dois te supplier, Tove ? Tu ne peux pas venir ?

– Tu me promets de ne pas boire si je viens ?

– Comment ça ? dit Malin. Je bois de temps à autre, pas plus, tu le sais parfaitement.

– Tu es timbrée, maman, franchement. Totalement timbrée. »

Tove raccroche. Ses mots s'enfoncent comme des clous dans sa tête. Elle tente de les évacuer, d'entendre des mots doux qui évoquent une autre réalité, où elle ne ment ni à sa fille ni à elle-même.

Et puis elle voit le monstre penché sur Tove, s'apprêtant à la tuer, il tourne son visage couvert de vers pour regarder Malin en ricanant. Il chuchote: « Je te donne tout ce que tu veux, Malin. » À cet instant-là, elle se rend compte qu'elle boit surtout parce qu'elle a enfin eu une raison valable de le faire, quand elle a failli perdre Tove. Elle avait enfin pu s'autoriser l'accès à son plus grand vice : l'ivresse, ce monde souple, sans angles ni secrets, dans lequel la peur n'est pas un sentiment mais un chat noir que tu peux caresser et dont les griffes ne forment pas de trous brûlants dans ta peau.

Regardez-moi. Ayez pitié de moi. Elle brûle d'envie d'avaler un verre de tequila.

Où suis-je ?

Je me trouve dans l'entrée du commissariat et me demande où aller. Elle voit les gouttes de pluie étinceler tels des cailloux gris dans la lumière orange des réverbères. Il est sept heures passées. La paperasse suite à Ténérife l'a retenue au poste.

Malin hésite.

Compose un autre numéro de téléphone.

Au bout de trois sonneries, il décroche.

« Ici Daniel Högfeldt.

– Malin.

– J'ai vu ton numéro s'afficher. Ça fait un bail dis donc.

– Tu sais comment c'est.

– Et maintenant tu veux qu'on se voie.

– Oui. »

Les portes s'ouvrent et trois buffles en uniforme passent devant elle, hochent brièvement la tête en guise de salut.

« OK, tu peux être chez moi dans une demi-heure ?

– Oui. »

Elle le sent déjà en elle, lorsqu'elle raccroche.

Pile trente-cinq minutes plus tard, Malin est à quatre pattes dans le lit de Daniel Högfeldt, s'accroche aux barreaux fins et métalliques du lit et il enfonce son membre en gémissant, elle crie sans retenue, il est chaud, dur, étranger et familier à la fois.

Elle aimerait crier encore, plus loin, plus fort, et comme s'il l'avait entendue penser, il se presse plus fort contre elle à chaque mouvement. Il enfonce ses ongles dans sa nuque, elle sent ses gouttes de sueur tomber comme une pluie froide sur sa peau.

Ne te retiens pas.

Explose.

Laisse ta conscience se perdre dans la douleur et la beauté, laisse les petits serpents avec tous leurs visages regagner la pénombre.

Zacharias Martinsson vient de soulever la jupe de Karin Johannison, il lui arrache ses collants et la porte à travers le laboratoire dans la cave pour la poser sur une table en acier.

Elle écarte les jambes et il la mange, absorbe son liquide, sa douce odeur et son goût, il l'entend gémir. Est-ce la dixième ou la vingtième fois ?

Gunilla à la maison. Elle l'attendait sûrement pour dîner, quand il l'a appelée pour lui dire qu'il devait travailler plus tard, qu'il ne rentrerait sans doute pas avant onze heures.

Il tente d'écarter l'image de sa femme, seule dans la cuisine de leur villa, mais elle refuse de partir.

L'automne dernier, il était allé voir Karin pour discuter d'une affaire. Elle l'avait emmené au laboratoire pour lui montrer quelque chose et c'était arrivé. Ils en avaient envie depuis longtemps. Maintenant, elle chuchote viens en moi, viens, Zacharias. Il la soulève de nouveau, la retourne et baisse son pantalon, il est dur, elle est chaude et molle et obéissante et le regarde, chuchote, il transpire, elle lèche sa sueur.

Le visage de Maria Murvall devant Malin.

La photo du visage de Maria, violée et couverte de bleus, gît sur le parquet du salon. Elle la regarde et la retourne sans cesse.

Maria.

Ton secret.

Enfermé en toi.

Dans ton corps silencieux allongé dans la chambre blanche de l'hôpital psychiatrique de Vadstena. Demain, j'irai dans un autre hôpital voir un autre être muet.

L'horloge de l'église Saint Lars frappe dix coups. Malin se demande si Maria dort maintenant. Et si elle dort, à quoi ressemblent ses rêves ?

Tove.

Sans doute dans le bus avec un copain.

Elle ne viendra pas ici. C'est logique, vu mon comportement. Je l'ai suppliée, et elle est comme tous les autres, finalement. Elle voit ma faiblesse et en profite pour montrer sa dominance.

Qu'est-ce que je viens de penser là ? De ma propre fille ?

Malin sent la honte la gagner.

Je ne me comprends pas. Je ne comprends plus rien.

Jan. Sa chaleur n'est plus qu'un pâle souvenir. Elle ne veut pas lui parler, ne veut pas lui demander pardon. Qui suis-je, pense-t-elle, pour ne ressentir que du mépris pour ma fille ?

Malin se rend dans la cuisine et sort une bouteille de tequila du placard.

À moitié pleine.
Elle ne prend pas la peine de prendre un verre, la vide d'un trait.

44

Jeudi 30 octobre

Zeke regarde l'heure sur l'écran.
8 h 49. Relativement calme encore au commissariat. Pas de réunion ce matin.
Malin aurait dû être là depuis un moment. Ils devraient être en route pour Söderköping.
Où es-tu, Malin ?
En bas, à la salle de gym ? Sûrement pas.
Est-ce que tu es déjà passée et repartie ? Peu probable.
Tu as voulu noyer tes soucis dans l'alcool, hier ?
Gunilla avait voulu savoir pourquoi il était rentré si tard, bien qu'il ait appelé pour lui dire qu'il devait travailler. Il lui a menti de manière éhontée, sans hésiter. Il avait plutôt pitié d'elle. Puis il s'était endormi rapidement, les cuisses de Karin Johannison encore dans ses souvenirs.
Zeke observe ses collègues. En uniforme. Sans uniforme. Tous le même objectif, mais aucun plan. Qu'est-ce que vous cherchez, en fait ?
Malin ne sait pas ce qu'elle cherche, mais elle vient quand même ici tous les jours, au bureau, pour se jeter

à corps perdu dans le travail et essayer de faire croire aux gens que rien de grave ne peut leur arriver.

Alors, où es-tu, Malin ? Zeke a tenté de la joindre trois fois, sans succès. Peut-être qu'elle est chez Jan ?

Personne ne décroche chez lui non plus.

Högfeldt ?

Trop compliqué. Je ne sais rien de leur relation.

« Où est Malin ? Vous ne devriez pas être à Söderköping en ce moment ? »

La voix fatiguée de Sven Sjöman, debout devant l'ascenseur.

Zeke se lève et regarde Sven. Ce dernier fronce les sourcils. Il a l'air de penser qu'elle a peut-être disjoncté. Une question sur son visage : Est-ce qu'on aurait dû prendre ses problèmes plus au sérieux ?

Les deux policiers s'observent un instant.

« Je pense qu'elle est chez elle, dit Zeke.

– Allons-y tout de suite », répond Sven.

Zeke appuie sur la sonnette de l'appartement de Malin. Il l'entend résonner de l'autre côté de la porte.

Sven est derrière lui, vêtu d'un imperméable bleu.

Ils étaient restés silencieux pendant tout le trajet.

Qu'auraient-ils pu dire ?

Zeke sonne de nouveau.

Encore.

Sven soulève le couvercle de la boîte aux lettres et regarde à travers la fente. Il perçoit le bruit d'une respiration, les mouvements d'une personne qui dort.

« Tu as un passe-partout ?

– Oui, dans mon trousseau, répond Zeke.

– Elle est allongée dans le couloir. »

Zeke secoue la tête. Il essaie de faire réprimer l'angoisse instinctive qui envahit son ventre. Il se concentre.

Une respiration.

Elle dort.

Ou est peut-être blessée.

« Donne-moi le passe-partout », dit Sven. Quelques secondes plus tard, la porte est ouverte. Ils voient Malin par terre, un tee-shirt blanc remonté jusqu'au nombril, de petits cœurs roses sur sa culotte.

Pas de sang.

Pas de bleus, pas de blessures, rien que le bruit d'un sommeil profond, et l'odeur de l'alcool.

Une bouteille de tequila vide.

Un exemplaire du *Corren* à côté de sa tête.

Ils s'agenouillent près d'elle, se jettent un regard, inutile d'exprimer à haute voix ce qui se lit sur leur visage.

Que faire maintenant ?

Arrêtez la pluie. Elle est trop froide et cogne contre ma peau, c'est insupportable. Qu'est-ce que je sens sur ma jambe ?

Je ne veux rien savoir de tout cela. Qui est en train de parler ?

Jan.

Il hurle :

« Daniel, va te faire foutre. »

Va te faire foutre.

Les gouttes s'abattent sur moi, elles sont glaciales. Pourquoi suis-je nue par un temps pareil, et que disent-ils ?

Sven. Zeke.

Qu'est-ce que vous foutez ici ?

« Tiens-la.

– Reste assise. »

De l'étoffe sur mon corps. Le visage de Zeke, son crâne rasé. Il a l'air énergique. Sven, tu es là ? Je vois la salle de bains maintenant, la douche, je sens l'eau sur ma tête. Putain, c'est froid ! Je les vois tous les deux. Je suis assise dans la baignoire, ils me douchent. Le tee-shirt colle contre mon corps et ma culotte cache à peine mes poils, arrêtez…

« Arrêtez ! Je sais très bien ce que vous faites ! »

Elle se débat. Tente de se défendre contre les gouttes.

Mais les petites flèches glacées continuent de s'abattre, la font reculer.

« Laissez-moi dormir, espèces d'enfoirés ! »

Le peignoir est agréablement tiède et le café qui coule dans sa gorge, bien chaud. Le tonnerre gronde dans la tête de Malin, elle a l'impression de voir en double, d'avoir deux Sven et deux Zeke devant elle. Elle a envie de hurler ou de boire, mais leurs regards l'en empêchent.

Dites quelque chose.

Engueulez-moi.

Dites-moi que je suis une mauvaise personne.

Une ivrogne lamentable, incapable de résister au moindre démon intérieur.

Une petite merde. Une connasse.

Mais aucun de ses deux collègues ne dit quoi que ce soit.

Ils l'ont forcée à avaler des cachets d'aspirine, ils attendent qu'elle boive son café.

Ils sortent dans le couloir, elle les entend discuter. Sven dit : « Je m'en occuperai, il faut la remettre sur pied, on ne peut pas fermer les yeux… »

Zeke : « Il faut qu'elle se fasse soigner. »

Est-ce qu'il dit vraiment ça ? J'ai dû me tromper. Jamais il ne dirait un truc pareil.

Ils reviennent. Se tiennent à côté d'elle dans la cuisine sans rien dire.

Quand elle a fini son café, Sven dit :

« Habille-toi. Toi et Zeke, vous allez à Söderköping. Tu as un boulot à faire. »

Malin a, elle ne sait pas comment, survécu au trajet en voiture. Peu avant midi, Zeke et elle se trouvent dans une pièce au papier peint fleuri dans le centre de rééducation de Söderköping. Ingeborg Sandstein est assise en face d'eux dans un fauteuil. À côté d'elle, Jasmin Sandsten gît dans un fauteuil roulant, son corps raide se devine sous une couverture, déformé par des années de contractions musculaires involontaires. L'un de ses yeux est ouvert, l'autre fermé, et son regard est sans vie. Jasmin Sandsten respire lourdement en râlant et émet de temps à autre un bruit qui ressemble à un hurlement. Chaque fois que ce bruit sort de sa bouche, sa mère se penche sur elle pour essuyer la salive.

Voilà une mère qui n'a jamais abandonné sa fille, pense Malin, elle ressent un profond respect pour ces deux inconnues. Même si Jasmin ne perçoit rien de son environnement, elle sait malgré tout qu'elle n'a jamais été abandonnée. Tu sais, pense Malin en regardant la fille, tu as de l'amour pur à tes côtés. Elle, ta mère, est telle qu'un être humain devrait être. Non ?

Si Tove avait fini comme ça ?

Qu'aurais-je fait ? Je ne suis même pas capable d'y penser.

« On avait prévu d'aller à Ténérife, dit Ingeborg Sandsten en posant ses mains maigres sur ses cuisses. Au Vintersol, mais ils ont annulé notre séjour au dernier moment quand ils ont appris à quel point Jasmin est handicapée. Du coup, on est venues ici. C'est beau aussi. »

Malin faillit répondre : « Quelle coïncidence. J'en reviens à peine », mais cela aurait certainement été déplacé.

Le visage d'Ingeborg Sandsten est fin et ridé, fatigué.

« Je m'occupe de Jasmin depuis l'accident, la commune m'emploie.

– Est-ce qu'elle peut nous entendre ?

– Les médecins disent que non. Mais je ne sais pas. Parfois je crois que si.

– Nos collègues ont parlé avec votre ex-mari hier, dit Malin.

– Il est toujours en colère.

– Est-ce que vous lui avez déjà parlé ? Il vous a dit qu'on a trouvé du nouveau sur la nuit de l'accident ?

– Oui, il m'a appelée.

– Et qu'en pensez-vous ?

– C'est possible, mais ça n'a plus d'importance.

– Vous n'étiez pas au courant ? demande Malin.

– Je comprends où vous voulez en venir. Non, je ne le savais pas. Et j'étais ici avec Jasmin toute la semaine dernière. »

Puis ce hurlement qui sort de la bouche de Jasmin, son visage qui se tord d'une douleur invincible, elle qui devait être si jolie.

« Jasmin connaissait-elle Jerry Petersson avant la nuit de l'accident ? demande Malin en pensant qu'elle pêche, jette des filets et des crochets puis tire afin de capter des voix qui murmurent sous la surface de l'eau.

– Je ne crois pas. Elle n'avait jamais parlé de lui. Mais que sait-on de la vie d'une adolescente ?

– Et les jeunes Fågelsjö ? Elle les connaissait ?

– Katarina Fågelsjö était dans la même classe. Mais je ne pense pas qu'elles étaient amies.

– Vous ne saviez donc rien sur le déroulement de l'accident, demande Zeke encore une fois. Vous ignoriez que c'était peut-être Jerry Petersson qui conduisait ?

– Qu'est-ce que vous croyez ? rétorque Ingeborg Sandsten. Que Jasmin me l'a raconté ? »

Une salve de grosses gouttes de pluie s'abat contre la vitre.

« Tout au fond de ses rêves, Jasmin se souvient de ce qui s'est passé, ajoute-t-elle ensuite. Tout au fond. »

La voiture fonce à travers le paysage de l'Östergötland. Des arbres gris sans feuilles, des champs solitaires, des maisons tout aussi mornes.

Les mains de Zeke reposent calmement sur le volant.

Malin inspire profondément.

« C'est toi qui as demandé à Sven de me parler, non ? » demande-t-elle ensuite.

Zeke détache les yeux de la route un court instant et la fixe. Puis il hoche la tête.

« Tu m'en veux maintenant ? Il fallait bien que je fasse quelque chose.

– Tu aurais pu me le dire.

– Et tu m'aurais écouté ? *Claro*, Malin.

– Tu es allé le voir derrière mon dos.

– Pour ton bien.

– Tu fais beaucoup de choses derrière le dos des gens, Zeke. Pense à ce que tu peux perdre. »

Zeke détourne une nouvelle fois le regard de la route. Il la fixe.

« Aucun de nous deux n'est un ange, dit-il.

– Qui se ressemble s'assemble », répond Malin.

À dix kilomètres de Linköping, son téléphone se met à sonner.

« Ici Stina Ekström. La mère d'Andreas.

– Bonjour, dit Malin. Comment allez-vous ?

– Comment je vais ?

– Excusez-moi, dit Malin.

– Vous m'avez demandé si je me souvenais de quelque chose en particulier de l'époque avant l'accident. Je ne sais pas si c'est important, mais je me souviens d'un ami d'Andreas. Anders Dalström. Lui et Andreas étaient dans la même classe au collège. Andreas l'avait un peu pris sous son aile, je crois. Mais comme ils sont allés dans des lycées différents, ils se sont moins vus ensuite. Je me rappelle l'avoir vu à l'enterrement. Il semblait très affecté par la mort d'Andreas.

– Savez-vous où il habite ?

– Toujours en ville, je crois. Mais je ne l'ai pas vu depuis un bon moment.

– Ils étaient donc amis.

– Oui, au collège. »

Puis Stina Ekström se tait, mais Malin ne raccroche pas, sentant que la mère d'Andreas à encore quelque chose sur le cœur.

« On était très en colère à l'époque, dit Stina Ekström. Les parents de Jasmin aussi. On avait perdu nos enfants. Mais la colère ne mène nulle part. J'ai appris que tout ce qui nous reste au bout du compte, c'est ce qu'on fait pour les autres. On peut choisir entre l'empathie et refus. C'est aussi simple que ça. »

45

Suis les voix de l'enquête, Malin.

Suis-les tout droit dans la partie la plus sombre des forêts d'Östergötland, si c'est là que tu les entends. Accroche-toi au moindre indice dans cette enquête.

La forêt dense autour de Malin et Zeke est grise comme le ciel. Le feuillage par terre est noir ici. L'odeur de putréfaction se répand presque jusque dans la voiture.

Tout à coup, elle voit la petite maison à la lisière de la forêt, à quelques kilomètres au sud de Björsäter.

Anders Dalström. Malin ne sait pas encore quel rôle il joue dans l'enquête.

Suis les voix jusqu'à ce qu'elles se taisent.

Puis suis-les encore et parfois, peut-être, tu seras récompensée par une piste, une preuve, la vérité.

C'est ce que les gens nous réclament, la vérité, pense Malin.

Comme si la vérité leur ôtait la peur.

Ils arrêtent la Volvo sur le gravier qui entoure la maison. Une Golf rouge est garée devant un garage. Si le château de Skogså était une boîte, se dit Malin, on pourrait mettre trente de ces maisons dedans.

Une plaque avec le nom d'Anders Dalström est accrochée à la porte d'entrée. Lorsqu'elle s'ouvre, ils se retrouvent face à un homme vêtu d'un jean et d'un tee-shirt à l'effigie de Bob Dylan. Son visage est fin, il a un petit nez et des joues couvertes de cicatrices provoquées par l'acné.

« Anders Dalström ? » demande Zeke.

L'homme hoche la tête. Ses longs cheveux noirs flottent au vent.

« Vous auriez un verre d'eau ? » demande Malin, quand ils arrivent dans la cuisine vétuste. Anders Dalström sourit : « Bien sûr. »

Sa voix est rauque, à la fois calme et forte. Il prend un verre et le tend à Malin.

Des affiches d'EMA Telstar couvrent les murs de la cuisine. Springsteen au Stadion, Clapton au Scandinavium, Dylan au Hovet.

« Des dieux, dit Anders Dalström. Pas moyen de leur arriver à la cheville. »

Malin et Zeke sont assis sur un canapé rustique et sirotent le café chaud qu'on vient de leur servir.

« Vous jouez aussi ? demande Malin.

– Plus trop maintenant, répond Anders.

– Vous rêviez d'être une rock star ? » demande Zeke.

Anders Dalström s'assied en face d'eux, boit une grande gorgée de café et sourit.

« Non, pas une rock star. Mais quand j'étais plus jeune, je voulais devenir auteur-compositeur-interprète.

– Comme Lars Winnerbäck ? demande Malin en se rappelant le concert qu'il avait donné au Cloetta Center et auquel elle avait assisté.

– J'aurais bien aimé être comme Lars Winnerbäck. Mais ma carrière n'a jamais décollé. »

Tu espères toujours, pense Malin. N'est-ce pas ?

« J'ai un studio dans mon garage. Je l'ai monté moi-même pour enregistrer mes chansons. Mais seulement de temps en temps. Mon boulot est assez fatigant.

– Qu'est-ce que vous faites ?

– Je suis aide-soignant dans une maison de retraite à Björsäter. J'ai bossé la nuit dernière, et j'y retourne cette nuit. Du coup, je suis fatigué la journée. »

Malin lui a déjà raconté pourquoi ils sont venus le voir, ce qu'ils ont découvert sur Jerry Petersson, la nuit de l'accident, ce que la mère d'Andreas Ekström leur avait dit. J'aurais peut-être dû garder tout cela pour moi, pense-t-elle maintenant. Mais mon cerveau est trop lent pour ça aujourd'hui.

« Est-ce que vous avez eu du succès ? demande Zeke. Avec la musique ?

– Un succès très modeste. Au lycée, en terminale, j'étais une espèce de troubadour semi-populaire qui jouait souvent aux soirées, mais après le bac, c'était fini.

– Vous connaissiez Jerry Petersson à l'époque ?

– Pas du tout.

– Vous n'étiez pas au même lycée ?

– Non. Lui et Andreas étaient à Notre-Dame. Moi, j'étais à Ljungstedtska.

– Vous ne connaissiez donc pas Jerry Petersson ? réitère Malin.

– Je viens de répondre à cette question.

– Et Andreas ? Sa mère nous a dit que vous étiez bons amis.
– Oui, c'est vrai. On était très proches.
– Comment ça ? demande Malin.
– On a fait pas mal de trucs ensemble. On était voisins, en classe.
– Vous avez grandi ensemble ?
– On s'est connus au collège de Linghem. À partir de la quatrième, quand la famille d'Andreas s'y est installée.
– Mais vous vous êtes perdus de vue, quand vous êtes allés au lycée ?
– Non.
– Non ? demande Malin. C'est pourtant ce que j'avais cru comprendre, d'après ce qu'a dit Stina Ekström.
– On est restés copains. Mais c'était il y a longtemps. Elle a dû l'oublier.
– Mais vous n'étiez pas à cette fête du nouvel an ? »
La voix de Zeke, rauque, froide, comme la pluie qui tambourine.
« Non. Je n'étais pas invité. »
Malin se penche en avant. Fixe calmement Anders Dalström qui se cache derrière ses cheveux noirs.
« Sa mort vous a beaucoup affecté, non ? Ça a dû être très dur de perdre un ami.
– J'étais à fond dans la musique à l'époque. Mais bien sûr, oui, j'étais triste.
– Et maintenant ? Vous avez beaucoup d'amis ?
– Quel rapport avec mes amis ? J'ai plus d'amis que d'occasions de les voir.
– Que faisiez-vous la nuit de jeudi à vendredi matin ? demande Zeke tandis qu'il pose sa tasse de café sur la table.

– Je travaillais. Demandez à ma chef de service, je peux vous donner son numéro de téléphone.

– Il faut qu'on vérifie, dit Malin. Ça fait partie de la routine.

– Pas de soucis, répond Anders Dalström. Faites ce qu'il faut pour trouver l'assassin de Jerry Petersson. C'était un bel enfoiré. S'il conduisait la voiture cette nuit-là, il mérite d'être puni. Mais de là à être assassiné ? Personne ne mérite ça, pour aucune raison.

– Vous étiez au courant ?

– Au courant de quoi ?

– Que Petersson conduisait la voiture ?

– Je l'ignorais. C'est vous qui venez de me le dire. Enfin, elle.

– Vous auriez le numéro de votre chef ? » demande Malin en jetant un regard à Zeke et en finissant son café.

La nuit vient de tomber sur Linköping, lorsque Zeke dépose Malin devant sa porte.

Le pub Pull & Bear est complètement éclairé, le brouhaha résonne jusque dans la rue. Dans quelques secondes, je pourrais être assise au comptoir, une tequila réservée devant moi.

« Monte maintenant ! », crie Zeke avant de partir. Devant sa porte, Malin écoute son répondeur : un seul message de Tove disant qu'elle dormira chez Jan. On ne s'est pas vues depuis une semaine, pense Malin. Comment a-t-on pu en arriver là ?

Sur le chemin du retour, Malin a appelé la chef de service de la maison de retraite de Björsäter, qui a confirmé l'alibi d'Anders Dalström après avoir vérifié sur le planning.

Malin enfonce le portable dans sa poche, fait quelques pas dans la rue et aperçoit le panneau du pub qui émet un rayon de lumière doux, chaud, plein de promesses. Sa gueule de bois persiste toujours aussi violemment dans son corps, mais est à présent renforcée par des regrets, du désir et le manque. Elle veut se rendre dans le pub, s'asseoir au comptoir.

Puis, le bruit familier du téléphone.

Le numéro de papa.

Elle décroche.

« Salut, papa.

– Tu es bien rentrée ?

– J'arrive chez moi. J'ai travaillé hier et aujourd'hui.

– Maman se demande où tu es passée.

– Tu lui as expliqué ?

– Je lui ai dit que tu as eu un appel d'un collègue et que tu as dû partir. »

Mensonges pieux.

Secrets.

Frères et sœurs, ces deux-là.

« Tove va bien ?

– Très bien. Elle m'attend à l'appartement. On va cuisiner des œufs.

– Passe-lui le bonjour, dit son père.

– Je lui dirai. J'ai un autre appel, il faut que je raccroche, à plus. »

Malin met la clé dans la serrure.

Ouvre la porte.

Du courrier par terre. De la pub.

Mais sous les feuilles de pub.

Une enveloppe A4 blanche sur lequel son nom est marqué en majuscules.

Pas de timbre.

Elle apporte le courrier dans la cuisine, jette la pub sur la table, prend un couteau et ouvre l'enveloppe.

Des photos.

D'innombrables photos.

En noir et blanc. Malin se refroidit, sa peur se transforme en colère.

Son père devant la maison à Ténérife.

Sa mère, floue, sur le balcon.

Tous les deux, poussant un chariot dans le rayon d'un supermarché.

Son père à la plage.

Sa mère sur la terrasse d'un café, seule, avec un verre de vin blanc. Elle a l'air calme et détendue.

Des photos semblant provenir d'un film super-huit.

Des photos en noir et blanc.

Un message.

Un pied de nez.

Goldman, pense Malin. Espèce d'enculé.

46

Sven Sjöman s'assoit sur le canapé en cuir rouge, dans le salon de sa villa. Il prend l'une des photos posées sur la table basse. L'horloge dans le coin vient de frapper huit coups. Des tapis tissés à la main sur le sol, de grandes plantes soignées qui bouchent la vue du jardin.

Sven regarde Malin, assise en face lui.

Elle l'a appelé. Il lui a dit de venir sur-le-champ.

Les photos sur la table. Disposées avec soin. Le doigt de Sven fouette l'air.

« Il veut te faire peur, Malin. Rien de plus. »

Sur ce, Malin cède à la panique :

« Et Tove ? Qu'est-ce qui nous dit qu'ils ne vont pas chercher à s'en prendre à elle ?

– Du calme, Malin. Du calme.

– Ça ne doit pas arriver une nouvelle fois.

– Réfléchis, Malin. Selon toi, qui t'a envoyé ces photos ? »

Elle prend une profonde respiration.

Dans la voiture, elle avait essayé de réfléchir calmement, d'évacuer la peur.

Elle en arrive toujours à la même conclusion :

« Goldman. »

Sven hoche la tête.

« On ne va pas prendre cette histoire à la légère, dit-il. Mais je ne crois pas que tu doives te faire du souci. C'est juste Goldman qui te manipule.

– Toi aussi, tu penses que c'est lui ?

– Qui d'autre ? Ça ne peut qu'être Goldman. Il veut se moquer de nous, ça doit l'exciter de te faire peur. Et toutes ces photos ont été prises à Ténérife.

– Mais pourquoi ?

– Tu l'as rencontré, Malin. »

Jochen Goldman au bord de la piscine. Mer et ciel bleus, son corps à la plage, toi qui jouais avec moi.

« Je crois qu'il s'ennuie. Il veut juste te montrer qui décide. »

Sven hoche la tête.

« Mais si la rumeur dit vrai, il faut qu'on soit prudent.

– Mais qu'est-ce qu'on peut faire ? demande Malin, résignée.

– On envoie les photos à Karin Johannison. Elle verra s'il y a des empreintes ou autre chose dessus. Mais je doute qu'elle découvre quoi que ce soit. »

Sven poursuit :

« Tu ne penses pas que c'est quelqu'un d'autre ? Quelqu'un que tu as mis en taule et qui veut se venger ? »

– Je ne vois personne, répond Malin. Mais il va falloir vérifier quand même.

– On le fera », dit Sven.

Sa femme entre dans la pièce, salue Malin et demande :

« Tu veux un thé ? Tu as l'air frigorifiée.

– Non, merci, c'est bon. Le thé m'empêche de dormir. »

– J'en prendrais bien une tasse », dit Sven. Sa femme va à la cuisine. Une fois qu'elle a quitté la pièce, Sven demande à Malin comment elle va. Malin entend l'effort qu'il fait pour prendre une voix douce et pleine d'espoir. Elle répond :

« J'ai eu un coup de mou hier soir. Je suis désolée que vous m'ayez vue dans un tel état.

– Tu sais que, normalement, je devrais faire quelque chose.

– Quoi ? »

Malin se penche encore plus en avant, répète sa question :

« Faire quoi, Sven ? M'envoyer en désintox ?

– C'est peut-être le mieux à faire. »

Malin se lève et crie :

« Je viens de recevoir une lettre de menaces avec des photos de mes parents et tout ce que tu me sors c'est que je dois aller me faire soigner !

– Ne t'emporte pas comme ça, Malin. Je suis sérieux. Reprends-toi ou je te suspends et t'envoie en cure avant que tu aies le temps de revenir au bureau. J'ai toutes les raisons de le faire. »

La voix de Sven a perdu sa douceur, elle est imposante, dominante.

« Et qu'est-ce que je dois faire de mes parents selon toi ?

– Ça te fera du bien, Malin, et ça te remettra sur les rails.

– Est-ce que je dois le leur dire ?

– Penses-y, Malin. Une fois que cette affaire sera terminée.

– Est-ce qu'on peut demander à la police de garder un œil sur eux ? Et sur Goldman.

– On verra.

– On verra quoi ?

– En ce qui te concerne, on décidera en fonction de ton état. Et pour la lettre, on va contacter la police des Canaris. Tu avais bien un contact là-bas ? »

Malin sent les derniers restes de nausée quitter son corps : cure de désintoxication.

Jamais. Il faudra me passer sur le corps. Comprends ça, Sven.

Jamais de la vie. Je n'allais pas très bien, c'est tout. Je trouverai la solution à cette affaire, il faut que tu me croies, Sven.

La pluie cogne obstinément sur le toit de la voiture.

Sa mauvaise haleine emplit l'habitacle. Elle prend son téléphone, sélectionne le numéro de Jochen Goldman, mais ça ne sonne pas, elle entend juste un long bip suivi d'un message en espagnol. Malin raccroche, jette le portable sur le siège. Est-ce à cause d'elle ou de l'humidité que toute la bagnole pue le moisi ?

Elle démarre.

Ne raconte rien à papa. Ni à maman.

Elle rentre dans son appartement vide, espérant pouvoir dormir.

Mais elle n'arrive pas à trouver le sommeil. Au lieu de ça, elle regarde par la fenêtre, voit la pluie qui dessine des traits dentelés dans le ciel.

Son corps est chaud et calme sous la couverture, ne hurle pas d'envie d'alcool. Elle ose laisser divaguer ses pensées vers Jan et Tove, s'avouer qu'ils lui manquent.

Elle enfonce la tête sous la couverture.

Jan y est. Et Tove, quand elle a cinq, six, sept, huit ou neuf ans.

J'aime l'idée de notre amour. Car c'est elle que j'aime. N'est-ce pas ?

Un coup à la fenêtre.

Douze mètres au-dessus du sol.

C'est impossible.

Un autre coup. Le bruit familier du verre qui tinte.

Elle reste allongée. Attend un nouveau bruit. Est-ce qu'il y a un cliquetis dehors ? Elle s'arrache de la couverture. Regarde par la fenêtre.

La pluie et l'obscurité. Un corps invisible qui plane au-dessus des toits.

Bois. Bois.

Les mots comme des cognements contre ses tempes. Sur ce, les coups contre la vitre recommencent, trois longs, trois brefs, comme un appel au secours.

Est-ce moi qui crie ? pense Malin, lorsqu'elle est de nouveau allongée sous la couverture en attendant que les coups s'arrêtent.

Je suis loin de toi maintenant, Malin.

Tu sais qui a frappé contre ta vitre, n'est-ce pas ? Peut-être que c'était moi ou ton cerveau imbibé d'alcool qui t'a joué un tour.

Bois, Malin.

L'obscurité te mordra dans le cou et sucera ton sang.

Moi-même, j'ai laissé tomber l'amour ce soir-là. J'ai concentré tous mes efforts sur l'argent. Je savais déjà à l'époque, penché sur mes livres de droit dans ma chambre d'étudiant, que l'argent serait le seul moyen pour moi de recevoir de l'amour. C'est pour ça que mes doigts caressaient avec une telle agitation le papier fin et lisse du code pénal.

47

Je suis parfaitement éveillé, pense Fredrik Fågelsjö en regardant la pendule au-dessus du poêle, dont les aiguilles noires semblent se fondre dans la pierre noire. Il est presque onze heures et demie.

Dehors il fait froid, mais ici règne une chaleur sèche. Le lac Roxen écume à seulement quelques centaines de mètres.

Le feu crépite, la couleur des bûches oscille entre l'orange et le gris, toute la pièce sent le bois brûlé, le calme et la sécurité.

Il fait tourner son verre de cognac dans sa main, le porte à ses narines et en renifle les arômes.

Heureusement qu'Ehrenstierna avait pu faire jouer ses contacts. Les nuits passées en cellule avaient été horribles. Tout seul, avec beaucoup trop de temps pour réfléchir. Du fond de sa cellule, il avait compris que l'argent, le château et toute cette merde ne valaient rien. Tout ce qui compte, il l'a ici, Christina, son amour éternel, et les enfants, rien d'autre.

Les enfants.

Ils sont chez les beaux-parents. C'était prévu depuis longtemps, et la garde à vue n'y avait rien changé. Il n'avait pas voulu les rejoindre, avait préféré rester ici, savourer la Villa Italia dans la pénombre automnale.

Ils doivent bientôt rentrer.

Fredrik Fågelsjö adore le calme qui règne dans cette villa par une soirée comme celle-ci, mais il aimerait quand même malgré tout entendre arriver la voiture.

Entendre les enfants monter les marches devant la maison en courant.

Le bruit de leurs pas.

Fredrik Fågelsjö se verse un autre cognac.

Ils sont en retard. Il a envie d'appeler sa femme. Sans doute qu'ils se sont attardés pour finir un film ou un jeu.

Le château.

Devenu un monument historique qui appartient désormais au vieux Petersson. La police n'a pas trouvé d'autres héritiers. De l'argent issu de leurs origines.

Son père va faire une offre pour racheter le château.

L'ordre sera rétabli.

Qui habiterait Skogså si ce n'est pas nous ? Moi, les enfants. Même si ce n'est pas important, il reste notre domaine.

Jerry Petersson.

Un arriviste. Un homme qui ne connaît pas son rang, qui n'a jamais connu son rang. C'est aussi simple que ça, pense Fredrik Fågelsjö : Il a été noyé par ses propres ambitions.

C'est Maître Stekänger qui gère son patrimoine. Une bonne offre dans les semaines qui viennent et l'affaire est réglée, si le vieux Petersson l'accepte. S'il refuse, on augmentera l'offre. Cette propriété est la nôtre, ce sont mes enfants qui y joueront, et personne d'autre.

Ensuite, j'exploiterai les terres. Je cultiverai des plantes rares et nous procurerai ainsi une nouvelle fortune. Je montrerai à mon père que je sais comment il faut faire, que je peux travailler et mener à bien des projets.

Que je peux être dur, comme lui.

Que je ne suis pas un simple employé de la banque qui ne fait que dilapider des fortunes, mais que je suis capable de préparer l'avenir de notre famille.

Fredrik Fågelsjö a les joues brûlantes.

Mais maintenant ils ont de nouveau de l'argent.

Fredrik Fågelsjö se lève. Le parquet craque sous ses pieds, le cognac lui monte à la tête. Il se rassied. Regarde la photo de sa mère, Bettina, posée à côté de l'horloge. Son doux visage est entouré d'un gros cadre en or. Son père ne s'est jamais remis de son décès. Il paraît abandonné, comme oublié.

La nuit de son décès, Fredrik Fågelsjö s'était caché derrière la porte de la chambre de sa mère au château. Il l'avait entendue faire jurer à son père de s'occuper de lui.

Sa mère ne ressemblait en rien à la commissaire qui l'avait arrêté sur ce champ, lorsqu'il avait essayé d'échapper à la police, mais Fredrik Fågelsjö pense à elle malgré tout.

Malin Fors.

Assez mignonne.

Mais mauvais genre. Un goût vestimentaire douteux et des traits beaucoup trop tirés pour son âge. Elle a cet air de pouffiasse qu'ont les filles de la campagne. Elle est peut-être intelligente, mais sûrement pas très maligne.

Quand vont-ils enfin arriver ?

La vieille villa semble receler mille secrets, et la pluie et l'humidité la font craquer, comme pour communiquer un message.

Tout à coup, Fredrik Fågelsjö entend un bruit.

Est-ce la voiture qui s'arrête ? La Volvo noire de sa femme ? Ce sont sûrement eux. Les enfants doivent dormir dans la voiture, et s'ils avaient voulu passer la nuit chez les beaux-parents, Christina l'aurait appelé.

Il se lève.

Se dirige dans le vestibule sur ses jambes molles et ouvre les deux battants de la porte d'entrée.

La pluie s'abat sur lui, mais il ne voit pas de voiture devant la maison.

L'obscurité.

Et la pluie.

Tout à coup, deux phares s'allument près de l'annexe. Et s'éteignent aussitôt.

S'allument de nouveau. Il ne distingue pas assez la voiture pour voir la marque, mais si elle est noire, c'est eux. Il se demande pourquoi sa femme ne roule pas jusque devant la maison par un temps pareil, peut-être que le moteur a eu des problèmes à cause de l'humidité. Il sort sur le perron en agitant la main. Maintenant les phares s'allument encore. Sa femme et les enfants. Veulent-ils qu'il vienne les chercher avec un parapluie ? Ou est-ce mon père ? Ma sœur ?

Les phares s'allument.

S'éteignent.

Fredrik Fågelsjö met son imperméable.

Ouvre le parapluie.

Les phares s'allument.

Puis, l'obscurité.

Il marche sous la pluie vers la voiture garée à cinquante mètres de l'entrée.

Il sent presque ses pupilles s'élargir, ses yeux travailler fébrilement pour aider sa tête à appréhender son environnement.

Il aurait dû allumer la lumière dans le jardin. Doit-il retourner à la maison ?

Non, sa femme et les enfants l'attendent.

Il s'approche de la voiture.

La voiture de sa femme.

Non.

Des vitres fumées.

Un mouvement près de la voiture.

Un animal ?

Un renard ou un loup ?

Quelque chose bouge près de lui.

Fredrik Fågelsjö se glace, son corps paralysé a envie de fuir comme jamais il n'a eu envie de fuir.

48

Östergötland, octobre

Le film ne finit pas.

Il est interminable, et les images deviennent de plus en plus floues, de plus en plus diffuses et grises, se consument sur les bords.

Peu importe ce qui arrive, ils ne m'auront pas.

Je me défendrai.

Je respirerai.

Je ne contiendrai pas la moindre rage. Je veux sentir les derniers vers quitter mon corps.

J'avoue que, cette fois-ci, c'était une belle expérience. Pas la même explosion soudaine que la première fois. Je savais ce que je devais faire. Et il y avait mille raisons. Je voyais ton visage dans le sien, père, ainsi que ceux de tous les garçons de la cour d'école. Je l'ai déshabillé comme ils m'ont déshabillé, et j'ai fait semblant de le déposer sur un autel plein de vers.

La violence m'a rendu calme. Heureux. Et incroyablement désespéré.

L'obscurité est dense maintenant, les gouttes de pluie s'abattent sur le sol et les hommes comme une chape de plomb.

C'est à mon tour d'être le plus fort.

Personne n'aura plus le droit de se détourner de moi. Et qui a besoin de cet enfoiré avec ses ancêtres, son nom, son arrogance innée ? Les images sautent, en noir et blanc avec des chiffres jaunes. L'histoire qui sort du projecteur touche à sa fin.

Mais je suis toujours là.

Sur les images, père me prend dans ses bras. Il est maigre, maman succombera bientôt au cancer. Viens vers moi, fils, reste tranquille pour que je puisse te frapper.

J'ai un ami.

Il est possible d'échapper à la solitude, la prison, les étrangers et la peur, tout ce qui est insupportable. La vie peut être une mer bleue et calme.

L'argent.

Tout a un prix.

Le garçon filmé en train de courir dans le jardin ne le sait pas encore, mais il s'en doute.

L'argent.

Père, tu n'as pas d'argent. Tu n'en as jamais eu. Mais pourquoi n'en aurais-je pas, moi ? Ton amertume n'est pas la mienne, peut-être qu'on aurait pu faire quelque chose ensemble, quelque chose de bien.

Mais le destin en a décidé autrement.

Je cours tout seul à travers le jardin sur les images. Au diable ceux qui créent la solitude et la peur qui en découle.

Des garçons. Vivants et morts, des hommes dans une peau trop petite pour eux.

Voilà la fin du film. Le projecteur clignote. Le garçon et l'homme n'existent plus.

Où dois-je aller ? Il ne reste que la sensation de vers qui fourmillent sous ma peau.

49

Vendredi 31 octobre

Johan Stekänger accélère et met les essuie-glaces à vitesse maximale. Ils caquettent telles des poules nues sur le pare-brise.

La Jaguar obtempère et ils dépassent facilement le bus avant de croiser un triste break Volvo noir.

Le revêtement molletonné du siège lui réchauffe agréablement l'arrière-train. Le temps est particulièrement maussade ce matin. La voiture sent toujours le neuf et son intérieur gris colle bien avec la saison.

Les œuvres d'art du château. Ses murs étaient couverts de tableaux représentant très vaguement quelque chose, mais qui, d'après ce qu'il avait compris, valaient quand même une fortune.

C'est la raison de la présence de ce connard en costard tweed à côté de lui : un certain Paul Boglöv, expert en art contemporain venu de Stockholm en train pour estimer la valeur de la collection de Jerry Petersson.

Cette tarlouze espère sans doute pouvoir vendre ces merdes, pense Johan Stekänger en se garant dans la cour du château après avoir franchi le pont surplombant les douves vides.

L'autre n'a pas dit grand-chose.

Il a peut-être senti mon mépris, pense Johan Stekänger. C'était en effet l'une des raisons pour lesquelles il était retourné à Linköping après ses études de droit à Stockholm. Ici, la population est plus homogène, et les pédés qu'il avait toujours eu du mal à supporter, ne se montrent que rarement dans les rues proprettes de la ville.

L'horloge sur le tableau de bord indique 10 h 12.

Il me méprise, pense Paul Boglöv tandis que l'avocat mal peigné dans son costard vert bon marché et ses cheveux blonds beaucoup trop longs tape le code de l'alarme à l'entrée du château.

Mais qu'est-ce que j'en ai à faire de son mépris ?

Espèce de paysan.

« Bienvenue au pays des merveilles.

– Purée. »

Le mot est sorti de la bouche de Paul Boglöv avant qu'il puisse se reprendre. Lorsqu'il arrive enfin à détacher son regard du tableau énorme accroché dans l'entrée du château, il croise celui de l'avocat, qui lui sourit.

« Alors, ça vaut un paquet ?

– C'est un Cecilia Edefalk. De sa série la plus connue.

– C'est plutôt chiant, je trouve. Un homme qui met de la crème solaire sur le dos d'une femme. Il aurait mieux fait de lui en mettre sur les nichons ! »

Paul Boglöv ne se donne pas la peine de répondre à ces vulgarités.

À la place, il sort son appareil photo, prend en photo le tableau, le note dans son petit carnet noir.

« Il y a de ces machins dans presque chaque pièce. »

Paul Boglöv va de pièce en pièce, prend des photos, fait des calculs et s'étonne comme un enfant. Plus il en voit, plus il a l'impression de faire une grande découverte, était-ce cela qu'ont éprouvé les découvreurs de l'armée d'argile ?

Mamma Andersson, Annika von Hausswolff, Bjarne Melgaard, Torsten Andersson, un joli Maria Miesenberger, Martin Wickström, Clay Ketter, Ulf Rollof, une tête baissée de Tony Oursler.

Un goût irréprochable. Rien que de l'art contemporain. Acheté au cours de la dernière décennie.

Jerry Petersson choisissait-il ses œuvres lui-même ?

Et puis ce connard d'avocat.

Ses commentaires à la noix.

« C'est comme une photo ordinaire, si vous voulez mon avis. »

Un petit Miesenberger.

« Un peu de verre avec des trous dedans. »

Un Ulf Rollof accroché au-dessus du lit de Jerry Petersson.

Pour au moins trente millions de couronnes en œuvres d'art.

Après avoir passé toutes les pièces en revue, Paul Boglöv se rend à la cuisine pour boire un verre d'eau en relisant ses notes et en regardant les photos sur son appareil.

De l'œil.

Jerry Petersson, ou quelqu'un d'autre, a dû avoir un œil parfait.

Vous vous promenez dans mes pièces.

Tu admires, l'autre se moque.

Vous ne savez pas ce que vous allez trouver, ce que je viens d'observer.

Il y a une raison qui m'a fait pencher vers l'art, c'est vrai.

Mais je n'ai pas l'intention d'en dire plus, c'est à Malin Fors de deviner.

L'art m'a chamboulé, m'a donné beaucoup plus que je n'avais cru. D'abord je n'avais pas les moyens, mais ça a vite changé.

Sur mes tableaux je voyais, je vois tous les sentiments sur lesquels je ne parviens pas à mettre de nom. Regardez juste le verre troué au-dessus de mon lit. La beauté et la douleur qu'il représente, ou les singes en train de se fister peints par Melgaard, leur peur mal dissimulée de ce qu'ils sont et de ce qu'ils sont devenus, l'amour qu'ils ont laissé derrière eux.

Ou regardez les ombres vides de Maria Miesenberger. Comme des péchés qu'on n'oubliera jamais.

« Il y a aussi une chapelle, dit l'avocat, où il a accroché quelques images dorées de Jésus. Vous voulez peut-être les voir ? »

Des icônes, pense Paul Boglöv. Il ne sait même pas qu'on appelle ça des icônes, puisque ça ne peut pas être autre chose.

« Où se trouve cette chapelle ?

– Derrière le château, à la lisière de la forêt. »

Paul Boglöv pose le verre sur le plan de travail.

Ils font le tour du château à pas rapides. La chapelle trône seule et abandonnée au bord d'une épaisse forêt de sapins.

Des icônes, pense Paul Boglöv en se demandant si Jerry Petersson avait aussi bon goût dans ce domaine.

« Ah, c'est ouvert », dit Stekänger.

Ils poussent la porte à deux battants qui s'ouvrent lentement en grinçant.

Une faible lumière tombe à travers des fentes sans vitres.

Ils poussent chacun un cri déchirant en apercevant ce qui gît, nu et drapé, sur une élévation en pierre qui marque l'emplacement du caveau de la famille Fågelsjö.

50

La mort n'a pas d'odeur ici. L'odeur de putréfaction qui atteint Malin ne provient pas du cadavre mais de la forêt entourant la chapelle du château.

Le sol est humide, mais paraît non inondable.

Le corps de Fredrik Fågelsjö est nu.

Malin le sait, même s'il est déjà enveloppé dans un sac plastique noir prévu à cet effet : couvrir et transporter des cadavres.

Elle se tient devant l'entrée de la chapelle de Skogså en essayant d'éviter la pluie que le vent souffle vers elle et observe les images pieuses aux murs, l'auréole autour de la tête de Jésus, une auréole que personne ne semble avoir cet automne.

Les journalistes sont tenus à l'écart. En passant devant eux, elle a pu voir l'excitation dans leurs yeux. Leurs petits BlackBerry, leurs caméras affamées, leurs instincts en éveil, enfin quelque chose se passe. Daniel n'était pas parmi eux. Il viendra peut-être plus tard.

Sven Sjöman et Zeke à côté d'elle, silencieux et mornes, perdus dans leurs pensées.

Fredrik Fågelsjö.

Assassiné. Comme un sacrifice sur la tombe familiale.

Un sacrifice d'automne.

Mais pourquoi ? Et par qui ?

Le lien avec le meurtre de Jerry Petersson semble évident, mais les policiers savent qu'ils ne doivent pas tirer des conclusions hâtives. Pas de coups de couteau cette fois-ci, mais le message est tout aussi clair : un corps nu sur une tombe.

Il ne faut écarter aucune piste. Certes, les deux crimes se sont déroulés sur la même propriété et les victimes ont un passé commun, mais il n'est pas sûr que ces deux meurtres soient liés. Qui sait, pense Malin, où la violence peut nous mener ? Dans le noir et la solitude ? La manière de procéder n'est visiblement pas la même.

L'avocat et l'expert en art contemporain.

Ils étaient à bout de nerfs lorsque Malin, Sven et Zeke étaient arrivés il y a une heure, mais avaient eu la présence d'esprit de ne pas s'avancer trop loin dans la chapelle et de faire attention à ne pas laisser de traces dans ses alentours.

Ils n'avaient rien vu ni entendu, et avaient une bonne raison de se trouver là.

Inutile de les retenir plus longtemps.

Karin Johannison et ses deux collègues tournent autour de la tombe, cherchent des empreintes, placent des objets invisibles à l'œil nu dans des sachets en plastique.

Les mots de Karin concernant Fredrik Fågelsjö :

« Il est probablement mort d'un coup sur la tête. La blessure semble provenir d'un marteau. Impossible de dire si le meurtrier était gaucher ou droitier car l'impact est vertical. Pas d'autres traces sur le corps, ni de sévices sexuels, à ce que j'ai pu voir.

– A-t-il été tué ici ou l'a-t-on transporté ? demande Malin.

– On l'a sûrement transporté. Il y a des traces de sang à l'entrée. Et je crois qu'on l'a déshabillé ici, même si les vêtements ont disparu. Les fibres qu'on a découvertes sur le sol semblent être les mêmes que celles trouvées sur le corps à mon premier examen.

– On l'a donc tué ailleurs, puis déshabillé ici.

– Probablement, oui.

– Et la manière de le poser sur cette tombe dans la chapelle... Qu'en penses-tu ?

– C'est ton boulot, Malin. Je ne pense rien.

– Et sur le mode opératoire ?

– Le coup a dû être très fort.

– La colère ?

– Peut-être. Mais sans doute pas une rage totale, l'assassin aurait alors frappé plusieurs fois. »

Karin fait un signe à ses collègues.

Les deux hommes sortent Fredrik Fågelsjö de la chapelle.

Malin observe le caveau et réfléchit.

Fredrik Fågelsjö a perdu en spéculant avec la fortune familiale. Est-ce que son père Axel et sa sœur Katarina se seraient vengés ? Mais pourquoi maintenant, alors qu'ils viennent d'hériter et seraient capables de racheter la propriété ? Ou est-ce que la famille a fait disparaître Jerry Petersson et s'est trouvée obligée de tuer Fredrik car il était sur le point de craquer ou en savait trop ?

Ou est-ce que c'est complètement autre chose ? Y a-t-il un lien entre Fredrik Fågelsjö et Goldman ?

Jerry, Fredrik. Quelqu'un aurait-il une raison de vous détester tous les deux ?

Les icônes aux murs semblaient brûler, comme si elles l'exhortaient à penser plus loin.

Malin sent, malgré le froid et la pluie, malgré le malheur, qu'elle adore se remuer les méninges, essayer de mettre de l'ordre dans les hypothèses.

Son âme d'enquêtrice s'éveille.

Plus d'hésitations ni de tristesse. Rien que de la concentration sur l'énigme à résoudre.

« Allons au château pour un débriefing. »

La voix de Sven n'est pas fatiguée, plutôt pleine d'espoir, comme si son âme de policier s'était réveillée.

« Ça marche », dit Zeke en tournant le dos à l'endroit du crime.

Malin, Zeke et Sven se trouvent dans la cuisine du château et énumèrent les diverses pistes.

« Le mode opératoire est un peu différent, dit Sven. Mais je crois qu'on a affaire au même meurtrier. »

Malin hoche la tête.

« Il y a trop de liens entre les meurtres. L'endroit, le passé des victimes. Ça m'étonnerait qu'ils aient été commis par deux personnes différentes.

– Peut-être que le premier meurtre a eu lieu dans un accès de rage et que le deuxième était prémédité, propose Zeke.

– Il est aussi possible que Fredrik Fågelsjö ait tué Petersson et qu'on l'ait assassiné ensuite pour se venger, dit Sven. On ne le sait tout simplement pas. Mais il y a de fortes chances qu'on ait affaire à un seul et même tueur.

– Dans ce cas, on peut exclure les parents des jeunes blessés dans l'accident, dit Malin. Ils n'avaient aucune raison de tuer Fredrik Fågelsjö. S'ils lui en avaient voulu d'avoir organisé la fête, ils l'auraient fait depuis longtemps. »

Ils mentionnent Jochen Goldman, en viennent à la conclusion que le lien est vague, mais qu'ils ne peuvent pas l'exclure totalement.

« Vous deux, allez voir Axel Fågelsjö, dit finalement Sven. Johan et Waldemar informeront Katarina Fågelsjö.

– Il faut les interroger, dit Zeke. On ne sait jamais. Ils pourraient être mêlés à l'histoire.

– Oui, répond Sven, c'est possible. Peut-être qu'ils ont quelque chose à voir avec la mort de Petersson et que Fredrik était sur le point de craquer et de tout avouer. »

Malin secoue la tête, sceptique, mais ne dit rien.

« Et puis il faudra s'intéresser de près à la vie de Fredrik Fågelsjö. Les portefeuilles qu'il gérait à la banque, ajoute Sven. Il n'a peut-être pas seulement dilapidé l'argent de sa propre famille. Il peut avoir des ennemis. Johan, Waldemar et Lovisa ont du pain sur la planche.

– Quel bordel, dit Zeke. Comment est-ce qu'on est censé avancer, nom de Dieu ?

– Vérifions ses dossiers professionnels. Une mauvaise opération arrive rarement toute seule », dit Sven en jetant un regard plein de pitié à Malin qui l'énerve, qui lui donne envie de dire : « Arrête de te prendre la tête pour moi. Je m'en sortirai. » Et puis elle pense : « Imagine que je n'y arrive pas, imagine que je ne m'en sorte pas. Qu'est-ce qui va se passer ? » Le mot cure de désintoxication traverse son esprit.

« On devra aussi parler avec la femme de Fredrik Fågelsjö, dit Zeke. Elle ne l'a pas porté disparu.

– Faites ça, dit Sven. Il lui a peut-être dit qu'il se rendrait quelque part. D'autres pistes ? L'accident de voiture ?

– Peu probable. Mais il faut se demander pourquoi on l'a posé nu sur la tombe familiale, répond Malin. Presque comme un sacrifice.

– Tu crois que le meurtrier veut nous faire passer un message ?

– Je ne sais pas, c'est possible. Ou alors il veut qu'on pense qu'il y a une histoire derrière tout ça. Nous attirer dans une certaine direction. Peut-être celle de la famille Fågelsjö.

– Tu veux dire qu'un membre de la famille voudrait qu'on le découvre ? demande Zeke.

– Plutôt le contraire, dit Malin.

– Comment ça ?

– Je ne sais pas. J'ai juste l'impression que quelque chose nous échappe.

– Tu as raison, beaucoup de choses nous échappent. Demain matin, on aura le rapport de Karin, il faudra s'en servir comme base de nos recherches, dit Sven. Il faudra aussi reconstituer la dernière journée de Fredrik Fågelsjö.

– Comment est-ce qu'il a atterri dans la chapelle ? demande Zeke.

– Les techniciens vont examiner les traces de pneus dans la cour du château pour voir s'il y en a d'autres que celles de la voiture de l'avocat. Rien n'indique que quelqu'un est entré dans le château. L'alarme était enclenchée quand l'avocat et l'expert sont venus. »

Le téléphone portable de Sven sonne.

Il fait plusieurs « mmm, mmm », puis raccroche.

« C'était Groth du laboratoire, dit-il en s'adressant à Malin. L'examen des photos de tes parents n'a malheureusement rien donné. »

Malin hoche la tête.

« Ah merde », dit Zeke à voix basse. Il était très en colère ce matin, quand il avait appris que Malin avait reçu une lettre de menaces. « Est-ce que les photos peuvent avoir un rapport avec ce meurtre ?

– D'une manière ou d'une autre, tout a un rapport, n'est-ce pas ? répond Malin. La question est de savoir lequel. »

Malin quitte la cuisine, se rend dans le vestibule et s'arrête une fois de plus devant le tableau représentant un homme qui met de la crème solaire dans le dos d'une femme.

Elle se dit que le tableau est beau et mauvais à la fois.

Il lui fait ressentir quelque chose, mais elle n'arrive pas à savoir quoi.

Sven passe devant elle.

Elle dit : « J'aimerais plutôt parler avec Katarina Fågelsjö.

– Fais ce que tu penses être le mieux, répond Sven. Waldemar et Johan peuvent aller voir chez la femme de Fredrik Fågelsjö.

– Mais commencez par son père. Et pas un seul mot aux médias. »

51

Axel Fågelsjö se tient immobile devant la fenêtre du salon. Le brouillard qui s'est accumulé bouche la vue vers le jardin botanique, les arbres nus ressemblent à de maigres silhouettes, Axel Fågelsjö paraît chercher quelque chose du regard, comme s'il avait l'impression que quelqu'un dans le parc le guettait, n'attendant que le bon moment pour s'en prendre à lui.

Comme s'il savait pourquoi ils étaient venus, comme s'il savait ce qui était arrivé, déjà dans l'entrée il avait demandé à Malin et Zeke de « cracher le morceau ». Ils l'avaient prié d'aller dans le salon et de s'asseoir, mais le vieil homme avait refusé : « Dites ce que vous avez à me dire, tout de suite. » À présent, Malin est assise sur un vieux pouf et dit :

« Il s'agit de votre fils. Fredrik. Il a été retrouvé mort dans la chapelle de Skogså ce matin.

– Il s'est suicidé ? Est-ce qu'il s'est pendu ? »

Dans le visage dur d'Axel Fågelsjö, cette peau ridée rose tendue sur de la graisse, Malin perçoit une expression qui semble signifier : Je méprisais mon fils autant que je l'aimais. Il est mort. Peut-être que ses péchés lui sont à présent pardonnés.

Et tout au fond dans les pupilles vides : de la tristesse, ce sentiment est pourtant caché sous de nombreuses couches d'aplomb.

« Il a été assassiné, dit Zeke. Votre fils a été assassiné. »

Il le dit deux fois, comme pour provoquer une réaction chez Axel Fågelsjö, mais ce dernier se retourne simplement pour aller dans le salon devant la fenêtre, le dos tourné vers eux et répond à leurs questions. Il ne semble pas intéressé de connaître les circonstances du meurtre. Malin aurait aimé voir son visage et ses yeux, elle est pourtant sûre qu'aucune larme ne coule le long de ses joues.

« On peut vous raconter plus de détails sur la mort de votre fils, si vous le souhaitez, dit Malin. On sait déjà pas mal de choses.

– Comment il a été retrouvé, vous voulez dire ?

– Par exemple.

– Je pourrai le lire dans les journaux bien assez tôt, vous ne croyez pas ? »

Malin lui résume tout de même ce qu'ils savent en omettant certains détails. Axel Fågelsjö reste impassible.

« Fredrik avait-il des ennemis ?

– Non.

– Quelqu'un qui voudrait s'en prendre à votre famille ? »

Le vieil homme secoue la tête.

« Que faisiez-vous hier soir et cette nuit ? demande Zeke.

– J'étais chez Katarina. On a discuté de l'éventuel rachat de Skogså. Il n'y avait qu'elle et moi. Je suis rentré tard à pied. »

Le père et la fille, pense Malin. Ils sont ensemble la nuit où Fredrik, leur fils et frère, est tué. Pourquoi ?

« Rien d'autre qu'on devrait savoir sur Fredrik ? D'autres affaires qui ont échoué ?

– Il n'avait pas la position nécessaire à la banque.

– Non ?

– Il n'était qu'un assistant.

– Aurait-il pu avoir des rapports avec Jochen Goldman ?

– Jochen Goldman ? Quel Goldman ?

– L'arnaqueur, dit Zeke.

– Je ne connais pas de Goldman. Et je crois encore moins que Fredrik faisait affaire avec un arnaqueur.

– Pourquoi pas ?
– Il était trop lâche. »
Malin et Zeke se regardent.
« Et la femme de Fredrik ? Comment allait leur couple ?
– Il faudra poser cette question à sa femme.
– Voulez-vous qu'on vous envoie quelqu'un ? Il vaut mieux que vous ne soyez pas seul en ce moment. »
Axel Fågelsjö ponctue les mots de Malin d'un rire sec.
« Qui voudriez-vous m'envoyer ? Un prêtre ? Si vous n'avez plus de questions, je vous prie de partir. Il est temps de fiche la paix au vieillard que je suis. Il faut que j'appelle les pompes funèbres. »
Malin perd patience.
« Vous et votre famille, vous n'auriez pas fait tuer Jerry Petersson ? Et maintenant Fredrik était sur le point de craquer et de tout avouer ? Du coup, vous l'avez tué aussi ? »
Axel Fågelsjö lui rit au nez.
« Vous êtes folle », dit-il.
Malin se rend compte à quel point leur théorie est tirée par les cheveux.
« Nous allons voir Katarina maintenant, dit Malin. Vous voulez peut-être l'appeler d'abord ?
– C'est à vous de lui transmettre cette nouvelle, répond Axel Fågelsjö. Ça fait longtemps qu'elle ne m'écoute plus. »

Malin et Zeke descendent les marches, leurs pas résonnent dans la cage d'escaliers.
« C'est un diable froid, cet homme, dit Zeke tandis qu'ils se dirigent vers la porte d'entrée.

– Il a l'air imperméable à toute émotion, répond Malin.

– La mort de son fils semblait lui passer au-dessus de la tête.

– Il semble encore moins se préoccuper du sort de sa belle-fille, dit Malin.

– Et de celui de ses petits-enfants, ajoute Zeke.

– Il est sans doute trop vieux pour se mettre en colère, dit Malin.

– Lui ? Il ne sera jamais trop vieux pour ça. Personne ne le sera. »

Axel Fågelsjö vient de s'asseoir dans le fauteuil devant le poêle ouvert.

Il joint ses grosses mains, sent les larmes emplir ses yeux et couler le long de ses joues.

Fredrik.

Assassiné.

Comment était-ce possible ?

Les policiers.

Pas les bonnes personnes à qui il fallait se confier. Moins ils en savent, mieux c'est.

Il voit ses petits-enfants courir dans les salons de la Villa Italia, Fredrik qui les poursuit, puis ils continuent de courir, il entend des pieds d'enfants tambouriner le sol en pierre de Skogså. Qui sont ces enfants ? Fredrik, Katarina ? Victoria ? Leopold ?

Je veux prendre mes petits-enfants chez moi, mais comment dois-je l'approcher, Bettina ? Christina n'a jamais pu me supporter et c'est réciproque.

Mais je dois agir.

Tu es veuve maintenant.

Tes deux enfants ont perdu leur père.

Johan Jakobsson regarde la femme assise en face de lui sur le canapé du grand salon de la Villa Italia, recroquevillée et en larmes, mais dégageant malgré tout une certaine confiance dans l'avenir. Elle n'a sûrement pas de soucis financiers. Johan a observé cette réaction chez plusieurs femmes avec des enfants qu'il a informées de la mort de leur mari ; elles semblaient concentrer toute leur force vers l'avant, sur les enfants, afin de faire d'eux des êtres humains complets.

Johan se laisse aller contre le dossier de son fauteuil.

Christina Fågelsjö a les yeux fixés sur Waldemar Ekenberg qui a pris place sur un tabouret près du piano, une main sur les touches, l'autre massant le bleu sur son menton.

Christina Fågelsjö vient de leur raconter qu'elle avait décidé de passer la nuit chez ses parents avec les enfants car elle avait bu du vin au dîner. Elle allait souvent dîner chez ses parents sans Fredrik, « car il ne s'entendait pas bien avec eux », les parents pouvaient le confirmer.

« Vous ne l'avez pas appelé ? demande Waldemar.

– Non.

– Et il n'était pas là quand vous êtes rentrés ? » demande Johan. Pendant une seconde, il se dit qu'elle a peut-être tué son mari pour mettre la main sur l'héritage récent avant qu'il ne soit dépensé pour racheter le château.

Absurde, pense-t-il ensuite. La femme en face de lui n'est pas une tueuse.

« J'étais persuadée qu'il était à la banque.

– Est-ce qu'il avait des ennemis ? » demande Waldemar. Bonne question, se dit Johan. Malgré lui, il se dit que Waldemar et lui forment une équipe efficace. Il est convaincu que Christina Fågelsjö dit la vérité lorsqu'elle répond :

« Aucun, à ma connaissance.

– Son père ? Sa sœur ?

– Vous voulez dire à cause de la faillite ? »

Christina Fågelsjö hausse les épaules.

Waldemar Ekenberg appuie doucement sur les touches du piano. Les yeux de Christina Fågelsjö s'illuminent.

« Nous avons déjà posé cette question, dit Johan, mais savez-vous pourquoi il a cherché à nous échapper ? Est-ce que cela peut avoir…

– On en a discuté le jour de sa libération. Il a eu peur, il a paniqué. Ça peut arriver à tout le monde dans une situation pareille.

– Était-il conscient qu'il était dangereux et interdit de conduire en état d'ivresse ?

– Parfois, il pensait être au-dessus de ce genre de choses. Les lois étaient plus pour les autres.

– Comment était votre mariage ? » demande Johan. Christina Fågelsjö répond sans réfléchir.

« C'était un bon mariage. Fredrik était un homme généreux. La famille Fågelsjö est forte en amour. »

Au moment où Christina Fågelsjö prononce ces mots, deux enfants font irruption dans la pièce, une petite fille et un garçon. Ils foncent vers leur mère et demandent en même temps :

« Maman, maman, qu'est-ce qu'il y a ? »

« Maman. Tu es là ? La liaison est mauvaise. »

Tove.

Il est deux heures et demie. Le soleil commence déjà à se coucher à l'horizon. Malin est dans la Volvo à côté de Zeke, ils sont en route pour se rendre chez Katarina Fågelsjö.

Elle aimerait que Tove dise qu'elle viendra ce soir, qu'elle passera la nuit en ville avec elle et pas chez Jan.

« Maman ? Tu es là ? Je t'entends très mal.

– Je suis là, dit Malin. Est-ce que tu viens ce soir ? On pourrait se faire un bon repas.

– Peut-être demain ? »

Malin entend sa propre voix, mais c'est comme si elle n'existait pas. Comme si la voix de Tove n'existait pas non plus. Et l'absence de leurs voix se transforme en solitude, puis en tristesse.

La voiture se gare devant la villa de Katarina Fågelsjö près de la rivière, la pelouse est jonchée de pommes pourries, et ce n'est que maintenant que Malin se rend compte du mauvais état de la maison. La façade a besoin d'être refaite et le jardin débroussaillé, voire entièrement replanté.

Malin et Tove raccrochent.

Les essuie-glaces travaillent à plein régime.

Leurs mouvements forment un cœur, pense Malin. Le cœur qui enduit la peau d'une femme de crème solaire.

Et elle sait quelle question elle va poser à Katarina Fågelsjö.

52

Comme si elle avait su que cela allait arriver.

Katarina Fågelsjö est assise en face de Malin et Zeke sur le canapé. Son visage ne trahit ni consternation, ni tristesse ou désespoir.

Elle vient d'apprendre la mort de son frère.

Katarina Fågelsjö hausse les épaules, s'époussette la manche et passe à autre chose. Malgré tous ses défauts, c'était quand même ton frère, pense Malin.

Malin regarde le tableau d'Anna Ancher au mur, une femme près d'une fenêtre. Elle ressemble à ton père, Katarina, posté devant la fenêtre qui donne sur le jardin botanique, comme pour cacher leurs visages et ne pas être obligés d'avouer leurs sentiments.

Est-ce comme ça qu'il faut se comporter ? Faire comme si le monde autour et les sentiments n'existaient pas ? Ou est-ce que tu as autre chose à cacher ?

Elle écoute Zeke poser des questions et Katarina Fågelsjö répondre.

« Oui, mon père était ici. Il est rentré à pied. Je suis allée me coucher. Personne ne peut le confirmer. Est-ce nécessaire ? Je n'ai pas assassiné mon frère, si c'est ça que vous croyez. Nous n'avons rien à voir avec les meurtres. Point final. Des ennemis ? Fredrik était inoffensif. Il n'avait pas d'ennemis. Oui, le jour de la mort de mon père j'hériterai de presque tout, mais j'ai tout ce qu'il me faut. »

L'ironie tranchante comme un rasoir, lorsque Katarina Fågelsjö prononce les derniers mots.

Zeke n'a plus de questions.

Katarina Fågelsjö met ses mains sur ses cuisses, laisse ses doigts reposer sur l'étoffe en soie bleue de sa robe. Malin se dit qu'elle a cette nervosité muette qu'on ne trouve que chez les femmes sans enfants, un désir triste qui s'exprime par de l'inquiétude.

Un autre tableau sur un autre mur. Une femme seule vêtue de bleu peinte dans un style impressionniste, tournée vers une fenêtre embuée. Elle regrette quelqu'un, pense Malin.

« Vous et Jerry Petersson, dit Malin. Vous étiez ensemble, n'est-ce pas ? »

Malin se rend compte de son ton sec et maladroit. Katarina Fågelsjö pince les lèvres puis dit :

« Ce n'est vraiment pas le moment de se perdre dans des fantasmes absurdes, n'est-ce pas commissaire ? »

La salle des supplices du commissariat est plus moite que jamais.

Lovisa Segerberg, Waldemar Ekenberg et Johan Jakobsson se sont rendus à la banque Östgöta pour chercher les dossiers et l'ordinateur de Fredrik Fågelsjö tout comme ses ordinateurs privés et papiers à la Villa Italia.

Il est trois heures et demie.

À la réception, les journalistes attendent une mini-conférence de presse, mais ils n'auront rien à part une brève note avec le nom de la victime.

Johan se frotte les yeux, pense à sa femme qui joue sans doute avec les enfants à la maison.

Les papiers de Fredrik Fågelsjö.

Les documents de Jerry Petersson. Avant même de pouvoir étudier un dixième des dossiers de Petersson, ils ont reçu une nouvelle salve de paperasse.

En bruit de fond, la radio et la télé hurlent les nouvelles sur le meurtre. Montrent les profils de Jerry Petersson et de Fredrik Fågelsjö. Bien sûr que le *Corren* affiche l'affaire en une avec un article de ce journaliste dont Johan est sûr qu'il a une relation avec Malin ou au moins qu'ils couchent ensemble. Il écrit qu'on aurait éventuellement pu éviter le deuxième meurtre, si la police avait été plus efficace dans son enquête sur le premier. Ce type n'était même pas allé au château.

Waldemar boit un café. Noir et fort et il a l'air ennuyé. Il gémit et soupire, semble ne pas avoir envie de se mettre au boulot. Lovisa par contre se penche avec intérêt sur les ordinateurs de Fredrik Fågelsjö tout en cliquant de fichier en fichier. Peut-être espère-t-elle trouver un lien entre Jochen Goldman et Fredrik Fågelsjö ?

Tout à coup, Waldemar se lève, se met derrière Lovisa et commence à lui masser les épaules en disant :

« C'est ce que tu aimes, non ? »

Lovisa se lève à son tour.

Se retourne vers Waldemar. Dit d'une voix glacée :

« Tu ne me touches pas. Je m'en fous combien de filles tu as déjà soûlé aujourd'hui, mais tu me fiches la paix. C'est compris ? »

Waldemar recule.

« Chérie, où est passé ton humour ? »

« Je viens de recevoir un mail d'Interpol à Stockholm », dit Sven Sjöman en se dirigeant vers le bureau de Malin.

Un léger mal de tête. L'abstinence, pense Malin. Mais pas la gueule de bois.

« Jochen Goldman a quitté Ténérife, dit Sven. Il y a trois jours.

– Pour aller où ? demande Malin.

– À Stockholm, en passant par Madrid. Mais depuis qu'il a atterri à Arlanda, personne ne sait où il se trouve.

– Il serait donc possible que ce soit lui qui ait mis les photos dans ma boîte aux lettres ?

– Peu probable. Mais il peut l'avoir commandité. Peut-être plus facile pour lui de faire ça directement de Stockholm.

– Il était en Suède quand Fredrik Fågelsjö a été assassiné, dit Malin.

– Pour l'instant, on n'a découvert aucun lien entre les deux, mais on verra ce qu'on trouve dans les papiers, répond Sven.

– On n'a rien contre lui, dit Malin. Il peut faire ce qu'il veut. Ces photos ne sont peut-être qu'un jeu pervers.

– Je ne le comprends toujours pas, répond Sven. Qu'est-ce que Goldman a à faire en Suède en ce moment ?

– Qui sait, dit Malin. Mais je suis persuadée que Jochen Goldman est derrière ces photos. Ce ne peut qu'être lui. Aronsson vient de m'apporter les résultats de ses recherches : aucun de ceux que j'ai arrêtés par le passé et qui pourraient vouloir se venger n'a été relâché dernièrement. »

Sven rentre son ventre et annonce que la réunion d'équipe commence dans cinq minutes.

« Il faut mettre les bouchées doubles, Malin. Les hyènes dans l'entrée veulent des résultats. Et vite. »

Des policiers fatigués autour d'une table.

Des mots fusent, des comptes rendus et des nouvelles idées. Une enquête qui piétine où chaque conversation risque de pousser le travail dans une direction plus émotionnelle que logique.

Sven Sjöman fait un résumé de la situation.

Il finit par mentionner l'alibi douteux d'Axel et de Katarina Fågelsjö et annonce que les beaux-parents de Fredrik ont confirmé celui de sa femme.

« La plupart des meurtres sont commis au sein de la famille, dit Waldemar. Axel et Katarina avaient de bonnes raisons de se défaire du mouton noir après ses coups foireux.

– Tu crois sérieusement qu'ils l'ont fait ? demande Malin. Tuer leur propre fils ou frère ? Pour une telle raison ?

– S'ils ne l'ont pas fait eux-mêmes, réplique Waldemar, ils ont très bien pu confier le sale boulot à quelqu'un d'autre. Ça concerne les deux meurtres.

– D'une manière aussi spectaculaire ? fait Zeke.

– Pour détourner l'attention, dit Waldemar.

– Il va falloir creuser de ce côté, c'est notre piste principale en ce moment, dit Sven. Mais essayons d'abord de vérifier le passé des membres de la famille et leurs appels.

– Et les e-mails ? demande Johan Jakobsson.

– Pour ça, il faudrait saisir leurs ordinateurs, répond Sven. On commence par les appels.

– Il est trop tôt pour confisquer les ordinateurs, ajoute Karim. On n'a rien de concret contre eux.

– On a interrogé le voisinage du château une nouvelle fois pendant la journée, dit Sven, et autour du village où il se trouvait très probablement le soir de son assassinat. Mais personne n'a rien vu. Linnea Sjöstedt n'a pas sorti son fusil cette fois-ci. »

Les policiers éclatent de rire.

« Et le rapport de Karin ? » demande Zeke.

Sven hoche la tête.

« Elle a été rapide. Le rapport est déjà arrivé. Fredrik Fågelsjö est mort d'un coup à l'arrière de la tête. Un objet dur, une pierre ou un marteau. Le coup était violent, mais pas violent au point de ne pas avoir pu être infligé par une femme. Et comme elle l'a déjà précisé sur le lieu du crime, il est impossible de dire si le meurtrier est droitier ou gaucher. Le coup a causé une grosse hémorragie interne qui a dû le rendre immédiatement inconscient. Il est mort entre dix heures jeudi soir et deux heures vendredi matin, ce qui donne un alibi à Axel et Katarina Fågelsjö, s'ils ne mentent pas tous les deux. Ils prétendent qu'Axel n'a pas quitté sa fille avant deux heures du matin.

– Goldman, dit Zeke. Il peut avoir été là aussi. »

Silence. Puis Sven poursuit :

« Fredrik Fågelsjö a sans doute été déshabillé dans la chapelle après sa mort. Il n'y avait pas de terre ou d'autres débris sur le corps, ce qui porte à croire qu'il n'a pas été déshabillé sur place ou ailleurs. On n'a pourtant pas trouvé de vêtements. Karin a découvert les mêmes fibres par terre que sur le corps. Elles peuvent provenir des vêtements de l'assassin, probablement d'un jean ordinaire.

– Est-ce que Karin peut nous dire s'il a été tué là-bas ? demande Zeke.

– Les traces de sang dans la chapelle proviennent de Fredrik Fågelsjö, mais on ne sait pas s'il y a été tué ou pas.

– Les techniciens n'ont pas trouvé de signes de violence ni dans la villa ni à l'extérieur, ajoute Sven. Mais il y a un tas de pierres près de l'annexe qui auraient pu servir d'arme. Vu qu'il a plu sans cesse pendant au moins dix heures, toutes les traces sont bien évidemment endommagées.

– Et autour du château, dans la chapelle ? demande Zeke.

– La porte n'était pas fermée, dit Malin. Le tueur peut avoir utilisé les clés de la victime.

– On n'a pas trouvé de clés, répond Sven Sjöman. Il faudra demander à Christina Fågelsjö si elle sait où se trouvent les clés de son mari.

– Il n'y a pas de preuves techniques sur le lieu du crime, certes, dit Malin. Mais un symbole. Il était posé sur la tombe comme un sacrifice. Un sacrifice familial ? Pourrait-il s'agir d'une tradition nordique servant à rétablir l'honneur de la famille ?

– Voilà pourquoi on va se concentrer sur les Fågelsjö vivants, dit Karim.

– Mais imaginez que quelqu'un cherche à tourner notre regard vers la famille Fågelsjö ? dit Malin en essayant de mettre de nouveaux mots sur les doutes qu'elle a éprouvés sur le lieu du crime.

– Pour se protéger lui-même, tu veux dire ? demande Zeke.

– Pas très probable, dit Waldemar. Mais peut-être que Fredrik Fågelsjö a tué Petersson, et que quelqu'un qui le savait a voulu le venger ? Qui peut vouloir venger la mort de Petersson ?

– Son père, dit Johan.

– Mais il est trop vieux et guère en mesure de mettre en œuvre un truc pareil, répond Malin.

– Qui aimait bien Petersson ? demande Sven.

– Personne, à ce que je sache, dit Zeke.

– Je crois que Katarina Fågelsjö l'aimait bien », dit Malin.

Les autres policiers dans la salle ne disent rien, jettent des regards pleins d'attente vers Malin.

Elle écarte les bras.

« C'est juste une idée, d'accord ? Laissez-moi le temps de réfléchir. Je veux juste sortir de ce putain de trou.

– Essaie de trouver des preuves, Malin, dit Karim. On n'a pas le temps pour des idées vagues. »

Malin tente de fixer le tableau avec les notes de Sven, de mettre de l'ordre dans les mots, les traits, les couleurs.

Mais le contexte lui échappe. Toute l'enquête n'est qu'une palette de couleurs mélangées, une masse grise.

53

Axel Fågelsjö a sorti un album photos d'une vieille armoire en chêne dans la salle à manger. Maintenant, il est assis dans son fauteuil en cuir et feuillette les pages plastifiées.

Bettina avec les enfants, avant qu'ils n'aillent à l'école, dans ses bras devant la chapelle.

Katarina jouant à la balle au bord du lac.

Fredrik qui hésite devant un stand de fraises.

Une photo des employés. Des hommes et des femmes qui travaillaient pour moi. Et cet imbécile qui a foncé avec le tracteur dans la porte de la chapelle. Il avait fallu la remplacer.

Sur une autre photo, Fredrik et Katarina courent dans les champs vers la forêt. C'est toi qui l'as prise celle-là, Bettina, n'est-ce pas ?

Est-ce qu'il est chez toi maintenant ? Est-ce que Fredrik est avec toi ?

Il ferme les yeux. Se sent plus fatigué que jamais. Il aimerait tellement que Fredrik soit là, lui parler, lui dire des mots gentils.

Tout à coup, son cerveau cesse de livrer des signaux, toutes les pensées s'arrêtent. Pendant un instant, Axel Fågelsjö croit mourir, d'une crise cardiaque ou d'une attaque cérébrale, mais il sent sa respiration.

Il cherche à ouvrir les yeux, mais ils restent fermés.

Il croit entendre la voix de Fredrik.

Je te vois dans ton fauteuil, père.

Je me vois sur les photos dans l'album. Cette époque-là me manque, cette époque où j'étais petit et ne me doutais pas encore du fardeau que l'histoire poserait sur les gens comme moi.

J'étais petit, mais je me souviens des employés.

Qui, pour toi, étaient de simples serviteurs.

Et de ta violence envers eux.

Tu es seul maintenant, père, mais tu ne le comprends pas.

Rachète Skogså, réinstalle-toi là-bas.

Reste dans ton appartement maintenant, regarde les photos en noir et blanc de maman, de moi et de Katarina.

Tu ne comprendras jamais, papa, que les trois seules choses qui comptent, sont la naissance et l'amour.

Et la troisième ?

La mort, papa, la mort.

C'est là où je me trouve à présent. Veux-tu me rejoindre ?

Sur ce, la voix s'éteint. Les pensées d'Axel Fågelsjö remplissent de nouveau sa tête, il aimerait rappeler la voix, mais il sait qu'elle a disparu à jamais. Ce qui reste, ce sont les photos. Elles s'étalent dans l'album.

Tu ne m'entends plus, père, n'est-ce pas ? Tu ne me vois pas, moi, Fredrik, tu ne vois qu'une image de moi. Est-ce que tu me regrettes réellement ? Ou est-ce que tu regrettes seulement tes propres failles, ton incapacité à te comprendre toi-même ?

Il n'est pas encore trop tard, père. Tu as toujours Katarina. Tu as les petits-enfants. Christina te laisserait volontiers entrer dans leur vie, si seulement tu arrivais à faire un pas en avant et lui faire savoir qu'elle a les qualités nécessaires.

Tu devras être plus grand que ton instinct. Tu devras devenir adulte, sans quoi tu resteras seul. Tu dois comprendre que nous, tes créations, sommes ce que nous sommes, et que tu n'y pourras rien changer.

Et père, sache une chose : j'ai toujours essayé de faire de mon mieux.

Je te suis, Fredrik, tu es aussi perdu et fondamentalement seul dans la mort que dans la vie.

Le brouillard se densifie autour de la forêt, de la ville et du château. Que se passe-t-il dans le flou ? Dans cette sphère qui se situe entre ce qu'on entend et ce qu'on voit ?

Au poste de police, Lovisa Segerberg et Waldemar Ekenberg continuent de compulser les documents, tentent de voir qui nous étions, les traces qu'ont laissées nos vies.

Zeke Martinsson parle avec son fils Martin au téléphone. Ils n'ont pas grand-chose à se dire.

Johan Jakobsson rentre chez ses enfants et sa femme épuisée.

Karim Akbar vient de se disputer avec son ex-femme au téléphone.

Sven Sjöman mange le dernier bout de concombres devant lui et regarde la femme qu'il aime.

Börje Svärd essaie de retirer une branche de la gueule d'Howie dans son jardin. Dans la grande chambre à coucher de la maison sa femme s'accroche à la vie tant qu'elle peut. Les tubes à oxygène sifflent à côté de son lit.

Je suis tout près de toi maintenant, Fredrik, je plane derrière toi. Tu peux voir Malin Fors.

Elle est heureuse.

Tove est venue la voir. Enfin. Elles vont dîner ensemble. Une pizza surgelée. Sa fille va passer la nuit là-bas.

Mère et fille. Ensemble. Comme il se doit.

54

Tove est quand même venue.

Elle est assise en face de Malin à la table de la cuisine. Malin est fatiguée après le travail, épuisée de réfléchir en permanence, de s'abstenir et replonger, elle en a marre de toute cette pluie. Pourras-tu me redonner de l'énergie, Tove ?

Tu es plus belle que jamais. Tu es la seule chose pure, claire et intègre dans ma vie.

Tic tac.

L'horloge bat les secondes, la lampe cassée au-dessus du plan de travail clignote sans cesse.

Comment se fait-il que Tove ait l'air plus âgée, plus adulte, après une semaine seulement ?

« Tu m'as manqué », dit Malin. Tove regarde sa pizza, boit dans son verre d'eau.

De la pizza surgelée.

Je n'ai pas eu la force de faire les courses, c'était la seule chose qu'il y avait dans le frigo, et Tove aime la pizza. Oui.

Tove triture les champignons de sa fourchette.

« La pizza n'est pas bonne ?

– Si.

– Normalement tu aimes la pizza.

– Elle est bonne.

– Mais tu ne manges rien.

– Maman, c'est trop gras. Ça me donne des boutons, me fait grossir. J'en ai eu un au menton la semaine dernière.

– Tu n'as pas de prédispositions. Ni moi ni papa…

– Pourquoi tu n'as pas préparé autre chose ? »

Tove la regarde comme pour dire : je sais exactement ce que tu trames, maman, je sais comment c'est d'être adulte, n'essaie pas de me mentir ou me faire croire que tu y arrives.

Malin se verse du vin du cubi qu'elle a acheté sur le chemin du retour. Le troisième ou quatrième, non le cinquième verre, elle voit que Tove fronce les sourcils.

« Pourquoi est-ce que tu bois de l'alcool ce soir ? Je suis venue, comme tu voulais. »

Sa question franche et directe surprend Malin.

« Je fête que tu sois venue, dit Malin.

– Tu es complètement timbrée.

– Je ne suis pas timbrée.

– Non, tu es alcoolique.

– Qu'est-ce que tu dis ? »

Tove ne répond pas, maltraite sa pizza.

« Que les choses soient claires, Tove. Je bois de temps en temps, d'accord. Mais je ne suis pas alcoolique. Compris ? »

Les yeux de Tove s'assombrissent.

« Alors arrête de boire.

– Il ne s'agit pas de ça.

– Il s'agit de quoi alors ?

– Tu es trop jeune pour comprendre ».

Maintenant, les yeux de Tove brillent d'écœurement. Malin aimerait couper la honte de son visage, y graver les mots : Tu as raison, Tove. Sa main se met à trembler. Tove la fixe, elle semble avoir peur, ne dit rien.

« Comment ça va à l'école, demande Malin.

– Papa dit que tu…

– Qu'est-ce qu'il dit ?

– Rien.

– Dis-moi ce qu'il raconte sur moi. »

La voix est trop fâchée sous le coup de la fatigue. La lampe au-dessus du plan de travail clignote deux fois.

« Rien.

– Vous vous liguez contre moi, vous deux. C'est ça, hein ? »

Tove ne secoue même pas la tête.

« Il te monte contre moi, dit Malin.

– Tu es soûle, maman. C'est papa qui m'a dit de venir.

– Donc tu ne voulais pas venir ?

– Tu es soûle.

– Je ne suis pas soûle et je bois autant que je veux.

– Tu devrais…

– Je sais ce que je devrais faire. Je devrais boire tout ce putain de cubi. Tu as décidé d'habiter chez papa, non ? Non ? »

Tove regarde sa mère sans rien dire.

«Dis-le, crie Malin. Dis-le ! »

Elle se lève, est debout dans la cuisine et fixe Tove d'un regard furieux.

Tove se lève à son tour, le visage en marbre, et dit calmement mais pleine de conviction :

« Oui, j'ai pris une décision. Je ne peux pas habiter ici.

– Bien sûr que tu le peux, pourquoi tu ne le pourrais pas ? »

Tove sort dans le vestibule et met sa veste. Elle ouvre la porte et part.

Malin vide son verre dans l'entrée. Puis, quand elle entend les pas de Tove dans la cage d'escalier, elle lance le verre contre le mur et crie :

« Attends. Reviens, Tove. Reviens. »

Tove court dans la rue Storgatan en direction du Stångan, passe devant le supermarché et le bowling. La pluie et le vent lui fouettent le visage, c'est froid et agréable, la fait penser à autre chose et cache les larmes sur les joues.

Oh, cette conne. Conne, conne. Ma mère ne pense qu'à elle.

Papa travaille ce soir. J'aurais pu être seule à la maison. J'ose être seule, j'en ai envie, j'aurais dû l'être.

J'espère qu'il est à la caserne maintenant. Oh, cette conne.

Son cœur manque d'exploser dans sa poitrine. Il veut sortir, son estomac se cramponne, elle a envie de partir de cette ville de merde, elle ne veut plus voir l'automne.

Devant elle, de l'autre côté du pont, elle aperçoit la caserne qui luit dans la lumière des réverbères.

Elle court vers le poste.

Gudrun, de la réception, la reconnaît, semble choquée, lui demande :

« Tove, qu'est-ce qui s'est passé ?

– Papa est là ?

– Il est en haut. Monte, ma puce. »

Cinq minutes plus tard, elle est allongée dans le noir à côté de son père qui se repose dans un lit. Il lui caresse la joue, lui assure que tout rentrera dans l'ordre. Soudain, la lumière s'allume, l'alarme se met à hurler.

« Merde, dit son père. Sans doute une inondation. Faut que j'y aille.

– Je reste ici », dit Tove, son père lui donne un bisou.

Peu après, la pièce est de nouveau plongée dans la pénombre et le silence, elle essaie de ne pas penser.

Le regard brouillé par le vin bon marché.

Malin est allongée dans son lit. Elle entend la pluie frapper contre les stores baissés. Elle a tenté d'appeler Tove, mais son téléphone est éteint.

Elle ferme les yeux.

Des visages apparaissent dans sa tête.

Celui de Tove. Maman. Papa. Jan.

Vas-y, Tove. Tu peux habiter où tu veux. Je m'en fiche.

Elle ne supporte pas leurs ricanements pleins de dédain, alors elle cligne des yeux, les fait disparaître.

Puis elle voit le visage de Daniel Högfeldt, il a les lèvres mouillées. Elle sent la chaleur entre ses jambes. Puis elle voit Maria Murvall courir dans sa chambre close.

Fågelsjö.

Les morts et les vivants, les sans âme.

Jochen Goldman.

La mère d'Andreas Ekström. La mère de Jasmin Sandsten dans une autre pièce triste.

Jonas Karlsson. Faisais-tu chanter Petersson ? Voulais-tu devenir comme lui ? Mais vu qu'il s'agit sûrement d'un seul et même assassin, ce n'est pas toi, on a vérifié, tu as un alibi en béton pour la nuit du deuxième meurtre.

Anders Dalström, l'ami d'Andreas Ekström. Aurait-il découvert que Petersson conduisait la voiture ? L'a-t-il tué pour venger un ami perdu ?

Fredrik Fågelsjö. Comment ces affaires sont-elles liées ?

Le lit, le monde, tout tourne. Il y a quelque chose que je ne vois pas, pense-t-elle. Mais quoi ?

Combien de vin j'ai bu ? Deux verres ? Ou cinq. Je peux encore conduire, oui. Bien sûr que je peux conduire. De toute façon, aucun collègue n'est dehors pour contrôler, non ?

Tu descends de la voiture dans la cour du château, Malin.

Un joli château, mais tes yeux embués par l'alcool ne s'en rendent visiblement pas compte.

Les lumières vertes se balancent le long des douves, éteintes, les âmes des prisonniers de guerre chuchotent, leurs bouches grandes ouvertes.

Tu as eu de la chance en venant.

Pas d'accident, pas de piéton renversé, pas de patrouille qui t'aurait fait souffler dans le ballon.

Les portes du château sont fermées.

Malin a emmené une bouteille de vodka, elle en boit tout en longeant les murs du château pour se rendre à la chapelle.

Les gouttes de pluie semblent sauter du ciel comme d'un gratte-ciel en feu.

Sa veste en laine est vite trempée et froide. Malin tousse et se promène en chancelant le long de la lisière sombre de la forêt.

La porte de la chapelle est fermée. Malin n'a pas de clé, elle reste dans l'entrée sans regarder à l'intérieur. Elle boit à la bouteille, deux gorgées qui la réchauffent. Le goût doux et plein de nuances de la tequila lui manque.

La forêt derrière la chapelle semble bouger. Le Mal se faufile à travers les arbres, toutes les fenêtres du château ont l'air d'être allumées, des têtes de morts ricanent dans les fentes, hurlent de rire en la voyant là, échouée, sachant pertinemment que la Mort vaincra toujours.

Pourquoi je suis ici ?

Je cherche une vérité. J'en fuis une autre.

Elle jette la bouteille de vodka dans les douves.

L'eau noire l'avale avidement. Pas de poissons en vue.

Les pierres scintillent. D'où vient cette lumière ?

Elle se sent partir, mais la pluie la maintient. Elle fait quelques pas autour du château avant de s'asseoir dans la voiture. Elle regarde vers la forêt. Entre les arbres, à peine visibles, elle distingue des silhouettes, mais elle ne perçoit pas leurs voix, s'il y en a.

« Je n'ai pas peur de vous ! hurle Malin tournée vers la forêt. Je n'ai pas peur de vous ! »

Elle ferme brièvement les yeux. Quand elle les rouvre, les silhouettes ont disparu. Il ne reste que le noir. Puis elle entend le bruit d'une tondeuse, de pieds qui tentent d'échapper aux lames.

Elle presse les mains sur les oreilles, le bruit cesse.

Quand elle démarre la voiture quelques heures plus tard, elle se sent presque sobre. Elle quitte le château, les esprits et les âmes.

Elle passe devant le champ où s'est déroulé l'accident. Elle s'arrête sans descendre de la voiture, puis redémarre.

Accélère.

À l'entrée de Sturefors, un triangle est posé sur la route. Cent mètres derrière le triangle, une voiture au gyrophare allumé.

Un policier en uniforme qu'elle ne connaît pas lui fait signe de s'arrêter.

Elle aimerait appuyer sur l'accélérateur.

Faire comme Fredrik Fågelsjö.

Fuir. Mais elle se gare sur le bas-côté.

Le policier fronce les sourcils, quand elle descend la vitre. Son regard est triste.

« Commissaire Fors, dit-il. Que faites-vous ici à une heure pareille ? »

C'est un masque, pense Malin. Un masque parlant avec une peau fine tendue par-dessus les joues.

Le policier l'observe, inquiet.

« Je dois vous demander de souffler ici. »

55

Samedi 1er novembre

L'horloge au mur du bureau de Sven indique dix heures et quelques minutes. Il n'y a pas de réunion ce matin. Mais tout le monde est à son poste, bien sûr, après les deux meurtres récents.

Sven toise Malin pendant un bon moment avant de dire d'une voix forte :

« J'espère que tu comprends dans quelle merde tu nous fous tous. Toi y compris. »

Malin aimerait se lever, hurler qu'elle s'en bat les couilles, qu'elle n'a pas demandé de traitement de faveur, mais elle se retient puisqu'elle regrette tout et qu'elle veut essayer de sauver ce qui lui reste.

« Je ne sais pas ce qui m'a pris.

– Un gramme cinq, Malin. Conduite en état d'ivresse. Qu'est-ce que tu fichais là-bas, merde ?

– Je ne suis pas une ivrogne.

– Tu ne sais pas ce que tu es. Ni ce que tu fais.

– Alors porte plainte contre moi.

– Tu ne sais pas ce que tu dis. Ce n'est pas que moi qui risque mon boulot. »

La voix de Sven n'a pas le ton protecteur habituel, il donne des ordres et il attend qu'elle prenne ses responsabilités, qu'elle réagisse.

L'éthylomètre était rouge vif hier soir au retour du château.

Le policier avait regardé son collègue. Puis ils avaient passé un tas d'appels, comme s'ils se trouvaient face à un problème important, et lui avaient dit qu'ils avaient informé Sven, qu'ils étaient tous deux prêts à faire comme si rien ne s'était passé. Elle avait eu envie de leur dire qu'ils pouvaient aller se faire foutre, avait réussi à se retenir, malgré l'ivresse. Elle savait ce qu'ils risquaient et qu'il n'était pas facile pour eux de prendre cette décision.

Mais la solidarité au sein de la police était plus forte.

« Tout le monde peut faire une erreur », avait dit l'un des deux policiers.

Ils l'avaient ramenée chez elle dans sa voiture et elle s'était réveillée le lendemain avec une légère gueule de bois, s'était rendue au poste, avait pris place derrière son bureau en attendant que Sven vienne la chercher.

« J'ai essayé d'écouter les voix », dit-elle maintenant. Sven se dirige vers son fauteuil, s'assied et la regarde.

« Quelles voix, Malin ?

– Les voix de l'enquête. Celles dont tu parles toujours. Elles sont là, près du château, la vérité se trouve là-bas, je le sais, mais je n'entends pas les voix.

– Ah oui, les voix.

– Oui, les voix. Celles qui m'ont tout appris. »

Sven marmonne quelque chose. Il la regarde un long moment avant de dire :

« On n'avance pas dans cette affaire.

– La pluie lisse la vérité, dit Malin.

– On oublie ce qui s'est passé hier. J'ai parlé avec Larsson et Alman. Ils sont d'accord pour tout oublier. Et toi, pas un mot.

– Tout le monde sait que je bois de temps à autre.

– Non.

– Si, je l'ai remarqué hier. C'était comme une confirmation pour eux. »

Sven ne relève pas, prend juste une profonde inspiration, puis dit :

« J'ai besoin de toi maintenant dans l'enquête. Tu es mon meilleur élément, tu le sais bien. Si on n'était pas dans une telle merde, je te mettrais hors circuit tout de suite. Mais j'ai besoin de toi.

– Merci, dit Malin.

– Ne me remercie pas. Reprends-toi.

– Oui.

– Et plus une goutte à partir de maintenant, Malin. Tu m'entends ? Tu conduis seulement si tu es sobre à cent pour cent. Et dès que cette affaire sera résolue, je ferai en sorte que tu suives une thérapie. Compris ? »

Malin hoche la tête. Elle jette des regards autour d'elle, perdue.

Malin est en train de sortir du bureau de Sven, quand il l'appelle.

« La conférence », dit-il. Elle s'arrête et se retourne.

« Quelle conférence ?

– Celle que tu dois faire lundi matin au lycée de Sturefors. À neuf heures. Tu l'avais oubliée ? »

Elle s'en souvient tout à coup. Ils en avaient parlé il y a quelques mois et elle avait accepté de le faire, ressentant une envie curieuse de retourner à l'école qu'elle avait fréquentée autrefois.

« J'ai des choses plus importantes à faire, non ? On ne peut pas l'annuler ?

– Tu te chargeras de cette conférence, Malin. »

Sven baisse les yeux sur un dossier.

« Et tu le feras bien. Sois un modèle pour la jeunesse. Ils en ont besoin. Et encore une chose : prends une journée de congé demain, dimanche. Repose-toi. Et pas une goutte. »

Le téléphone portable de Malin sonne lorsqu'elle revient à son bureau.

Elle décroche sans vérifier le numéro affiché sur l'écran.

« Malin.

– Salut, c'est moi. »

Dix jours depuis qu'elle est partie de la maison, dix jours depuis qu'elle lui a parlé, et tout ce qu'elle veut c'est raccrocher.

« Écoute, Jan, je suis super occupée, tu peux appeler...

– Non, Malin. C'est toi qui vas m'écouter maintenant. Comment est-ce que tu as pu laisser partir Tove hier soir ? Qu'est-ce que tu lui as dit, bon sang ? Qu'est-ce que tu as fait ? Elle était totalement détruite hier. Elle est venue à la caserne, complètement désespérée. Que tu me frappes, c'est une chose, mais s'en prendre à Tove, c'est... »

Ces mots. Elle n'a pas envie de les entendre. N'a pas envie d'y penser.

« Je...

– Ferme-la ! Voilà comment on va faire : Tove habitera chez moi. Tu ne viendras pas ici. Si tu veux la contacter, tu l'appelles, mais fais gaffe à ce que tu dis. On fera comme ça jusqu'à ce que tu aies réussi à remonter la pente. C'est compris ? »

Est-ce qu'il peut faire ça ? pense Malin. Oui, ce ne serait certainement pas très difficile de prouver aux services sociaux que je suis une mère alcoolique.

« Va te faire foutre, dit-elle. Va te faire foutre, enculé. »

Dis-moi que tu m'aimes, pense-t-elle ensuite.

« Malin, dit Jan, et sa colère ne trahit plus de colère. Reprends-toi. Tove a besoin de sa mère. Va chercher de l'aide. »

Zeke n'est pas à sa place, lorsqu'elle revient.

Ses mains tremblent. Elle les cogne plusieurs fois contre le bureau pour les calmer, pour faire disparaître sa rage.

Pourquoi j'en suis arrivée là ? J'ai laissé Tove partir toute seule dans le noir. Avec tous les dangers qui s'y cachent. Ensuite, j'ai bu.

Elle promène son regard dans l'open-space du commissariat. Essaie d'écarter ces pensées. De se neutraliser.

« J'étais à la cafèt' », dit Zeke lorsqu'il arrive enfin. Malin l'a attendu à son bureau pour aborder les tâches concrètes de la journée, pour laisser le boulot prendre le dessus.

Il regarde Malin.

Gentil. Bienveillant. Mais aussi inquiet. Pas énervé. Pas du tout. Plutôt de la pitié. Elle détourne le regard.

Zeke est au courant.

Et il est sans doute d'accord avec Sven. Laisse-la terminer l'enquête, puis il faudra qu'elle se fasse aider.

« Est-ce qu'il s'est passé quelque chose, demande-t-il. Tu as l'air…

– Laisse tomber. Au boulot maintenant. »

Je ne veux pas d'aide, pense Malin. Je veux Jan et Tove. Non ?

Notre vie.

Le visage de Viveka Crafoord, la psychiatre, ses mots : « Vous êtes la bienvenue sur le divan quand vous voulez, Malin. »

Puis, Aronsson se dirige vers eux. Il a une feuille à la main.

« Les archives viennent de me donner ça, dit-il. Ils ont fouillé partout. C'est le seul truc qu'ils ont découvert sur la famille Fågelsjö. Apparemment, Axel Fågelsjö a tabassé l'un de ses employés dans les années soixante. Il a perdu un œil. »

56

Malin et Zeke sont chacun assis dans un fauteuil dans l'appartement de Sixten Eriksson, dans la maison de retraite Serafen. Son salon donne sur les cimes des arbres qui ondulent lentement dans le vent, dans le jardin botanique. La pluie fait une pause.

Sixten Eriksson. L'homme qu'Axel Fågelsjö avait maltraité en 1973. Les circonstances étaient détaillées dans le dossier qu'ils avaient reçu des archives. Sixten Eriksson avait été embauché en tant qu'homme à tout faire à Skogså et avait défoncé la porte de la chapelle avec le tracteur. Axel Fågelsjö avait pété les plombs et l'avait frappé au point de lui crever un œil. Le notable avait été condamné à payer une somme ridicule à Sixten Eriksson en guise de dédommagement.

Sixten Eriksson est assis en face d'eux sur un canapé bleu, un œil caché derrière un bandeau, l'autre est gris-vert, presque transparent, à cause de la cataracte. Derrière lui, des reproductions de tableaux de Bruno Liljefors sont accrochées au mur : des renards dans la neige, des coqs de bruyère. Toute la pièce sent le tabac.

« C'était comme si je me trouvais à l'intérieur d'un œuf qui craquelle, explique Sixten Eriksson. Encore aujourd'hui je rêve de cette douleur, je la ressens parfois. »

L'infirmière qui les a emmenés ici leur a raconté que Sixten Eriksson était totalement aveugle, que la cataracte avait atteint son autre œil de façon irréversible.

Malin le regarde, se dit qu'il dégage de la franchise, malgré l'obscurité qui l'entoure.

« Certes, j'étais furax parce qu'Axel Fågelsjö n'a pas eu une plus grosse peine, mais c'est toujours pareil. Les puissants ont le bras plus long. Ils m'ont pris un œil, le destin l'autre. Voilà tout. »

Ce vieux ne s'est pas vengé d'Axel Fågelsjö en tuant son fils tant d'années plus tard, c'est évident, pense Malin. Mais Axel Fågelsjö ? Il en a maltraité un avec brutalité, peut-il avoir commis un acte semblable envers son fils ?

« Qu'avez-vous fait ensuite ? demande Zeke.

– J'ai trouvé un boulot chez NAF. J'ai travaillé là-bas jusqu'à la fermeture de l'usine.

– Votre colère s'est estompée ?

– Qu'aurais-je pu faire ?

– La douleur ? demande Malin. Est-ce qu'elle a disparu ?

– Non, mais on s'y habitue. »

Sixten Eriksson marque une pause avant de poursuivre :

«Il n'y a pas de douleur avec laquelle on ne pourrait pas vivre. Il faut la transposer à autre chose, l'éloigner de soi-même. »

Malin sent que l'ambiance dans la pièce vient de changer.

La chaleur est remplacée par un froid et une voix intérieure lui dicte de dire :

« Votre femme. Est-ce qu'elle vit encore ?

– On n'a jamais été mariés. Mais on a vécu ensemble dès nos dix-huit ans. Elle est morte d'une cirrhose du foie.

– Vous avez des enfants ? »

Avant que Sixten Eriksson puisse répondre, la porte s'ouvre sur une jeune femme blonde vêtue d'une blouse d'infirmière bleu clair.

« C'est l'heure de prendre vos médicaments », dit-elle. Lorsque l'infirmière se dirige vers le canapé, Sixten Eriksson répond à la question de Malin.

« Un fils.

– Un fils ?

– Oui.

– Comment s'appelle-t-il ? »

L'infirmière referme doucement la porte derrière elle. Sixten Eriksson sourit, attend quelques secondes avant de dire :

« Il a pris le nom de sa mère. Il s'appelle Sven Evaldsson. Il habite à Chicago depuis de nombreuses années. »

Un bus monte péniblement la rue Djurgårdsgatan. À l'intérieur, des habitants de Linköping fatigués se font petits sur leurs sièges, leurs visages telles des grimaces floues dans l'humidité.

Malin et Zeke sont dehors sous la pluie. Ils réfléchissent.

« Ces paysans devaient être au courant de la violence de Fågelsjö, non ? La rumeur devrait circuler encore aujourd'hui, dit Zeke.

– Même s'ils le savaient, ils n'ont peut-être pas compris qu'on cherchait à savoir ce genre de choses, répond Malin. Ou alors ils ne voulaient pas en parler. De leur point de vue, il n'était pas impossible que la famille Fågelsjö reprenne le château, il valait mieux ne rien dire. »

Le portable de Malin sonne, lorsqu'ils montent dans la voiture.

Elle décroche encore sous la pluie, un numéro inconnu s'affiche sur l'écran.

« Malin Fors.

– C'est la mère de Jasmin. »

Jasmin.

C'est laquelle des copines de Tove ?

Mais soudain, elle se rappelle la femme dans le foyer à Söderköping, à côté de la chaise roulante de sa fille. L'impression que son amour pour elle était infini. Si une telle chose arrivait à Tove, aurais-je cette force ? La question revient.

Des gouttes sur le visage, la veste mouillée, la mine impatiente de Zeke dans la voiture.

« Bonjour. Est-ce que je peux vous aider ?

– J'ai fait un rêve cette nuit », dit la femme.

Pas encore une rêveuse, pense Malin en revoyant le visage de Linnea Sjöstedt. On a besoin de quelque chose de concret, pas de rêves.

« Vous avez fait un rêve ?

– J'ai rêvé d'un garçon aux longs cheveux noirs. Je ne me souviens pas de son nom, mais il est venu voir

Jasmin juste après l'accident, il disait qu'ils se connaissaient à peine, mais qu'il était un ami d'Andreas, qui était mort. Les amis de Jasmin ne savaient rien de lui. Je me souviens d'avoir pensé que c'était bizarre qu'il vienne la voir, mais il était gentil et peu d'amis lui ont rendu visite. Je croyais que la voix des gens de son âge pourrait l'aider à revenir.

– Et maintenant vous avez rêvé de lui ? »

Malin n'attend pas la réponse de Jasmin Sandsten, au lieu de ça elle pense qu'Anders Dalström, le musicien, a les cheveux longs et noirs.

Le voilà peut-être de retour dans l'enquête. Grâce à un rêve.

« Des cheveux longs et noirs. Vous ne vous rappelez pas son nom ?

– Non, malheureusement. Mais j'ai vu un jeune homme bien habillé sans visage dans mon rêve. Il m'a montré un film du garçon qui venait voir Jasmin. Un film en noir et blanc. Vieux et haché. Attendez. Je crois qu'il s'appelait Anders. Anders quelque chose. Peut-être Fahlström. »

57

Anders Dalström boit une gorgée de son café au Roberts Coffee près de la librairie. Beaucoup de gens pour un samedi.

« Je suis en ville », a dit Anders Dalström, quand Malin l'a appelé. Ils ne voulaient pas faire tout le chemin jusqu'à la forêt de Björsäter, s'il n'était pas chez lui. « Pour acheter des livres. On peut se voir là-bas, si vous voulez. »

Et maintenant, il est assis en face de Zeke et elle, vêtu d'une veste à capuche bleue et d'un tee-shirt jaune avec Bruce Springsteen en vert sur la poitrine. Il a l'air épuisé, des poches sous les yeux, et ses cheveux longs et noirs sont sales.

Tu as l'air d'avoir dix ans de plus que la dernière fois, pense Malin. Est-ce une bonne chose de te déranger à nouveau ? Mais Malin voulait suivre cette piste, lui poser des questions sur Jasmin.

« Pourquoi êtes-vous allé la voir ? Vous ne la connaissiez pas, non ?

– Non. Mais ça m'a fait du bien.

– En quoi ? » demande Zeke.

Anders Dalström ferme les yeux et pousse un soupir.

« J'ai travaillé la nuit dernière. Je suis trop fatigué pour ça.

– En quoi cela vous a-t-il fait du bien ? » répète Zeke d'une voix plus ferme. Malin sent qu'il prend sa place.

« Je ne sais pas. C'était bien tout simplement. Ça fait tellement longtemps.

– Vous n'aviez donc pas de relation avec Jasmin ?

– Non. Je ne la connaissais pas du tout. Mais elle me faisait quand même pitié. Je m'en souviens à peine, en fait. C'était comme si elle exprimait mon propre mutisme en quelque sorte. J'aimais bien ce silence.

– Vous ne saviez pas que Jerry Petersson conduisait la voiture le soir du nouvel an ?

– J'ai déjà dit non la dernière fois. »

Un sac rempli de livres et quelques DVD à côté de la chaise d'Anders Dalström.

« Qu'avez-vous acheté ?

– Une nouvelle biographie de Springsteen. Quelques polars. Deux concerts filmés de Bob Dylan. Et *Sa Majesté des Mouches.*

– Ma fille adore lire, dit Malin. Mais elle préfère les romans d'amour. *Sa Majesté des Mouches* est bien, le film comme le livre. »

Anders Dalström la regarde un bon moment puis dit :

« En parlant d'amour : vous l'avez sans doute déjà entendu par quelqu'un d'autre. Au lycée, avant l'accident, la rumeur courait que Jerry Petersson sortait avec Katarina Fågelsjö. »

Je renifle l'amour malheureux à dix mille kilomètres, pense Malin. Je sens son parfum ici même, dans le salon de Katarina Fågelsjö, il sort de tous les pores de cette femme amère. Tu veux raconter, non ? Tu es la femme sur le tableau d'Anna Ancher sur ton mur, la femme qui veut se retourner pour conter son histoire.

« J'irai chez elle, seule. Je réussirai peut-être à la faire parler. »

Zeke avait hoché la tête.

L'avait laissée aller chez Katarina Fågelsjö. « Vas-y. Fais-lui dire ce qu'on veut savoir. »

Des collants blancs. Une jupe bleue, les jambes croisées. Des talons hauts, à la maison.

Ouvre-toi. Raconte-moi. Tu en as envie, je sais que tu as été touchée par ce qu'Anders Dalström nous a dit. Sur la rumeur. L'amour.

« Jerry Petersson vous manque, n'est-ce pas ? »

Soudain, le masque de Katarina Fågelsjö tombe. S'effrite et se transforme en une grimace torturée. Elle se met à pleurer.

« Ne me touchez pas ! crie Katarina Fågelsjö, lorsque Malin tente de poser une main sur son épaule. Rasseyez-vous et je vous raconterai tout. »

Et bientôt les mots coulent à flots du visage bouffi par les larmes.

« J'étais amoureuse de Jerry Petersson, l'automne où l'accident a eu lieu. Je le voyais dans les couloirs de l'école, vous auriez dû le voir, Malin, il était incroyablement beau. Un jour, on a atterri à la même fête, par erreur, enfin, je ne me souviens pas pourquoi, mais on a passé toute la nuit à discuter au cimetière. Ensuite on est descendu vers le Stångan. Il y avait une vieille cabane abandonnée qu'on a démolie depuis. »

Katarina Fågelsjö se lève. Se dirige vers la fenêtre qui donne sur la rivière. Elle pointe au loin et attend que Malin la rejoigne avant de poursuivre.

« Là-bas, au milieu du ruisseau se trouvait la cabane. J'étais éperdument amoureuse. Mon père n'en aurait jamais voulu entendre parler. »

Katarina Fågelsjö se tait, semble vouloir s'accrocher, garder le souvenir pour elle.

Malin ouvre la bouche pour dire quelque chose, mais Katarina Fågelsjö fait « chut », lui jette un regard disant : maintenant vous m'écoutez, moi.

« Puis il est parti à Lund. Mais pas de ma vie. Je l'ai suivi pendant toutes ces années, durant mon mariage avec ce con que mon père adorait. Je n'ai jamais oublié Jerry, je voulais le contacter à nouveau, mais je ne l'ai pas fait, au lieu de ça je me suis consacrée à l'art. Pourquoi, pourquoi, pourquoi a-t-il voulu revenir, pourquoi a-t-il voulu acheter le château ? Je ne l'ai pas compris. S'il cherchait à entrer dans ma vie, il n'avait qu'à m'appeler. Non ? Il aurait tout simplement pu appeler. »

Toi aussi, tu aurais pu l'appeler, pense Malin.

« Et j'aurais dû l'appeler ou lui rendre visite. Envoyer mes amants se faire foutre. »

Tu l'aimais toujours. Comme moi, j'ai toujours aimé Jan. Notre amour peut-il se terminer un jour ?

« Jerry a-t-il rencontré votre père une fois ? » demande Malin.

Katarina Fågelsjö ne répond pas. À la place, elle s'éloigne de la fenêtre et quitte la pièce.

Katarina Fågelsjö se tient devant le miroir dans la salle de bains. Elle ne reconnaît pas son visage.

Puis elle a l'impression que quelqu'un lui présente des photos en noir et blanc qui n'ont jamais été prises, mais qui existent malgré tout.

Deux jeunes gens qui se promènent le long d'une rivière.

Une cabane.

Un feu. Et il y a cette voix, sa voix, qu'elle désirait entendre depuis si longtemps.

« Tu te rappelles à quel point tu étais belle, cet automne-là, Katarina ? Quand nous avons longé le Stångån, en faisant attention à ce que personne ne nous voie, quand on s'est allongé l'un à côté de l'autre devant le feu qu'on a fait dans la petite cheminée. Je t'ai caressé le dos, je l'ai embrassé et on a fait comme si c'était l'été, je t'enduisais le corps avec de la crème pour éviter un coup de soleil. »

D'autres images.

De la neige qui tombe. Elle, dans sa chambre au château. Une silhouette qui traverse la forêt dans le froid. Les portes fermées.

« Puis tu voulais, continue la voix, contre ma volonté, que je rencontre ton père et ta mère. Alors je suis venu au château l'après-midi de la Saint Sylvestre, comme on l'avait prévu. J'ai pris le bus, ensuite j'ai parcouru la forêt et les champs dans le froid. J'ai traversé le pont par-dessus les douves.

J'ai vu l'étrange lumière verte.

Ton père a ouvert la porte et j'ai vu qu'il avait compris pourquoi j'étais venu. Toi aussi, tu es venue à la porte et il a hurlé que jamais au grand jamais ce type ne mettrait un pied dans sa maison. Puis il a levé le bras et m'a frappé tellement fort que j'ai failli tomber.

Il m'a pourchassé à travers la cour du château avec son parapluie, et tu as crié que tu m'aimais, alors j'ai couru, foncé en croyant que tu allais me suivre, mais quand je me suis retourné à la lisière de la forêt, tu avais disparu, la cour était vide. La porte n'était pas fermée. Ta mère Bettina se tenait dans l'embrasure. Elle m'observait, j'ai cru voir qu'elle souriait. »

Elle revoit ces images d'elle, remontant les escaliers en courant. Allongée dans un lit. Debout près de son père. Se maquillant devant un miroir.

« Je suis venu à la fête. Tu étais là. Fredrik aussi. Il avait trop bu, se comportait en snob détestable. Je n'existais pas pour toi. Tu m'as ignoré et ça m'a rendu fou. Je buvais, dansais, j'ai roulé des pelles à une dizaine de filles qui avaient toutes envie de moi, je me rendais irrésistible, j'ai choisi Jasmin qui était dans ta classe uniquement pour te blesser, j'ai pris le volant de cette voiture pour montrer à tout ce monde que l'amour ne jouait aucun rôle. C'était moi qui décidais et même l'amour ne pouvait pas m'ôter ce pouvoir.

Et puis, sur le champ, dans la neige, le sang et le silence, j'ai regardé Jonas Karlsson, je lui ai demandé de dire que c'était lui qui conduisait en lui promettant le monde entier.

Et voilà, comme tu sais, il a fait comme je le lui ai demandé, j'ai réussi à lui faire faire cela. C'est à cet instant que j'ai compris que je pouvais avoir presque tout dans ce monde, du moment que j'oubliais mes scrupules.

Tout sauf toi, Katarina.

Donc, oui, d'une certaine manière je suis né et mort ce soir-là. »

Les images de l'épave d'une voiture. Des enterrements, un corps muet dans une chaise roulante, un homme qui lui tourne le dos dans un fauteuil de bureau, un flot silencieux d'images sorties de vies qu'elle n'a jamais connues.

« Et en achetant Skogså j'ai voulu ranimer ce qui était mort, continue la voix. Quelle vanité. Pire que celle de l'alchimiste.

Bientôt, je me suis retrouvé à franchir le seuil de la demeure qui m'avait été refusée pendant toutes ces années. Je me promenais dans les pièces, torse nu, en sentant la surface rude et froide des pierres sur ma peau. »

Les images disparaissent. Il ne reste que le miroir, ses yeux et les larmes qu'ils cachent, elle le sait, tout au fond.

58

Linköping, mars et après

Jerry se tend vers les murs de la pièce illuminée par les cent trois lumières du lustre qui pend cinq mètres au-dessus de sa tête. Les pierres sont irrégulières et pointues, comme la surface d'une planète ennemie encore inconnue.

Le tableau de l'homme enduisant la femme de crème solaire trône devant lui.

Les pièces du château. Elles se succèdent, toutes plus majestueuses.

Les téléphones. Il suffirait d'un appel, pour qu'elle soit ici. Il est assis sous ses tableaux et marmonne le numéro comme un mantra.

Il ne lui vient jamais à l'esprit qu'elle pourrait lui en vouloir pour ce qu'il a fait, qu'elle pourrait trouver qu'il a arraché l'histoire des mains de sa famille.

Mais il ne compose jamais son numéro. Au lieu de cela, il s'attaque aux aspects pratiques qui vont de pair avec une propriété comme la sienne, il faut contacter les paysans et les artisans, rendre visite aux putes qu'il trouve sur Internet, il y en a même à Linköping, souvent des femmes d'âge moyen. Il se demande s'il doit appeler la jeune avocate qu'il avait baisée après la signature du contrat, elle voudrait sans doute trop s'engager.

Le soir et le matin, il sort parfois pour se promener sur le domaine. Il roule à travers le paysage noir, passe devant les maisons, les arbres et les champs, le champ qui semble résumer les trois entités qui composent Jerry : le passé, le présent et ce qui adviendra demain.

Il a l'impression de voir de la lumière verte sortir des douves et fait installer des lampes tout autour, pour amplifier cette illusion d'optique.

Derrière la porte il attend un appel, une voiture qu'il aimerait voir arriver et se garer dans la cour, mais qui ne vient jamais.

Au lieu de cela, il reçoit une lettre par la poste. Écrite à la main.

Il la lit, attablé à la cuisine, tôt un matin, cet automne où le ciel s'ouvre et semble disperser de l'acide brûlant sur le monde des hommes.

Il froisse la lettre et se dit qu'il devra s'en occuper, l'évincer une fois pour toutes.

59

Lundi 3 novembre

Au moins quatre cents yeux, pense Malin. Et ils me regardent tous. J'espère que le col de ma chemise sous mon pull est bien mis. Pourquoi je me soucie tant de ce que pense cette bande de gamins ?

La grande salle du lycée de Sturefors est pleine à craquer, les élèves jouent avec leurs téléphones portables. Malin se tient derrière le pupitre, promène son regard sur les jeunes, sur les places où elle-même était assise autrefois.

La directrice Birgitta Svensson, une femme d'une cinquantaine d'années ridée par trop de cigarettes et vêtue d'un tailleur gris, se tient à côté de Malin. Elle tape doucement sur un petit micro noir.

« On va commencer. Éteignez vos téléphones portables, s'il vous plaît. »

Au grand étonnement de Malin, les élèves obéissent sur-le-champ. Le brouhaha se transforme en marmonnement puis en silence.

« Voici Malin Fors, elle est commissaire à la police de Linköping. Elle va nous parler de son travail. Souhaitons-lui la bienvenue. »

Tout le monde applaudit, quelques sifflements d'encouragement. Quand le silence retombe, Malin perd le fil. Elle ne sait pas par où commencer, sent la nausée gagner son corps, elle n'a rien bu depuis trois jours, et elle tente de fixer l'horloge au mur.

9 h 09.

Elle est censée parler pendant une heure, mais de quoi ?

Les jeunes devant elle semblent tout savoir sur le monde, mais en même temps, ils ne savent rien. Il serait exagéré de les qualifier d'innocents, mais enfin : Qu'est-ce qu'ils connaissent de la violence ? Des meurtres horribles ? D'un autre côté, beaucoup d'entre eux ont sûrement déjà eu leur part de frustration à la maison.

Pas un mot ne sort de la bouche de Malin. Une minute passe, puis deux.

Les élèves se tortillent sur leurs chaises.

« La violence, dit Malin. C'est mon pain quotidien. Les viols, les agressions. » Elle marque une pause. « Et les meurtres. Vous savez, ça arrive même dans une ville aussi paisible que Linköping. »

Puis les mots viennent tout seuls. Elle raconte une enquête typique dans le cadre d'une agression, détaille quelques affaires réelles, mais pas les pires.

« On fait de notre mieux, dit Malin. Il faut espérer que ça suffit. »

La nausée a disparu pendant son discours, l'adrénaline et la concentration l'ont effacée, mais lorsque les élèves commencent à poser des questions sur les meurtres sur lesquels ils enquêtent, elle n'a plus la force de répondre.

« Je vous remercie de votre attention », dit-elle en quittant l'estrade avant que quelqu'un n'ait pu poser une question de plus.

Les sifflements et les applaudissements retentissent de nouveau.

Cette situation ressemble à une mise en scène.

Ils auraient applaudi et sifflé même si j'avais parlé de la déportation, pense Malin.

Devant la grande salle, la directrice aborde Malin.

« Ça s'est très bien passé, dit-elle. Ils ont même eu des questions. Normalement, ils n'en posent pas. Mais ils trouvent sans doute que c'est passionnant avec tout ce qui se passe en ce moment.

– J'avais l'impression qu'ils écoutaient, répond Malin. Mais est-ce qu'ils ont appris quelque chose ? Je ne sais pas. »

La directrice prend Malin par le bras.

« Ne soyez pas aussi dure avec vous-même. »

Malin a envie de s'esquiver, mais le regard de la femme est très intense, et dit :

« Ils ont sans doute appris pas mal de choses, voyez-vous, et je vous en remercie chaleureusement. Venez donc prendre un café avec moi dans la salle des professeurs. »

Malgré elle, Malin s'entend dire oui.

Lovisa est seule dans la salle des supplices.

Waldemar et Johan font une pause.

Elle se demande si elle doit allumer les ordinateurs de Fredrik Fågelsjö ou parcourir les classeurs qu'ils n'ont même pas encore eu le temps d'ouvrir.

Au lieu de ça, elle pense à Malin Fors.

Elle se demande si la rumeur disait vrai : qu'elle avait conduit en état d'ébriété, mais qu'on avait passé l'éponge sur l'incident. Qu'elle irait en désintox une fois l'affaire résolue.

Nous ne sommes tous que des hommes, et même les policiers ont besoin de s'accorder une pause de temps à autre, de pouvoir être faibles. Est-ce que cette équipe fonctionnera sans Malin Fors ?

Beaucoup de choses changeraient, car c'est Malin qui donne le ton. Et les autres s'adaptent, malgré eux.

Peut-être que je devrais lui proposer d'aller boire un café ? Lui demander comment elle va ?

Lovisa écarte cette idée. Se lève.

Sur une étagère près de la porte se trouve une pochette noire. À côté des classeurs. Dieu sait comment elle a atterri là.

Elle la prend et se rassied.

À l'intérieur, trois feuilles blanches.

Sous les feuilles, une enveloppe sans timbre, puis une autre feuille, écrite à la main.

Lovisa sent son pouls s'emballer. Une chaleur se répand dans son corps.

Est-ce la lettre qu'ils cherchaient sans le savoir ?

Malin se dirige vers sa voiture, la pluie a enfin cessé.

Dans sa tête, elle revoit Anders Dalström, se souvient de ce que la mère d'Andreas Ekström disait de lui, qu'il était seul, qu'Andreas était peut-être son seul ami, qu'Andreas l'avait pris sous son aile.

Il était venu voir Jasmin sans la connaître.

Sa Majesté des Mouches. Pourquoi justement ce film-là ? La cruauté par excellence. Non ?

Vingt minutes plus tard, elle se trouve dans la salle des supplices en compagnie de Zeke, Johan Jakobsson, Lovisa Segerberg, Waldemar Ekenberg et Sven Sjöman.

Devant eux sur la table, une lettre. Des mots tremblants écrits à l'encre noire.

Le texte dit : « Je sais tout de l'accident du nouvel an. C'est le moment de payer. Je te contacterai bientôt. Sois prêt. »

« Quelqu'un faisait donc chanter Jerry Petersson, dit Sven. Mais qui ?

– Jonas Karlsson ? propose Waldemar.

– Possible, dit Zeke. Mais il a un alibi pour la nuit et le matin où Petersson a été tué. Il faut comparer les écritures et voir s'il y a des empreintes sur la lettre. Mais qui d'autre pouvait savoir que Petersson était au volant ce soir-là ? Il était le seul à être au courant, et il ne l'avait raconté à personne. Du moins, c'est ce qu'il dit.

– Mais Jonas Karlsson a avoué qu'il buvait. Peut-être qu'il est plus bavard avec un coup dans le nez ? dit Waldemar en faisant un clin d'œil à Malin.

– Jochen Goldman, dit Malin au bout d'un moment. Il le savait. En plus, il semble avoir l'habitude d'envoyer des lettres. Peut-être qu'il avait besoin d'argent. Qu'est-ce qu'on sait de ses finances ? Je veux dire, réellement. On suppose qu'il est pété de thune, mais on ne le sait pas.

– Et la famille Fågelsjö ? dit Lovisa. Ils voulaient peut-être forcer Petersson à quitter le château.

– C'est possible, oui, répond Sven. J'ai reçu la liste des appels des différents téléphones des Fågelsjö. Rien de bizarre de ce côté-là. Ils n'ont pas appelé Jerry Petersson. Je ne crois pas que ce soit eux qui aient envoyé la lettre, ce n'est pas leur style. Je la ferai analyser. Peut-être que le labo trouvera quelque chose.

– J'aimerais parler encore une fois avec Anders Dalström, dit Malin.

– Pourquoi ? demande Johan.

– Juste une intuition. »

60

Malin appuie sur l'accélérateur et met la vitesse supérieure en se disant qu'elle aurait peut-être dû emmener Zeke, mais elle a envie de suivre cette intuition, de voir où elle la mènera.

Zeke n'a pas protesté, mais elle sait que Sven les croit ensemble en ce moment. Lorsqu'elle flaire une piste, elle s'expose facilement au danger. Mais elle s'en fout.

Quand tu enquêtes sur un meurtre, tu croises forcément la violence, mais certaines choses, certaines voix, tu ne les entends que lorsque tu es seul.

La pluie cesse quand elle arrive à la maison, dans la forêt qui semble abandonnée, il n'y a pas de lumière aux fenêtres.

Anders Dalström n'est pas chez lui, pense Malin. Il est sans doute au travail, à la maison de retraite. Mais n'a-t-il pas déjà travaillé la nuit dernière ?

Elle descend. Ferme les boutons de sa veste.

La Golf rouge d'Anders Dalström n'est pas garée devant la maison.

Malin traverse la cour caillouteuse et monte les marches devant le porche pour regarder dans la maison. Les affiches aux murs.

Le silence total.

Sans doute qu'il aurait envie d'avoir une compagne ou une famille. L'auteur-compositeur raté, presque quarante ans et obligé de bosser dans une maison de retraite. Plutôt minable, comme carrière. Est-ce que tu composes ta musique ici, dans le calme de la forêt ? Est-ce pour cela que tu as emménagé ici ? Ou est-ce que tu voulais t'isoler du monde ?

Mais où es-tu maintenant ? pense Malin. J'aimerais juste te poser quelques questions simples.

Elle frappe à la porte d'entrée, appuie sur la sonnette, mais il ne vient pas.

Elle se retourne, promène son regard sur la forêt, se demandant où Anders Dalström pourrait se trouver. Peut-être dans le garage ? Elle y va, mais les portes sont fermées. Les ouvrir ? Non. Devrais-je ? Non, je n'ai pas le droit.

Elle regarde de nouveau vers la forêt.

Il l'observe de la lisière. Elle, la policière. Elle est seule. Pourquoi ? Il croyait qu'ils venaient toujours à deux pour des raisons de sécurité. Qu'est-ce qu'elle cherchait dans le garage ? Est-ce qu'elle croit que la Golf y est garée ? Elle est en réparation. Est-ce qu'elle cherche une autre voiture ?

Est-ce que je dois foncer sur elle ?

Qu'est-ce qu'elle fait ici ? Elle devrait fouiner ailleurs. Mais bon, elle est sans doute juste venue pour poser quelques questions ?

Maintenant, elle regarde en direction de la forêt, vers lui, et il se jette par terre, sent les branches des sapins se fermer autour de lui tandis que ses longs cheveux lui tombent devant les yeux.

Est-ce qu'elle m'a vu ? J'espère que non. Et qu'est-ce qu'elle fait maintenant ? Elle semble prendre en photo le panneau sur ma porte avec son téléphone portable.

Y avait-il quelqu'un là-bas, à la lisière de la forêt ?

Malin n'est pas sûre. Elle enfonce le téléphone dans la poche de sa veste. Était-ce Anders Dalström, parti dans la forêt pour chasser ou cueillir des champignons et qui rentrait maintenant ? Mais il m'a vue et ne veut pas me rencontrer.

Le pistolet.

Elle l'a emmené. L'avait montré aux élèves pendant la conférence ce matin, sachant que la vue d'une arme réelle captait l'attention chez les jeunes.

Elle avance en direction de la lisière, traverse le champ humide et sent que ses chaussures sont trempées, mais elle veut savoir ce qu'elle a vu.

Un mouvement et quelque chose qui s'éloigne sous les arbres.

Un homme. Un renard ?

Impossible à dire. Malin sort son pistolet du holster. Se dirige vers la forêt, vers l'obscurité entre les troncs.

Anders Dalström se faufile à travers les arbres, ses longs cheveux noirs mouillés par la pluie.

Elle ne doit pas me voir. Que fait-elle ici ? Comment pourrais-je lui expliquer pourquoi j'essaie de m'échapper ?

Mais il sait où aller. Il y a un arbre renversé à seulement vingt mètres, et sous les racines se trouve un trou, invisible à celui qui ne le connaît pas.

Je me meus comme les vers en moi.

Trempé jusqu'aux os. Et j'ai froid, mais ça m'est égal. Les racines. Dans le trou, vite, amasser des branches devant l'ouverture. Ne plus respirer.

Où est la chose que j'ai vue ?

Malin scrute le sol à la recherche de traces, mais n'en voit aucune, la pluie fait rage dans la végétation.

La forêt est silencieuse et vide, rien que sa propre respiration et le vent qui bruisse dans les cimes des arbres.

Un arbre tombé là-bas. Elle s'approche.

Y avait-il quelqu'un ici ? Y a-t-il quelqu'un ? Soudain, de grosses gouttes heurtent sa nuque. Elle lève la tête. Une chouette s'envole.

J'ai dû me tromper.

Il n'y a personne.

Quand Anders Dalström entend la voiture de Malin démarrer et s'éloigner, il sort avec précaution de sa cachette et s'assure qu'il est bien seul.

Ensuite il court vers la maison.

Il essaie toujours de comprendre ce qui se passe, et espère toujours pouvoir arrêter le cours des choses. Mais il a besoin de chasser les vers de son sang, sentir le calme l'emplir.

La clé dans la serrure.

Les mains qui tremblent.

La porte grince. Il aimerait la huiler, il aurait dû le faire depuis longtemps. Elle s'ouvre et il court dans le salon, stoppe devant le coffre-fort.

Il regarde le fusil qu'il garde ici pour son père. Ce dernier ne pouvait plus l'utiliser depuis de nombreuses années, mais jamais il n'avait laissé son fils s'en servir.

Malin tient le volant d'une main, de l'autre, elle envoie la photo du panneau écrit à la main d'Anders Dalström à Karin Johannison.

« Compare cette écriture avec celle de la lettre de chantage. Tout de suite. Appelle-moi quand tu en sauras plus. MF »

La pluie se déverse sur le pare-brise.

Peu après, elle voit apparaître la silhouette de Linköping. La ville semble couler dans ses cloaques, un endroit que même les rats ont abandonné.

61

Zeke derrière son bureau. Pas rasé depuis quelques jours.

« Tu as trouvé quelque chose ? demande-t-il quand Malin s'affale sur sa chaise.

– Je ne sais pas, répond Malin. Tu veux entendre ma théorie ?

– Bien sûr. »

Le téléphone de Malin émet un bip. Karin ? Elle est rapide.

Le message sur l'écran scintille. « Je vais voir ça tout de suite. Karin. »

Zeke sourit.

« Karin ? »

Malin sourit à son tour.

« Comment tu le sais ?

– Les voies du Seigneur sont impénétrables, Malin.

– Allez, on va prendre un café. »

Ils s'asseyent à une table isolée dans la cafèt'.

« Juste une chose : Christina Fågelsjö n'a pas retrouvé les clés de Fredrik, dit Zeke. Il est donc très probable que le meurtrier les ait utilisées pour ouvrir la chapelle et qu'il les ait gardées. »

Malin hoche la tête.

« Anders Dalström, dit-elle ensuite. Andreas Ekström, qui est mort dans l'accident, était son seul ami. La mère d'Andreas m'a dit que son fils s'était occupé de lui. Réfléchis. Tout a dû s'écrouler pour Anders quand Andreas est mort. Imagine qu'il ait appris d'une manière ou d'une autre que Jerry Petersson était le conducteur.

Que lui et Jonas Karlsson se soient rencontrés dans un bar et que Karlsson, éméché, lui ait raconté la vérité sur ce soir du nouvel an ? Ou qu'il l'ait découvert d'une autre manière. Il avait accepté le fait que c'était un accident mais tout a changé lorsqu'il a appris que c'était Petersson qui conduisait. Petersson était soûl, ce n'était donc plus un accident, mais un crime.

– Et Dalström aurait voulu se venger ?

– Oui, peut-être. Il devait être le souffre-douleur de ses camarades avant qu'Andreas vienne dans sa classe. Peut-être qu'il y a en lui un tas de violence accumulée qui ne demande qu'à exploser ? Mais avant tout, il voulait sans doute faire chanter Jerry Petersson… »

Zeke a l'air sceptique. Il dit :

« Mais pourquoi maintenant ? Petersson a habité à Skogså pendant un an et demi. Et même si Karlsson avait vendu la mèche, Dalström n'est visiblement pas le genre à se venger, Malin. Il n'a l'air ni courageux, ni colérique. Il donne plutôt l'impression d'être quelqu'un de sympathique.

– Oui, tu as raison, dit Malin. Mais les victimes de harcèlement peuvent souvent devenir violentes quand elles sont plus âgées. Que sait-on sur ce qu'il a pu vivre ? »

Zeke hoche la tête.

« C'est possible, dit-il. Mais Fredrik Fågelsjö ? Comment tu expliques ça ? Ou est-ce que ce meurtre a été commis par quelqu'un d'autre ?

– Je me dis, réplique Malin, qu'Anders Dalström a peut-être aussi tué Fredrik Fågelsjö pour attirer les soupçons sur la famille. Eux, ils ont clairement de bonnes raisons de détester Fredrik.

– Ça me semble trop vague, répond Zeke en fronçant les sourcils. Tu crois que quelqu'un serait capable de commettre un meurtre juste pour ça ?

– Des hommes ont tué pour moins que ça. Et peut-être qu'il a pris goût à la violence après le premier meurtre. La violence était l'exutoire dont il avait besoin.

– Tu crois donc vraiment qu'Anders Dalström a mis en scène le meurtre de Fredrik Fågelsjö pour sauver sa peau ? Et parce qu'il a découvert une sorte de violence en lui ? »

Malin hoche la tête.

« Mais est-ce que ça suffit, Malin ? Le corps était nu sur la tombe familiale. On a rarement vu des choses plus graves.

– Il y a une pièce du puzzle qui manque encore, dit Malin. Mais peut-être que je me trompe. J'ai l'impression de ne pas pouvoir réfléchir clairement.

– Il est tout à fait possible, même si ce n'est pas probable, que la famille Fågelsjö se cache derrière tout ça. Fredrik peut avoir tué Jerry, et Axel et Katarina peuvent avoir fait tuer Fredrik. Ou Goldman a envoyé un tueur. Ou alors c'est quelqu'un auquel on n'a encore absolument pas pensé.

– Je sais, dit Malin.

– Et Anders Dalström a un alibi. Il travaillait les nuits des meurtres.

– Je vais les appeler encore, dit Malin.

– On y va en voiture, répond Zeke. Pour être sûrs qu'ils ont bien vérifié. »

L'aide-soignante au foyer de Björsäter accueille Malin et Zeke dans une salle qui donne sur une forêt de sapins.

« Non, dit la femme. Anders Dalström n'est pas là aujourd'hui. Il travaille surtout la nuit. »

Malin hoche la tête. Elle fait les cent pas dans la pièce en jetant des regards dans le couloir, sur les boîtes de pilules alignées derrière des portes vitrées fermées.

« Je vous ai déjà appelé pour vous poser la question, dit Malin. Mais nous devons vous le demander encore une fois : est-ce qu'il travaillait la nuit du jeudi 23 au vendredi 24 octobre ? Et la nuit de jeudi à vendredi la semaine dernière ? »

L'aide-soignante sort un classeur d'une étagère basse.

Elle l'ouvre et lit soigneusement pour montrer qu'elle prend au sérieux la question de Malin.

« Selon l'emploi du temps, il a travaillé ces deux nuits.

– Selon l'emploi du temps ?

– Oui, parfois ils changent entre eux sans me le dire. C'est contre le règlement, mais tant qu'il n'y a pas de souci...

– Pourriez-vous me rendre un service, dit Malin, et vérifier s'il n'a pas échangé l'un de ces jours avec quelqu'un ? »

L'aide-soignante hoche la tête.

« Je peux appeler ses collègues du service de nuit. Mais la plupart d'entre eux dorment à cette heure-ci. Est-ce que c'est urgent ?

– Très urgent », dit Zeke.

Cinq minutes plus tard, l'aide-soignante hausse les épaules, résignée.

« Aucun ne répond. Ils dorment tous. Est-ce que je peux vous rappeler cette après-midi ?

– Bien sûr, dit Malin.

– Savez-vous où Anders Dalström pourrait se trouver maintenant ?

– Il n'a pas travaillé la nuit dernière. Il est sûrement chez lui.

– J'y étais il y a une heure. Il n'était pas là.

– Vous avez essayé de le joindre sur son téléphone portable ?

– Il ne décroche pas.

– Ah bon ? Essayez donc chez son père. Il habite dans une maison de retraite en ville. Son père est aveugle et Andreas lui rend souvent visite.

– Quelle maison de retraite ? demande Zeke.

– Serafen. »

Serafen, pense Malin.

Là où habite Sixten Eriksson, qu'Axel Fågelsjö avait tabassé au point de lui faire perdre un œil. Malin et Zeke se regardent.

« Savez-vous comment s'appelle son père ?

– Il s'appelle Sixten, dit l'aide-soignante. Sixten Eriksson. »

62

Sixten Eriksson est assis sur le canapé de sa chambre. Il fixe l'obscurité dehors, la vue des reproductions bon marché aux murs lui est épargnée. L'odeur de tabac est encore plus pénétrante qu'à la première visite.

Il évite de se tourner vers nous, pense Malin, bien qu'il ne voie rien.

En faisant route vers la maison de retraite, Zeke et Malin avaient échangé leurs impressions.

« Ça lui donne un double mobile, a dit Zeke.

– Venger une injustice contre son père en tuant le fils de celui qui a commis l'acte. Fredrik Fågelsjö.

– Mais pourquoi maintenant ? a demandé Zeke.

– Il peut avoir pris goût à la violence, comme je l'ai déjà dit, si le meurtre de Petersson était une tentative de chantage qui a dérapé. Quand on a tué une fois, on peut le faire une deuxième fois. On a franchi une limite. Et il croyait peut-être qu'il nous perturberait un peu plus et qu'il se sauverait de cette manière.

– Et personne ne sait où il est. »

Anders Dalström n'était toujours pas chez lui. Ils avaient prévenu leurs collègues au commissariat. Sven avait dit qu'ils publieraient un avis de recherche, vu qu'ils devaient lui parler, même s'il n'était pas impliqué.

Et maintenant Sixten Eriksson et l'obscurité. Sa solitude. Anders Dalström n'était pas ici non plus.

« Je lui ai inventé un autre nom, dit Sixten Eriksson. Anders a pris le nom de sa mère, Dalström. Je ne sais pas ce qu'il a fait ou pas, mais je ne lui collerais jamais les flics au cul, peu importe ce qui s'est passé. Bien sûr que je protège ce gamin, je l'ai toujours protégé.

– Croyez-vous votre fils capable d'avoir tué Fredrik Fågelsjö pour vous venger ? »

Malin essaie de parler d'une voix douce et empathique.

Mais Sixten Eriksson ne répond pas.

« Est-il capable d'avoir tué Jerry Petersson ? Qu'en pensez-vous ? demande Zeke, agressif.

– La douleur se fraie un chemin, dit Sixten Eriksson.

– Il vous a dit quelque chose ? demande Malin.

– Non, il ne m'a rien dit.

– Savez-vous où il peut se trouver ? »

Sixten Eriksson éclate de rire.

« Si je le savais, je ne vous le dirais pas. Pourquoi le ferais-je ? Mais il est venu souvent ici, n'est-ce pas bizarre, peu importe ce que les parents leur font, aux enfants, ils courent quand même vers eux pour chercher de l'amour et du soutien. »

Malin et Zeke fixent l'œil aveugle du vieillard et Malin se dit qu'il voit sans doute plus que ses propres yeux en ce moment.

« Vous le frappiez ? demande Malin. Vous frappiez Anders quand il était petit ?

– Savez-vous comment c'est de ne pas avoir de perception tridimensionnelle ? demande Sixten Eriksson. Des douleurs de nerfs qui montent comme des flèches brûlantes jusqu'au cerveau, sans cesse, vingt-quatre heures sur vingt-quatre ? J'espère qu'Axel Fågelsjö souffre toutes les tortures de l'enfer, maintenant que son fils est mort. Enfin il pourra alors goûter à la douleur.

– Avez-vous demandé à votre fils de tuer un membre de la famille Fågelsjö ? Fredrik ? Axel ?

– Non, mais cette idée m'a effleuré l'esprit. Je dois l'avouer. »

Elles cherchent sur les étagères. Mes mains, papa les frappait souvent avec la règle.

Tu vois mon œil, fiston ?

Qu'est-ce qu'il me faut ?

Anders Dalström longe les couloirs du magasin de bricolage au centre commercial. Le kebab qu'il vient de manger gargouille dans son ventre.

Une corde.

Du ruban adhésif. Les autres me regardent bizarrement, qu'est-ce qu'ils me veulent ? Le fusil est dans la voiture. Je vais mettre fin à tout cela, une bonne fois pour toutes. Les policiers vont le trouver, se poser des questions, ne plus savoir où ils en sont.

Je vais le tuer. C'est avec lui que tout a commencé, non ? Peut-être que papa sera content.

Anders Dalström sent que les derniers vers quittent son corps. Tout sera bien. Comme cela aurait dû l'être dès le début. Anders, pense-t-il, est-ce que tu peux me voir maintenant ?

J'éradiquerai le Mal.

Il paie. Puis il monte dans la voiture et part en direction de Drottninggatan.

Certaines voix sont comme des coups de fouet, pense Malin. Elles s'enfoncent dans les parties les plus vulnérables du corps.

« Ici Jochen Goldman », répète la voix.

L'enfoiré.

Malin sent le téléphone contre son oreille et la pluie sur sa main. Elle se trouve dans la rue Djurgårdsgatan devant le Serafen.

Mais elle sent aussi monter en elle une chaleur curieuse, en entendant sa voix. Une chaleur tout à fait déplacée.

Son visage bronzé au bord de la piscine. La dureté et la douceur de ce genre d'hommes, des hommes comme lui et Petersson.

« Que me voulez-vous ? »

De sa main libre, Malin ouvre la portière, s'installe sur le siège, presse le téléphone contre son oreille et écoute le bruit de la respiration de Jochen Goldman.

« Les photos, dit-elle. C'est vous qui avez pris et envoyé les photos de mes parents, non ?

– Quelles photos ? »

Elle peut voir le sourire de Jochen Goldman. Joueur, disant : On pourrait passer du bon temps ensemble, toi et moi, hein ?

« Vous savez très bien de quoi il s'agit…

– Je ne sais rien de ces photos. De vos parents ? Pourquoi je prendrais des photos de vos parents ? Je ne sais même pas où ils habitent.

– Vous êtes en Suède ?

– Oui.

– Est-ce que vous êtes passé à Linköping ?

– Qu'est-ce que j'y ferais ?

– Avez-vous envoyé une lettre à Jerry Petersson ? Est-ce que vous avez essayé de le faire chanter ?

– J'ai plus d'argent qu'il n'en faut. Peu de personnes peuvent se targuer d'en avoir autant. »

Le ciel vient de se rouvrir. De la grêle, de petits grains blancs tambourinent sur la carrosserie de la voiture.

« Vous écoutez de la musique de nègres ?

– C'est la grêle, dit Malin.

– Vous pensez bien que je n'irais pas à Linköping moi-même, si j'avais un truc à y régler, non ? »

Des allusions, jamais de concret.

« Qu'est-ce que vous voulez alors ?

– Je suis au Grand à Stockholm. Je loue une suite. Je me disais que vous voudriez peut-être m'y rejoindre. On pourrait passer un bon moment. Boire du champagne.

Et prendre quelques photos, si vous voulez. Juste nous deux. Qu'en dites-vous ? »

Malin raccroche.

Ferme les yeux.

Se demande comment des gens comme Jochen Goldman peuvent exister. Que des parents aient pu l'engendrer.

Zeke et elle passent devant l'appartement d'Axel Fågelsjö. Ils ne voient pas la silhouette aux cheveux longs qui glisse à travers la porte d'entrée telle une ombre.

Jochen.

Toi et tes mauvais tours. Tu m'as quand même eu, finalement, n'est-ce pas, tu ne pardonnes jamais une injustice. Bien que tu en commettes beaucoup toi-même.

Je survole la plaine et la forêt, le château et le champ où a eu lieu l'accident, je survole la maison du paysan Lindman et je vois sa femme russe faire rapidement ses valises, très rapidement, elle rejoindra un autre homme à un autre endroit et elle prendra la moitié ou plus de ce que Lindman possède, comme elle l'a toujours planifié.

Lindman.

C'est moi qui ai baisé sa première vieille quand elle est venue à Stockholm. Je l'ai rencontrée au Baldakinen, elle a hurlé de plaisir dans mon bureau dans la rue Kungsgatan. Après ça, elle ne supportait sans doute plus l'odeur de fumier.

On m'a contacté. Comme annoncé dans la lettre.

63

Linköping, septembre

Jerry se tient devant sa Range Rover garée dans une file au milieu du parking d'Ikea presque vide, il entend la pluie cogner sur le toit de la voiture. Au loin, il aperçoit les tours vertes de la cathédrale. Cette nuit-là, les chiffres de l'horloge luisent à travers les nappes de brouillard et les nuages noirs.

« Attends près de ta voiture. J'arriverai à onze heures. »

Jerry regarde sa montre, se frotte les yeux. Il sait comment il va régler cette affaire.

Puis il voit une voiture s'engager sur le parking, une Golf rouge qui s'arrête à côté de lui. Un homme du même âge que lui en descend.

Est-ce que c'est toi, Jonas ? pense Jerry. Jonas Karlsson qui m'a sauvé à l'époque.

Non, pas Jonas, quelqu'un d'autre.

Au lieu d'attendre que l'homme commence à parler, Jerry se jette sur lui, le pousse contre la portière de la Range Rover, le prend à la gorge et siffle :

« Qu'est-ce que tu t'imagines ? Tu crois que je vais me laisser baiser comme ça ? »

Et l'homme se recroqueville, il tremble de peur et dit :

« Je ne voulais pas vous offenser. Excusez-moi. Ce n'était pas mon intention.

– Ce que tu as écrit sur le soir du nouvel an n'est pas vrai.

– Oui. Je me suis trompé.

– Qui t'a dit ça ?

– J'ai reçu une lettre.

– De qui ? »

La prise autour du cou de l'inconnu de plus en plus ferme, sa voix de plus en plus faible :

« Je ne sais pas. Mais la lettre a été postée à Ténérife. »

Jochen.

« Et toi, t'es qui ?

– Quelqu'un qui a croisé votre chemin. Mais vous ne le savez pas. »

L'homme dit son nom. Jerry fouille dans sa mémoire, mais ne se rappelle aucune image.

Il jette l'homme à terre. Lui donne des coups de pieds en hurlant : « Qui es-tu, bordel de merde ? »

Et l'homme gémit son nom une deuxième fois, en ajoutant : « Andreas Ekström était le seul ami que j'ai jamais eu. »

Jochen.

Punta del Este. J'aurais dû fermer ma gueule. Dieu sait comment tu as déniché ce pauvre type. Mais quand on veut, tout est possible, non ?

Encore des coups de pied. Ils heurtent la chair molle sous la veste verte, et ça fait du bien.

« Et maintenant tu veux du fric, hein ? Mon fric, hein ? Ne t'approche pas de moi. Sinon ça va mal se terminer. »

D'autres gémissements.

Jerry monte dans la voiture et démarre. Dans le rétroviseur, il voit qu'il se tord de douleur sur l'asphalte, essaie de se relever.

De retour chez lui dans son grand château désert, il tape un numéro sur son portable, veut appeler la femme qui attend de pouvoir entendre sa voix.

Mais cet appel n'aura jamais lieu, il restera un chuchotement imperceptible dans la tête de Jerry.

64

Axel Fågelsjö entend, vaguement, la sonnette appeler à l'aide dans un rêve depuis longtemps oublié.

Qui cela peut-il bien être, bon sang, se demande-t-il en traversant le salon sous le regard de ses ancêtres accrochés au mur.

La police, encore ? Ne peuvent-ils pas me laisser tranquille ? Seul avec mes défauts et mes erreurs, seul face à tout l'amour que j'ai perdu ?

De la tristesse.

C'est tout ce qu'il me reste maintenant. De la tristesse en pensant à toi, Bettina, et à notre fils.

Je veux que l'on me laisse tranquille.

La sonnette se fait plus insistante. Un représentant ? Un témoin de Jéhovah ?

Axel Fågelsjö regarde dans le judas, mais n'y voit personne.

Qu'est-ce que cela signifie ?

Il regarde à nouveau.

Le palier est vide et silencieux. Axel Fågelsjö a à peine le temps de sentir le danger que la porte s'ouvre brutalement ; il la reçoit en plein visage, recule en chancelant, et s'écroule.

Au sol, lorsqu'il lève les yeux, il se retrouve face au canon d'un fusil. Long, noir, et froid, le fusil le regarde avec des yeux pleins de langueur, de désespoir, et de solitude.

Au milieu de la clairière, la maison est toujours sombre et silencieuse.

Elle est d'autant plus angoissante lorsque la lumière du jour n'en éclaire pas la façade. Comme si elle allait s'effondrer sous le poids de tous les drames qu'elle a connus.

Malin et Zeke se garent. La Golf rouge d'Anders Dalström n'est pas là.

Ils sortent de la voiture. Malin avait besoin d'air, elle inspire profondément.

« Il n'est pas là, dit-elle. Où peut-il bien être alors ? »

Ils montent les marches, et regardent par la petite fenêtre de la porte d'entrée.

Il y a un ordinateur allumé dans la salle de séjour.

Malin actionne la poignée de la porte. C'est ouvert.

« On ne peut pas entrer, dit Zeke. On n'a pas de mandat.

– Tu te fous de moi ?

– Oui, je te fais marcher, Fors. La porte est ouverte. Sûrement un cambriolage. »

Ils entrent.

L'armoire à fusils dans la salle de séjour.

Malin essaie d'en ouvrir la porte du bout du doigt. Elle n'est pas fermée. Il n'y a qu'un seul fusil à l'intérieur. Des munitions dans le bas de l'armoire, mais pas de carabine.

Il est armé ? se demande Malin. Elle dit :

« Où qu'il soit, il se peut qu'il soit armé. »

Elle se glisse dans la chambre d'Anders Dalström. Les persiennes sont baissées. La chambre est sombre, froide, humide. Il y a un projecteur posé sur un bureau. Des bobines de films sont éparpillées au sol, les pellicules sont sens dessus dessous.

Le projecteur contient une pellicule. Sans réfléchir, Malin le met en route. Sur le mur blanc, elle voit un enfant qui court dans l'herbe. Il crie mais aucun son ne sort de sa bouche. Il semble fuir quelque chose, comme si un monstre tenait la caméra. Un monstre sur le point de le dévorer s'il ne court pas assez vite.

L'enfant s'arrête de courir. Il se retourne vers la caméra et regarde au-delà de l'objectif. Il semble craindre un coup. Ses pupilles noires ressemblent à de petites sphères apeurées.

Fin du film.

Zeke est derrière Malin. Il pose sa main sur son épaule et dit :

« J'aurais préféré ne jamais avoir vu ce regard. »

Ils sortent de la chambre. Dans la cuisine, ils trouvent un ordinateur qui affiche le site des Pages Jaunes. Zeke lit à haute voix :

« Axel Fågelsjö. 18, Drottninggatan. Merde, qu'est-ce qu'il a en tête ?

– Axel Fågelsjö. Est-ce qu'il est allé chez celui qu'il croit être derrière tout le mal qu'il a subi ? L'homme qui a maltraité son père et qui a fait de lui le père violent qu'il est devenu ? »

Le visage de Zeke est à moitié éclairé par la lumière de l'écran. Il reste quelques gouttes de pluie sur son crâne.

« Tu en es sûre ?

– Oui, pas toi ? »

Zeke hoche la tête.

« On devrait envoyer du renfort à l'appartement de Fågelsjö.

– Oui.

– Je les appelle. »

Zeke entre en communication avec le standard puis est redirigé vers Sven.

« Tout concorde, on en est sûrs », dit-il.

Zeke essaie de parler d'une voix convaincante.

« Tout est allé très vite. On n'a pas eu le temps d'appeler. Karin est en train de comparer les empreintes. »

Silence.

Un silence par lequel Sven les félicite autant qu'il le leur reproche. Ils auraient dû appeler plus tôt, dès qu'ils ont eu la preuve que Sixten Eriksson était le père d'Anders Dalström.

« Qui sait quelles sont ses intentions ? dit Zeke. Il est certainement poussé par le désespoir. »

Malin et Zeke ressortent. Ils se dirigent vers l'atelier.

La porte est entrouverte. Zeke se tient juste derrière Malin.

Est-il à l'intérieur ? Malin sort son arme. Prudemment, elle ouvre la porte d'un coup de pied.

Une vieille Mercedes noire.

Elle regarde à l'intérieur. Personne.

« C'est peut-être cette voiture noire que Linnea Sjöstedt a vue », dit Zeke.

Malin acquiesce.

Quelques instants plus tard, ils sont à nouveau assis dans leur voiture.

Marre de la pluie. Est-ce qu'Anders Dalström est chez Axel Fågelsjö ? Où se trouve-t-il sinon ?

Jerry Petersson.

Fredrik Fågelsjö.

Est-ce l'arrogance qui vous a rattrapés ? Vos activités ? Votre vanité ? Votre peur ?

Sven Sjöman est chez Axel Fågelsjö, avec quatre autres policiers. L'appartement est vide. Ils n'y trouvent ni Axel Fågelsjö, ni trace de lutte.

Malin et Zeke arrivent un quart d'heure plus tard.

« Bon boulot, dit Sven à Malin, alors qu'ils regardent les portraits accrochés au mur du salon. Vous avez fait un putain de bon boulot.

– Maintenant il ne reste plus qu'à trouver Anders Dalström, dit Malin. Et des preuves concrètes pour le condamner.

– On en trouvera. Tous les indices convergent vers lui.

– Mais où est-il bon sang ? dit Zeke. Et où est Axel Fågelsjö ?

– Ensemble, répond Malin. Je pense qu'ils sont ensemble depuis un certain temps, sans même qu'aucun d'entre eux ne s'en soit rendu compte. »

Son téléphone sonne. À l'autre bout du fil, la voix calme de Karin Johannison :

« L'écriture sur le panneau de la porte et sur la lettre est la même. Il s'agit bien de la personne qui a écrit la lettre. »

65

Anders Dalström, images d'une vie

Il n'y a pas d'explications à donner.

Elles seraient inutiles, et personne ne voudrait les entendre de toute façon.

Mais c'est mon histoire. Écoutez-la si vous le souhaitez.

Papa.

Le seul œil encore valide collé au viseur de la caméra, tu dis que les images réfléchiront la manière dont tu vois le monde, sans aucune perspective, sans aucun espoir. Ai-je hérité de ton désespoir, et de tes doutes quant à la vie ?

Tu devais être l'homme le plus frustré et le plus amer du monde. Et tu retournais toute ta colère contre moi. J'ai dû apprendre à t'éviter, à disparaître de l'appartement et à rester à l'écart jusqu'à ce que tu retrouves ton calme.

Des gens m'ont vu et ont commencé à jaser sur toi. Ils savaient que tu souffrais d'avoir perdu un œil, et que tu nous battais, maman et moi.

Je t'ai vu, papa, derrière la caméra. Mais je suis venu à toi, en courant même, malgré ta colère. Mais je doutais, instinctivement, et ce doute m'a poursuivi, rejaillissant sur mes rapports avec les autres.

Au tout début, à l'école, j'étais seul. Puis ils s'en sont tous pris à moi, et aucun instituteur ne voulait s'en mêler. Ils me poursuivaient, me frappaient, se moquaient de moi. Je me suis retrouvé seul. Un jour, ces monstres m'ont arraché mes vêtements, et je me suis retrouvé nu, à courir pour fuir ceux qui me pourchassaient, nu sous le regard de tous les autres. Je suis tombé, et ils m'ont donné des coups de pied alors que j'étais déjà à terre.

Ils m'ont tiré à l'intérieur de l'école.

Ils m'ont plongé la tête dans les toilettes, pleines d'excréments et d'urine.

Ils le faisaient régulièrement, et à la fin je n'essayais même plus de résister. Ma soumission les rendait plus furieux, plus sauvages, plus assoiffés encore.

Qu'avais-je fait ? Pourquoi moi ?

Était-ce parce que je baissais la tête, comme toi, papa ?

Et un beau jour :

« Arrêtez ! »

Le cri provenait d'une masse musclée et confiante, qui immédiatement s'est ruée sur les monstres, et les a frappés si fort qu'ils en ont saigné du nez.

« Que je ne vous voie plus vous en prendre à lui. Plus jamais ! »

Et ils ne m'ont plus jamais fait de mal.

J'avais enfin un allié.

Andreas. Un nouveau.

Dès le premier jour dans notre école il s'était mis de mon côté. Je n'ai jamais compris pourquoi il voulait être mon ami, mais c'était bien de l'amitié. Tout comme le Mal, l'amitié surgit là où on s'y attend le moins.

J'ai vécu à travers Andreas les années suivantes. Sa famille m'accueillait parfois. Je me souviens de l'odeur des brioches fraîchement sorties du four et du sirop de framboise, préparé par sa mère. Ce qu'on faisait ? Ce que font tous les petits garçons. Jouer, dans leur monde d'enfants. Tu ne pouvais plus m'atteindre, papa, et ce, grâce à Andreas.

Ton amertume ne m'a pas affecté. Quoique. Si, elle m'avait déjà parasité.

Tu me frappais, et je crois que j'essayais de voir au-delà des coups. Il devait bien y avoir quelque chose en dehors des coups.

La musique. J'ai trouvé la musique. Ne me demande pas comment, mais elle était là, en moi. Elle était là depuis longtemps, et Andreas l'a encouragée à sortir. Il m'a acheté une guitare avec l'argent qu'il avait gagné à la cueillette de fraises un été.

Mais après, quand nous sommes entrés au lycée, il s'est passé quelque chose. Andreas s'est mis à m'éviter, il voulait fréquenter d'autres personnes que moi. Il m'a repoussé lorsque notre monde a grandi. Mais je n'ai jamais perdu l'espoir. C'était mon ami, et je n'ai jamais pu être aussi proche de quelqu'un après lui.

Il se pavanait devant Jerry Petersson, le mec le plus cool du lycée. Il faisait le beau devant la clique des fils de nobles aussi.

Quant à moi, ce n'était pas dans mes intentions. Je savais que je ne serais jamais comme eux.

Puis Andreas est mort, cette nuit de nouvel an.

C'est peut-être là que j'ai laissé tomber, n'est-ce pas papa ?

Je me suis réfugié dans la musique.

J'ai chanté à la dernière fête de fin d'année. Ce soir-là, j'ai dû remonter dans leur estime, car l'enthousiasme était bien réel. Ils m'ont fait chanter la chanson deux fois encore, et au cours de la soirée, on m'a demandé de la chanter à nouveau, assis dans l'herbe, avec les plus jolies filles.

Tu n'étais pas là avec ta caméra, dans le public, papa.

J'ai commencé à travailler comme aide-soignant, et j'ai loué une petite ferme afin de pouvoir composer dans le calme. Je suis resté là, et j'ai envoyé une bonne centaine de démos à Stockholm. Mais je n'ai jamais reçu aucune réponse, ni de Sony, ni de Polar, ni de Metronome, d'aucun label.

Plusieurs années sont passées ainsi. J'ai commencé à travailler à Björsäter. On n'était parfois que deux la nuit, à éviter les gens éveillés. Tu me frappais toujours, dès que tu en avais l'occasion, même si tu étais presque devenu aveugle à cause de ta cataracte.

J'aurais pu répondre à tes coups, mais je ne l'ai jamais fait.

Pourquoi ? Parce que je ne voulais pas être comme toi. La violence et l'amertume m'auraient transformé en toi.

Maman est morte et tu as fini à la maison de retraite, complètement aveugle. Ta caméra était éteinte pour toujours. Ta colère était désormais contenue, ton amertume ne s'exprimait plus que dans le ton avec lequel tu parlais, et ta vie n'était plus qu'une attente de la mort.

Il m'arrivait de tomber sur des articles qui parlaient de Petersson et de ses succès.

Et je sentais quelque chose grandir en moi, comme un œuf invisible qui gonflait, jusqu'à éclater et libérer des millions de vers jaunes dans mon sang. Ils avaient le visage de tous mes ennemis. Le tien, papa, celui des garçons de l'école, et même celui d'Axel Fågelsjö. Je savais bien qui il était, et ce qu'il m'avait fait.

Je voulais faire disparaître les vers. Mais ils se sont libérés.

Puis Petersson est revenu s'installer dans le coin. Il a acheté le château et le domaine des Fågelsjö. J'ai alors reçu une lettre; Dieu sait qui en était l'expéditeur. Mais elle contenait toute la vérité sur cette fameuse nuit de la Saint-Sylvestre. Je n'aurais jamais pensé que Jerry Petersson était au volant. L'enveloppe contenait également des photographies en noir et blanc de lui dans le champ, immobile, les yeux fermés, comme s'il méditait.

J'ai alors écrit ma propre lettre, mais le courage m'a fait défaut sur le parking. Celui à qui j'ai tout donné, et qui m'a tout pris, me piétinait encore comme un insecte.

Mais je me suis relevé.

J'ai juré de ne plus me laisser faire. C'était fini, il n'allait plus jamais nous rabaisser, moi et Andreas. J'allais lui réclamer l'argent qu'il me devait, argent dont je ne savais même pas quoi faire.

Alors, un matin, très tôt, j'ai pris ma voiture et suis allé là-bas.

Les vers sifflaient. Je pouvais presque les voir grouiller en moi, je pouvais presque voir leur visage me rire au nez.

Je l'ai attendu dans la cour du château, avec une grosse pierre dans la main au cas où, et l'un des couteaux Mora de mon père dans la poche. Son manche de bois était déjà imprégné de violence, transmise par mon père qui le tenait si souvent. Le sigle de Skogså est gravé au milieu. Il a dû dérober le couteau lorsqu'il travaillait là-bas.

J'avais un papier dans la main.

Les vers grouillaient.

Ils rampaient en moi. La colère et la peur ne faisaient plus qu'un.

Je sentais que quelque chose avait enfin pris fin. Et que quelque chose d'autre allait pouvoir commencer.

66

Je regarde la terre, et tous les mondes que l'histoire a donnés à cette ville et aux terres qui l'entourent. Je regarde la pluie tomber sur les arbres, l'herbe, la plaine et la montagne, et je sais qu'il en reste encore beaucoup. Je vois une voiture se rapprocher du château à l'aube. Je vois une silhouette noire attendre de l'autre côté des douves.

Cette personne que je vois, c'est moi. Je m'avance vers ma propre mort. Elle est proche. Mais je ne le sais pas encore, et lorsque je le saurai, il sera trop tard bien sûr. Mais maintenant, dans cet instant d'éternité, je sens le léger tremblement du volant dans mes mains.

67

Skogså, vendredi 24 octobre

Jerry regarde dans le brouillard. Il tient fermement le volant qui vibre sous ses mains. La Range Rover le transporte à travers les champs.

Qui est cette personne qui attend là-bas ? Est-ce toi, Katarina, qui me reviens enfin ?

Ou est-ce quelqu'un d'autre ? L'une de ces têtes de mule ? Katarina, dis-moi que c'est toi. C'est bien toi, hein ?

Ce n'est pas toi, Katarina.

Ce ne sera jamais toi.

Je sors de la voiture et me retrouve devant Anders Dalström. L'expression de son visage est désespérée, ses cheveux noirs sont mouillés. Il tient une pierre dans la main. Il refuse de laisser tomber. Je le regarde avec colère, mais rien ne se passe. Il ne cède pas.

« Je veux cinq millions de couronnes » crie Anders.

J'éclate de rire et réponds :

« T'auras que dalle. Si tu te barres pas maintenant, je t'écraserai comme un petit rat. Cela sera pire que sur le parking. »

Anders me tend un bout de papier.

« Voilà mon numéro de compte ! » crie-t-il.

La pluie rend l'encre du papier illisible et je me mets à nouveau à rire.

Il me donne le papier.

« Cinq millions. Dans une semaine. »

Je ricane, amusé, puis me lasse. Je froisse alors le papier et le jette au sol. Et je n'ai rien à foutre de la pierre d'Anders Dalström.

Celui-ci ramasse le papier de sa main libre et le met dans la poche de son manteau.

Je me retourne et m'apprête à partir, quand j'entends un hurlement viscéral.

Je vois quelque chose de noir se précipiter vers moi, puis ressens une forte douleur et m'écroule. C'est toute la colère accumulée durant des décennies qui s'abat sur moi. Mon ventre brûle, brûle, et brûle encore. Anders s'éloigne en rampant. Je sens mon cerveau et mes pensées disparaître dans la douleur.

Je rampe dans la cour. Cette douleur que je ressens à la tête et au ventre sera la dernière. Elle se répand dans tout le corps, comme poussée par un vent venu du passé.

Il est en train de me tuer. C'est tout ce que j'ai le temps de penser, alors que je passe en dessous des chaînes qui font le tour des douves. Je crois voir une pierre perforer la surface de l'eau.

Est-ce du sang que je vois couler devant mes yeux ?

Je suis l'enfant à nouveau, je suis l'homme. Je suis avec Katarina au bord de l'eau, peut-être une rivière. L'eau est calme, et je lui enduis le dos de crème, et elle me chuchote des mots à l'oreille.

Le vent me possède. Je tombe. Je ne respire déjà plus au moment où je touche la surface de l'eau. Les lames aiguisées de la tondeuse à gazon se sont enfin tues. J'ouvre mes nouveaux yeux.

68

« J'ai tué ton fils, et maintenant c'est ton tour ! » crie Anders Dalström.

Axel Fågelsjö est attaché à une chaise. Anders Dalström regarde le vieil homme se débattre pour se libérer. Ses yeux expriment un mélange étrange de haine, de désespoir et de résignation. Ils trahissent sa peur, la peur que l'on ressent lorsque l'on ne comprend pas ce qu'il se passe.

« Exactement comme toi, tu as tué mon père.

– Je n'ai jamais tué personne !

– Si, tu l'as tué. »

Anders Dalström voit qu'Axel Fågelsjö voudrait ajouter quelque chose, qu'il voudrait crier, mais aucun son ne sort de sa bouche.

Il sort un chiffon de son sac, l'enfonce dans la bouche du vieil homme et le noue autour de sa tête. Il ressent un certain plaisir à le serrer, à voir la douleur dans les yeux d'Axel Fågelsjö, et son corps devenir peu à peu immobile, comme par vagues.

Il avait envie de lui expliquer son geste.

De le forcer à l'écouter.

« Quel genre de père crois-tu qu'il pouvait être, après que tu l'as tué ? Il me poursuivait, la caméra à la main. Il me poursuivait, pour me tuer. Il me détestait, parce que j'avais encore toute la vie devant moi. C'était comme si j'étais l'incarnation de toute sa souffrance. »

Axel Fågelsjö se tortille sur sa chaise pour essayer de se libérer. Il aimerait dire quelque chose. Demander pardon ?

Non.

Anders Dalström lui donne un coup de poing au visage. Il sent la douleur remonter le long de ses phalanges et de sa main. Cette violence est douce et agréable. Elle fait disparaître le mal.

Alors il frappe encore, et encore, et encore. Les vers s'agitent. Les monstres de la cour d'école. La violence de papa. Les vers arborent leur visage à tous. Les excréments dans la cuvette des toilettes. La souffrance de n'avoir jamais connu l'amour, celui sur lequel on peut se reposer.

La souffrance, la souffrance, la souffrance.

Toute la souffrance du monde. Toute la colère du monde reçue en plein visage. Cette même colère qui a donné quarante coups de couteaux dans le corps de Jerry Petersson. Combien de coups me réserve-t-elle ?

Mais qui est-il ? se demande Axel Fågelsjö.

Bettina, dis-moi qui c'est.

Axel Fågelsjö cède à nouveau à la peur, contre son gré. Il essaie de se libérer. Il voudrait fuir, courir, mais il est fermement attaché à la chaise, condamné à y rester. Si c'est bien lui qui a tué mon fils, alors il le paiera. J'en fais la promesse.

La pièce.

Elle est jolie et familière. Nous sommes bien chez moi.

Bettina. Tes cendres sont éparpillées dans la forêt.

Il a cessé de me frapper. Il est assis sur une chaise, contre le mur. Il a l'air d'essayer de rassembler ses forces pour pouvoir dire quelque chose.

« Maintenant, écoute-moi bien. »

Anders Dalström se lève de sa chaise et s'avance vers Axel Fågelsjö, au milieu de la pièce glaciale.

« Rien que ce que tu m'as fait subir et ce que tu as fait subir à mon père, suffirait à ce que je te tue. »

Il met ses doigts dans le nez d'Axel Fågelsjö et les enfonce. Axel Fågelsjö grogne de douleur. Anders Dalström aimerait lui arracher le nez, et sentir son sang chaud lui couler sur les doigts, et les dernières créatures à sang-froid quitter son corps.

« Et tu sais quoi ? J'adore utiliser ma force pour montrer mon pouvoir. Je me nourris de la violence, tu comprends ? Je l'ai fait sortir de sa maison, et je l'ai frappé à mort. Ensuite, j'ai emmené le corps à la chapelle. Je voulais que tu le saches. Qu'est-ce que tu en avais à faire de moi, hein ? Tu sais ce que papa m'a fait subir quand il a commencé à avoir des douleurs à l'œil et à la tête ? »

Anders Dalström frappe encore, mais il prend peur au moment où il sent ses phalanges rencontrer le menton du vieil homme.

Les vers s'agitent à nouveau. Ils sont plus nombreux que jamais. Ils parcourent ses veines, boivent son sang.

Il est fou, se dit Axel Fågelsjö. Il tente d'échapper à la douleur en se plongeant dans ses souvenirs.

Je vais enfin pouvoir te rejoindre, Bettina. J'étais avec toi, dans la forêt, le matin du premier meurtre.

Frappe-moi.

Grâce à toi, je rejoindrai celle que j'aime.

Axel sait qui est ce jeune homme.

C'est le fils de cet employé de ferme incapable à qui il avait crevé un œil.

C'est regrettable, mais ce sont des choses qui arrivent.

C'était un vaurien, il le méritait.

Et Fredrik, est-ce qu'il méritait ce que tu lui as fait ?

Personne, ni même aucun des miens, n'a à me dire ce que l'on mérite ou pas.

Il me donne encore un coup. Cette fois-ci avec la crosse d'un fusil. La douleur est aiguë. Je sens mes dents se déchausser. J'ai l'impression que mes yeux vont sortir de leurs orbites.

Que s'était-il passé avec cet employé ? Je me souviens, il n'avait pas décroché un mot lors du procès. Mais que s'est-il passé ensuite ? A-t-il souffert, de la même manière dont je souffre aujourd'hui ? Il a perdu un œil, mais est-ce une raison pour se plaindre éternellement ? Il pouvait bien sûr ressentir de l'amertume, mais la vie est tellement plus simple si on accepte la fatalité, quelle qu'elle soit.

Un couteau. Il brandit un couteau maintenant. Il m'en montre le sigle sur le manche. C'est le sigle de Skogså. Il m'entaille la joue.

La douleur est atroce. Je hurle.

Bettina, vais-je enfin pouvoir te rejoindre ? Es-tu fière de moi ? Je ne veux pas reposer dans la chapelle, mais avec toi, dans la forêt.

Qu'est-ce qu'un château après tout ? Et quelques hectares de propriété ? Ces souvenirs dont tout le monde se moque ?

Je vais mettre fin à tout cela, pense Anders Dalström. Je vais faire ce que je veux. Comme il a toujours fait.

Je vois ton visage sur le sien, papa.

N'êtes-vous qu'une seule et même personne ?

Pourquoi est-ce que je me mettrais à hésiter maintenant ? Ont-ils hésité une seule seconde, les monstres, dans la cour d'école ?

Le sang coule le long de la joue d'Axel Fågelsjö. Anders veut planter son couteau dans son gros ventre, mais il n'y parvient pas. Quelque chose le retient et lui chuchote « non » à l'oreille. Il jette alors le couteau dans un coin, et enfonce à nouveau ses doigts dans le nez d'Axel Fågelsjö à lui boucher les narines. Puis il met son autre main sur sa bouche, et y pousse le chiffon. Le vieil homme ne peut plus respirer. Anders Dalström sait qu'il doit vouloir crier et demander de l'air. L'arrogance et la prétention ont disparu de son regard. Elles ont laissé place à autre chose, à la peur.

Je vois quelque chose clignoter. C'est en noir et blanc.

Je sens quelque chose ramper sur mon corps. Quelque chose qui va disparaître à jamais.

J'entends quelqu'un murmurer. C'est toi, Andreas ? C'est toi ?

De l'air.

De l'air !

Je veux vous rejoindre, Bettina, et Fredrik. Mais pas maintenant. Katarina, où es-tu ?

J'ai eu tort, je le reconnais. Mais pardonne-moi. Il est temps de passer à autre chose. J'ai eu tort, mais ce n'est pas une raison pour me tuer. Je veux vivre encore. J'ai peur. Je sens la chaleur me lécher les chevilles. J'aimerais crier, te demander pardon, te dire que je peux t'aimer, toi et tous les autres. Tu dois passer à autre chose, c'est ton seul espoir. Le sang coule, mais cela ne t'arrête pas. Tu enfonces tes doigts plus loin encore dans mon nez.

De l'air, donnez-moi de l'air.

69

« Maman ? »

Alors que Malin sort de l'immeuble d'Axel Fågelsjö, la voix de Tove résonne dans sa tête comme un coup de marteau.

Zeke est à côté d'elle. Il est agité, il semble vouloir courir jusqu'à la voiture.

« Tove ? »

Je ne peux pas te parler maintenant, ma chérie.

Où peuvent bien être Axel Fågelsjö et Anders Dalström ? Ils sont ensemble, cela ne fait aucun doute.

Dans l'appartement du vieil homme, Sven avait dit :

« Anders Dalström avait emmené Fredrik Fågelsjö au château. Il peut très bien y avoir emmené Axel Fågelsjö aussi. Zeke et Malin, allez au château immédiatement. Interrogez Katarina Fågelsjö, et toutes les autres personnes concernées par cette affaire. Anders Dalström est potentiellement très dangereux. Nous devons l'arrêter au plus vite. »

« Maman, je voulais… »

Malin entend la voix de sa fille lorsqu'elle court à la voiture. Sans comprendre ce qu'elle essaie de lui dire, elle répond :

« Tove, il faut que je raccroche. »

Elle met fin à la communication. L'instant d'après, elle a envie de la rappeler, de lui demander pardon pour ce qu'il s'est passé le soir où elle était chez elle. Elle l'a laissée partir, elle est la pire de toutes les mères. La vie n'est pas simple, et elle aimerait s'en excuser.

Malin se demande ce que Tove voulait lui dire. Elle sait bien qu'elle devrait la rappeler. Elle a peut-être besoin de moi. Mais au lieu de cela, elle dit :

« Roule, nom d'un chien. Vite. Vite ! »

La lumière des phares parcourt la Drottninggatan à toute vitesse.

Le téléphone de Malin sonne à nouveau. Tove ? Non, pas maintenant, Tove. L'écran affiche un autre numéro.

« Malin à l'appareil.

– Ici Johan Stekänger. »

L'avocat. Celui qui s'était occupé de la succession de Jerry Petersson. Celui qui a retrouvé Fredrik Fågelsjö.

« Je voulais juste vous dire que le château a été revendu hier. Pour deux fois le montant auquel Jerry Petersson l'avait acquis. Le père de Petersson a accepté l'offre.

– Qui est l'acheteur ?

– Je...

– Dites-le.

– Je...

– Dites-le-moi ! Sinon je vous promets de faire en sorte que vous ayez des problèmes. Alors, dites-nous. Qui a racheté Skogså ?

– C'est Axel Fågelsjö, qu'est-ce que vous croyez ? Nous avons signé hier, et on lui a remis les clés, afin de conclure la transaction symboliquement. Nous avons fait stocker les affaires de Petersson, et ses œuvres d'art ont été mises aux enchères. Fågelsjö a ri lorsqu'il a reçu les clés, disant qu'il en avait de toute façon gardé des doubles. Et je ne crois pas que Petersson ait fait changer la serrure. »

« Il a racheté le château, annonce Malin.

– Il n'a pas perdu de temps !

– C'est un ancien guerrier. »

Zeke conduit vite. Ils se dirigent vers le château.

Ils y sont certainement.

Les champs.

La forêt.

Que se passe-t-il ici ? Quelle est cette noirceur qui s'abat sur les gens ? Qu'est-ce qui les conduit à commettre des actes qui dépassent l'entendement ? Comme ce crime, soi-disant pour l'honneur, qu'ils avaient eu avant cette affaire.

Qu'est-ce qui peut bien mener une personne à raccrocher au nez de sa fille ? Malin ferme les yeux. Elle voit sa fille, maintenue au sol par la folle. Elle voit un cadavre sur une chaise, dans le coin sombre d'une chambre damnée, dans un hôpital damné.

Tove Fors.

Fredrik Fågelsjö.

Anders Dalström.

Jerry Petersson.

Je sais ce qui vous réunit tous.

Je peux faire quelque chose pour toi, Tove. Et pour moi. Et pour nous tous.

Si moi-même, je n'arrive pas à t'aimer, alors c'est que l'amour n'existe pas.

Ils sont les premiers arrivés. Le château se dresse au-dessus du domaine plongé dans l'obscurité.

Les projecteurs colorent de leur lumière verte les eaux des douves. Où bien est-ce la couleur naturelle de l'eau ?

Il n'y a aucune voiture dans l'allée.

Malin court vers la porte, tente de l'ouvrir, elle est fermée.

Quel cauchemar.

Ils ne sont pas là.

Zeke la rejoint.

« On dirait qu'ils ne sont pas là, murmure-t-il. »

Malin se demande pourquoi il murmure.

« Merde, j'en étais sûr. »

Autour d'eux le silence, si ce n'est le bruissement de la forêt.

« Il a pu ouvrir puis refermer avec les clés de Fågelsjö, dit Malin.

– Allons jeter un œil. »

Ils font le tour du château et inspectent les lieux, jusqu'à la chapelle. Tout est désert, fermé à clef.

Ils avancent dans le silence.

Où est la voiture ? se demande Malin. Ils doivent être ici.

Ils entendent un véhicule remonter l'allée. Une voiture de renfort ? Puis ils voient un faible rayon de lumière, qui provient d'un soupirail caché.

Ils se regardent, se font un signe de tête et courent jusqu'à la façade du château.

Les cailloux et le gravier craquent sous leurs pieds.

Trois policiers descendent d'une fourgonnette.

« La porte ! crie Malin. Ils sont peut-être à l'intérieur, dans la cave. »

Alors les trois policiers tentent de défoncer la porte, mais leur démonstration de force reste sans résultat.

« On n'y arrivera pas ! » crie l'un d'eux.

Malin les fait reculer. Elle sort son pistolet du holster, et tire sur la serrure de fer noir, vieille d'un siècle. Une fois son chargeur vidé, la serrure tombe sur les marches.

Malin est la première à entrer.

Elle traverse les pièces du château en courant.

La cuisine blanche ressemble toujours à une boucherie, même de nuit.

Elle descend les escaliers quatre à quatre. Elle est dans la cave à présent. Elle s'attend à y trouver Axel Fågelsjö et Anders Dalström, mais à quoi tout cela va-t-il ressembler ?

Le sous-sol est sombre et froid. Malin a du mal à respirer. Les autres sont derrière elle. Elle sent leur peur. Leurs pas martèlent le sol de façon régulière. Elle avance, accroupie, à travers les allées de la cave. D'un coup de pied, elle ouvre la porte de ce qui ressemble à un cachot. Est-ce ici que les soldats russes ont fini leur vie avant de se retrouver emmurés dans les douves ?

Ils traversent une pièce, puis une deuxième, puis une troisième. Toutes vides.

Ils arrivent devant une quatrième porte.

Il y a de la lumière derrière.

Malin tourne la poignée.

Que vais-je trouver derrière ?

Elle ouvre la porte.

70

Est-il toujours là ?

Bettina, c'est toi ?

Non. Mais est-il toujours là ?

Qu'est-ce qu'il a dit ?

Je n'ai pas compris.

Il y a quelqu'un qui vient. Est-ce lui qui revient ?

Il a sorti ses doigts puants de mon nez, mais ce chiffon est toujours enfoncé dans ma bouche. Il a cessé de me taillader.

Mes bras sont attachés avec une corde. Je m'agite sur ma chaise. J'aimerais qu'il revienne, pour que je puisse te rejoindre, Bettina.

Mais est-ce vraiment ce que je désire ?

Non, je veux rester. Je sais ce que je dois faire. La lumière pénètre à nouveau mes yeux. J'ai entendu une porte s'ouvrir. Est-ce la mort ou la vie qui vient ?

Ayez pitié.

Je ne suis pas un mauvais homme.

La lumière du plafonnier inonde la pièce.

Malin le voit.

Il est assis sur une chaise au milieu de la pièce. Il saigne du nez et de la tête.

Axel Fågelsjö.

Tout seul. Anders Dalström n'est pas là.

Axel Fågelsjö. Il est moins impressionnant maintenant. Peu importe qu'il soit mort ou vivant, se dit Malin. En s'approchant, prudemment, elle se demande tout de même s'il est encore en vie.

Le corps d'Axel Fågelsjö se fond avec le sol de pierre. Les murs du château semblent sucer le sang du vieil homme. Malin sent un battement de cœur, c'est celui de l'histoire, le rythme étrange d'une mélodie chantée dans ses veines.

Elle est juste devant Axel Fågelsjö.

Elle pose sa main sur son épaule.

Il plisse les yeux. Son regard paraît s'éclaircir.

Malin fait signe aux autres d'entrer. Il n'y a personne d'autre ici, où est Anders Dalström ?

Axel Fågelsjö tressaille.

Il émet un son rauque. Il veut qu'on lui retire le chiffon de la bouche. Malin regarde à nouveau autour d'elle. La pièce est vide. Elle pose son arme au sol. Elle sent la respiration de Zeke derrière elle.

Elle lui retire le chiffon de la bouche. Un des policiers coupe la corde qui lui liait les mains et les pieds. Il se libère les mains en levant les bras d'un coup sec, comme gagné par une force nouvelle.

Il agite les jambes.

Il se lève enfin.

Et regarde Malin.

« Ce petit con n'a même pas osé, dit-il. Il n'a même pas osé. »

Oser, ce n'était pas le problème, papa.

Mais il ne pouvait pas. Il ne voulait pas.

Je te vois. Tu t'assieds à nouveau, à bout de forces. Juste avant, tu étais paralysé par la peur. C'est ce que l'on ressent lorsque l'on se trouve à la frontière de la vie et de la mort.

Tu te trouvais exactement à cette frontière, mais tu as été rappelé du côté de la vie. As-tu seulement appris quelque chose, papa ?

Je ne pense pas.

Je serai enterré dans quelques jours mais tu t'en moques, non ? Le caveau familial dans la chapelle est déjà prêt.

Il y a tellement de choses que j'ignore à ton propos, papa.

Je vois Malin Fors et Zacharias Martinsson. Ils sont à la porte, et parlent avec leur chef. Ils se demandent : où est Anders Dalström ?

Vous êtes proches du but, Malin. Mais le jeu n'est pas terminé. Il reste encore quelques heures à passer entre la lumière et l'obscurité.

Vous avez retrouvé le couteau, avec le sigle sur le manche. Le couteau qui a perforé mon corps. Karin Johannison te confirmera bientôt qu'il s'agit bien du couteau qui m'a causé ces plaies.

D'une certaine manière, ce qui m'est arrivé n'est que justice. J'ai brisé tant d'amours et d'amitiés, il était l'heure de payer.

Mais où est-il passé, Anders Dalström ?

Tu le sais, Malin. Tu le sais.

Malin s'accroupit près d'Axel Fågelsjö, qui s'est à nouveau assis sur la chaise. Elle voit Waldemar Ekenberg et Johan Jakobsson arriver.

Le vieil homme essuie le sang sur son visage. Il respire lentement. Il dit :

« Il n'a pas osé, le monstre. Mais il m'a tout de même déchaussé quelques dents.

– Est-ce qu'il a dit quelque chose en partant ?

– Non.

– Savez-vous où il aurait pu aller ? »

L'homme qui lui répond est un homme imposant. Même épuisé, son regard reste vif lorsqu'il dit :

« Lorsque les animaux sentent qu'ils sont sur le point de mourir, ils retournent sur les lieux où ils ont vécu quelque chose d'important.

– Avait-il un fusil ?

– Comment croyez-vous qu'il m'aurait amené ici sinon ?

– Vous étiez déjà sur place quand il est arrivé ?

– Non, j'étais dans mon appartement. Mais j'étais sur le point de venir ici. J'avais hâte de rentrer chez moi. »

Malin se lève et rejoint Zeke en courant.

« Viens, Zeke ! crie-t-elle. Je sais où il est. »

Zeke la suit sans poser de question. Ils courent jusqu'à la voiture. L'eau des douves semble bouillonner et former des bulles vertes. La pluie frappe violemment le sol. Une fois dans la Volvo, ils roulent de plus en plus vite à travers l'obscurité du domaine. Ils ont l'impression étrange d'être précédés par leurs propres fantômes qui flottent dehors, inquiets.

Pas un mot.

Derrière eux, d'autres voitures aux gyrophares allumés.

Mais pas de sirène.

Les bruits de la pluie, du vent et des moteurs règnent sur la forêt et les champs.

Ils passent devant la maison de Linnea Sjöstedt, d'où s'échappe une faible lueur. Cette maison où la fameuse fête de Saint-Sylvestre s'était tenue. Ils prennent un virage, puis un autre, puis un autre, et arrivent devant le champ, dans ce tournant dangereux où la voiture conduite par Jerry Petterson avait fait plusieurs tonneaux, faisant voler les corps à travers la nuit d'hiver, dans le silence brisé par le bruit violent de la tôle froissée.

Une voiture dans le champ.

Elle est blanche. La pluie est presque transparente dans le faisceau des phares.

Plus loin, entre la lumière et l'obscurité, un homme. Fusil à la main.

71

Ce bruit. Cette lumière.

Ces voitures, ce jeu de couleurs, on dirait des cascades.

Je n'ai pas pu le tuer. J'ai pourtant réussi à tuer son fils. C'était en moi. C'était un sentiment merveilleux.

Je l'ai fait.

Je n'avais pas l'intention de tuer Jerry Petersson. Mais on ne peut pas dire non plus qu'il ne méritait pas de mourir.

Il est temps que je disparaisse maintenant. C'est fini. Et ici, c'est l'endroit parfait, n'est-ce pas Andreas ?

Si tu es là, montre-toi. Je ne bougerai pas. Je regarderai les vers droit dans les yeux.

Ce bruit.

Ces voitures.

Ces cris, ces gens. Cette silhouette noire qui s'approche de moi dans ce pré boueux.

Je ne vois pas son visage.

Mais je sais que ce n'est pas toi, Andreas.

Elle sort de la voiture.

« Je m'en charge, Zeke. »

La silhouette dans le champ est aussi floue que les images de sa vie. Ses cheveux longs ondulent dans le vent comme un fouet.

Dans sa main, le fusil. Une carabine.

Malin sort son revolver pour la seconde fois de la journée.

Ils sont tout près du but maintenant.

Toute la douleur, l'angoisse, la peur, tout est là, sous ses yeux.

Il tient le fusil le long de son corps.

Les autres restent à couvert derrière les voitures. La voix de Sven est inquiète et nerveuse, pourtant pleine de certitude : je ne peux pas empêcher Malin d'y aller. Elle s'avance vers l'homme dans le champ. Plus elle s'approche, plus le visage de l'homme est net. Il y a de la souffrance dans son regard. On dirait pourtant qu'il ne me voit pas, se dit Malin. Comme s'il était seul dans le vent et sous la pluie, à chercher une chose depuis longtemps perdue.

Je ne vois que l'obscurité.

Je ne sens que les vers qui me blessent en rampant. Je n'entends que leurs gémissements. Je ressens les coups donnés par papa. Je les entends crier lorsqu'ils me pourchassent.

Tu n'es pas là, Andreas.

Je regarde la lumière, et la silhouette qui s'avance vers moi. Elle a l'air de crier, comme si c'était important. Mais tout ce que j'entends, c'est une sorte de bourdonnement continu.

De toute façon, peut importe. J'introduis le canon du fusil dans ma bouche. Je presse la détente que tu avais toi-même l'habitude de presser, papa, avant de perdre ton œil.

Elle se rapproche de moi.

Mais je ne te vois pas, Andreas. Tu n'es pas là.

Il s'est mis le fusil dans la bouche

Ses doigts sont prêts à appuyer sur la détente. Le geste est prudent, mais sans hésitation.

« Ne faites pas cela ! crie Malin. Ça ne résoudra rien ! »

Au moment où elle crie, une rafale de vent balaie le champ dans un long soupir.

Il va tirer, pense Malin.

Mais Anders Dalström ne presse pas la détente. Il croise son regard. Alors, le trouble dans ses yeux se dissipe, il semble certain de ce qu'il va se passer. Malin crie :

« Vous pouvez vous en sortir autrement. Il y a toujours une issue. »

Le temps s'arrête. Malin voit Tove et Jan devant elle. Ils sont assis devant la télé, à la maison. Ils attendent qu'elle revienne les aimer. Cet amour leur manque. J'aimerais comprendre ce qui m'empêche d'aimer, se dit-elle.

« Ne faites pas ça ! »

Ma voix se fait suppliante.

Ne faites pas cela.

Il y a toujours une issue.

« Ne faites pas ça ! » me dit-elle.

Je l'entends bien maintenant.

Mais je veux mourir ici. Je regarde dans l'obscurité et je vois une voiture faire des tonneaux, et le monde avec, jusqu'à ce qu'il se vide et prenne fin.

Dis-moi, pourquoi j'hésite autant ?

Le canon est dur et froid. Il a un goût de métal et de fer.

Je vais mourir ici et maintenant.

Je vois ses lèvres bouger, mais aucun son n'en sort. Mais qu'est-ce que j'entends ? Quelle est cette voix ? Et que me dit-elle ?

Fais-le. Fais-le.

Espèce de lâche. Fais-le.

Presse la détente, qu'on en finisse.

Oui, c'est moi qui conduisais, mais qu'est-ce que ça peut faire ? Tu n'avais pas de vie avant ça.

C'est sans espoir.

Alors fais-le, fais-le, fais-le, fais-le. Maintenant, maintenant, maintenant.

Va-t'en, va-t'en, va-t'en !

Anders Dalström aimerait chasser cette voix désincarnée, en faisant de grands gestes dans le ciel, même si elle dit exactement ce qu'il veut entendre.

Fais-le.

Fais-le.

Il le faut, il le faut. Oserai-je ?

Casse-toi !

C'est à moi de le faire.

Fais-le, dit la voix. Non, dit une autre voix, ne le fais pas. Et à qui est ce visage ?

Il regarde droit devant lui, comme si son regard s'était fixé sur un point à dix centimètres de mon visage, se dit Malin.

Je sais ce que tu cherches, se dit-elle ensuite.

« Il est là. Il veut que tu reprennes ton sang-froid. »

Anders Dalström se calme, il cesse de bouger, comme si le film de sa vie touchait à sa fin. Il remue les lèvres, mais Malin ne parvient pas à distinguer les mots qu'il prononce, les sons qui parviennent à contourner le canon du fusil sont destinés à quelqu'un d'autre.

Ses doigts sur la détente.

Le mur d'obscurité derrière lui.
Qu'y a-t-il derrière ce mur ?

Andreas ? C'est toi ? Tu es là ?
Est-ce bien ton visage qui flotte là devant elle ? Sur son visage ? À la place du sien ?
Que dis-tu ?

Anders, c'est moi. C'est moi et c'est même plus encore, dit la voix. C'est moi que tu dois écouter. Personne d'autre. Je ne veux pas que tu me rejoignes. Hors de question. Ta vie n'est pas terminée. Les vers vont disparaître. Je te le promets. La vie que tu t'apprêtes à vivre ne va certes pas être facile. Mais c'est ta vie. Regarde, tu vois mon visage maintenant. C'est moi. Tu me reconnais, non ? Alors sors ce fusil de ta bouche. Sinon je disparaîtrai à nouveau.

Andreas, c'est toi.
Tu me demandes de ne pas le faire.
Je vais t'écouter. Comment pourrais-je ne pas t'écouter ?

Anders Dalström retire lentement la carabine de sa bouche. Puis, d'un geste plus brusque, il la jette sur le sol détrempé. Il met les mains en l'air, en regardant Malin droit dans les yeux.
Qui regardes-tu ? pense Malin.
Moi ?
Ou quelqu'un d'autre ?
Elle pointe son revolver vers l'homme.
Elle sent la pluie couler sur sa nuque, et dans son dos. Derrière elle, elle entend des bruits de pas.

Puis elle voit deux policiers passer devant elle. Ils s'approchent d'Anders Dalström et le menottent, en affichant un sourire satisfait.

Une main se pose sur l'épaule de Malin.

La voix de Zeke à son oreille :

« Tu es folle, Malin. Complètement folle. »

ÉPILOGUE

Linköping, Sävsjö, novembre

CELUI *qui regarde et écoute peut nous voir. Nous sommes tous là. Nous sommes les garçons que le temps a emprisonnés.*

Nous flottons tout autour de vous.

Nous sommes partout, et nulle part à la fois.

Nous avons la même voix. Celle de Jerry, d'Andreas, et de Fredrik. Nous sommes une chorale muette.

Cet homme en prison, seul dans sa cellule, sera bientôt déféré au tribunal pour y être jugé.

Mais il ne se sentira plus jamais seul, maintenant qu'il sait qui il est et pourquoi il a fait ce qu'il a fait.

Le sort des meurtriers est enviable, quelque part. C'est étrange, non ?

Mais qu'est-ce qui n'est pas étrange ?

Ils sont bien peu, ceux qui regardent et qui écoutent.

Ceux qui osent croire.

Malin regarde autour d'elle. Il y a quelque chose d'institutionnel dans cet ancien hôtel transformé en centre de désintoxication.

Cela fait six semaines qu'elle est ici.

Sven Sjöman avait été catégorique. Elle avait dépassé les limites.

« Tu dois faire une pause. Je te mets en arrêt maladie. Comme ça tu pourras suivre cette thérapie. »

Il avait posé cette satanée brochure sur son bureau.

Cela ressemblait à une publicité pour un voyage organisé.

Des rangées de maisons jaunes autour d'une villa blanche éclatante. Des bouleaux florissants.

Il y a de la neige dehors. L'automne touche à sa fin, et la pluie s'est transformée en flocons.

« D'accord. J'irai.

– Tu n'as pas le choix, si tu veux rester dans la police. »

Elle avait appelé Jan. Elle lui avait expliqué la situation et lui avait dit ce que Sven attendait d'elle. Il n'avait pas eu l'air surpris. Peut-être étaient-ils en contact.

« Tu as un problème, tu le sais, non ?

– Oui.

– Tu sais que tu es alcoolique, n'est-ce pas ?

– Je sais que j'ai tendance à boire, oui. Et qu'il faut que...

– Il faut que tu arrêtes de boire, Malin. Même la moindre goutte. »

Jan l'avait laissée voir Tove. Elles avaient pris un café à Tornby, puis elles avaient été chez H&M. Au café, Malin lui avait demandé pardon pour s'être emportée. Elle lui avait annoncé qu'elle allait se faire aider.

« Et tu dois vraiment partir si longtemps ?

– Ça aurait pu être bien pire, tu sais. »

Malin avait voulu pleurer. Tove, elle, semblait s'être aguerrie. Mais peut-être pas tant que ça, au fond.

Malin avait l'impression d'être face à une adulte, une personne qui avait considérablement changé, une étrangère pourtant bien familière. Assises au milieu de l'agitation du centre commercial, elles avaient essayé de ne pas céder à la tristesse. Car de toutes les choses qu'une mère et sa fille peuvent faire ensemble, être triste était celle qu'elles faisaient le plus.

Tove avait dit :

« C'est bien, maman. Tu as besoin d'aide. »

Est-ce le genre de choses qu'une fille de quinze ans dit ?

« Moi, je vais bien. Tu dois t'occuper de toi maintenant. »

Il y a quelque chose de bizarre dans son regard. Mais rien ne peut être plus bizarre qu'une mère qui abandonne son enfant.

« Je serai rentrée avant Noël. »

Cet endroit.

Où l'on s'assied en groupe pour parler de l'alcool.

Où l'on s'assied en face d'un inconnu, dont la consultation ne donne jamais aucun résultat.

Où l'on doit reconnaître que l'on est « alcoolique ».

Tove me manque à en devenir folle. J'ai tellement honte. J'aimerais pouvoir m'arracher la peau, pour que personne ne puisse me reconnaître. Mais je dois trouver un moyen d'accepter la honte.

Lorsque Malin avait ramené Tove chez Jan, elles s'étaient prises dans les bras l'une de l'autre. Jan était à la fenêtre de la cuisine, seule source de lumière dans la nuit noire.

« Fais attention à toi. Qu'il ne t'arrive rien. Je ne m'en remettrais pas.

– Ne dis pas ça, maman, ne dis pas ça. Ça ira très bien. »

Jan, cependant, ne lui manque pas du tout. C'est une bonne chose pour elle.

Qui veut venir parler de ses tendances autodestructrices ? De la manière dont elles se manifestent, de ce qui déclenche la soif ? De ses souvenirs ?

Rien à foutre de mes souvenirs.

Je ne veux pas, non je ne veux pas savoir.

Il m'arrive de rêver d'un garçon sans visage. De secrets.

Des mensonges. Lancés au visage d'êtres qui pourtant n'ont rien fait de mal. Des nuits d'insomnies, des cauchemars.

Toute cette histoire est terminée pour les morts, mais pas pour moi. À moins que ?

Je fais mes cauchemars en noir et blanc, comme s'ils avaient été filmés avec une caméra super-huit. Parfois, un enfant apparaît à l'image. L'enfant court dans une herbe différente de celle du film qui était projeté sur le mur de la chambre d'Anders Dalström.

Hier, assise dans le cercle avec les autres, je l'ai dit sans ambages :

« Je suis alcoolique. »

Papa m'a appelée.

Jan lui avait dit que j'étais ici, pour lui expliquer pourquoi je ne répondais pas au téléphone. Il n'avait pas l'air inquiet. Il avait même plutôt l'air soulagé.

« Tu n'allais pas très bien quand on s'est vus. »

Tu me caches quelque chose. Qu'est-ce que vous me cachez ? Quelle est cette chose que j'ignore encore ? Allez-vous emporter le secret dans la tombe, toi et maman ?

Ce secret, ne serait-ce pas la raison pour laquelle je suis coincée ici dans ce centre de thérapie perdu dans les bois ?

Malin peine à bouger jusqu'à son lit, calé contre le mur. Elle s'assied en tailleur et pense à Maria Murvall, qui doit être assise de la même manière, sur un autre lit, dans une autre chambre.

Qu'est-ce que le monde nous veut, Maria ?

Je serai rentrée à la maison pour Noël. Je ne boirai pas. Je peux y arriver. Je veux un Noël calme et paisible. Il faudra que je garde mon calme.

Le canapé vert devant la télévision.

Malin y est seule. Aucune des autres patientes n'est intéressée par les informations.

Le procès d'Anders Dalström s'ouvre aujourd'hui. Malin se souvient de son interrogatoire. Il avait parlé des vers qui l'habitaient, et qui l'avaient enfin quitté lorsqu'il avait assassiné Jerry Petersson. Il avait parlé d'un soulagement. D'un soulagement qu'il a ensuite cherché à retrouver en assassinant Fredrik Fågelsjö. Mais les vers avaient refusé la violence devant Axel Fågelsjö.

Anna, la femme de Börje Svärd, est décédée en début de semaine. Malin a appelé Börje, sans succès. Elle n'a pas réessayé. Mais elle savait qu'il allait s'occuper du chien de Jerry Petersson, quel que soit le nom qu'il lui a donné.

Elle boit une gorgée du thé qu'elle vient de préparer dans la cuisine.

Elle regarde par la fenêtre. Toujours la même obscurité.

Le reportage commence. La voix d'une femme. Des images.

« L'homme qui a reconnu avoir assassiné deux personnes et kidnappé une autre à Linköping cet automne, a été tué aujourd'hui même au tribunal de Linköping. Les auteurs du meurtre ne sont autres que la victime du kidnapping et lui-même père de l'une des victimes. Il a, d'une manière encore indéterminée, réussi à introduire un fusil à pompe en plusieurs morceaux dans le tribunal et… »

Malin se sent faiblir.

Elle renverse du thé sur son genou, mais n'en ressent pas la brûlure. Elle est happée par l'écran de télévision.

Par les images de la salle d'audience. Par le tumulte.

Il lui semble entendre le coup de feu. Les cris.

Elle voit le visage d'Axel Fågelsjö. Sa cicatrice brillante au-dessus de la joue. Sa tête plaquée par deux policiers sur le sol de la salle d'audience.

Sur son visage se lit à la fois la détermination, la solitude, la tristesse. L'énergie du désespoir.

C'est un visage, pas un masque.

Tu l'as donc fait, pense Malin. Et je comprends ton geste.

Le monstre sur Tove, sur le point de l'étrangler.

Si un enfant n'est pas protégé par ses parents, alors par qui le sera-t-il ?

Il est de mon devoir de protéger Tove.

Il y a une place pour moi aussi sur cette terre, se dit Malin.

Elle sent désormais que les choses peuvent enfin s'arranger.

Déjà parus
dans la collection « Serpent noir »

Christian MØRK, *Darling Jim*, 2009.
Abraham RODRIGUEZ, *South Bronx*, 2009.
Mons KALLENTOFT, *Hiver*, 2009.
Florent COUAO-ZOTTI, *Si la cour du mouton est sale, ce n'est pas au porc de le dire*, 2010.
Giampaolo SIMI, *La Fille électrique*, 2010.
Mons KALLENTOFT, *Été*, 2010.
Camilla GREBE & Åsa TRAFF, *Ça aurait pu être le paradis*, 2010.
Anne HOLT, *Haine*, 2010.
Mari JUNGSTEDT, *Le Cercle intérieur*, 2011.

Mise en pages par
Compo 66
Perpignan

Éditions du Rocher
28, rue Comte-Félix-Gastaldi
Monaco

Imprimé en Italie par L.E.G.O. S.p.A

Dépôt légal : mars 2011